文學制度

（第一輯）

饒龍隼　主編
上海大學中國古代文學制度研究中心　主辦

上海大学出版社
·上海·

圖書在版編目(CIP)數據

文學制度. 第一輯/饒龍隼主編. —上海：上海大學出版社,2019.7
ISBN 978-7-5671-3636-6

Ⅰ.①文… Ⅱ.①饒… Ⅲ.①中國文學-古典文學研究 Ⅳ.①I206.2

中國版本圖書館CIP數據核字(2019)第132213號

責任編輯　賈素慧
出版統籌　鄒西禮
封面設計　柯國富
技術編輯　金　鑫　錢宇坤

文學制度

(第一輯)

饒龍隼　主編

上海大學出版社出版發行
(上海市上大路99號　郵政編碼200444)
(http://www.shupress.cn　發行熱綫021-66135112)
出版人　戴駿豪

*

南京展望文化發展有限公司排版
江蘇鳳凰數碼印務有限公司印刷　各地新華書店經銷
開本 710mm×1000mm　1/16　印張15.25　字數258千
2019年7月第1版　2019年7月第1次印刷
ISBN 978-7-5671-3636-6/I·546　定價 58.00圓

編委會成員

主　　編　饒龍隼

編　　委　（以姓名拼音爲序）

　　　　　陳　飛　陳元鋒　高克勤　何榮譽　李德輝　劉　培

　　　　　盧盛江　羅家湘　孟　偉　饒龍隼　吴夏平　鄔西禮

編　　務　田明娟　吕帥棟

發 刊 詞

中國文學制度研究是一個新興的非常重要的學術領域，吸引了各年齡段學者參與研治並取得蔚爲可觀的成就。其中研治某項制度設施與文學關係的，至今已有近四十年的學術積纍；而研討文學制度内涵及其歷時演變的，至今亦有近二十年的學術探索。在這不算太長的學術發展歷程中，已湧現衆多學者並產生大批論著，頗有與文學史、文學批評史、文學思想史並立之勢，極有希望成爲未來研治中國文學的新的學術生長面。茲以2017年國家社會科學基金重大項目"中國古代文學制度研究"立項爲契機，將順勢整合激活該學術領域的研究力量並大力推進深化相關學術命題的研討。爲此我們計劃編輯《文學制度》集刊，開闢一個園地以發表相關的學術成果，吸引國内外研治文學制度的學者，來共同推進這個學術領域的研究。

文學制度研究應該是中國文學專利，國外其他區域及語種的文學似未嘗有。雖然在二十世紀末年，美國學者傑弗里·J.威廉斯編輯一本論集，題爲 *The Institution of Literature*。該書有中譯本出版，題名《文學制度》。但該書主旨並非研討具體的文學制度，其書名和標題所稱謂的"文學制度"，祇是提示一種學術理路和研究方法，並將之納入當下流行的文化研究中。其所論涉的制度較爲寬泛，包括職業、慣例或傳統等；當然也審視文學研究的制度影響力，還指涉制度的弊端並試圖重塑制度。由此可見，中、美兩國文學制度研究幾乎同時起步，然所涉論域、研治路徑和學術旨趣迥異。中國文學制度研究既已成規模，頗能標識中國文學的民族特性，其觀念範疇、理論建構和學科規範獨具品性，值得有志於該領域研究的學者傾心投入工作。

本書第一輯爲創刊，初步設立五個欄目，即理論與觀念、制度與文學、創新與實驗、令規與輯釋、文摘與書概，所發表的十三篇論文都是其作者積纍有素、沉潛研習、精心結撰之作。這些論文大都有理論創新意嚮，而又呈現出很扎實的文獻功底，有明確的問題意識，有可貴的實驗品性。特別是鞏本棟撰《"卻顧所來徑，蒼蒼橫翠微"——重讀程千帆先生〈唐代進士行卷與文學〉》,對程千帆先生研治"制度與文學"的開山之作《唐代進士行卷與文學》進行解讀和闡發學理,爲本輯的創刊發文,提供了學術史厚度;另三篇"令規與輯釋",則是三位作者試筆之作,意在爲即將編撰的《中國歷代文學令規輯釋》,做好文獻資料、理論闡釋和編寫體例上的準備。我們期待該刊能獲得更多優秀學者的支援,在後續的各輯中能刊出更多高品質的論文。

目　　録

· 理論與觀念 ·

中國文學制度的觀念、理論與命題 …………………… 饒龍隼 / 003
"卻顧所來徑，蒼蒼橫翠微"
　　——重讀程千帆先生《唐代進士行卷與文學》 …………… 鞏本棟 / 028
明代虎丘禪寺的文學承載 …………………………………… 田明娟 / 048

· 制度與文學 ·

遷謫制度與唐代文學 …………………………………… 李德輝 / 061
唐代文學制度述論 ……………………………………… 吳夏平 / 084
商務印書館與早期《一千零一夜》翻譯之因緣
　　——附論近代出版傳媒與譯界及文學消費之關係 ………… 邊　茜 / 097
清代古文讀本編選、評點及對科考之適配 …………………… 孟　偉 / 113

· 創新與實驗 ·

丘處機西域紀行詩之敘事 ……………………………… 劉蓉蓉 / 127
容美土司家族文學歷史境遇及場域功能之轉換
　　——以容美土司田玄父子與文安之的交遊爲例 …………… 何榮譽 / 137
王船山"隨所以而皆可"論疏解 ………………………… 鍾志翔 / 149

· 令規與輯釋 ·

移書讓太常博士輯釋 ………………… 劉歆原撰　饒龍隼輯釋 / 161
上隋高祖革文華書輯釋 ……………… 李諤原撰　曹淵輯釋 / 184
請正文體疏輯釋 ……………………… 沈鯉原撰　仲曉婷輯釋 / 195

· 文摘與書概 ·

文學制度層位論
　　——兼述"制度與文學"命題的設立及缺陷 ·················· 饒龍隼著 / 221
"制度與文學"研究的成就、困境及出路 ················ 吳夏平著 / 222
論宋代行記的新特點 ···································· 李德輝著 / 223
中國文學史之成立 ······································ 陳廣宏著 / 224
中古姓氏佚書輯校 ······································ 李德輝著 / 227
唐代文館文士朝野遷轉與文學互動 ···················· 吳夏平著 / 229
元末明初大轉變時期東南文壇格局及文學走嚮研究 ········ 饒龍隼著 / 232

徵稿啓事 ··· / 236

理論與觀念

中國文學制度的觀念、理論與命題

饒龍隼[*]

内容提要 中國文學制度學術領域之興起,自有其思想來源和學科蓄勢;其所得成果亟需總結,其研究方嚮亦需統合;而目前最迫切的是,需要在學科層面上,修復並標舉文學制度觀念,廓清文學制度的理論内涵,確立中國文學制度研究的主旨、歸趣及其命題,因以夯實該分支學科的基礎並明確其研究方嚮。要修復標舉中國文學制度觀念,有賴於原學理據和節文典據;援據《周易·節卦》節文的原則,中國文學制度大體有三重思理。(一)從本原的節引申出文學節止論;(二)從名詞性節引申出文學節度論;(三)從動詞性節引申出文學節制論,分述節文的原則、節文的内涵、節文之操持,亦即爲什麽節文、什麽是節文、如何來節文。中國文學制度的理論構建,包含三層位論和五大論域;中國文學制度的命題,主要有兩個研究方嚮,一是文學自身的規制,二是制度與文學論題,這兩個方嚮實共爲一體,引導著未來的發展進程。

關鍵詞 文學制度　觀念　思理結構　理論建構　命題

　　中國文學制度研究是一個新興的非常重要的學術領域,吸引了各年齡段學者參與研治並取得蔚爲可觀的成就。先是研治某項制度設施與文學的關聯,迄今已有近四十年的學術積纍;嗣後研討文學制度内涵及其歷時演變,迄今亦有近二十年的學術探索。在這不算太長的學術研究歷程中,已湧現衆多學者並產生大批論著,頗有與文學史、文學批評史、文學思想史並立之勢,可望成爲未來研治中國古代文學的新的學術生長面。特別是2017年國家社會科學基金重大項目"中國古代文學制度研究"立項,及時整合激活了該領域的研究力量並大力推進深化了相關學術命題研討。此一學術領域能夠適時興起,自有其思想來源和學

---

[*] 饒龍隼,上海大學文學院教授,發表《上古文學制度述考》《中國文學制度論》等論著。
　基金項目:本文爲國家社會科學基金重大項目"中國古代文學制度研究"(17ZDA238)階段性成果。

科蓄勢。其所得成果亟需總結,其研究方嚮亦需統合;其理論命題和研究範式有待創立,其研治策略和學科規範亦待建立。而目前最迫切的是,需要在學科層面上,修復並標舉文學制度觀念,廓清文學制度的理論內涵,確立中國文學制度研究的主旨、歸趣及其命題,因以夯實該分支學科的基礎並明確其研究方嚮。

一 中國文學制度觀念的修復

文學是一種活動,這是當今的通識。推尋二十世紀以來有關文學活動諸層面、諸事項之指稱,常有反映、表現、創作、體制、體性、批評、發展種種。這些用語極爲流行,成了文學活動專名;但衡以中國文學實際,則難免支離膚淺不切。此情形之流蕩,不乏典型文案。如美籍學者劉若愚《中國文學理論》,引用艾布拉姆斯的文學四要素之構想,從常規的文學活動四要素"世界""作家""作品""讀者"諸環節上,引申出中國文學的形上、決定、表現、技巧、審美及實用六種理論模式①。而其實,中國文學固有的一個用語,更能涵容文學活動諸層面;祇因爲外來文學觀念喧奪,致使近世以來它被人遺忘。今將努力拂塵吹沙,揭舉之曰"文學制度"。

由於中國文論的用語不很規範,文學制度之名義又非恒定不變,以致古今賢哲論文,竟不曾用"制度"一詞。如劉勰曰:"童子雕琢,必先雅制……八體雖殊,會通合數。"(《文心雕龍·體性》)數指數度,也就是度,其雅制、合數照應成文,實隱含文學制度之内涵。再如陳繹曾曰:"齊、梁以下七言,乃多古制,韻度猶出盛唐人上一等。"(《詩源辯體》卷三四轉引《詩譜》)此古制、韻度互用,隱然指稱文學制度;但制、度尚未聯詞而稱,文學制度觀念仍不明確。至於葉燮以制度喻詩,稱"宋詩則制度益精,室中陳設,種種玩好,無所不蓄"(《原詩》外篇下二)。其所云制度,是比况建築規制,而非指文學制度。又如章學誠曰:"第文章可以學古,而制度則必從時。"(《文史通義》卷五内篇五《婦學》)將文章、制度區別言,則制度亦非指稱文學。

不過應引起重視的是,前人論文高頻度地遣用由制、度組構的詞,實際從整

---

① 文學是一種活動的觀點,出自美國文學理論家 M. H. 艾布拉姆斯著 The Mirror and The Lamp (參見酈稚牛等譯,王寧校《鏡與燈——浪漫主義文論及批評傳統》,北京大學出版社 2004 年版),在中國文學理論界影響廣泛。二十世紀八十年代以來,國内通行的文學教程多援用其説,來建構形形色色的理論體系,如童慶炳主編的《文學理論教程》、袁行霈主編的《中國文學史》等。參見杜國清譯本,江蘇教育出版社 2006 年版。

體上涵蓋了中國文學活動諸層面。茲以實例明之：

指稱文學創作：劉勰《文心雕龍》："剬[制]①詩緝頌，斧藻群言"（《原道》）；"先王因之，以制樂歌"（《聲律》）；"觀彼制韻，志同枚、賈"（《章句》）；"依《詩》制《騷》，諷兼比、興"（《比興》）；"明帝篡戎，制詩度曲"（《時序》）。鍾嶸《詩品》："（鮑照）善制形狀寫物之詞"（《中·宋參軍鮑照詩》）；"陶公詠貧之制、惠連《擣衣》之作，斯皆五言之警策者"（《下·序》）；"自制未優，非言之失也"（《下·齊秀才陸厥》）。蕭統《文選序》："述邑居，則有《憑虛》《亡是》之作；戒畋遊，則有《長楊》《羽獵》之制。"這些論例中的制、度，或用作詞素，或獨立成詞，均蘊含有創制作品的施動義，是較早指稱文學創作的顯例。而晚近的用例，則有章學誠《文史通義》："（固《書》）於近方近智之中，仍有圓且神者，以爲之裁制"（卷一內篇一《書教下》）；劉熙載《藝概》："張平子始言度曲，《西京賦》所謂'度曲未終，雲起雪飛'是也。制曲者體此二語，則於曲中抑揚之道思過半矣"（卷二《詩概》）；劉師培《文說》："齊、梁之間，文士輩出，盛解音律，始制四聲"（《劉申叔先生遺書》乙類）。特別是劉熙載將度曲、制曲來互用，顯示了制度所包蘊的文學創作內涵。

指稱文學體制：劉勰《文心雕龍》："江左篇制，溺乎玄風"（《明詩》）；"文之制體，大小殊功"（《神思》）。此所謂篇制、制體，均爲文學體制之名。鍾嶸《詩品》："觀休文衆制，五言最優。詳其文體，察其餘論，固知憲章鮑明遠。"（《中·梁左光祿沈約詩》）此衆制、文體呼應成文，實亦隱含文學體制之義。劉知幾《史通》："（王劭）《隋書》雖欲祖述商周，憲章虞夏，觀其體制，乃似孔氏《家語》、臨川《世說》，可謂畫虎不成反類犬也。"（卷一內篇《六家第一》）；"按馬《記》以史制名，班《書》持漢標目。"（卷四內篇《斷限第十二》）；"尋《春秋》斯義之作也，蓋是周禮之故事，魯國之遺文，夫子因而修之，亦存舊制而已。"（卷一四外篇《申左第五》）《史通》此類論例，均指稱史文之體制。嚴羽《滄浪詩話·詩辨》論詩法五種，而以"體制"居首，特別標舉文學體制。許學夷《詩源辯體》："聖門論得失，詩家論體制"（卷一）；"風人之詩，其性情、聲氣、體制、文采、音節，靡不兼善"（卷一）；"詩文俱以體制爲主"（卷十一）。章炳麟《國故論衡》："故自唐世已有短詞，與官韻未相出入，此則名從主人，物從中國，古之制也。今縱不能復雅樂，猶宜存其節制。"（中《辨詩》）近人田北湖《論文章源流》："綜其體制，約爲四類：紀述之文也，箋注之文也，議論之文也，比賦之文也。"（《國粹學報》第一年第二、三、四、五、六期）由

---

① 本文特此設定：凡引用文字，"[ ]"中的字，是對當前字的校正；凡"（ ）"中的字，是增訂之本文；凡"〈 〉"中的字，是對當前字的附注。以下不再一一說明。

這些用例可知,"制"字或獨立成詞,或作爲一個詞素,均具有綿延的生命力,一直存活於古今文學中,恒以指稱中國文學體制。

指稱文學體性:體性近乎今所謂文學風格,但亦非文學風格所能牢籠。它是作家才性、文體規制、時代風貌,以及古今通變等要素熔鑄的文學特質。這一層含義,在近世文學中並無對等的稱名,但在中國古代文論中卻很常見。劉勰《文心雕龍》闢《體性》,用專篇來研討文學的體性問題,論列典雅、遠奧、精約、顯附、繁縟、壯麗、新奇、輕靡八體,並指出此八種體性雖殊,而推其根源、總其歸途,乃在於"制"與"數〈數度〉",這就揭示了文學體性的制度內涵。鍾嶸《詩品》:"其源出於李陵,頗有仲宣之體則。"①(《中·魏文帝詩》)嵇康《琴賦·序》:"歷世才士,並爲之賦頌,其體制風流,莫不相襲。"(《嵇中散集》卷二)杜甫《同元使君舂陵行·序》:"復見比興體制、微婉頓挫之詞。"(《杜詩詳注》卷十九)嚴羽《答出繼叔臨安吳景仙書》:"作詩正須辨盡諸家體制,然後不爲旁門所惑。今人作詩,差入門戶者,正以體制莫辨也";又"(僕)於古今體制,若辨蒼素,甚者望而知之。"(《滄浪詩話校釋》附錄)此諸例所云"仲宣之體則"著眼於文體規制,"體制風流"著眼於作家才性,"比興體制"著眼於藝術傳承,"諸家體制"著眼於時代風貌,"古今體制"著眼於古今通變,均標舉了文學體性的制度內涵。

指稱文學批評:司馬遷《史記》:"依鬼神以剬[制]義"(《五帝本紀》),又有"制義法"之說(《十二諸侯年表》),其所謂制,是指制定評判史文之標準。陸機《文賦》據才性和體式,區分了文學創作的種種情狀,而歸結云:"雖區分之在茲,亦禁邪而制放;要辭達而理舉,故無取乎冗長"。這是以辭達、理舉來禁邪制放,也就是設定批評準則以爲裁制。杜預《春秋左氏傳經傳集解》:"約言示制,推以知例。"(《序》)其所謂制,是指用來解釋《春秋》經傳的義例。劉勰《文心雕龍》:"若稟經以製式,酌雅以富言,是仰山而鑄銅,煮海而爲鹽也;故文能宗經,體有六義。"(《宗經》)其所謂制式,是指宗尚《五經》而制定文學法式。鍾嶸《詩品》:"斯三品昇降,差非定制。"(《中·序》)此所謂制有斷制之義,代指文學批評與品鑒。葉燮《原詩》:"惟立說之嚴,則其途必歸於一,其取資之數(度),皆如有分量以限之,而不得不隘。是何也?以我所制之體,必期合裁(制)于古人;稍不合,則傷於

---

① 高松亨明《詩品詳解》云:"體則爲體制、體法之意。"車環柱《詩品校證》:"體則謂文體之規模。"兩家所說近同,均以"體則"爲文體之規制。其文又見於《文選·宋書謝靈運傳論》李善注引《續晉陽秋》:"代尚詩賦,皆體則《風》《騷》。"《北史·杜詮傳》:"論爲文體則,甚有條貫。"此兩例所指稱,均爲文體規制。

體,而爲體有數(度)矣!"(外篇上一)此所謂制體、數度、裁制云云,均指稱文學理論或批評之内涵。陳確《答查石丈書》:"古人所謂《墳》《典》之書,已盡剗[制]削,三代之文從删者益不少。"(《陳確集·文集》卷一)此制削亦即删削,是一種批評方式。

指稱文學發展:劉勰《文心雕龍》:"文律運周,日新其業。變則可久,通則不乏……望今制奇,參古定法"(《通變》);"夫情致異區,文變殊術,莫不因情立體,即體成勢也。勢者,乘利而爲制也"(《定勢》)。因通變以制奇、乘勢利而制體,即闡明了文學發展之內在規制。鍾嶸《詩品》:"逮漢李陵,始著五言之目矣……推其文體,固是炎漢之制,非衰周之倡也。"(《序》)此制、倡相互成文,指文學發展的形態。此爲早前用例,而最近的用例,則有姚華《弗堂類稿》:"夫文章體制,與時因革,時世既殊,物象即變,心隨物轉,新裁斯出。"這是說,新裁是文章體制演變的産物,表徵特定時期的文學規定性。

由此可知,制度的觀念爲中國文學所固有,其定名與理論形態實隱然欲出。祇因中國文學偏重内悟與實證,尚缺乏完整的理論體系之構建;故而受制於中國文學這個格局性狀,文學制度觀念便無純熟的理論表述。然其歷來脈脈相因,亦能天然渾樸適用。可是,在近世中西文化交流碰撞中,驚懾於西方列強的堅船利炮,中國文學因受外來思想觀念喧奪,而使文學制度的觀念日漸被淡忘。充斥在中國文學研究領域的,是科學實用主義的價值訴求,以及基於進化論的綫性思維,理論先行使之迷途忘返,史學路徑使之荒亡失統。這樣,原本各體混雜而不乏真美的中國文學,其全體大用和民族特性就被遮蔽流失,要麼變成純粹唯美的矯飾,要麼變成粗鄙暴虐的宣示。因之,所得理論認知是架空的,大都不切中國文學實用;所作史的論述是堆砌的,多爲作家加作品之闡說。此情不可放任,必須返本歸正。

至於如何返本歸正,則需依循學理依據,也要符合中國文學典據,以使文學制度源流俱清。首先,就是"一切都得從源頭做起"①,弄清中國文學制度的本源流别。借用《墨子》的話來說,這是要有"原"學品格。依照墨子論學"本之""原之""用之"之劃分,如果說受藝術哲學觀念支配的中國文學研究是"本"學,受審美心理觀念支配的中國文學研究是"用"學;那麼受文學制度觀念支配的中國文

---

① 參見饒龍隼《上古文學制度述考·原始崇信及其表象》,中華書局2009年版,第87頁。

學研究即爲"原"學①。這種基於文學制度的"原"學,既不建立在形而上學基礎之上,也不建立在媚俗實用基礎之上,而是建立在文學自身規定性上。其次,要在中國原典中追述制度典源,弄清中國文學制度的節文精神。其節文精神的原始含義,在現代漢語中難覓蹤影,卻在原典《周易·節卦》中,可尋繹出文學制度的觀念。這是最具民族特性的標誌,值得作出探本尋源的考述;至其具體内容,留待下文論析。

總之,對文學制度探本尋源,並確立其自身規定性,就是要修復本土固有的文學制度觀念,因以認證中國本土文學的民族性標誌。兹標舉中國文學制度觀念,並非漠視文學的藝術哲學和審美心理内涵,而是企圖將此類微危因素落實到制度層面。這樣,或可救正近世以來浸淫的科學實用主義之積弊,並戒除流行的形上偏枯與唯美詭隨的研究風習。

當然,也要警示兩種不良傾嚮:一是沉迷於"節文"過甚,濫用文學制度的話語權力,如劉知幾評史文之比興,就偶犯節文過甚的毛病:"《左傳》稱仲尼曰:'鮑莊子之智不如葵,葵猶能衛其足。'……尋葵之向日傾心,本不衛足,由人睹其形似,强爲立名……而左氏録夫子一時戲言,以爲千載篤論,成微婉之深累,玷良直之高範,不其惜乎?"(《史通》卷一六外篇《雜説上第七》)二是執著於"有數"可依,將文學自身規定性教條化,如嘉隆七子學漢魏盛唐,就陷入限量有數之蔽障:"惟立説之嚴,則其途必歸於一,其取資之數,皆如有分量以限之,而不得不隘……夫其説亦未始非也;然以此有數之則,而欲以限天地景物無盡之藏,並限人耳目心思無窮之取,即優於篇章者,使之連詠三日,其言未有不窮,而不至於重見疊出者寡矣!"(《原詩》外篇上一)

二 文學制度名義及思理結構

尋繹《周易·節卦》所保存的遺義,中國文學制度的精神乃隱然可揭。兹所謂制度,就是事物自身的規定性;而文學制度,就是文學自身的規定性。此意旨頗爲原始,在近世雖被淡忘;卻因《周易·節卦》明文可徵,其名義及思理結構猶

---

① 《墨子·非命中》曰:"凡出言談、由文學之爲道也,則不可而不先立義法……故使言有三法,三法者何也? 有本之者,有原之者,有用之者。於其本之也,考之天鬼之志,聖王之事;於其原之也,徵以先王之書;用之奈何? 發而爲刑(政)。此言之三法也。"由此可知,要確認中國文學自身規定性,就須發揚墨家"原"學精神。

可疏解。

《節》卦曰："節，亨。苦節，不可貞。"孔穎達正義曰："制事有節，其道乃亨，故曰'節，亨'；節須得中，爲節過苦，傷於刻薄，物所不堪，不可復正，故曰'苦節，不可貞'也。"節卦最基本的精神意嚮，是確定人類活動的原則。人類活動即所謂制事，應該遵循有節的原則。反之就不能苦節，當然也不能無節；因爲，苦節會過刻失正，無節會氾濫失中，有節才中正合道。準此，文學作爲一種活動亦不例外，必須遵循有節、合道的原則。

何謂節？《節》彖曰："節亨，剛柔分而剛得中。"此據卦象立說：節卦兌下坎上。坎爲水，性屬陽剛；兌爲澤，性屬陰柔。陽在上而陰在下，故曰剛柔分；上下卦均以陽爻居中，故曰剛得中。因之，王弼注曰："坎陽而兌陰也，陽上而陰下，剛柔分也。剛柔分而不亂，剛得中而爲制主，節之義也。"按王弼的理解，剛柔分、剛得中之特質，就是節卦自身的規定性。這種規定性就是節，文學規定性也是節。

節之爲詞，含兩重性。作爲名詞，它指稱事物的規定性，即所謂節；作爲動詞，它指示遵循事物規定性，即所謂爲節。何謂爲節？《節》彖又曰："苦節不可貞，其道窮也。說以行險，當位以節，中正以通；天地節，而四時成；節以制度，不傷財，不害民。"此據實例立說：像人們涉歷險途，以中正爲節，方可以通行；像天地寒暑往來，以氣序爲節，方可以成時。推及人類活動，則王者役使民力，以制度爲節，方可以利民。爲節就是節以制度，這是人類活動原則。落實到文學活動上，也就是要節以制度，即遵從文學規定性。

若將節以制度換個說法，也就是所謂以制度爲節。這是人類活動對節卦原理的應用，也是節詞性分化轉釋之結論。其思理是：節——分化出動詞節和名詞節，而成節以節之論斷——名詞節轉釋成制度，而成節以制度之論斷——制度粘連節的動詞性，而成制度之動賓結構。所以，《節》象曰："澤上有水，節。君子以制數度，議德行。"其謂制數度，簡言之，就是動賓結構的制度。故孔穎達正義曰："水在澤中，乃得其節；數度謂尊卑禮命之多少，德行謂人才堪任之優劣。君子象節，以制其禮數等差，皆使有度；議人之德行任用，皆使得宜。"此所謂象節，是對節詞性分化轉釋的最簡表述。

這種分化轉釋，理論意義巨大。節字分化出動詞性，而使節具有操控能力；名詞節轉釋爲制度，而使節可供人爲操作；進而動賓結構的制度，作爲節以制度之縮略，不僅凸顯了動詞性節的操控能力，而且指示著人工作業對節的歸化。由此可說，所謂制度，就是人類活動的節，即事物自身規定性，以及對規定性遵從；

所謂文學制度，就是文學活動的節，即文學自身規定性，以及對規定性遵從。落實到中國文學活動諸層面，文學制度是渾樸周全的觀念：不僅標識文學自身規定性（即名詞性節），而且凸顯文學的操控能力（即動詞性節），更可體認文學的歸本化原（即本原的節）。

出自中國文學制度的觀念，文學活動實質上就是節文。何謂節文？節就是節以制度，文就是修飾以文。聯詞而稱，即節以制度，而修飾以文；簡省而稱，是爲節文。這兩項是相互依存的：節以制度是修飾以文的歸趣，而修飾以文是節以制度的途徑；修飾以文是節以制度的表象，而節以制度是修飾以文的規制。

然而，在實際的文學活動中，這兩項是一體不分的。就經典意義的文學而言，節以制度就是遵從文學自身規定性，修飾以文就是體現文學自身規定性。因制度是隱性的，難以人爲操控，而修飾是顯性的，可供人工作業；所以從文學技藝層面來說，節文實際上偏向修飾以文，這是文學活動的必然歸趣。如《文心雕龍》諸論例："契會相參，節文互雜，譬五色之錦，各以本采爲地矣"（《定勢》），是說節以制度爲修飾以文的歸趣；"舒華布實，獻替節文，繩墨以外，美材既斫，故能首尾圓合，條貫統序"（《熔裁》），是說修飾以文爲節以制度的途徑；"夫能懸識湊理，然後節文自會，如膠之粘木，石之合玉矣"（《附會》），是說修飾以文爲節以制度的表象；"若夫尊貴差序，則肅以節文"（《書記》），是說節以制度爲修飾以文的規制。因此可以簡明地說，節文就是語言修飾。文學作爲語言藝術，其原理即奠基乎此。

援據上述節文之原則，文學制度有三重思理。其一，從本原的節引申出文學節止論；其二，從名詞性節引申出文學節度論；其三，從動詞性節引申出文學節制論。這三重思理分別講述節文的原則、節文的內涵、節文之操持，即爲什麼節文、什麼是節文、如何來節文。

文學節止論。止，是中國文論常用字眼。它有三個基本義項：一是極止，指稱事物之極至，如《老子》："名亦既有，天將知止，知止不殆。"（三二章）止這一義，又援用於《禮記·大學》，朱熹集注："止者，所當止之地，即至善之所在也。"二是至止，指實抵達某節點，如《周易·艮》："象曰：艮，止也。時止則止，時行則行，動靜不失其時，其道光明。艮其止，止其所也。"三是齊止，指示達到了極至，如《禮記·大學》："大學之道，在明明德，在親民，在止於至善，知止而後有定，定而後能靜。"鄭玄注："止，猶自處也。"這落實到中國文學制度上，節止就是文學活動之極至，即遵從規定性的完美體現。在古今文學相關論述中，節止作爲一個思理

結構,被適用于文學諸多層面,以下用若干論例證明之:

極止之義,可指審美意味之極止,如司空圖"詣極"論,他以醯"止於酸"、鹺"止於鹹"設喻,而推論曰:"絕句之作,本於詣極,此外千變萬狀,不知所以神而自神也。"(《司空表聖文集》卷二《與李生論詩書》)可指藝術傳達之極止,如蘇軾的"當止"論,他說寫詩作文,"大略如行雲流水,初無定質,但常行於所當行,常止於所不可不止,文理自然,姿態橫生。"(《蘇軾文集》卷四九《與謝民師推官書》)可指作家才力之極止,如王夫之"至止"論,他說:"太白樂府歌行,則傾囊而出耳,如射者引弓極滿,或即發矢,或遲審久之,能忍不能忍,其力之大小可知已,要至於太白止矣。"(《薑齋詩話》卷一《夕堂永日緒論》內編一一)可指文學法度之極止,如沈德潛"行止"論,他說:"所謂法者,行所不得不行,止所不得不止,而起伏照應,承接轉換,自神明變化於其中。"(《說詩晬語》上八)

至止之義,可指表現手法之至止,如鍾嶸的"止泊"論,他說:"若專用比興,則患在意深,意深則詞躓;若但用賦體,則患在意浮,意浮則文散,嬉成流移,文無止泊,有蕪漫之累矣。"(《詩品·序》)可指表達情思之至止,如王夫之"有止"論,他說:"豔詩有述歡好者,有述怨情者,《三百篇》亦所不廢……嗣是作者,如'荷葉羅裙一色裁''昨夜風開露井桃',皆豔極而有所止。"(《薑齋詩話》卷一《夕堂永日緒論》內編四五)可指才氣發洩之至止,如鍾嶸的"氣過"論,他說劉楨詩"源出於《古詩》……但恨氣過其文,雕潤恨少。"(《詩品上·魏文學劉楨詩》)可指師法古人之至止,如李本寧"太過"論,他說:"今之詩不患不學唐,而患學之太過。即事對物、情與景合而有言,幹之以風骨,文之以丹彩,唐詩如是止爾。"(《大泌山房集》卷九《唐詩紀序》)

齊止之義,可指文學表現之齊止,如章學誠"齊止"論,他說:"夫演口技者,能於一時並作人畜、水火、男婦、老稚千萬聲態,非真一口能作千萬態也。千萬聲態,齊於人耳,勢必有所止也。取其齊於耳者以為止,故操約而致聲多也……聲色齊於耳目,義理齊於人心,等也。誠得義理之所齊,而文辭以是為止焉,可以與言著作矣。"(《文史通義》卷四內篇四《說林》)可指遣詞造語之齊止,如張戒的"中的"論,他說:"'蕭蕭馬鳴,悠悠旆旌',以'蕭蕭''悠悠'字,而出師整暇之情狀,宛在目前。此語非惟創始為難,乃中的之為工也。"(《歲寒堂詩話》卷上,《歷代詩話續編》上)可指語言修飾之齊止,如王闓運"能已"論,他說:"孔子贊《易》曰'修辭',《聘記》論詞曰'足達',又曰'辭足以達,義之至也'。然則,不修者不足以達,達而不已者,又修之不誠也。"(《湘綺樓文集》卷三《八代文粹序》)可指文學質性之齊止,如劉熙載"本位"論,他說:"文有本位。孟子於本位毅然不避,至昌黎則漸避本位矣,永叔則避之更甚矣。凡避本位易窈眇,亦易選懦。文至永叔以後,方以避本位爲獨得之傳,蓋亦頗矣。"(《藝概》卷一《文概》)

文學節度論。度,也是中國文論常用字眼。它有三個基本義項:一是維度,指稱事物的空間結構,有四維、東維、八維之類。如《素問·氣交變大論》:"土不及四維";《淮南子·天文訓》:"東北爲報德之維";潘勖《册魏公九錫文》:"君龍驤虎視,旁眺八維"。這落實到中國文學制度上,維度是指文學的空間結構,亦即性情與文辭兩個維度。這以劉勰"文情"論最爲典要,他說:"是以將閱文情,先標六觀:一觀位體,二觀置辭,三觀通變,四觀奇正,五觀事義,六觀宮商。斯術既行,則優劣見矣。"(《文心雕龍·知音》)其"六觀"所分六要素,都在"情文"維度之內。以後諸家所論,論析文學要素,容或有所增減,卻不出此範圍。至若劉知幾所說:"夫飾言者爲文,編文者爲句,句積而章立,章積而篇成,篇目既分,而一家之言備矣。"(卷六內篇《叙事第二二·隱晦》)其論看似獨標文辭,而遺落性情之維度;但云"一家之言備",實隱含作者情致意趣。

二是嚮度,指示事物的動態趨勢,有朝嚮、去往、接近之義。如《莊子·秋水》:"(河伯)望洋嚮若而歎";《後漢書·杜篤》:"師之攸嚮,無不靡披";陶淵明《飲酒》詩之三:"道喪嚮千載,人人惜其情"。這落實到中國文學制度上,嚮度是指文學的動態趨勢。縱觀中國文學,大體有三嚮度:(一)節制性情。主張節制人的性情,這是文學固有之義。早在對《詩經》的實用批評中,孔子提出了"無邪"的要求(《論語·爲政》),荀子又有"中聲之所止"說(《荀子·勸學》)。該思理因承轉釋於《毛詩序》中,而成"發乎情,止乎禮義"之論。嗣後一代代的論文者,多承其緒論而發揮之。如劉勰說:"詩者,持也,持人情性;三百之蔽,義歸'無邪',持之爲訓,有符焉爾。"(《文心雕龍·明詩》)至於如何持人情性,劉熙載更分解之曰:"詩之言持,莫先於內持其志,而外持風化從之。"(《藝概》卷二《詩概》)(二)節制文辭。語言之施用,不能無修飾;倘若不加以修飾,則"言之無文"(《左傳》襄公二十五年)。故而文辭節制,就是語言修飾。其義頗通典據:"《易·繫傳》:'物相雜故曰文。'《國語》:'物一無文。'徐鍇《說文通論》:'強弱相成,剛柔相形;故於文,人乂爲文。'《朱子語錄》:'兩物相對待故有文,若相離去便不成文矣'";"辭之患,不外過與不及。《易·繫傳》曰'其辭文',無不及也;《曲禮》曰'不辭費',無太過也";"文,辭也;質,亦辭也。博,辭也;約,亦辭也。質,其如《易》所謂'正言斷辭'乎? 約,其如《書》所謂'辭尚體要'乎?"(《藝概》卷一《文概》)

（三）情文互節。在實際的文學活動中，對性情和文辭的節制，須由情文互節來實現。中國文學嚮來注重功利性，言語施用需接受外加規範；但這種規範不由外力強加，而是通過情文互節來體現。對此，劉勰概述曰："文采所以飾言，而辯麗本於情性。故情者文之經，辭者理之緯；經正而後緯成，理定而後辭暢：此立文之本源也。"（《文心雕龍·情采》）循此，劉勰還論列情文互節之情形："一則情深而不詭，二則風清而不雜，三則事信而不誕，四則義貞而不回，五則體約而不蕪，六則文麗而不淫。"（《文心雕龍·宗經》）其義延至近世，章太炎猶申言，"本情性，限辭語，則詩盛；遠情性，意雜書，則詩衰（《國故論衡》中《辨詩》）。

三是法度，指示事物的自身規制，有常規、準則、制度之義。這落實到中國文學制度上，法度是指文學的自身規制。基於上述文學活動三嚮度，中國文學自身規制對應爲：節制性情以正，節制文辭以簡，情文互節以達。

文學節制論。以正、以簡、以達，這是節文的基本原則；而如何實現節文原則，正是文學節制的任務。

追求性情之正，抒發自然情性，這是中國文學一貫的要求。在這一點上，道家之因任自然，儒家之克己復性，是相通的，並無二途。從早前的詩言志、詩緣情之論，到晚近的童心自文、獨抒性靈之説，雖語境不同而論調變改，但以正的精神貫穿始終①。因此，以正被不同文學觀點所認同，是中國古今文學的共同歸趣。當然，達成這個共識，並非一蹴而就，中間難免有曲折，甚至還會有偏離；但大的趨勢不可逆轉，且其認識越來越明確。如清人劉熙載説："《詩序》言'發乎情'，《文賦》言'詩緣情'，所貴於情者，爲得其正也。"（《藝概》卷二《詩概》）而章學誠不僅持論性情之正，更探討性情之陰陽正變機理："夫文非氣不立，而氣貴於平。人之氣，燕居莫不平也；因事生感，而氣失則宕，氣失則激，氣失則驕，毗於陽矣。文非情不深，而情貴於正。人之情，虛置無不正也。因事生感，而情失則流，情失則溺，情失則偏，毗於陰矣。"（《文史通義》卷三內篇三《史德》）

追求文辭之簡，崇尚用語經濟，也是中國文學一貫的要求。而以簡的思想來源，可上溯老子貴言觀。《老子》曰："多言數窮，不如守中。"又曰："由其[悠兮]貴言，成功事遂，百姓謂我自然。"（第五章、第十七章）此一思理轉釋於文學中，就成了"言近而指遠""文已盡而意有餘"論②。至唐劉知幾論史文，而有極明確之表述："夫國史之美，以敘事爲工；而敘事之工者，以簡要爲主。簡之時義大矣。歷

---

① 語出《毛詩序》、陸機《文賦》、李贄《焚書》卷三《童心説》、袁宏道《袁宏道集箋校》卷四《敘小修詩》。
② 語出孟軻《孟子·盡心下》、鍾嶸《詩品·序》。

觀自古作者權輿,《尚書》發蹤,所載務於寡事;《春秋》變體,其言貴於省文。斯蓋澆淳殊致,前後異跡,然則文約而事豐,此述作之尤美者也。"(《史通》卷六內篇《敘事第二二·簡要》)基於這個認知,他進而設喻説:"蓋餌巨魚者,垂其千鈞,而得之在於一筌;捕高鳥者,張其萬罝,而獲之由於一目。夫敘事者,或虛益散辭,廣加閑説,必取其所要,不過一言一句耳。苟能同夫獵者漁者,既執而罝釣必收,所留者唯一筌一目而已;則庶幾胼胝盡去,而塵垢都捐,華逝而實存,滓去而沉在矣。嗟乎! 能損之又損,而玄之又玄,輪扁所不能語斤、伊摯所不能言鼎也。"(《史通》卷六內篇《敘事第二二·簡要》)損之又損、玄之又玄,就是節制文辭之要訣。

追求辭能達意,實現言簡意賅,也是中國文學一貫的要求。而以達的思想來源,可上溯孔子慎言觀。孔子曰:"辭,達而已矣。"(《論語·衛靈公》)這裏的"辭達"之説,實出自行人騁辭傳統。達,是指慎言以達禮,非指言辭以達意。但隨著周禮之崩壞,慎言飾禮無所附麗,辭達就轉釋到言語修飾中,而確立言辭達意的新規制。嗣後諸家論文,多緣辭達立説,如蘇軾云"言止於達意",袁宗道云"古文貴達,學達即所謂學古",均指稱辭能達意[1]。對於這個思理,論者多有認知。如劉勰説:"文成規矩,思合符契: 或簡言以達旨,或博文以該情,或明理以立體,或隱義以藏用。"(《文心雕龍·徵聖》)章學誠説:"《易》曰'修辭立其誠。'誠不必於聖人至誠極致,始足當於修辭之立也。學者有事於文辭,毋論辭之如何,其持之必有其故,而初非徒爲文具者,皆誠也。有其故,而修辭以副焉,是其求工於是者,所以求達其誠也。"(《文史通義》卷二内篇二《公言中》)王闓運説:"(詩)貴以詞掩意,托物寄興,使吾志曲隱而自達,聞者激昂而欲赴;其所不及設施,而可見施行,幽曠窈眇,朗抗猶心,遠俗之致,亦於是達焉。"(《國粹學報》第二三期王闓運《湘綺樓論詩文體法》)

如上所述,以達作爲以正、以簡之綜合,實成爲文學節制的理論核心,故亦爲文學活動的終期目標。由於達的要求出自情文互節,它就揭示了文學活動的關係,從而引申出若干對關係範疇,包括言與意、文與質、藝與道、雅與俗、虛與實、内與外等等;因而,中國文學之節制可坐實爲關係調節,即依據關係範疇的種種規定來節文。這些關係範疇具有穩定性,儘管隨著場景語境的變遷,其具體内涵也會不斷變化,而其思理結構卻恒定不變。這種理論識度一經確立,就成爲穩定

---

[1] 《蘇軾文集》卷四九《答謝民師書》;《白蘇齋類集》卷二〇《論文上》。

的思理結構，綿延在歷代文學思想中，直至今日猶不出其軌轍。正因關係範疇的思理結構是穩定的，中國文學才得以確立自身的規定性。

三　中國文學制度的理論建構

中國文學制度觀念的修復與確立，除了合乎其原學理據而節文典據，還得益於近四十年研治"制度與文學"的學術積纍，以及接力近二十年來專題研討文學制度的理論探索。汲取這些思想資源與理論認知，既能擴充文學制度的理論內涵，又可分析文學制度的理論層次，形成三層位元五論域之理論建構。

（一）文學制度三層位論

若從程千帆《唐代進士行卷與文學》（1980年）算起，迄今產生不少研討某項制度設施與文學關係的論著，計有傅璇琮《唐代科舉與文學》（1986年）、王勳成《唐代銓選與文學》（2001年）、傅紹良《唐代諫議制度與文人》（2003年）、陳元鋒《北宋館閣翰苑與詩壇研究》（2005年）、祝尚書《宋代科舉與文學考論》（2006年）、曹勝高《漢賦與漢代制度——以都城、校獵、禮儀爲例》（2006年）、李德輝《唐代文館制度及其與政治和文學之關係》（2006年）、林岩《北宋科舉考試與文學》（2006年）、吳夏平《唐代中央文館制度與文學研究》（2007年）、葉曄《明代中央文官制度與文學》（2011年）、霍志軍《唐代御史制度與文人》（2013年）等；及至二十一世紀初以來，又有專研文學制度並以"文學制度"題名的論著多種問世，即王本朝《中國現代文學制度研究》（2002年）、《中國當代文學制度研究（1949—1976）》（2007年）、饒龍隼《上古文學制度述考》（2009年）及《中國文學制度論》（2010年）、羅家湘《先秦文學制度研究》（2011年）等。

除了以上所列論著，還有許多相關論文。茲以"文學制度""文學□制度"爲詞條進行檢索，2018年12月30日在中國知網檢得期刊論文篇數分別爲：題名項六十八／二百零九篇，主題項一百二十六／三千三百七十一，關鍵字項九十一／九十。此外，還有很多論涉中國文學制度、而不以"制度"題名的論著。從這些論著的時段分佈看，自遠古殷周以至中國當代，涵蓋中國文學發展全程，具有相當的時長和廣度；再從這些論著的題旨關涉看，有直接對應某項制度設施的，也有論涉文學社會性及其自身規制的，全方位多層面地涵蓋文學的方方面面。由此可說，近幾十年研治"制度與文學"以及"文學制度"，已成中國文學研究一個重要而不容忽視的學術領域。

　　綜觀以上所論列的著作與論文,雖然所關涉的文學制度很繁複;卻非雜亂無章、毫無頭緒,而是可作若干層面的區分。大抵説可分三個層次,即外層、中層、内層。外層制度,是指間接作用於文學的社會建置,社會制度、法律制度、宗法制度、禮樂制度、選官制度、文官制度、科舉制度、薦舉制度、御史制度、樂籍制度、音樂制度、藏書制度、民間秩序、書院教育、科技推廣等等,這些大都是外在於文學的規約體制;中層制度,是指直接作用於文學的制度設施,館閣制度、翰院制度、侍御制度、出版制度、稿費制度、簽約制度、組織制度、審查制度、獎懲制度、英模制度、文學傳媒、文學社團、文學評獎、文學管制、意識形態等等,這些大都是中介於文學的動力機制;内層制度,是指恒常穩定的文學自身規定性,本源流别、本體邊界、創制精神、用象形制、文用形態、觀念範疇、功能作用、審美意識、生産消費、批評鑒賞、篇章體式、傳寫形式、傳播交流、撰集收藏、藝術承載等等,這些大都是内在於文學的自身規制。

　　若以幾種代表性論著來衡量,傅紹良《唐代諫議制度與文人》、霍志軍《唐代御史制度與文人》等所論,大體系外層文學制度;傅璇琮《唐代科舉與文學》、陳元鋒《北宋館閣翰苑與詩壇研究》等所論,基本爲中層文學制度;王本朝《中國現代文學制度研究》、羅家湘《先秦文學制度研究》等所論,主要屬中層文學制度;饒龍隼《中國文學制度論》《上古文學制度述考》以及黄霖爲撰書評所論①,重點是内層文學制度。當然,這種區分不可能是整齊劃一的,外中内三層之間會有交疊遷移。比如,唐代以詩賦取士,詩賦爲科舉試目,而詩賦是文學主導樣式,故科舉制度在唐代屬中層文學制度;明代以時文取士,時文爲科舉試目,然時文是反文學之官樣,故科舉制度在明代屬外層文學制度。再如,禮樂制度本屬政治教化範疇,是外層文學制度的重要節目,其對秦漢以後文學事業,大抵是可以這樣定位的;但兩周時期由盛轉衰的禮樂制度,因其爲《詩》篇創制演述所依託,且催生了"辭達""言志"等觀念,而成爲中層文學制度最關鍵的創設。又如,篇章體式是内層文學制度的事項,卻與科技進步和物質文明相關聯:《詩》篇轉換成書面傳寫的形式,必須借助簡帛書寫制方能實現;而永明體詩歌所講求的人工聲律,是文學主要依賴紙媒傳播的産物。簡帛和紙張本來都外在於文學,竟能引起文學内在的深度變革,這説明文學制度的内外層息息相關,兩個層位之間並無截然迥然之分隔。由此可知,文學制度的分層

---

① 黄霖《評饒龍隼〈上古文學制度述考〉》,《文學評論》2010年第2期,第188—190頁。

不是簡單固化的,需依其與文學的互動關係來定位。

基於上述三層位之劃分,文學制度的結構層次爲:1. 中國文學制度總體有內、中、外三個層位,內層、中層、外層分別自成發展演進綫索;2. 中、外層文學制度各項設施自成演進綫索,如科舉制度、公文制度各有統類自成規制;3. 內層文學制度每一事項也都自成演進綫索,如用象形制、觀念範疇有恒定的思理結構。

(二)文學制度五大論域

如上所論,文學制度理論建構除了要照應三層位,還要處置內、中、外三層位間的關係;特別是從中國文學自身規定性著眼,三層位可坐實在外中層與內層兩相。至於外中層與內層兩相之間,則有更精微繁複的內在關聯。其具體內容,可分爲五項:1. 外、中層與內層文學制度形成施用與策應關聯,突破早前"制度與文學"單向影響的理路論域;2. 其施用與策應關聯發生在文學本體的邊界部位,因使中國文學制度研究的焦點設定在文學邊界;3. 外、中層與內層文學制度之間的邊界互爲內外,兩條邊界之間有一個過渡的溶蝕的開放性空間;4. 通過這個開放性空間深入探研文學間性及媒介,可呈現中國古代文學自身規定性和開放延展性;5. 以開放延展性爲參照來證成文學的自身規定性,終至歸本化原並標識中國本土文學的民族特徵。

出於以上所述五項關聯,文學制度應有五大論域:

1. 受動與自生。從本原上來説,文學是自生的。一方面,表徵爲文學自身規定性堅穩充實,能夠經受外來勢力的干擾和侵蝕。內層文學制度是亘古綿延不絕的,始終抗拒中外層文學制度的侵擾,並在對抗侵擾中保持自身規定性,使歷代文學生生不息而永不衰竭。另一面,文學又不斷承受外來勢力的刺激,以使自身生長機能不斷激活更新。中外層文學制度是施動的,而內層文學制度是受動的,若無外來勢力永不間歇的刺激,文學自身規定性就會衰歇消亡。這樣就產生文學制度的層位互動,使內中外層形成對抗妥協之統一:從自身規制看,文學是自生的,內層制度必始終抗拒中外層制度的侵擾;從外在規約看,文學是受動的,內層制度需不斷策應中外層制度的刺激。衡以文學制度三層位之關聯,文學各體似乎都由母體所出;但不是母體孕育文學,而是文學自生於母體。也就是説母體並非文學本原,本原就在文學自身規定性中。正如張裕釗所説:"自然者,無意於是,而莫不備至,動皆中乎其節,而莫或知其然⋯⋯凡天地之間之物之生而成文者,皆未嘗有見其營度而位置之者也,而莫不蔚然以炳,而秩然以從。夫文

之至者,亦若是焉而已。"(《濂亭文集》卷四《答吳摯甫書》)

2. 邊界與自足。從本體上來說,文學是自足的。其一方面,表徵爲文學自身規定性獨立完粹,能夠接受外界色素的皴染與滲透。内層文學制度既堅守自身規定性,又能適度地放開文學本體的邊界,從邊界吸收來自中外層的補養,使文學的本體自足不至封閉。另一方面,這種開放只限于文學本體的邊界,並不以放棄背離自身規制爲代價。在內層與中外層的邊界上,留存一個緩衝交互的空間,使中外層補養能進入文學本體,而文學又不因外界色素而失性。像這個留存在層位中的空間,就是文學制度所蘊藏的間性;且唯此間性才在開放與封閉臨界點,設置了保全文學自身規定性的屏障。故而文學邊界越是開放,文學本體就越顯自足;而文學本體越顯自足,其自身規制越趨穩定。由此推廣開來,則文學之自足,既有自身規定性,又有適度開放性。正如嚴羽所說:"夫詩有別材,非關書也;詩有別趣,非關理也。然非多讀書,多窮理,則不能極其至。"(《滄浪詩話·詩辯》)材,通裁。標舉別裁別趣,而排斥書、理,便是確認文學本體之自足;而多讀書窮理,能達文學極至,則又開放文學本體的邊界。自足而開放,開放而自足,就使文學不至封閉,從而表現出無限性。

3. 作用與自性。從主體上來說,文學是自性的。其一方面,表徵爲文學自身規定性渾樸天真,能夠消釋外加作用的刻苦與焦慮。文學作爲作家的創造性產物,固然會留下人工造作的痕跡;但其創造力的發揮不容刻意傷性,而要因任自然以使文學返璞歸真。另一方面,作家高妙的創造力並非與生俱來,而有賴後天廣泛閱歷和勤苦練習。文學的主體自性並不否棄人工作用,否則文學會因主體不振而自行消亡。主體自性緣自內層文學制度,人工作用借力於中外層制度,這就要求在文學制度諸層位間,來重新認證作家的主體創造性。自古人們通常認爲,文學是作家的創造;因而誇張作家的才華個性,甚至神化天才作家之超能。其實作家創造力的發揮,不在乎其學識才華超溢,也不在於氣質高妙超群;關鍵在於能夠委棄自我,克除成心而不師心自用,並虛心納物而因任自然。正如葉燮所設喻,說神禹平成天地,"行所無事,不過順水流行坎止自然之理,而行疏瀹、排決之事……以文辭立言者,雖不敢幾此,然異道同歸"(《原詩》內篇下六)。他如王充氣導童謠說、蘇軾行雲流水說、嚴羽詩而入神說、李贄童心自文說、王夫之"可以"解、葉燮"去面目"論、沈德潛"稱之"論,均對此有獨到體認①。

---

① 參見《論衡·紀妖》;《蘇軾文集》卷四九《與謝民師推官書》;《滄浪詩話·詩辯》;《焚書》卷三《童心說》;《薑齋詩話》卷二《夕堂永日緒論》內編一;《原詩》內篇下二;《說詩晬語》下四四。

4. 回應與自適。從功用上來説,文學是自適的。其一方面,表徵爲文學自身規定性隨順委蛇,能夠適應外部環境的遷移和變化。内層文學制度具有適用性,既不逐外式地唯功利是圖,也不證内式地純審美自溺,故能隨其境遇而各適所用。另一方面,文學又必須直面關切社會現實,回應來自文學外部的種種挑戰。内層與中外層文學制度息息相通,中外層制度向内層傳遞外來需求,而内層通過中外層制度作出回應,並在這回應中彰顯文學的適應性。自古賢達多認爲,文學具有適用性,既不是唯功利的,也不是純審美的。對此特性,劉勰嘗説:"淵乎文者,並總群勢;奇正雖反,必兼解以俱通;剛柔雖殊,必隨時而適用。若愛典而惡華,則兼通之理偏,似夏人爭弓矢,執一不可以獨射也;若雅鄭而共篇,則總一之勢離,是楚人鬻矛譽楯,兩難得而俱售也。是以括囊雜體,功在銓別,宫商朱紫,隨勢各配。"(《文心雕龍·定勢》)隨勢各配、俱通適用,説的就是文學之自適。他如李本寧"各適其宜"説、葉燮"適如其意"説、章炳麟"各有體要"説,均堪稱精妙切理之論①。要之,文學之自適,可適一己之用,可適一體之用,可適一時之用,可適一世之用。

5. 變異與自化。從通變上來説,文學是自化的。一方面,表徵爲文學自身規定性流易圓轉,能夠順應外在時空的替變與延展。文學也要融入大化流行之中,隨時序物色變遷而因革損益,實現内層文學制度的自我更新,以與中外層文學制度協同演進。另一面,文學規制爲應對種種特殊情勢,會依據自身規定性來改裝變異。文學通變從來都是一個自化進程,古今一體、源流相貫而變猶不變,這既是對内層文學制度的依循,又是對中外層文學制度的順從。中國文學通變論,有兩個理論來源:一是老莊道論。道自然化生,恒久不衰,無始無終。文學本原於道,自當古今一體,既不古貴於今,亦非今勝於古。如葉燮所云:"我之命意發言,自當求其至極者……故我之著作與古人同,所謂其揆一;即有與古人異,乃補古人之所未足,亦可言古人補我之所未足。而後我與古人交爲知己也。"(《原詩》内篇下四)二是周代易論。易生生不息,循環往復,雖變不變。文學依循於易,自當古今一體,既不食古不化,也不師心自用。如劉勰所云:"文律運周,日新其業。變則其[可]久,通則不乏。趨時必果,乘機無怯。望今制奇,參古定法。"(《文心雕龍·通變》)

總之,不論文學制度三層位關聯如何,祇有立足於文學自身的規定性,方能

---

① 參見《詩源辯體》卷十二引、《原詩》内篇上三、《國故論衡》中《文學總略》。

認證中國文學制度的特性,並可用前人片斷的論例來印證。如劉勰說:"夫情致異區,文變殊術,莫不因情立體,即體成勢也。勢者,乘利而爲制也。如機發矢直,澗曲湍回,自然之趣也。圓者規體,其勢也自轉;方者矩形,其勢也自安:文章體勢,如斯而已。"(《文心雕龍·定勢》)所謂"乘利而爲制",是指文章雖千變萬化,無不出自文學體勢之自然,若因勢利導就會得其節制。又鍾嶸說:"余謂文制,本須諷讀,不可蹇礙;但令清濁流通,口吻調利,斯爲足矣。"(《詩品序》)文制,是指文學自身的規定性;足矣,即指這種規定性之自足。又許學夷說:"予作《辯體》一書,其源流、正變、消長、盛衰,乃古今理勢之自然,初未敢以私智立異說也。"(《詩源辯體》卷三四)所謂"理勢之自然",即古今綿延之規定性。對這規定性,祇可體認之並遵從之,而不可立異說乖離之。類似的意見,王夫之也說:"古詩無定體,似可信筆爲之,不知自有天然不可越之榘矱。"(《薑齋詩話》卷一《夕堂永日緒論》內編九)所謂"天然榘矱",即指文學的規定性。又葉燮說:"溫柔敦厚,其意也,所以爲體也,措之於用,則不同;辭者,其文也,所以爲用也,返之於體,則不異。漢、魏之辭,有漢、魏之溫柔敦厚;唐、宋、元之辭,有唐、宋、元之溫柔敦厚。"(《原詩》內篇上三)這是說,文學體同而用異,總歸爲溫柔敦厚;但也會隨文辭之用,而適變成各具特質,既不僵硬不化,也非後出轉衰。要之,前人有關文學規定性的認知,已探觸文學制度的基本特性。概括說,文學是受動策應的,而又是本原自生的;文學是開放邊界的,而又是本體自足的;文學是人工作用的,而又是主體自性的;文學是呼召回應的,而又是功用自適的;文學是不斷變異的,而又是通變自化的。

四　中國文學制度研究諸命題

如上所述,文學制度的觀念及名義既已修復,其思理結構和理論建構亦趨完形;則有關"制度與文學"的論題,就理應納入文學制度研究範疇,再加上專題的"文學制度"研究,文學制度研究領域就有兩個方嚮。這兩個方嚮是一體未分的,共同支撐文學制度三層位。再就文學制度三層位構造來說,每層位都有許多論題值得研究,也可以多層位結合在一起研究,或者對三個層位進行綜合研究。但無論哪個層位的選題設計,文學自身的規定性必受尊重;如若忽視文學自身規制的選題,就不應該納入文學制度的範圍。

（一）文學自身的規制

基於上述理論、觀念等各項要義，可論列中國文學制度的特定內涵。具體說，它是文學活動在制度層面的表徵，有觀念形態和物質形制兩個層次，由創制精神、用象形制、觀念範疇、文用形態、傳寫形式、篇章體式等項目構成。

創制精神。創制精神是指文學活動的精神狀態及歸趨。依據中國文學制度的觀念，創制精神不是作家的專利，不衹表徵于文學主體方面，而是灌注於文學活動整體。也就是說，創制精神不等同於創造力，認爲創制精神衹繫於作家，而不關世界、作品、讀者，這樣的看法起碼是片面的。當今文學活動四要素之分，是就經典意義的文學而言；即便是經典意義的文學活動，創制精神也不會專屬於作家。如陸機《文賦》描述構思活動："其始也，皆收視反聽，耽思傍訊，精騖八極，心游萬仞"，這是創作主體（即作者）的精神狀態及歸趨；"其致也，情瞳曨而彌鮮，物昭晰而互進"，這是對象客體（即世界）的精神狀態及歸趨；"傾群言之瀝液，漱六藝之芳潤，浮天淵以安流，濯下泉而潛浸"，這是語言傳達（即作品）的精神狀態及歸趨；"收百世之闕文，採千載之遺韻，謝朝華於已披，啓夕秀於未振，觀古今於須臾，撫四海於一瞬"，這是閱讀期待（即讀者）的精神狀態及歸趨。像這四方面的精神狀態及歸趨，就是流灌構思過程的創制精神；且在當下的文學活動中，創制精神四相是一致的：虛己納物而使個體與世界趨於合一，心游於物而使主體與客體趨於合一，修辭立誠而使作家與語言趨於合一，古今一瞬而使今時與古時趨於合一。而就歷來的文學通變論之，無論文學處何種精神狀態，其精神歸趨總是指向合一。即以上古中國文學來說，它有四種創制精神狀態：一是遠古以至殷周之際的童蒙謠謳，二是周初至春秋中期的集體創制，三是晚周時期諸子的個人創作，四是兩漢時期文士的個人創作[1]。在這四種創制精神中，精神狀態雖各不相同，而精神歸趨是一致的：從巫術之精誠致神，到周禮之言行誠信，到諸子之修辭立誠，到王充之文主實誠[2]，合一是其永恒訴求。

用象形制。用象形制是感知成像的文學規制及表形。感知成像是人把握事物的一種基本方式，人的認知活動很大程度上就是感知成像。文學活動中的感知成像，往往表現爲作家的思維，且集中表徵爲形象思維；但是，文學用象不止於形象，除了形象思維的要素，也有多樣的思維元素，比如它可能相容抽象思維，或

---

[1] 參見饒龍隼《先秦諸子與中國文學》，第37—109頁，百花洲文藝出版社2002年版；又饒龍隼《兩漢氣感取象論》，《文學評論》2006年第4期。
[2] 參見《國語·楚語下》；《管子·樞言》；《周易·文言》；《論衡·超奇》。

者介於形象與抽象之間,或者是更古樸的原始思維。同樣,文學活動中的用象傳達,往往表現爲語言的運用,且集中表徵爲語言修飾;但是,用象傳達不全賴語言,除了語言修飾的形式,也有別樣的傳達媒質,比如它可以是原始的直感,或者是主要憑藉操持程式,或者是超語言的全息圖景。因而,在中國文學通變的不同時期,人的感知成像就會很不相同,用象的傳達也有各自的表徵,這便有形態各異的用象形制。據一般情況,某種用象形制的確立,往往有若干事項構成。這包括:1. 特定的用象淵源。文學活動中的用象,不純是作家創設的,而化生自某種用象的淵源,是對早前用象形制的演化。2. 成像的原理機制。象的生成固然出自思維創造,但這並不意味著可翻空易奇。文學活動中的感知成像,除要遵循一般的思維規律,還要接受特定的時代規制。3. 用象的形態特徵。出於特定的思維形式、感知原理及成像機制,一定時期的用象形制便有標誌性的形態特徵。這些特徵是獨具一格的,不可替代的,既不會超前出現,也不會後來重現。4. 連綴組合之構形。基於用象的形態特徵,單元象就可連綴組合,創設出多種多樣的構形,以呈現更強的表義功能;或上昇爲更高層位的用象結構,並且具有相對獨立的表義功能。5. 完形自足之功能。在實際的文學活動中,又往往以單元象的構形爲部件,建立更高位更宏通的用象關聯,從而創設體制更巨的表形集成,以盡顯其完形自足的表義功能,顯得完形自足,獨具風神肌理。

概念範疇。概念範疇是文學的思理結構及其表述。這思理結構出自文學自身規定性,而其最高表述形式就是概念範疇。在中國文學通變歷程中,概念範疇有三個繁茂期:一是晚周及兩漢時期,二是魏晉至盛唐時期,三是晚清和民國時期。第一期概念範疇孕育自群經諸子等藝文形式,第二期概念範疇催生於玄學佛理等知識領域,第三期概念範疇嫁接了西方文學的思想觀念。從表象看,這三期概念範疇之繁茂都得力於外援,似乎不是從中國文學自身生長出來的。除此之外,它還接受音樂、繪畫、書法等藝術門類的補養,使中國文學的思理結構表現出極大的開放態勢。但是,這種開放衹限於文學的邊界,卻不以放棄文學本體爲條件;相反,正是中國文學本體之自足,才確保其思理結構的穩定。這樣就蘊藏一種能量,文學的邊界越是開放,文學本體就越顯自足;而文學本體越顯自足,其思理結構越趨穩定。即以中國文學的自然觀爲例,它在莊子思想中有三層含義:一是自然本體即自然而然,二是近乎自然即謂遊藝說,三是去人工作用的自然界。這三層含義初與文學無關,但到後來全都進入了文學:自然而然,用以指稱文學發生之本原;近乎自然,用以指稱技藝之巧奪天工;自然界包含山水、生理和性情之自然，後陸續成爲中國詩文題詠抒寫的對象。這個實例充分表明，中國文學的自然觀，一邊陸續接受邊界之外的思想成分，一邊不斷強化本體之内的思理結構。而且這種邊界上的接受有所選擇，吸收什麼拒斥什麼都有内在依據。因此，出自中國文學自身的思理結構，及其最高表述形式的概念範疇，既不可以洋爲中用式地搬挪替換，也不能夠古爲今用式地現代轉換。而所能做到的，恐怕只有轉釋。所謂轉釋，就是賦予固有的思理結構以新質。它有三個要點，一是保持思理結構不變，二是添注新的思想内涵，三是非人爲地適時而化。

  文用形態。文用形態是文學的修飾品質及其指嚮。"文"的本義是修飾，文學的實質即爲修飾，所以文用也就是修飾。在中國文學通變的不同時段，修飾的手段及對象是變化的。一般情況，經典意義的文學固然是語言修飾，而此外的文學修飾不都屬語言。比如，出於周代禮樂的規制，春秋中期以前的文學，是用禮儀來修飾言語行爲，而不是修飾語言文辭本身。然而，無論手段與對象如何變化，修飾卻是永不衰退的話題。就拿上古中國文學來説，其修飾大體有四種情形：一是春秋中期以前的禮文。禮文是指禮儀修習，注重禮儀對行爲（含言語行爲）之修飾，行爲（含言語行爲）符合禮儀規範就是文，不符合禮儀規範就是質/野；二是春秋中晚至戰國前期的身文。身文是指人身修養，注重禮義對品行（含道德文章）之修飾，品行（含道德文章）達成禮義要求就是文，未達成禮義要求就是質/野；三是戰國中晚期的言文。言文是指文辭修潤，注重義法對言語（含遊説談辯）之修飾，言語（含遊説談辯）符合義例法則就是文，不符合義例法則就是質/野。四是兩漢時期的綺文。綺文是指書面敷飾，注重綺美對書面（含詩文辭賦）之修飾，書面（含詩文辭賦）體現華美追求就是文，未體現華美追求就是質/野。由此可知，戰國中期以後的文學方入經典範型，其文用也就相應地集中表現爲言用。而更從言用指嚮來看，它約有三種理論傾嚮：一是主張言能盡意，以儒家、墨家和法家爲代表。二是主張言不盡意，以道家和名辯家爲代表。三是折中的看法，在言不盡意前提下，融攝了言能盡意論。這又形成兩種論調：一種出自《易》傳，在言、意之間添加象，以爲言不盡意，但立象能盡意。（《周易·繫辭上》）另一種出自莊子後學，祇肯定言的有限功能，並主張得意就要忘言[①]。（《莊子·外物》）

  傳寫形式。傳寫形式是文學的傳媒載體及其形質。在人類文明史上，文學

[①] 參見饒龍隼《晚周觀念具象述論》，《文學評論》2009年第1期。

傳寫經由口頭、金石、甲骨、簡帛、紙墨、舞臺、音訊、視屏、網路等形式。這些形式先後出現，是適時而化的結果。其大致情況是，在文字刻寫技術獲普及之前，有一個漫長的口傳文學時期。及至殷商時期，隨著契刻甲骨、銘鏤金石技術推廣，開始出現用文字來記錄的傳寫形式；但其功能還不強大，適用面亦未及推廣。到西周中晚期，絹帛簡牘開始普及應用，文字書寫功能才更強大。這時，不僅文誥、史事、數術要依賴文字傳載，而且早前的口傳文學也轉換成書寫形式。以後口傳文學雖未消失，但口耳言傳的功能轉弱，而書寫簡帛的功能增強，以致文學依賴書面傳寫。晚周的諸子謳歌、百家著述、策士說辭等等，均由於借助簡帛文字之書寫而得以流傳後世。特別是到了戰國以晚，由於簡帛的傳載功能足夠強大，而使原來口傳的神話、歌謠等，逐漸轉換成書面形式。及至漢代紙墨技術推行以後，文學之書面傳寫就不可逆轉。隨著寫本文學不斷湧現，其數量積纍到一定程度，就引起文學傳載方式的變革，並引發文學基本形質的演化。這表現爲：1. 魏晉時期開始出現單篇詩文的結集，便利並促進文學作品的流傳與研習。2. 文學作品廣泛流通，壯大了接受消費群；而接受消費需求的擴大，也刺激了文學創作增量。3. 寫本文學付諸視覺閱讀欣賞，就爲講求平仄押韻提供可能；這將引導文學脫落自然音律，逐漸朝著人工聲律方嚮發展。4. 文學的創作量和消費量之劇增，就暴露抄寫的生產能力之不足，因而促進刻印技術的推廣應用，使口傳、寫本轉換成刻印形式。這就再次引發文學全面而深刻的變革，特別是引發文學體制和消費方式巨變。以後刻印技術每一步改進，以至現代印刷技術的出現，都不斷加速傳寫形式的變革，使中國文學捲入現代化進程。

篇章體式。篇章體式是文學的組織構造及其樣式。若從其表象來看，篇章體式是用字詞句依照一定規則組織而成的。所謂飾言爲文、編文爲句、積句成章、積章成篇，就是這個意思。但從其發生來看，中國文學的篇章體式是自生自化的，不容作家有太大發揮創造力的空間。作家是運用篇章體式的主體，當然要參與篇章體式的生成，但不可能獨創某種篇章體式。即從其源頭來説，上古是文學體制孕育發生期，其時作家創制意識尚未獨立，卻有了篇章體式之自然生長。此時凡相對成熟的篇章體式，並不是出自作者的靈性獨創，而是對雅俗體制之因用改造。比如，《春秋》是各國舊史之創編，《楚辭》緣自楚地民間巫歌，《成相》是成相表演之翻版。尤其戰國時期的篇章體式，成爲後世文體化生之淵藪。《文心雕龍·明詩》以後二十篇，追論數十種篇章體式的淵源流變，均一一推源溯流至戰國時代以遠。這大略有三種情形：1. 完形的篇章體式。比如諸子編著的語錄體、專論體,又如歷史撰述之誥誓體、編年體。這些文體在上古時期就已成熟,而在後世文學中將延續與創變;2. 片斷的文辭形式。比如莊子所設"寓言"、諸子所調用的寓言等等。這些文辭片斷未成篇制,祇是供調用的表義單元,因而還不是成熟的文體;但是它們具有生成文體的機能,後來陸續變成獨立的文學體式。3. 多種體式之綜創。上古篇章體式具有變異因質,這種因質當時尚未凸顯出來,但到了後世文學通變進程中,在一定條件的誘發與催化下,將綜合創變出新的文學體式。比如,以唐代傳奇爲標誌的中國古典小說,就綜合了神話、史傳、子書、辭賦、詩歌、散文、志怪、志人等體式的敘事與虛構因質,而創變出一種完形獨立的文體①。更重要的是,某種篇章體式一旦確立了,它就具有相對穩定的體性,不僅可以自成一體、獨具一格,還可以被更大的文學體制調用。

(二) 制度與文學論題

歷經三十多年的學術積纍,文學制度研究已自成格局,不論是理論構建還是學術實踐,不論是資料發掘還是知識儲備,不論是分段研討還是通代描述,不論是個案分析還是總體把握,都有一定的廣度深度,取得引人矚目的成績。但也存在問題,這主要表現爲:學理探索不夠清通,學術定位不甚明確;文學制度的層位理論尚未確立,未能將諸層位聯通爲有機整體;個案的分段的研討居多,而總體的通代的研判不足。

關於這個研究現狀,傅璇琮以開創之明,早有發凡示例之功,達到當時最高水準。他說:"鑒於社會是在不斷的發展,社會生活又是如此的紛繁多彩,研究方式也應有所更新,要善於從經濟、政治與文化的相互關係中把握住恰當的中介環節。由此,我想到了科舉制度。"又說:"從科舉入手,掌握科舉與文學的關係,或許可以從更廣的背景來認識唐代的文學……我想,研究中國封建社會,特別是研究其文化形態,如果不著重研究知識分子的歷史變化,那將會遇到許多障隔……我祇是把科舉作爲中介環節,把它與文學溝通起來,來進一步研究唐代文學是在怎樣的一種具體環境中進行的,以及它們在整個社會習俗的形成過程中起著什麼樣的作用。"(《唐代科舉與文學·序》)這明確提出,他想在社會生活與文學之間,把握住科舉制度這個中介環節,以使科舉制度與文學自身溝通起來,打通中外層與內層文學制度的障隔。其所創設的中介環節,應屬於中層文學制度。在

---

① 參見董乃斌《中國古典小說的文體獨立》第三、四等章,中國社會科學出版社1994年版。

當時庸俗社會學依然流行的環境下,傅璇琮這個創見具有重要的學術意義。這就是通過研究中層與內層文學制度的關係,來探討唐代文學的主體構造與創作風習等問題。不過也應看到,傅璇琮"中介環節"之設定,雖能注重制度與文學的關係;但偏重制度作用於文學方面,而忽略文學策應於制度方面;故其學術理路是單向而片面的,仍屬"決定論"文學觀之緒餘;雖對扭轉庸俗社會學傾嚮居功甚偉,卻尚未達文學制度層位理論之進境。

嗣後有關文學制度的研究,大都是沿著傅氏理路展開;直待筆者研究上古文學制度,這個理路才得到一定程度調正。今標舉中國本土固有的文學制度觀念,以與藝術哲學和審美心理等觀念相調劑。"近年來,我因研習上古文學,嘗試引入文學制度的觀念……隨著中國文學全球化進程加深,其文化特徵和民族標識將凸顯,從而誘導中國文學研究本土化。而在當前學術多元化的格局中,本土化又以弱化決定論為前提。如若淡化近世以來流行的決定論,文學自身的規定性就會自然呈露……它將規避藝術哲學觀念的玄學傾嚮,拯救審美心理觀念的鄙俗傾嚮,堅守文學制度觀念的中庸之道……既不建立在形而上學基礎之上,也不建立在世俗實用基礎之上,而是建立在文學自身規定性上;因此中國文學制度研究,既不同於藝術哲學的研究,也不同於審美心理的研究,它只遵循文學自身規定性。"[①]這識度源自《周易》,其《節》卦之象辭曰:"苦節不可貞,其道窮也。說以行險,當位以節,中正以通;天地節,而四時成;節以制度,不傷財,不害民。"節卦最基本的精神意向,就是要求遵循有節原則。反之,既不能苦節,也不能無節;因爲,苦節會過刻失正,無節會氾濫失中。唯其有節才中正合道,使行事能以制度爲節。此一人類行事原則,落實到文學活動上,就是要以文學制度爲節,即遵從文學自身規定性[②]。

如今在文學制度三層位理論觀照下,文學制度研究的內容就應有所拓充。理想的文學制度研究須照應三層位,並最終要落實在文學的內在規制上:既拓充於外層文學制度,又據實於中層文學制度,終歸趣於內層文學制度,臻至文學制度整體研究。此即是說,在原有文學內在規制論閾下,再添加文學外在規約之考量。總之,研討中國文學自身規定性及其制度內涵,是要證成中國本土固有的文學制度觀念。

基於以上所述各事項及其要旨,中國文學制度研究有三大意義:1. 秉承墨

---

① 饒龍隼《上古文學制度述考·導言》,中華書局 2009 年版,第 1、11 頁。
② 參見饒龍隼《中國文學制度論》,《文學評論》第 4 期,第 7 頁。

家的"原"學精神,對中國文學制度探本窮源,並在學科建設高度引入現代學術理念,以總結近世文學制度研究的經驗教訓;2. 開張國際性的學術大視野,將中外相關思想熔於一爐,特別是借鑒西方文學社會學理論方法,並依其適用進行選擇改造和理性批判;3. 立足於中國文化的主體性,不爲外來文學觀念所喧奪,反思二十世紀中國文學研究的得與失,以救正科學實用主義學術理路之流弊。

"卻顧所來徑，蒼蒼橫翠微"
——重讀程千帆先生《唐代進士行卷與文學》

翟本棟*

内容提要 程千帆先生的《唐代進士行卷與文學》，是一部研究唐代進士科舉制度和行卷風尚與文學關係的經典之作。本文對其產生的來龍去脈和種種因緣作了梳理，對其在唐代進士行卷風尚與唐詩、古文和傳奇關係等多方面的學術發明和貢獻，以及其文史結合方法的內涵、意義和在學術史上的地位和影響作了論述。

關鍵詞 程千帆 《唐代進士行卷與文學》 制度 文學 文史結合

程千帆先生的《唐代進士行卷與文學》，是一部研究唐代進士科舉制度和行卷風尚與文學關係的經典之作。

它的產生，可從程先生的一篇文章說起。

一 從《王摩詰〈送綦毋潛落第還鄉〉跋》談起

1946年，時在武漢大學中文系任教的程先生，給學生講授唐代文學，舉到王維的一首詩：《送綦毋潛落第還鄉》[①]，並引沈德潛"反復曲折，使落第人絶無怨尤"的評語爲説[②]。然而，時移世改，綦毋潛落第還鄉，作爲其好友的王維，賦詩贈別，究竟是怎樣"反復曲折，使落第人絶無怨尤"的，學生卻仍難以完全理解。爲了解答同學們心中的疑惑，程先生遂又撰寫《王摩詰〈送綦毋潛落第還鄉〉跋》

---

* 翟本棟，文學博士，南京大學教授，著有《唱和詩詞研究》《北宋黨爭與文學》等。
① 此詩的題目、文字，集本和選本頗有差異，本文所引，題目據[唐]殷璠《河嶽英靈集》卷上（李珍華、傅璇琮校本，載《河嶽英靈集研究》，中華書局1992年版，第154頁），文字則據[清]趙殿成《王右丞集箋注》卷四（上海古籍出版社1984年版，第54頁）。
② [清]沈德潛：《唐詩別裁集》卷一，中華書局1975年版，第13頁。

一文,對這首詩創作的具體背景和詩人的用意等,作了詳細的解讀①。

王維原詩如下:

> 聖代無隱者,英靈盡來歸。遂令東山客,不得顧采薇。既至君門遠,孰云吾道非?江淮度寒食,京洛縫春衣。置酒臨長道,同心與我違。行當浮桂棹,未幾拂荊扉。遠樹帶行客,孤城當落暉。吾謀適不用,勿謂知音稀。

這是一首送別的詩,但又不是一般的送別詩,而是送友人落第還鄉,所以詩人措辭用語,都十分鄭重。詩中寫應舉,云"聖代""英靈",寫落第,言"孰云吾道非""吾謀適不用",便都可看出詩人的那種鄭重其事的態度。詩人為什麽要下筆如此慎重呢?細思當然是合乎人之常情的②,但深層的原因,就需要從唐代進士科舉制度及其風尚中去尋找了。

程先生在文中首先考察了唐代進士科舉制度的實行及其風尚的形成。唐代的科舉制度,制科此可不論,常科中雖有秀才、明經諸種,但最為世人所看重的,則是進士科,以至自武后時期起,整個社會便逐漸形成一種崇尚進士科的風氣。誠如五代王定保所言,"進士科始於隋大業中,盛於貞觀、永徽之際。縉紳雖位極人臣,不由進士者,終不為美,以至歲貢常不減八九百人,其推重謂之'白衣公卿',又曰'一品白衫',其艱難謂之'三十老明經,五十少進士'"③。而造成這一風氣歷久不衰的原因,則在於自武后以來最高統治者的提倡。君主的提倡造成了舉世重進士的社會風尚,由進士出身者多位登顯列,待到這種風尚一旦形成,雖位至顯赫而不由此出身者,終覺遺憾。二者互為因果。

進士科如此被看重,自然應舉者多,而應舉者既多,朝廷又會加以限制,於是限制愈嚴,登第愈難能可貴。這又是一個互為因果的現象。據杜佑《通典》所載:"開元以後,四海晏清,士無賢不肖,恥不以文章達。其應詔而舉者,多則二千人,少猶不減千人,所收百才有一。"④每年應舉者多至兩千人,而及第者百裏挑一,

---

① 此文撰成於1947年2月,載《國文月刊》第60期(1947年10月號),後收入《古典詩歌論叢》(程千帆、沈祖棻合撰,上海文藝聯合出版社1954年版)、《古詩考索》(上海古籍出版社1984年版)。
② 所以要鄭重,要反復曲折,也是合乎人情常理的。王維寫此詩的時間,是唐玄宗開元九年(721),而這一年正是他進士及第的時間。同一年參加應試的朋友,一位金榜題名,而另一位名落孫山,前者寫詩送別後者,當然不能輕率下筆了。
③ [五代]王定保:《唐摭言》卷一,上海古籍出版社2012年版,第3頁。
④ [唐]杜佑:《通典》卷十五《選舉》三《歷代制》下,商務印書館1935年版。

常時不過二三十人,進士試的艱難可想而知。程先生通過對每年應試和登第人數的考察,對上述互爲因果的社會現象,作了詳細分析。

由於進士的貴重和登第的艱難,爲了達到登第的目的,各種奔競之事便不免大行其道了。封演在其所撰《聞見記》中說:"玄宗時,士子殷盛。每歲進士到省者,常不減千餘人。在館諸生,更相造詣,互結朋黨,以相漁奪,號之爲'棚'。推聲望者爲'棚頭'。權門貴盛,無不走也。以此熒惑主司視聽。其不第者,率多喧訟,考功不能禦。"① 這裏説的是玄宗朝,然亦足見有唐一代由進士試造成的社會風氣。唐代的進士考試是不糊名的,士人爲了得到主考官的賞識,增加登第的概率,往往要提前將自己的習作送呈主考官和社會政治地位比較高的人,於是便有所謂的"行卷"現象出現。馬端臨在《文獻通考》中引江陵項氏曰:"風俗之弊,至唐極矣。王公大人,巍然於上,以先達自居,不復求士。天下之士,什什伍伍,戴破帽,騎蹇驢,未到門百步,輒下馬,奉弊刺,再拜以謁於典客者。投其所爲之文,名之曰'求知己'。如是而不問,則再如前所爲者,名之曰'溫卷'。如是而又不問,則有執贄于馬前,自贊曰:'某人上謁者。'"② 生動形象地再現了當日士人以文爲贄、奔走行卷的情景。

從應試者的角度來看,參加進士科考試往往也不是一件很容易的事。應舉之人分兩類,一爲兩京國子監的生徒,一爲鄉貢舉子。生徒可不論,鄉貢舉子每年赴京趕考,往往路途遥遠,多於秋天動身,提前到達京城,以"求知己"與"溫卷",獲取聲譽。然後,次年正月參加禮部的考試,二月放榜。若是高中,自然皆大歡喜;若有志不獲騁,就又不得不退而肄業,再作準備。待到夏去秋來,復又奔走如故。如趙匡所論,"大抵舉選人以秋初就路,春末方歸。休息未定,聚糧未辦,即又及秋。事業不得修習,益令藝能淺薄。""羈旅往來,靡費實甚,非惟妨闕正業,蓋亦墮其舊産。未及數舉,索然已空。"③ 士子們那種往來於道路,奔波於風塵,耗其心力,傾其家産的情狀和風習,恍在目前,令人唏嘘不已④。

進士如此貴重,及第如此艱難,參加考試的過程又如此不易,作爲綦毋潛的好友,王維在送其落第還鄉的贈别詩中,就不能不鄭重其事、"反復曲折"了。程

---

① [唐]封演撰,趙貞信校注:《封氏聞見記校注》卷三《貢舉》,中華書局 2005 年版,第 16 頁。
② [宋]馬端臨:《文獻通考》卷二十九《選舉考》二《舉士》,《景印文淵閣四庫全書》本,臺灣商務印書館 1986 年版,第 610 册,第 629 頁。
③ 《通典》卷十七《選舉》五《雜論議》中引趙匡《舉選議》。
④ 當然,亦有落第而不出京,租借"静坊、廟院及閑宅居住,作新文章""過夏"的舉子(宋錢易《南部新書》卷乙,中華書局 2002 年版,第 21—22 頁),今人嚴耕望曾撰《唐人習業山林寺院之風尚》(《嚴耕望史學論文集》,上海古籍出版社 2009 年版)一文論之,可以參考。

先生解讀道：

> 此作一洗常談，先取遠勢。未言其落第，先言其應舉；未言舉子之赴試，先言聖代之求賢。意極鄭重，筆極回轉，而潛之身份自然可見。此一事也。其下折轉言落第事，祇於"既至君門遠，孰云吾道非"二句中，略一點發，更不作正面文字；而篇末復出"吾謀適不用，勿謂知音稀"二句，以作呼應。夫"君門遠"與"知音稀"，本一事也；"吾道"與"吾謀"，本一物也。今但以"孰云"與"勿謂"四字，錯綜其義，遂使失意者當前之怨尤得減，日後之希冀轉增。此二事也。赴舉之時為聖代，赴舉之人為英靈。以英靈而逢聖代，宜可無憾矣。而竟遭落第者，此主司之不公歟？抑舉子之不才歟？似二者必居其一。而作者於此，毫無軒輊，惟以"適不用"之適字歸之偶然，則聖代、英靈，兩無所恨。此三事也。《別裁》所云"反復曲折"者，以意推之，當不外此①。

程先生的這番分析十分細緻。談到朋友的落第，原是一件很尷尬的事，然王維的話卻說得巧妙、得體。詩起筆不言落第，而先言應舉；既言落第，又責不在個人；其間對友人的深情和勉勵，皆溢於言表。真可謂"反復曲折，使落第人絶無怨尤"了。其實，今天我們重讀此詩，還能強烈地感受到一種盛唐詩人的那種自信、闊大的胸襟和氣派。儒家士人歷來奉行"天下有道則見，無道則隱"的生活準則，開元盛世，士人出而應舉，是很正常的事，而落第，自然也不能免。但落第既不意味著這個時代並非盛世，也不能説明應試之人沒有才學，落第可以再試，還鄉還會再回。所以，詩中寫落第、寫與友人的離別，固然是曲折委婉，但歸根結柢，還是因為詩人胸中並無幽怨之情，而是充滿了自信，故能出語坦然，略一點出，並不斤斤於一時一事的落第和離別。此其所以不刻意求工而自工，不刻意求妙而自然巧妙也。

程先生此文雖篇幅不長，然實已涉及到唐代進士科舉制度的方方面面。像進士科舉制度實行的過程和種類、考試的內容和時間、每年應舉和登第的人數等，文中均有論述，尤其值得我們注意的是，程先生對由進士科舉制度所造成的普遍的社會風氣。比如，由最高統治者的提倡所逐漸形成的整個社會對進士科的看重、由進士貴重登第艱難影響產生的奔競之風，以及為獲取聲譽而出現的

---

① 《古詩考索》，第328頁。

"求知己"和"温卷"的風氣等。因爲,制度固然會直接給文學帶來影響,但在更多的情况下,更多優秀的作品,卻是在由制度而形成的社會風氣影響下産生的。

程先生的研究方法,是傳統的知人論世之法,然他從作品出發提出問題,並將這一問題置於制度和社會風習的背景下加以考察,最後仍回到作品本身,顯然已融入了現代學術的因素,更重要的是,這篇文章爲其日後唐代進士行卷與文學的研究做了鋪墊和準備①。

二　趙彦衛《雲麓漫鈔》的記載

注意到唐代文學與進士科舉制度的關係,是從宋代開始的。比如,南宋嚴羽在《滄浪詩話》中就説道:

> 或問:"唐詩何以勝我朝?"
> 唐以詩取士,故多專門之學,我朝之詩所以不及也②。

所謂"以詩取士",便是指的唐代進士科舉考試制度中的以詩賦取士,因爲這一制度的實行,遂使唐人專注於詩歌,登上了後人難以企及的詩歌創作的高峰。嚴羽的看法也許有些過頭,然他將唐詩的發展與進士科舉取士聯繫了起來,並非没有道理。至明代,胡震亨就説道:

> 唐試士初重策,兼重經,後乃駢重詩、賦。中葉後,人主至親爲披閲,翹足吟詠所撰,嘆惜移時。或復微行,諮訪名譽,袖納行卷,予階緣。士益競趨名場,殫工韻律。詩之日盛,尤其一大關鍵③。

胡震亨説得更全面、更準確些。他不但注意到唐代進士科舉制度對文學的影響和帝王在這種影響中所起的重要作用,而且,還注意到由此所形成的社會風氣和

---

① 程先生晚年談到《唐代進士行卷與文學》的研究和撰寫,就説道:"(此文寫成後),我遇到有關的資料,就纂録下來。(略)有關唐朝人的筆記、小説中講科舉的,丢失得太多,不是很完備。所以,我能找到的就找,實在找不到的,就算了。"(程千帆述,張伯偉編:《桑榆憶往》,北京大學出版社 2015 年版,第 58—59 頁)
② [宋]嚴羽撰,郭紹虞校釋:《滄浪詩話校釋·詩評》,人民文學出版社 1983 年版,第 147 頁。
③ [明]胡震亨:《唐音癸籤》卷二十七《談叢》三,上海古籍出版社 1981 年版,第 284 頁。

当日的"行卷"現象。

今人在研究中較早涉及唐代科舉制度與文學關係的,是陳寅恪等先生。陳先生論唐代政治,由家族門第、科舉和所事之學而判別黨派分野,遂及當日重進士而輕明經的社會風氣,並揭示了進士科與倡伎文學的關係①;論韓愈、元稹等以古文爲小説,又指出,韓愈的那些"駁雜"之文,正是曾被唐人用來"温卷"的"文備衆體"的傳奇小説②。受陳先生的影響,李嘉言先生論詞的興起與唐代政治的關係,便據其説立論③。劉開榮先生論唐傳奇興盛的原因,指出:"進士科舉又因爲實用起見,更刺激了傳奇小説的大量産生和改進,因此中唐及以後的科舉制度,實在是傳奇小説勃興的另一重要因素。"④馮沅君先生論唐傳奇作者的身份,舉牛僧孺爲例,指出他"身爲重科舉的政黨的領袖,卻作了大量的傳奇,别人更以這種作品作爲攻擊他的武器,這似乎不是偶然的,可能是唐傳奇與唐科舉的關係的反映"⑤,也都是依陳先生之説立論的。另,施子愉先生曾通過對唐代五言律詩數量的統計,認爲它的興盛,與唐代進士科舉制度的試五言六韻格律詩有密切關係,"政府以它'取士'確可以促成它的發達"⑥。則注意到省試詩對五律詩發展的影響。

程先生的唐代進士科舉與文學的研究,也受到了陳寅恪先生的影響。程先生與陳先生三世通家。光緒年間,陳寶箴任湖北布政使時,程先生的叔祖程頌萬先生亦在武昌張之洞、譚繼洵幕府中,既與陳寶箴有往來,也與被張之洞延爲武昌兩湖書院都講的陳三立多有唱酬⑦。程先生的父親穆庵先生則自幼從頌萬先生讀書⑧。抗日戰爭時期,燕京大學内遷成都,借用華西大學校址上課,陳先生

---

① 參陳寅恪:《唐代政治史述論稿》中篇《政治革命及黨派分野》,上海古籍出版社1982年版,第79—95頁。陳先生此書初完成於1941年,1944年,由商務印書館出版,此後多次重印。《讀鶯鶯傳》,原載《歷史語言研究所集刊》第10本,1948年,又附於《元白詩箋證稿》第四章《豔詩及悼亡詩》後,上海古籍出版社1978年版,第106—116頁。
② 參陳寅恪:《韓愈與唐代小説》(原載《哈佛亞洲學報》1936年第1卷第1期,後由程千帆先生譯載《國文月刊》第57期,1947年7月號,又收入《閒堂文藪》(齊魯書社1984年版)、《程千帆全集》第七卷(河北教育出版社2000年版,第36—38頁)等。
③ 李嘉言:《詞的起源與唐代政治》,此文初稿撰於1945年,載於《文藝復興》"中國文學研究號",1948年,後收入其《古詩初探》,上海古典文學出版社1957年版。
④ 劉開榮:《唐代小説研究》,上海商務印書館1947年版,第15頁。
⑤ 馮沅君:《唐傳奇作者身份的估計》(原載青島《文訊》第9卷、第4期,1948年),《陸侃如馮沅君合集》第14卷,安徽教育出版社2011年版,第269頁。
⑥ 施子愉:《唐代科舉制度與五言詩的關係》,文載《東方雜誌》第40卷、第8號,1944年,第37—40頁。
⑦ 參潘益民、潘蕤:《陳方恪年譜》,江西人民出版社2007年版,第4頁。
⑧ 參程千帆:《瑣記漢壽易氏與寒家世誼》,載《閒堂詩文合鈔》(《程千帆全集》第14卷,河北教育出版社2001年版)。

在華西大學文學院講授"元白詩研究",程先生和孫望先生便去聽課,向陳先生請教①。後來程先生與陳登恪先生交往也頗多②。陳先生在元白詩講授的過程中,必會涉及唐代政治派別分化與進士科的關係,也必定會以舉子的溫卷來解釋元稹《鶯鶯傳》的文體特點。這對程先生的研究當有啓發。之後程先生又讀到了陳寅恪的《韓愈與唐代小說》等文章,便開始有意識地搜集和積累有關唐代進士科舉、尤其是進士行卷與文學關係的文獻資料,並深入思考相關問題③。

在陳寅恪和其他學者的研究中,幾乎都不約而同地注意到的一條很重要的材料,那就是宋人趙彥衛《雲麓漫鈔》卷八中的記載:

> 唐之舉人,多先藉當世顯人以姓名達之主司,然後以所業投獻。逾數日又投,謂之"溫卷"。如《幽怪錄》《傳奇》等皆是也。蓋此等文備衆體,可以見史才、詩筆、議論。至進士則多以詩爲贄,今有唐詩數百種行於世者是也。王荆公取而刪爲《唐百家詩》。或云:荆公當刪取時,用紙帖出付筆吏,而吏憚於巨篇,易以四韻或二韻詩,公不復再看。余嘗取諸家詩觀之,不惟大篇多不佳,餘皆一時草課以爲贄,皆非自得意所爲。故雖富而猥弱。今人不曾考究,而妄譏刺前輩,可不謹哉④。

然諸先生所引,皆爲此條材料的前半部分,即至"蓋此等文備衆體,可以見史才、詩筆、議論"爲止,並都指出唐代進士科舉對唐傳奇創作有積極的影響。惜所論亦止於此。至唐代進士科舉制度究於何時形成?行卷風尚的由來和具體內容如何?行卷又怎樣影響傳奇的創作?唐代的詩歌和古文是否也受到或在多大程度上受到行卷風氣的影響等等,便都少有人追究了。這些問題的解決,是由程先生完成的。

三 《唐代進士行卷與文學》的學術貢獻

所謂行卷,就是應試的舉子將自己文學創作加以編輯,寫成卷軸,在考試前

---

① 參周勳初、余歷雄:《師門問學錄》(增訂本),鳳凰出版社 2004 年版,第 198 頁。
② 今《閑堂詩文合鈔》中仍存與陳登恪往來詩歌多首。
③ 對陳先生的一些具體看法,程先生雖然並不完全同意,然直到晚年,談到《唐代進士行卷與文學》一書的撰寫,仍不忘陳寅恪先生對此書撰寫的影響。參《桑榆憶往》,第 58—59 頁。
④ [宋]趙彥衛:《雲麓漫鈔》卷八,中華書局 1996 年版,第 135 頁。

送呈當時在社會上、政治上和文壇上有地位的人,請求他們向主司即主持考試的禮部侍郎推薦,從而增加自己及第概率的一種手段。然這一現象出現的緣由,此前卻並沒有人梳理過,是程先生首次爲我們理清了行卷風尚的來龍去脈。

上文引到趙彥衛的《雲麓漫鈔》,他雖然告訴了我們唐人以傳奇小説和詩爲行卷的事實,但存在許多語意含混的地方。從他的話來看,好像無論應考什麼科的舉子,都曾以傳奇小説來行卷,惟獨進士才以詩行卷。這並不合乎事實。此外,他也並未區分行卷有納省卷和投行卷兩種情況,實則這兩種情況都只與進士科有密切聯繫,而與明經科並無關係。

程先生網羅資料,詳加辨析,將有關行卷的許多史實一一釐清。唐代科舉考試的試卷是不糊名的,哪本試卷屬於誰,都是公開的,這使得主考官除了評閱試卷之外,還有參考甚至完全依據舉子們平日的作品和聲望來決定去取成爲可能,也使得應試者有呈獻平日的作品以表現自己的才能和託人推薦成爲可能。唐代貢舉有常科和制科兩種,常科中又主要有進士和明經兩種。進士科考試以文詞優劣定去取,出路最好,爲世人所重,這又使得行卷得以成爲一種應試進士科舉子的特殊風尚,並盛行一時。行卷分兩種:納省卷和投行卷。前者是嚮主考官呈交的,後者則是嚮有政治和社會地位的人投納的。二者的内容可能相同,但對象卻不一樣。由於省卷成千纍百地集中於主司一人,勢不能盡閲,結果反成了具文,故舉子所重,往往在於嚮顯人投獻行卷一方面。唐代進士科加試文詞,早在唐高宗永隆二年(681)以前即偶有之,永隆二年,經劉思立奏請,逐漸轉爲試詩賦,並制度化。"因爲最初雜文所包者廣,這才使行卷之文也可相應地具備衆體,逐漸發展到古詩、律詩、詞賦、參差錯落文、散文、小説等無所不有";"由於進士科出路比其它科目都好,所以競爭就特別激烈;由於進士科考試重在文詞,其録取又要採平日譽望作爲重要參考,所以舉子們用來表現自己的創作水準乃至於見識和抱負的行卷,就特別重要。在一般情況下,舉子們没有不努力提高自己的文學修養,以期寫出較好的作品,並用它們來行卷,從而打動當世顯人的心的。這樣,行卷的風尚在客觀上就不能不對唐代的文學發展起著較廣泛和較長遠的推動作用。"①總之,進士行卷風尚的存在和盛行,是唐代進士科舉考試制度的産物。程先生的這些細緻梳理和考辨,廓清了長期以來籠罩在行卷問題上的許多疑惑和誤解。

---

① 程千帆:《唐代進士行卷與文學》,上海古籍出版社 1980 年版,第 12—13 頁。是書又收入《程千帆選集》(遼寧古籍出版社 1995 年版)上册、《程千帆全集》第八卷。

社會風尚總是在較長的時期中形成，並逐漸使其自身具備豐富而具體的內容的，唐代進士行卷的風尚也是如此，它同樣有著豐富的內容。早在晚唐時期，就有士人著書專門介紹行卷的內容和初次赴舉之人應注意的事項了（如盧光啓的《初舉子》），可惜這些材料早已佚失，人們往往難以悉知進士行卷的細節。程先生不辭煩難，對行卷的具體內容一一作了考察，就中包括：唐代進士行卷的時間地點、行卷對象的選擇、行卷作品題材的求新求奇、措辭用語的諸多避諱、行卷舉子的種種情態，以至行卷卷軸的多寡、作品編排的順序、所用紙張、行卷舉子的衣著等等，皆有述及。自昔所不能詳者，今得程先生之書，可瞭然於胸。

　　唐代進士行卷之風如此盛行，那麼，舉子們是用怎樣的態度去行卷、所謂當世顯人又是用怎樣的態度對待那些投來的作品呢？程先生分析道，雖然在行卷過程中存在一些描寫貓狗、嘲弄婢僕以標新立異、嘩衆取寵的舉子，也有取笑舉子、對投獻的行卷棄而不顧，視同廢紙的達官顯宦，但以嚴肅的態度對待行卷的舉子，知音愛才、樂於獎掖扶持後進的顯人，還是佔了多數。舉子們試圖在作品中表達自己認爲正確的政治社會觀念，體現較高的藝術水準，並以此去行卷，求知音。像晚唐皮日休所撰《文藪》，即爲一顯例。其序云："比見元次山納《文編》於有司，侍郎楊公浚見《文編》，歎曰：'上第，汙元子耳。'斯文也，不敢希楊公之歎，希當時作者一知耳。賦者，古詩之流也。傷前王太佚，作《憂賦》；慮民道難濟，作《河橋賦》；念下情不達，作《霍山賦》；憫寒士道壅，作《桃花賦》。《離騷》者，文之菁英者，傷於宏奧，今也不顯《離騷》，作《九諷》。文貴窮理，理貴原情，作《十原》。太樂既亡，至音不嗣，作《補周禮‧九夏歌》。兩漢庸儒，賤我《左氏》，作《春秋決疑》。其餘碑銘讚頌、論議書序，皆上剝遠非，下補近失，非空言也。較其道，可在古人之後矣。"①以這樣的態度去創作，以這樣的作品去行卷，對文學發展的積極推動是顯而易見的。再如羅隱，自稱其所撰之文："他人用是以爲榮，而予用是以辱；他人用是以富貴，而予用是以困窮。苟如是，予之書乃自讒耳。目曰《讒書》。卷軸無多少，編次無前後，有可以讒者則讒之，亦多言之一派也。"②用其手中的筆與社會生活中的黑暗面進行不屈不撓的鬥爭，以此行卷，雖或無益於其仕進，但這部"幾乎全部是抗爭和憤激之談"的著作，與《皮子文藪》同樣，在詩風頹

---

① ［唐］皮日休：《文藪序》，見是書卷首，上海古籍出版社 1981 年版，第 2 頁。
② ［唐］羅隱：《羅隱集‧讒書序》，中華書局 1983 年版，第 197 頁。

落的晚唐,都放出了耀眼的"光彩和鋒芒"①。而像張籍之賞識朱慶餘、楊敬之逢人説項斯、吳武陵之推薦杜牧、薛能之評劉得仁詩、劉禹錫之點竄牛僧孺文等等,則又都是當時或居高位或爲文壇的前輩們出於愛才的心理,對後進舉子予以奬掖扶持的例子。通過行卷的方式,舉子們結識了某些愛才而又能文的前輩,經過他們的鼓勵、培養和提拔,有的人取得了功名,也提高了寫作能力;有的人儘管在科場中失敗了,但這並不妨礙他們在文學上有所收穫。行卷在文學的發展中發揮了積極的推動作用。

既有以嚴肅認真的態度行卷的舉子,又有以同樣態度對待投來行卷的顯人,唐代進士行卷之影響文學的發展,就順理成章了。

程先生首先討論的,是行卷對詩歌發展的影響。

趙彥衛談到行卷時曾説:"至進士則多以詩爲贄,今有唐詩數百種行於世者是也。王荆公取而刪爲《唐百家詩》。"這實際上給後人的討論提供了一個行卷影響詩歌創作的典型例證。程先生的研究便由此入手。

王安石編選的《唐百家詩選》是一部很著名的唐詩選本。其序云:"余與宋次道同爲三司判官時,次道出其家藏唐詩百餘編,誘余擇其精者,次道因名曰《百家詩選》。廢日力於此,良可悔也。雖然,欲知唐詩者觀此足矣。"②也許是名家名選,編者又説了"欲知唐詩者觀此足矣"的話,這部唐詩選本自宋代起就備受關注,可謂衆説紛紜,已成爲詩學史上的一樁公案。程先生則通過對各種説法的分析,敏鋭地指出:"(前代研究者)只著重地考證了此書資料出自宋敏求所藏,編選出自王安石之手,而忽略了宋敏求所藏的是一些什麽樣的資料,在那樣一些資料的制約之下,這部詩選又必然會呈現一種什麽樣的面貌這個重要問題。"③這個資料就是唐人行卷。除了趙彥衛的説法之外,程先生又提出了一些新的證據。他指出,唐人的行卷,不論是闈中之作還是行卷之文,在宋代都還保存了不少,如秦韜玉、顧雲等人的行卷即是。宋敏求不但是著名的藏書家,而且其藏書的重要特點還是專藏,從宋家所藏大量的唐代詔令和方志來看,他也完全可能藏有很多唐人行卷。而從《唐百家詩選》所載詩人的出身來看,十之八九是進士及第和曾應過進士試的人,其身後留存一些行卷也是很正常的。至於《唐百家詩選》所選

---

① 魯迅:《南腔北調集·小品文的危機》,《魯迅全集》第四卷,該書修訂編輯委員會編,人民文學出版社 2005 年版,第 591 頁。
② [宋]王安石:《唐百家詩選》卷首,遼寧教育出版社 2000 年版,第 1 頁。
③ 《唐代進士行卷與文學》,第 58 頁。

的詩人作品中,就有直接從唐人行卷中截取的(如皮日休《雜古詩》十六首中的後六首便入選《唐百家詩選》,連篇題和次序都一樣),那更是強有力的證據。因此,既然《唐百家詩選》的主要文獻來源是唐人行卷,那麼,不僅對王安石的這一編選工作要重新評價(即不應以反映唐代整個詩歌風貌及每位詩人全部的、最高的成就來要求這部選本),而且我們"還得感謝宋敏求和王安石,感謝他們爲今天研究唐代進士行卷這種風尚對於詩歌的有無促進作用,提供了可貴的史料,並且對於這個問題作了肯定的答覆"①。事實上,《唐百家詩選》既選入許多思想性較強、藝術性較高、膾炙人口、傳誦至今的行卷之作,其它未入選的行卷之作中的好詩也不在少數,如李賀曾向韓愈行卷的《雁門太守行》、李紳向呂溫行卷的《憫農》、許棠、聶夷中向高湜行卷的《洞庭》詩和《詠田家》等等,都在在證明著"行卷之風,確有佳作;行卷之風,確有助於詩歌的發展"②。程先生從《唐百家詩選》的文獻來源作考察,不但爲這部著名的唐詩選本的研究開闢了解讀新途徑,而且更重要的,他由此入手,揭示了唐代進士行卷之風對唐詩發展的積極影響和有力推動。

當代學者研究中唐的古文運動,如陳寅恪、黃雲眉、郭紹虞等先生,大都對韓愈以道統自任,獎掖後進,開啓來學,從而極大地推動了古文創作的發展,給予過充分的肯定。程先生則進一步指出:"這個運動,不僅是有組織、有領導、有理論的,而且還是有策略的,這種策略對於這個運動的成功是不可少的;同時,也從而證明進士行卷之風同樣有助於古文的發展。"③這就補充和豐富了前人的論述。

在韓愈之前,也出現過一些古文家,他們對韓愈等人的古文創作也有影響,但這些作家的活動往往缺乏組織性和完整的理論,他們與進士科舉的關係也不太密切。但韓愈及其同輩與後輩不同,他們幾乎都是進士科集團中的人物。韓愈、柳宗元、李觀、歐陽詹、張籍、李翱、李漢、皇甫湜、沈亞之、孫樵等,都曾應進士舉考試並得以及第。這是中唐古文運動與進士科舉發生密切聯繫的前提。那麼,這種關係究竟如何、進士行卷又是究竟怎樣影響古文的創作呢?

程先生分析道:

> 這種關係,具體地說,又可分爲兩層。第一是古文作家應舉時,雖然遵照功令,必須以時文——甲賦、律詩應試,卻往往以古文行卷。他們希望通

---

① 《唐代進士行卷與文學》,第64頁。
② 《唐代進士行卷與文學》,第65頁。
③ 《唐代進士行卷與文學》,第67頁。

過這種雙管齊下的辦法,達到既取得了功名,又推行了古文的目的。第二是當他們登第爲官以後,逐漸上升爲當世顯人時,便又憑藉其社會地位來鼓勵後進之士也走他們的道路,並且利用回答後進之士向他們行卷以請求提拔和教益的機會,大力宣傳自己的那一套文學主張。這乃是韓愈等人當時進行文學鬥爭所運用的基本策略。這種策略顯然是有效的①。

這是一個極爲精微細緻的分析和判斷。古文家們可以反對也當然會反對時文,但古文運動不可能反對時文所依存的進士科舉制度;舉子們必須通過以時文——甲賦、律詩爲内容的考試才能進入仕途,他們不得不學習時文,但這並不妨礙他們以古文向達官顯宦行卷,以表現自己的才華,求得知音,博取名聲。韓愈等人自己年輕時就是這樣做的。於是當他們也成爲當世顯人、能夠接受後進行卷的時候,便利用這種與後進接近的機會,來大力宣傳和推行古文,而許多後進士子也主動地接受這種主張,並積極地寫作符合這一主張的作品,呈給韓愈等人,以求知己。如此循環,互爲推動,效應明顯。韓愈、柳宗元集中今存答覆舉子們的多封書信,唐人雜記韓、柳等人援引後進之士的許多記載(如獎掖李賀、牛僧孺、程子齊等),都證明著上述策略的積極和有效。推行古文與提拔後進,結合在了一起;師與弟子、顯人與舉子,對於韓、柳等宣導古文與響應這種號召的人來說,成了一而二、二而一的事情;以古文行卷,以時文應舉,二者既有對立,也有統一。韓愈等人正是利用了後進之士希望覓舉、學文一舉兩得的心理,借行卷的風尚,來開展古文運動獲得成功的。

　　至於唐代進士行卷對傳奇小説創作的積極影響,前人在研究中多已涉及,然對於爲什麽要採用傳奇這種新興的文學樣式來行卷這個問題,則意見不一。程先生分析了這些不同的意見,也提出了自己新的看法。程先生認爲,對趙彦衛提出的唐傳奇"文備衆體,可以見史才、詩筆、議論",所以進士們紛紛以傳奇來行卷的看法,可以結合唐代進士考試的總體内容來認識。"敘事或史才,抒情或詩筆,說理或議論,本是廣義的文學創作内容的三個主要方面。唐代進士科舉考試的主要項目,甲賦、律詩可以表現其抒情能力,策可以表現其説理能力,可是敘事能力在這兩個考試項目中是難以表現的。傳奇小説以敘述故事、描寫人物爲主,正好可以使得作者在這方面的能力得到發揮"②。同時,進士試詩賦、試策,雖然可

---

① 《唐代進士行卷與文學》,第69頁。
② 《唐代進士行卷與文學》,第80—81頁。

以表現抒情、說理的能力,但限於考題和文字的程式化,也有很大的局限性。這也是舉子們在行卷中試圖加以彌補的。所以,一些舉子在編選行卷的時候,就比較注意所選篇目要能夠體現自己在敘事、抒情和說理各方面的才能,而"文備衆體"的傳奇小說恰恰具有備衆體於一篇之中,而非備衆體於多篇之中的特點和優勢,使人讀其一篇,就可以瞭解作者在史才、詩筆和議論方面的能力,一新耳目。因而很自然地傳奇小說也就成爲舉子們所樂於採用的一種樣式了。牛僧孺的《玄怪錄》、李復言的《續玄怪錄》、裴鉶的《傳奇》等小說的產生,便都是行卷之風影響下的產物。顯然,程先生的這些看法,也比前人更合理、更周全了。

總而言之,無論是從整個唐代文學發展的契機來說,或者是從詩歌、古文、傳奇任何一種文學樣式來說,行卷的風尚都曾對其創作產生過積極的影響,對其發展起過促進的作用。這個結論看起來似很簡單,實際上如上所述,卻具有豐富的內涵,而且,在研究領域和研究方法上,程先生也給後人開闢了廣闊的空間和提供了很多啓迪。

四 知人論世與文史結合方法的運用

基於早年的學習和師承,程先生在其學術研究中,原就有一種對理論和方法的自覺。他於二十世紀三四十年代所撰寫的很多論文,已在"嘗試著一種將批評建立在考據基礎上的方法"[①]。從《王摩詰〈送綦毋潛落第還鄉〉詩跋》到《唐代進士行卷與文學》,我們不難看出程先生在理論和方法上的發展和進步。

程先生在撰寫《王摩詰〈送綦毋潛落第還鄉〉詩跋》一文時,曾這樣說:"余頃爲諸生說詩,竊本古先知人論世之義,聊就故事,加之疏釋。庶幾前典既顯,而作者立言之妙得章(彰);本詩既明,而評者持說之審可復。"[②]王維生活的時代離現代已遠,進士落第對一位士人生活道路的影響究竟如何,學生未必能解。故要讀懂王維的這首《送綦毋潛落第還鄉》詩,便需要先瞭解王維、綦毋潛生活的具體時代背景,如進士科舉制度實行的狀況、社會的風氣及其對士人生活道路的影響、綦毋潛爲何人、他與王維的關係等等,即所謂知人論世,否則若就詩論詩,便不免隔膜。研究的目的是理解作品,通過知人論世的方法,掃除了作品理解的障礙,

---

① 沈祖棻:《古典詩歌論叢後記》,上海文藝聯合出版社 1954 年版。又收入鞏本棟編:《程千帆沈祖棻學記》,貴州人民出版社 1997 年版,第 135 頁。
② 《古詩考索》,第 318 頁。

使詩意得以呈現。作爲方法的知人論世和解讀作品的目的,都具體而清晰,考據與批評結合,方法的運用是恰當的。

解決的問題不同,方法也不同。在《王摩詰〈送綦毋潛落第還鄉〉跋》中,程先生要處理的是王維詩歌理解的個案,而《唐代進士行卷與文學》要解決的,則是進士科舉制度與唐代文學關係的宏觀性問題,他使用的方法,也由知人論世發展爲文史結合。談到這部書,程先生曾自道:"文史兼治,是我國古典學術的優良傳統。文和史,源合流分,又始終互相依存,互相滲透。(略)我在文史兼治方面的另一實踐,是唐代科舉與文學的關係,在一個小範圍內進行了綜合研究,比較深入地考述唐代進士在考試之前行卷這一風尚及其與詩歌、古文、傳奇小説發展的關係。對於史學來説,這屬於科舉史的範圍,而對於文學來説,則可以歸入背景研究吧。"① 爲了理清唐代進士科舉尤其是進士行卷風尚與文學的關係,程先生搜集了大量的有關行卷的史料(比如那些記載行卷時間、地點、投獻對象的選擇、士子的心態、行卷卷軸的大小、編排順序、紙張乃至衣著的筆記史料的搜集,網羅殆盡,至今使研究者難以逾越),詳加分析,既將進士科舉制度與這一制度影響下的社會風尚加以區別,也對進士考試的內容(如省試詩等)與爲了增加及第希望所作的行卷作品,分別進行了討論。制度必定影響文學,文學也爲應舉者開拓道路。制度對文學的潛在影響毋庸置疑,然省試詩的成就卻很低;制度本身未必能直接推動文學的發展,倒是制度影響下的進士行卷等社會風尚,對文學的發展起過積極的促進作用。程先生的這些精闢的分析,都成爲文史結合研究的典範。

由《王摩詰〈送綦毋潛落第還鄉〉跋》到《唐代進士行卷與文學》,方法雖不同,然研究目的卻相同,即都是爲了解決文學研究中的問題。因而,研究的視角和途徑也相同,那就是由文學出發,經由制度及其所形成的風習的考察,又回到文學。史學考據在這裏並非不重要,但程先生所注重揭示的,是隱藏在瑣屑的歷史人物、事件和紛繁的歷史表象背後、影響著文學發展的社會風習。法國史學家和文藝批評家丹納(Hippolyte Adolphe Taine, 1828—1893)曾説過:"要瞭解藝術家的趣味與才能,要瞭解他爲什麽在繪畫或戲劇中選擇某個部門,爲什麽特別喜愛某種典型某種色彩,表現某種感情,就應當到群衆的思想感情和風俗習慣中去探求。(略)必須正確地設想他們所屬的時代的精神和風俗概況。"② 程先生的研究正是這樣的。在《王摩詰〈送綦毋潛落第還鄉〉跋》一文中,他所關注的重點,從一

---
① 程千帆:《閑堂自述》,原載《文獻》1992年第2期,此據《程千帆沈祖棻學記》引,第8頁。
② [法]丹納撰,傅雷譯:《藝術哲學》,人民文學出版社1963年版,第7頁。

開始便不在進士科舉制度本身,而是在這種制度影響下所形成的整個社會對進士科特別看重的風氣,由此解讀王維的詩歌,遂能切入肯綮,深入腠理。《唐代進士行卷與文學》也是如此。前人論到唐代文學與進士科舉的關係,主要是就以詩取士對詩的成就有無影響這個問題來談的。如嚴羽認爲"唐以詩取士,故多專門之學",明人王世貞、楊慎則反之,謂:"凡省試詩,類鮮佳者。"①"詩之盛衰,繫於人之才與學,不因上之所取也。唐人所取,五言八韻之律。今所存省題詩,多不工"②。就都袛注意到了唐代進士科舉制度本身與詩歌的關係,故所論不免空泛和偏頗。程先生從進士行卷的風尚入手,以唐代詩歌、古文和傳奇小說的具體作家作品爲例,得出了是進士行卷風尚而非進士科舉制度本身,纔是促進文學發展原因的令人信服的結論。

程先生撰寫《王摩詰〈送綦毋潛落第還鄉〉跋》是在1947年,其後不斷積纍材料,續加探究,歷時十載,遂有《唐代進士行卷與文學》一書的初稿。這個時期,在程先生的學術發展歷程中是很重要的。二十世紀四十年代後期,尤其是1949年以後,與其它人文、社會科學學科一樣,中國古代文學研究的學者們開始逐漸接受馬克思主義的唯物史觀和文藝理論,並將其運用到研究實踐中,雖然這種運用往往比較簡單和機械。時在武漢大學中文系擔任系主任的程先生,除了講授中國文學史之外,還承擔着文學理論課程的教學,因而他對馬克思主義文藝理論的鑽研也就更爲自覺和努力。他說:"要想從下一代人中間培養出'人類靈魂的工程師',就必須自己不斷地努力學習,不斷地努力提高自己的政治水準和業務水準。"③作爲這種努力學習和鑽研的記錄的,便有程先生於1953年和1955年先後出版的兩本文學理論批評論文集,即《文學批評的任務》與《關於文藝批評的寫作》④,以及寫於這期間的《古典詩歌論叢》的長篇緒言等文章。在今天看來,這些文章對馬克思主義文藝理論的運用,當然還顯得有些生硬並帶有那個特定的時代的痕跡,但我們卻能夠清晰地看到,程先生試圖將馬克思主義的文藝理論與中國古代文學研究有機地結合起來的努力,看到他在漫長的學術道路上是如何

---

① [明]王世貞:《藝苑巵言》卷四,《歷代詩話續編》(中),丁福保輯,中華書局1983年版,第1015頁。
② [明]楊慎:《升庵詩話》卷七,《歷代詩話續編》(中),第773頁。
③ 《文學批評的任務·後記》,中南人民文學藝術出版社1953年版。程先生對西方文學理論的學習是很廣泛的。1982年,程先生在與碩士生的一次談話中,回憶到自己當年在這方面的鑽研,就說道:"我曾用了不少時間去讀那基於西方哲學背景產生的著作,黑格爾的《美學》、(萊辛)的《拉奧孔》和歌德的《談話錄》,我也讀過。"(程千帆講授,張宏生整理:《打好基礎,拓寬視野——與碩士生的一次談話》,載《程千帆沈祖棻學記》,第68頁)
④ 《關於文藝批評的寫作》,湖北人民出版社1955年版。

頑强地跋涉以不斷地跨越自己的,看到一位從不願意把自己的研究停留在某一點上的真正學者的品質;而如果我們把程先生在二十世紀四十年代初運用考據與批評相結合的方法所進行的古代文學的研究,與他進入五十年代後的研究相比,就會發現上述學習與教學、科研實踐的結合,已給後者帶了新的變化,只不過這種變化,由於1957年夏季以後的政治運動,要一直到七十年代後期纔得以較爲清晰地展現出來①。

比如,程先生在討論前人論唐代文學與進士科舉的失誤時,就運用了馬克思主義關於經濟基礎與意識形態的關係、偶然性與必然性的關係的理論。前人在反駁嚴羽"唐以詩取士,故多專門之學"的説法時,每每將作爲一種政治制度的進士科舉與文學發展、作家的才學與社會的環境割裂開來,程先生則分析道:"進士等科舉既然是李唐皇朝爲了重新配備統治階級的内部力量,抵制和排斥魏晉、南北朝的門閥制度,提拔自己所需要的官員而採取的一種政治措施,而特別貴重的進士科用詩、賦來考試和用各種各樣的文章來行卷,又是基於這種措施而產生的制度和風尚,那麼,它們之間不互相影響是不可能的。既然是以詩取士,詩成了取士的必要手段,則這種手段歸根到底也不能不既爲應進士舉的人開拓道路,也同時爲應進士舉所必要作的詩本身開拓道路,無論這道路是好的還是壞的。"又説:"一個偉大作家的誕生,一種文學樣式的隆盛,有時似乎是偶然的,然而這些現象卻都不能不是在我們所已知或未知的客觀歷史法則之下的必然産物。"②基於政治目的的進士科舉制度的實行和崇尚進士試風氣的形成,是既爲應舉之人開拓了道路,也爲詩歌本身開拓著道路的。同樣,個人的才學也不可能在真空中發展。意識形態的發展以經濟發展爲基礎,又反過來會影響經濟基礎,同時也爲自己的發展開拓著道路。偶然性存在於必然性之中。程先生這裏對歷史唯物主義和辯證法的運用,都是恰當和有力的。

程先生對馬克思主義文藝理論的學習和實踐,極大地提高了他學術研究的理論水準,取得了傑出的成就。在理論和方法上,他修正和補充自己早年的提法,後來又明確提出了"文獻學與文藝學的完美結合"的方法③;而在古代文學研

---

① 程先生的《唐代進士行卷與文學》以及《史通箋記》等其他文稿,也於"文革"初期被紅衛兵抄家時抄走,"文革"後期,又很幸運地失而復得。1978年,程先生移硯南京大學後,對此書進行了修訂,並於1980年交上海古籍出版社出版。參閲《唐代進士行卷與文學日譯本序》,載《程千帆沈祖棻學記》,第284頁。
② 《唐代進士行卷與文學》,第47—48頁。
③ 程千帆、鞏本棟:《關於學術研究的目的、方法及其他》,原載《文藝理論研究》1995年第3期,又收入《程千帆沈祖棻學記》,第120頁。

究的實踐中,更進而由原來的多注意對具體作家作品的考辨和批評,發展爲對文學史上一些帶有較普遍意義的現象和問題的關注(當然,這種關注,仍是立足於對具體作品的研究之上的)。也許他討論的是一些具體問題,但通過這些討論所得到的,卻決不祇是一些具體的結論,而往往具有普遍的文學史意義和鮮明的理論色彩。考據與批評有機結合,微觀中能見出宏觀,通融無礙,幾近化境。然而,若要回望程先生學術發展的歷程,其艱難跋涉、不斷開拓的印跡,仍清晰可見。從《王摩詰〈送綦毋潛落第還鄉〉跋》,到《唐代進士行卷與文學》,適從一個側面爲我們提供了絕佳案例。

五 《唐代進士行卷與文學》的影響

《唐代進士行卷與文學》出版後,産生了廣泛和深遠的影響。

有意味的是,這種影響的顯現最初竟是在域外。是書出版不久,1982年,日本學者村上哲見教授即撰寫了題爲《評程千帆著〈唐代進士行卷與文學〉》的書評。他指出:"歷來關於科舉方面的著述很多,但以'行卷'爲中心論述其與文學的關係的著作卻可以說是從未有過的。從這些方面,我們便能自然而然地明瞭這本書問世的意義。"並認爲書中的許多見解,和"作者在科舉制度方面的造詣",以及所搜羅的"豐富的資料",都是"本書的魅力"所在①。次年,又有松岡榮志、町田隆吉兩位學者與程先生聯繫,提出將是書譯爲日文,經過兩年的努力,遂於1986年交由東京凱風社出版②。日本學者對學術的敏感、程先生此書在域外的影響,皆由此可見③。

《唐代進士行卷與文學》在國內學術界的反響自然更爲熱烈,影響也更爲深遠。傅璇琮先生認爲,程先生在其書中對唐代進士科舉制度的考論,以及由此得

---

① [日]村上哲見撰:《評程千帆著〈唐代進士行卷與文學〉》,原載《東洋史研究》第41卷,第2號,1982年,由王長發譯載《唐代文學論叢》第5輯,陝西人民出版社1984年版。又收入《程千帆沈祖棻學記》,第285—293頁。村上哲見先生在充分肯定此書所取得的成績的同時,也提出了自己的一些看法。如,他認爲:"把詩作爲科舉考試中的重要項目,其意義與其説是在於考場上創作出什麽樣的作品,不如説是在於鼓勵全體知識分子以此爲目標去提高作詩的素養,行卷之詩有許多佳作也正與此相關。"(《程千帆沈祖棻學記》,第288頁)又指出:"就有志於仕途的古文家必須學會駢文這一點而言,其原因不僅是爲了應舉,同時也是爲了入仕以後,特别是擔任最受人艷羨的翰林學士及知制誥這類官職而活躍於官場的需要。"(《程千帆沈祖棻學記》,第290頁)這些看法都可補充書中的有關論述。
② 日文版書名爲《唐代科舉與文學》。
③ 繼日文譯本出版後,2005年,韓文譯本亦由朴卿希博士完成,並由韓國世宗出版社出版,書名亦作《唐代科舉與文學》,張伯偉教授爲撰序。

出的行卷推動文學發展的結論,"是從許多新發現的、令人感興趣的材料和書中多方面的論證相結合得出來的,有著豐富的内蘊"①。這部書"是近些年來唐代文學研究和唐代科舉史研究的極有科學價值的著作,它的出版使這些領域的研究得以嚮前擴展了一大步"②。傅先生的這些評價是建立在他對唐代科舉與文學深入研究的基礎之上的。傅先生曾自道:"我在研究唐代文學時,每每有一種意趣,很想從不同的角度,探討有唐一代知識分子的狀況,並由此研究唐代社會特有的文化面貌。我想,從科舉入手,掌握科舉與文學的關係,或許可以從更廣的背景來認識唐代的文學。"③傅先生的想法既與程先生不謀而合,其後他撰爲《唐代科舉與文學》,於《進士行卷與納卷》一章全取程先生之説,並將對唐代科舉的研究,由行卷擴大到進士、明經、制舉乃至學校、吏部銓試的各個方面,就中所受程先生的影響,也是顯而易見的。

傅先生不僅想從唐代科舉去探討文學,而且,他還想由科舉與文學的關係入手,去探討有唐一代士人的生活狀態。即"試圖通過史學與文學的相互滲透或溝通,掇拾古人在歷史記載、文學描寫中的有關社會史料,作綜合的考察,來研究唐代士子的生活道路、思維方式和心理狀態,並努力重現當時部分的時代風貌和社會習俗,以作爲文化史整體研究的素材和前資。"④傅先生的研究計劃十分宏大,他實際上是想做整個唐代文化史的研究,而科舉與文學的關係祇是其研究的一部分,也是其研究的途徑,由此展現唐代士子的生活和心理狀態以及社會風習,才是其最終的目標。這與程先生由唐代進士科舉制度和在這一制度影響下所形成的行卷風尚去探討文學的發展,著眼點似乎並不一樣,然而,他們對科舉制度影響下所形成的社會風習的特別關注,卻是相同的,無論它是行卷風氣還是其它社會風氣。

程先生在書中曾引《北夢瑣言》裏的記載,來説明舉子行卷的服飾問題。其曰:

> 唐鄭愚尚書,廣州人,雄才奥學,擢進士第,揚歷清顯,聲稱烜然,而性本好華,以錦爲半臂。崔魏公鉉鎮荆南,滎陽除廣南節制,經過,魏公以常禮延

---

① 傅璇琮:《唐代科舉與文學》,陝西人民出版社1986年版,第250頁。
② 傅璇琮:《唐代科舉與文學》,第247頁。
③ 傅璇琮:《唐代科舉與文學序》,見是書卷首,第6頁。
④ 《唐代科舉與文學序》,見是書卷首,第1頁。

遇。滎陽舉進士時，未嘗以文章及魏公門。此日，於客次換麻衣，先贄所業。魏公覽其卷首，尋已，賞歎至三四，不覺曰："真銷得錦半臂也。"①

唐代舉子行卷，一般要穿白色的粗麻布衣服，因進士科貴重，至有所謂"一品白衫"或"白衣公卿"的美稱。程先生此處又拈出鄭愚著"錦半臂"行卷的事，似是可有可無的材料，然他實際上是想指出："進士行卷制度不僅是一個考試的問題，也牽涉到社會的風習，連穿衣服都有影響。"②程先生還注意到這樣一個細節，即凡是舉子們行卷及應試時穿過的白麻衣，在他們及第後，往往會被還没有考取進士的舉子要去，作爲一種吉利的兆頭。這同樣生動再現了唐代進士科的貴重和舉子們渴望及第的心態。所以，傅先生在談到唐代科舉與文學關係問題時，就提出"應該把它放在一定的歷史條件下去加以説明"，"把科舉制對社會風氣與文人生活的影響作爲研究的課題，進行較爲全面的、歷史的考察"，並説："在這方面，程千帆先生的《唐代進士行卷與文學》，已經做了很好的工作。"③

傅先生的《唐代科舉與文學》，對進士試與社會風氣的關注更多。他在書中引到《劉賓客嘉話録》的一則記載：

> 苗粲子纘應舉，而粲以中風語澁，而心緒至切。臨試，又疾亟。纘乃爲狀，請許入試否。粲猶能把筆，淡墨爲書曰："入！入！"其父子之情切如此。其年，纘及第④。

並分析道："（此事）既然托之於劉禹錫所述，當有一定的事實依據。作爲文學性的隨筆，這寥寥數語，描摹世態人情，也非常傳神。"⑤"科舉制度產生於七世紀初，一直存在到二十世紀的頭幾年，足有一千三百年的歷史。有哪一項政治文化制度像科舉制度那樣，在中國歷史上，如此長久地影響知識分子的生活道路、思想面貌和感情形態呢？"⑥聯想到吴敬梓筆下的周進、范進、馬二先生等儒生的群像，重回中國歷史的場景，傅先生的這些議論和感慨，是很耐人尋味的。

---

① ［宋］孫光憲：《北夢瑣言》卷三"鄭愚尚書錦半臂"條，《景印文淵閣四庫全書》本，1036 册，第 15 頁。
② 《桑榆憶往》，第 59 頁。
③ 《唐代科舉與文學》，第 416 頁。
④ ［宋］李昉等編：《太平廣記》卷一百八十《貢舉》三引《劉賓客嘉話録》（原書此條已佚），中華書局 1961 年版，第 1342 頁。
⑤ 《唐代科舉與文學》，第 438 頁。
⑥ 《唐代科舉與文學序》，見是書卷首，第 3 頁。

自程先生、傅先生在唐代科舉與文學的研究領域的辛勤開拓之後，關注此一問題的學人漸多。像孟二冬的《〈登科記考〉補正》[1]、吳宗國的《唐代科舉制度研究》[2]、王勛成的《唐代銓選與文學》[3]、陳飛的《唐代試策考述》[4]、《文學與制度——唐代試策及其他考述》[5]等等，都分別在文獻整理、制度考述以及制度與文學關係的研究等方面，取得了可喜的成績。此處就不再贅述了。

"卻顧所來徑，蒼蒼橫翠微"。從《唐代進士行卷與文學》出版到今天，時間已過去了近四十年，當我們重新閱讀這部經典時，仍不能不驚歎作者思力的敏銳深細、識見的卓犖高遠以及對文獻的精熟和語言風格的清通純粹。科舉制度與文學關係的研究，乃至整個中國古代文學及其背景研究的發展，自然不可限量，但在研究者前進的道路上，卻仍可不斷地從老輩學者的經典著作中汲取智慧和力量。這，大概就是經典的魅力吧！

---

[1] 孟二冬：《〈登科記考〉補正》，燕山出版社2003年版。
[2] 吳宗國：《唐代科舉制度研究》，遼寧大學出版社1992年版。
[3] 王勛成：《唐代銓選與文學》，中華書局2001年版。
[4] 陳飛：《唐代試策考述》，中華書局2002年版。
[5] 陳飛：《文學與制度——唐代試策及其他考述》，商務印書館2015年版。

明代虎丘禪寺的文學承載

田明娟[*]

内容提要 文學活動的傳載形式,除了書面形式的作品傳寫,還有物質形式的空間承載。明代虎丘禪寺作爲宗教性園林景觀,是文學創作和文人精神存顯的物質空間,承載著吴中地區的文學藝術活動性狀;其文學承載功能主要體現在提供文學活動場所、作爲詩文題詠對象和寄託文士隱逸情懷三個方面。文學傳載形式從書面傳寫向物質空間的擴展,爲還原文學活動真實面貌提供了新的認知維度。

關鍵詞 虎丘禪寺　文學活動　文學傳載　空間承載

　　文學是一種活動,而文學活動易於流逝;其得以存顯的方式除了書面形式的作品傳寫,還有物質形式的空間承載。園林作爲空間藝術形式,與文人生命活動息息相關。它不僅提供文人棲身之所,更以其物質空間、藝術特質和文化内涵承載著文學活動。同時,園林對文學的空間承載,是文學研究從平面、静態走嚮立體、動態的重要憑藉,爲中國特色的文學理論構建提供了新的維度。鑒於園林空間形態的品類衆多,難以面面俱到,也不可一言概之,兹以頗具特色的虎丘禪寺爲個案,來深入探討園林空間的文學承載。

　　虎丘禪寺是以空間承載文學的經典性園林景觀。它本稱雲巖禪寺,以其據虎丘形勝而得名,憑藉優美的園林風光和深厚的歷史底蘊,吸引文士紛紛來此遊賞。明楊士奇《虎丘雲巖禪寺修造記》曾記載:"余聞虎丘據蘇之勝。歲時,蘇人耆老壯少閑暇而出遊之必之於此;士大夫宴餞賓客亦必之於此;四方貴人名流之過蘇者,必不以事而廢遊於此也。"[①]過往蘇州者遊虎丘,除了觀景遊玩,賞心悦

---

[*] 田明娟,上海大學文學院博士研究生。
　　基金項目:本文爲國家社會科學基金重大項目"中國古代文學制度研究"(17ZDA238)階段性成果。
① 錢穀《吴都文粹續集》,《景印文淵閣四庫全書》本,臺灣商務印書館1986年版,第1386册,第63頁。

目;更重要的是每遊必有所感,或用文字記之,或用言語述之。正如明楊循吉《遊虎丘寺詩序》所言:"惟騷人墨士所至,則必有語言之留。而其遊也得與其文字久近之勢,相爲不朽。即使不能流布百世以成故事,而經歲曆紀,就其人生之間,亦可考離合而驗悲樂焉……今吾輩既得適意於山水,而又能托興於文字,則是日也亦有事焉。"①這些文人賞景遊樂、吟詩作畫,借虎丘禪寺標榜清逸雅致,既寄託著豐厚穎敏的人生感悟,又引領著當代社會的文化風尚。同時,雅集酬唱所作詩文書畫亦爲虎丘禪寺增添了文化内涵。此中所包含的文學承載功能,主要有如下三個方面。

一　提供文學活動場所

虎丘山地埋位置優越,環水而立。山下的虎丘山塘是當時重要的水路交通站,也是南北航綫中重要的商貿活動點。《明代驛站考》卷七"江南水路"記載"杭州迁路由爛溪至常州府"和"揚州府跳船至杭州府"兩條連接南北的水路,其通行的船隻均由虎丘山塘進入蘇州。② 又《江南經略》卷二下"澦墅險要説"記載:"有虎丘山塘涇,貨物亦阜,乃入蘇之間道也。"③人們在這裏的活動十分頻繁,或商貿交易,或酬唱宴請,或文人雅集。因此,虎丘禪寺常成爲文學活動場所,承載著一系列的文人活動。就其活動場景而言,可分爲文會雅集、儒釋之交和遊山賞景。

（一）文會雅集

虎丘禪寺作爲宗教文化和園林建築藝術的有機結合,是文人進行文會雅集的活動場所。按文士進行雅集活動的性質,可以分爲政治集會和娛樂集會兩種活動情形。

政治集會。虎丘禪寺作爲重要的宗教場所,也是上層建築的一種呈現,與政治有著複雜的關係;因而在虎丘禪寺的文學活動常具有濃厚的政治意味。這大抵體現在三個方面:一是社集大會。如復社領袖張溥爲擴大復社的氣勢,於崇禎六年(1633)三月籌辦"虎丘大會",招集文士齊聚虎丘,激揚文字。這成爲當時

---

① 黄宗羲《明文海》,《景印文淵閣四庫全書》本,臺灣商務印書館1986年版,第1456册,第64、65頁。
② 楊正泰《明代驛站考》,上海古籍出版社1994年版,第203頁。
③ 鄭若曾《江南經略》,《景印文淵閣四庫全書》本,臺灣商務印書館1986年版,第728册,第118頁。

知識分子要求參政的一次政治性集會。"虎丘大會"不僅是復社的重大事件,也充分展現了江南文學社群所具有的政治色彩。二是頌揚聖恩。徐有貞《雲巖雅集志》記載,天順八年(1464)秋九月,他與夏仲昭、杜用嘉、施堯卿、陳孟賢、陳孟英、劉廣洋等人雅集於虎丘,感懷朝廷和皇帝的隆恩仁德,並極力頌揚之。三是同僚餞飲。虎丘禪寺爲同僚暢遊、登高賦詩的佳處。他們或暢飲同樂:"使君置酒贊公房,飛蓋追隨草木光。選勝不辭蕭寺遠,爲閑翻遣老僧忙。千村霽雪人憑閣,一塢碧雲山墮牆。斜日離離賓客亂,好修故事續歐陽。"(文徵明《吾尹邀遊虎丘奉次席間聯句》)①詩中抒寫友朋寄情山水、放浪丘壑的瀟灑。或讚美同僚,表達敬意:"大夫爲人崇謙抑,舟中柱顧始相識。同年張願是同鄉,邀我登堂候顏色……斯文相識即相親,談論無方亦無極……高吟朗誦好文章,鬥采投瓊令行巹。君舉空杯我舉滿,主人怯飲客不管。風霜何事苦生寒,談笑忘懷各自暖。臺人來報更已深,相辭上馬月如浣。歸到舟中睡不成,但有臺鬥相陪伴。"(陳天資《河西務錢郎中邀飲歌以贈》)②詩人稱讚對方爲人之謙遜、文章之高妙,並熱誠表達了與之相識相伴的欣喜。

娛樂集會。虎丘禪寺不僅是政治集會的場所,更是蘇州最爲繁盛的娛樂場所。當時士人常狎妓攜遊,共聚虎丘行樂,正如王稚登《茉莉曲六首》所描繪的:"花船盡泊虎丘山,夜宿娼樓醉不歡。時想簏錢輸小妓,朝來隔水喚烏蠻。"③雖然官府曾在虎丘山門立下"蘇州府示禁挾妓遊山"碑,但禁不住士民遊樂的熱情,這一規定不久便被廢止,虎丘禪寺依然是當時娛樂佳所。士民遊玩虎丘,時而遊飲賞月,如:"中秋看月何處好,除卻十洲與三島。東南勝事說蘇州,最好從來是虎丘……通國如狂歌舞來,木蘭載酒笙鏞作。男女雜坐生夜光,香風烏履吹交錯。歌吹香風真可憐,三三五五各成筵。千人石滿千人坐,千頃雲浮千頃煙。"(沈明臣《中秋虎丘看月行》)④詩中所描繪的是,月夜中男男女女們笙歌狂舞,雜坐暢飲,與月共賞。時而觀藝看妓,如:"駿馬龍駒種,佳人燕子身。馳驅下夕阪,險絕太驚人。"(王稚登《虎丘寺看妓人走馬》)⑤詩人生動地描繪了妓人靈動的身軀和精湛的技法,稱讚其技藝表演得出神入化,讓人驚歎不已。時而聽曲賽歌,如每逢"虎丘曲會",士大夫、曲師、名妓等聚集虎丘,切磋技藝,甚至"舊曲閑溫只

---

① 文徵明《甫田集》,《景印文淵閣四庫全書》本,臺灣商務印書館1986年版,第1273册,第25、26頁。
② 溫廷敬(丹銘)輯《潮州詩萃》,吳二持、蔡啓賢校點,汕頭大學出版社2001年版,第78頁。
③ 錢謙益《列朝詩集》,《四庫禁燬書叢刊》本,北京出版社1997年版,第96册,第364頁。
④ 錢謙益《列朝詩集》,《四庫禁燬書叢刊》本,北京出版社1997年版,第96册,第386頁。
⑤ 王稚登《王百穀集十九種》,《四庫禁燬書叢刊》本,北京出版社1997年版,第175册,第35、36頁。

細哦,但逢評價口懸河。店門逼暮俱嚴鐍,每夜登山要賭歌。"(沈德符《月市曲(虎丘中秋)》之八)① 可以説,虎丘禪寺的娛樂活動成爲了當地精神生活的重要部分。

總之,虎丘禪寺不僅是文士雅集活動的場景,也是文人精神活動的佳所。

(二) 儒釋之交

明代的佛教思想在社會上傳播廣泛,浸透到了人們的日常生活,儒士和釋氏的交遊十分常見。所謂"儒釋之交",是指文士與僧人的交往,他們結伴暢遊,在清談中參禪究理,在激賞中追求清逸。

虎丘禪寺歷史悠久,出入其中的僧侶亦多爲道行高深者,如紫柏大師、虛白上人、慧輪上人、仰雲上人、簡上人等高僧。他們大多德才兼備,翛然世外,與物無忤,頗爲當世文人景仰。如高啓《送虛白上人序》寫虛白上人在衣不暖身、食不果腹之境仍瀟然自若:"寒不暖,衣一衲,饑不飽,粥一盂,而逍遥徜徉。"不事權貴、不懼豪强的傲然孤潔:"主者撞鐘集衆,送迎唯謹,虛白方閉户寂坐如不聞。"② 世雖渾濁而虛白能獨善其身,這讓高啓對其另眼相看,願意與他真誠交往,暢遊於虎丘。同時,僧人也主動與文士交往,因以旁通參證儒家理道。如虎丘僧熙曾拜謁徐有貞,求問他的字所藴的儒學意義,"間謁余,請文以敷其意。余謂:'禪宗不立文字,子奚文字之求,且吾不讀釋氏書,又安知其義!子之師方據猊揮麈爲衆説法,子不之問而問之余,何耶?'熙曰:'吾之名固吾師所命,吾師之語我曰汝之名,字意兼乎儒釋,釋之意則吾師既以教我,而汝之意未聞,故願有請焉!'余不得拒也"(《春穀説》)③。

文士與高僧交往,對提高自身修養有積極作用。他們接觸這些方外高人,學習禪理,共期參禪悟道。如楊士奇《題南浦上人竹石》所云:"虎丘説法曾點首,玉版參師今在心。何時坐我清風側,試聽海潮揚梵音。"④ 同時,對文士的詩文創作也多有影響。在他們的詩文中,常以高僧遺世獨立作爲描述對象,如"炯如摩尼珠,性照光陸離……袈裟映初日,遍禮天人師。自緣締方外,因之勞遠思"(張宣

---

① 沈德符《清權堂集》,《續修四庫全書》本,上海古籍出版社 2002 年版,第 1377 册,第 97 頁。
② 高啓《高太史鳧藻集》,周立編,《四部叢刊》本,上海商務印書館民國八年影印、十八年重印本,第 1543 册。
③ 徐有貞《武功集》,《景印文淵閣四庫全書》本,臺灣商務印書館 1986 年版,第 1245 册,第 94 頁。
④ 楊士奇《東里集》,《景印文淵閣四庫全書》本,臺灣商務印書館 1986 年版,第 1239 册,第 499 頁。

《送范上人》》①；或描寫與高僧清談品茗之閒逸："飛起竹邊雙白鶴，談玄未已煮茶初。"（徐溥《留別虎丘簡上人》）②這些內容既拓寬了詩文的描寫對象，也豐富了詩文的創作主題。

（三）遊山賞景

虎丘山風景秀麗，虎丘禪寺坐落於此，與之融爲一體。山與寺宇相互映照，成爲極具吳中地方特色的山水勝地。早在宋代，蘇軾有言："不到虎丘，乃人生憾事也。"遊玩、過訪者多會到此遊山賞景，且必以詩文贊述之。因此，虎丘禪寺及其周邊環境不僅爲創作提供了自然景觀，還爲文士的交遊活動提供了佳妙的場景。

更重要的是，這種景觀與場景不是静態的，而是通過方位變化和古今交替來動態展現。如顧璘《虎丘寺》："遠遊訪名山，虎丘得初陟。溪門乍深隱，石逕轉崔嵬。陰壑注鳴泉，風林振疏葉。巖僧解將引，探古恣幽躡。波沉真娘魂，灰冷生公業。傷哉劍池名，祇見寒流泄。酹酒呼干將，千秋激豪傑。"③初登虎丘，詩人便被虎丘禪寺周圍環境的幽静、群山逶迤所吸引，而後隨著山僧引導，逐步遊覽了真娘墓、生公石、劍池等處。全詩通過不同景物的切換和意象的連綴，在方位變化和歷史掌故中實現時空轉換，增強動感和立體感，再加上視覺和聽覺的通感，給人極強的審美感受。又如史傑《遊蘇州虎丘寺》："艤棹尋幽上虎丘，虎丘風景冠南州。山圍古寺參差見，泉落清溪宛轉流。杖錫僧歸蘿徑晚，賦詩人醉竹亭秋。卻憐歸路重回首，寶塔雲橫最上頭。"④詩人乘船而行，登虎丘尋找幽静之趣。詩中描繪了入山前，望禪寺與風景的參差錯落，聽泉落與溪流的宛轉流暢；登山中，曲徑尋僧，品酒賦詩，沉醉在佳景美酒之中；下山後，回首眺望，只見虎丘塔高聳入雲，戀戀不捨之情油然而生。詩人通過時間和位置的變化，增強了詩歌的空間層次，描寫出了詩人的見聞感想，將遊賞活動動態地呈現出來。

總之，虎丘禪寺作爲文學活動場所，提供了多種形式的遊賞酬唱場景。這既豐富了虎丘禪寺的文化内涵，又爲虎丘禪寺成爲題詠對象注入了情思意趣。

---

① 錢謙益《列朝詩集》，《四庫禁燬書叢刊》本，北京出版社1997年版，第95册，第395頁。
② 徐溥《謙齋文錄》，《景印文淵閣四庫全書》本，臺灣商務印書館1986年版，第1248册，第549頁。
③ 顧璘《顧華玉集》，《景印文淵閣四庫全書》本，臺灣商務印書館1986年版，第1263册，第137頁。
④ 史傑《襪綫集》，《四庫禁燬書叢刊》本，北京出版社1997年版，第174册，第7頁。

二 作爲詩文題詠對象

"騷人得助是江山,千里幽懷一憑欄。"(李覯《留題歸安尉凝碧堂》)[①]這是説,美好的景觀不僅讓人賞心悦目,而且往往會觸發文人内心的情感,從而產生文學創作的動力。虎丘禪寺歷史悠久,景觀衆多,一片幽林、一潭深池,都可能引發他們的沉思與感慨,從而進行題詠、抒寫。除了自然景觀,人文景觀也可爲詩文題詠内容,遊一座寺宇,登一處亭臺,均可以思接千古,感懷前賢,領會其中濃厚的人文意藴。虎丘禪寺也因詩文題記而傳名,無形中增添了文化内涵與價值。有關虎丘禪寺的詩文題詠,其對象大致可分爲自然風光、寺宇勝跡、歷史掌故。

(一) 描寫自然風光

虎丘禪寺依託虎丘山,周圍的自然景色十分秀美。明陳仁錫《重修虎丘山寺記》記曰,虎丘山兼有洞庭、瀟湘之勝,亦有深閨曲房、室阡莊陌之趣:"夫遊乎洞庭、瀟湘,無不虎丘也;遊乎深閨曲房、室阡莊陌,無不虎丘也。"[②]並且,詩人登臨虎丘,面對山水美景,徜徉其中,不僅性情得到薰染,而且激發文人創作雅興,所謂"勝賞誰能窮,今古賦篇翰"(高啓《虎丘次清遠道士詩韻》)[③],説的就是這種情致。

虎丘禪寺的四季變化,更是美不勝收:"城郭萬家群玉府,塔簷千溜半空泉"(沈周《雪中登虎丘》)[④];"白雲蒼藹迴秋清,碧嶂丹楓媚眼明"(湯珍《秋日虎丘》)[⑤];"桃花閣竹飛紅雨,遊絲牽粉入雕欄"(蔡羽《春日虎丘》);"新開石閣紫芝香,遥見松杉隱碧房。竹裹鶯啼方日午,山頭人坐喜泉涼"(蔡羽《夏日虎丘》)[⑥]虎丘禪寺四季的自然風光,通過詩人的題詠似乎定格了。那月光映雪聽空泉的冬,丹楓鴻雁逐清風的秋,桃花細雨入雕欄的春和松竹啼鶯喜涼泉的夏,像一幅幅的山水畫展現在人們面前。

---

① 李覯《直講李先生文集》,《四部叢刊》本,上海商務印書館民國八年影印、十八年重印本,第851册。
② 陳仁錫《陳太史無夢園初集》,《四庫禁燬書叢刊》本,北京出版社1997年版,第60册,第49頁。
③ 高啓《高太史大全集》,《四部叢刊》本,上海商務印書館民國八年影印、十八年重印本,第1538册。
④ 沈周《石田詩選》,《景印文淵閣四庫全書》本,臺灣商務印書館1986年版,第1249册,第574頁。
⑤ 曹學佺《石倉歷代詩選》,《景印文淵閣四庫全書》本,臺灣商務印書館1986年版,第1394册,第114頁。
⑥ 錢穀《吴都文粹續集》,《景印文淵閣四庫全書》本,臺灣商務印書館1986年版,第1386册,第502、503頁。

除詩文以外，以虎丘自然風光爲題材的書畫創作也十分豐富，如沈周《虎丘十二風景圖册》、陸治《虎丘山圖》、錢穀《虎丘前山圖》、文嘉《虎丘圖》等等。這些藝術創作生動地描繪了虎丘禪寺的園林風貌，營造出了濃厚的藝術氛圍，也使其自然風光成了恒常的題寫對象。

（二）題詠寺宇勝跡

虎丘禪寺不僅是風景秀麗的自然景觀，更是經久彌新、底蘊深厚的人文景觀。虎丘禪寺歷史悠久，保留了大量的名勝古跡，如虎丘塔、劍池、千人石、小吳軒、千頃閣等，常常成爲筆端的題詠對象。如程于古《題虎丘寺》："石林雲氣杳，仙閣靄青蒼。樹杪看江嘯，臺空拂雨香。孤鐘驚鶻羽，蹊徑隱房廊……一潭沉劍采，片塚死羅裳。徒有翻經觀，誰懷選佛場……"①該詩通過聖殿禪房、石林仙閣、空山古鐘、劍池青塚等等，對虎丘禪寺的人文景觀進行了全景式描繪，以寬廣的視角，展現了虎丘禪寺的宏大氣勢。

也有題詠單個古跡的詩文，如高啓《劍池》對虎丘劍池作了細緻生動的描寫："干將欲飛出，巖石裂蒼礦。中間得深泉，探測費修綆。一穴海通源，雙崖樹交影。山中多居僧，終歲不飲井。殺氣凜猶在，棲禽夜頻警。月來照潭空，雲起噓壁冷。蒼龍已何去，遺我清絕境。聽轉轆轤聲，時來試幽茗。"②詩中首句描繪了劍池的成因，想象是寶劍干將裂石而出，才得如今所見絕壁深淵；第二、三句描繪了劍池的環境，寫了池中源泉深不可測，想像其源頭與海相通，而絕壁狹窄更與兩岸樹影交映；第四句則通過山僧的數量多且終年不需挖井飲水，來突出劍池泉水的取之不絕；第五、六句則寫出了劍池的神奇現象，如劍池的陰氣、鳥禽的驚鳴、月光映照下潭水如雲湧起的變化等；第七句寫出了詩人對劍池這一清雅之境的喜愛；尾句寫詩人思緒回到現實，他引泉煮茶，享受劍池的清靜。此類詩歌通過分散描寫，多方位多角度展示寺宇勝跡，不僅豐富了詩歌的內容，也增添了虎丘禪寺園林景觀的文化內涵。

（三）感懷歷史掌故

自古以來與虎丘相關的傳説、掌故數不勝數。虎丘始爲吳王闔閭之墓，裏面埋藏著吳越史事；後晉司徒王珣、司空王珉兄弟以宅院爲寺，記述著魏晉文士之

---

① 程于古《落玄軒集》，《四庫未收書輯刊》本，北京出版社 2000 年版，第 6 輯 25 册，第 405 頁。
② 高啓《高太史大全集》，《四部叢刊》本，上海商務印書館民國八年影印、十八年重印本，第 1538 册。

風流。詩人穿梭在虎丘禪寺的歷史長河中，思古懷今，創作出一系列以懷古爲主題的詩歌。故魏時敏詩云"感慨應懷古，題詩上虎丘。"(《寄姑蘇劉欽謨》)①

有的詩作感物是人非，歎朝代更迭，如葉元玉《姑蘇懷古》："吳王宮中草芊芊，西施今去幾千年。胥門江水流不歇，虎丘山色還依然。我來江上一懷古，前代興亡難盡數。"②吳王宮中現今草木茂盛，物是人非，西施已經去世幾千年。然而胥江之水卻從未停歇，虎丘的景色穿越時光卻依然美麗如昔。詩人望著江水滔滔，細數前代興亡之事，一時感慨萬般。有的詩作議論史事，即事興懷，如傅夏器的《過虎丘吊古二首》之二："吳宮沉醉越西施，甲楯孤棲渾不疑。忍嘯秋風嘗膽夜，螳螂有恨向黃池。"③越王勾踐臥薪嘗膽，謀復國，訓練西施等人亂吳宮，使吳王夫差沉湎女色，不理朝政，並借黃池之會攻陷吳都，終結吳國霸業。有的詩作以古典暗合今典，寄託個人境遇，如夏原吉《虎丘懷古》："誰似當時蘇與白，畫船簫鼓日追陪。"④詩人借蘇軾與白居易，表達願與志同道合者恣意山水的情思。

總之，文士通過描寫自然風光、讚美名勝古跡、感懷歷史掌故所進行的詩文題詠，完成了對虎丘禪寺景觀的多維抒寫，使虎丘禪寺與文人創作互動互助，相得益彰，文因寺作，寺以文傳。

三　寄託文士隱逸情懷

追慕隱逸是古代文人普遍的志趣。這除了體現在詩畫描繪的山水中，還寄寓在古典園林中。所謂"不聞世上風波險，但見壺中日月長"體現的正是文士的隱逸精神。古典園林作爲隱逸文化的一種物質形式，已成爲調和文士與政權關係的重要憑藉。

虎丘禪寺作爲宗教性園林設施，是吳中文士寄託隱逸情懷的重要場所。明楊循吉《遊虎丘寺詩序》說到："虎丘寺者，吳人之所恒遊者也，有巉石絕澗之勝，於郡中之山爲最名者也。吳人承前代風流之餘，故嘗知來遊於此……蓋有之，則所謂奇且偉者不忘矣。而山林之間，相與遊從以爲樂者，其意真，其言肆，無獻諛

---

① 錢謙益《列朝詩集》，《四庫禁燬書叢刊》本，北京出版社1997年版，第96冊，第9頁。
② 曹學佺《石倉歷代詩選》，《景印文淵閣四庫全書》本，臺灣商務印書館1986年版，第1392冊，第591頁。
③ 鄭傑輯錄《全閩詩錄》，福建人民出版社2011年版，第931頁。
④ 夏原吉《忠靖集》，《景印文淵閣四庫全書》本，臺灣商務印書館1986年版，第1240冊，第523頁。

避諱之咎,而有輸寫傾倒之樂。"①在虎丘禪寺的山水之間,詩人可以任性恣意,自由表達獨立人格和思想個性;同時詩人也能在禪寺中以小見大,品讀禪味,從而明心見性,調試自我,達到身心俱適。文士棲身虎丘禪寺,其情懷大致有三個層面:

(一)躲避世俗紛擾

基於對現實的不滿,文士大都追求隱逸。而虎丘禪寺作爲棲隱場所,不少文士、官員駐足於此。如王鏊疲於官場,乃避居虎丘禪寺,以之爲躲避世俗紛擾之所。其有詩云:"平生磊塊胸,至此殊一快。升沉世上名,瑣屑真癬疥。我生本優遊,幸脱軒冕械。甘爲愚公愚,不受蔡叔蔡。願言從樂天,一年十二届。"(《虎丘》)②詩人面對世間名利,感傷人生浮沉,畏懼瑣事難處,其胸中積壓著滿腔不平之氣;而只有棲身虎丘禪寺靜謐環境中,其胸中不快才得以舒緩消釋;且願意放下官位爵禄等一切俗累,成日優遊在虎丘禪寺之裏,做個無憂無慮的樂天派。

而沈周雖不仕朝堂,不做官吏,爲避世也常隱於虎丘禪寺。如他《再至虎丘松巢主僧索畫空谷山居韻》云:"世諦紛紛擾擾間,松巢來詰老僧閑。愛山已結峰頭屋,借畫仍看屋裏山。池影心空和月見,巖扉客去倩雲關。新茶新筍都叨卻,香積誰云染指還。"③詩人爲暫避紛紛擾擾的塵世,選擇登臨虎丘禪寺,拜謁松巢老僧;二人觀景賞畫,閑談品茗,不理世俗煩雜,甚是悠然自得。

總之,不論是何種方式的隱逸,從現實的紛繁複雜到虎丘禪寺的靜謐悠然,大都在棲隱虎丘禪寺期間得以返樸歸真,寄託"平生獨往志,欲老翠微巔"之意趣(殷雲霄《虎丘寺》)④。

(二)尋求生命自適

虎丘禪寺不僅爲文士擺脱世俗的困擾提供了消閑場所,而且文士亦在虎丘禪寺的禪宗文化和園林環境中暫得棲隱,追求生命的自適。禪宗追求静心,詩人在虎丘禪寺的禪意之中,通過不同的方式感受著強烈的生命意識。有的人以景

---

① 黃宗羲《明文海》,《景印文淵閣四庫全書》本,臺灣商務印書館 1986 年版,第 1456 册,第 64、65 頁。
② 王鏊《震澤集》,《景印文淵閣四庫全書》本,臺灣商務印書館 1986 年版,第 1256 册,第 219 頁。
③ 沈周《石田詩選》,《景印文淵閣四庫全書》本,臺灣商務印書館 1986 年版,第 1249 册,第 585、586 頁。
④ 曹學佺《石倉歷代詩選》,《景印文淵閣四庫全書》本,臺灣商務印書館 1986 年版,第 1393 册,第 618 頁。

察心,在對自然景物的觀照中,以澄心静觀的審美態度體察默想,從而營造出閑静空寂的境界;有的人觀物體禪,在獨照冥會中吟詠禪味,因而附著宗教色彩。如云:"月華懸一鏡,海氣儼重輪。圓缺看成幻,升沉悟是因。"(皇甫汸《春日同諸君虎丘餞别蔡司空分得可中亭》)①詩人看到月圓月缺、潮起潮落,便有所頓悟,感世事如夢,一切皆屬幻滅無住。在虎丘禪寺的風物景觀之間,詩人不僅可以自覺地審察内心、體味禪理,而且也能將禪理融入自己的生命意識之中,得到心靈慰藉。

(三)追求現世超脱

虎丘禪寺的秀美風景和禪宗文化,使文士從中尋求生命自適和感悟禪悦真趣;而反過來,文士也將虎丘禪寺營構成一片世間的净土,提供自由想像空間,讓人寄託隱逸情懷,表達對人生自由的嚮往。有的人期盼修仙成道,如:"安得契真期,超然豁靈贊"(高啟《虎丘次清遠道士詩韻》)②,這是面對現實的不滿,發出修道成仙之期盼,希望像仙道一樣,離塵脱俗,逍遥於天地之間,從而擺脱人生困境,實現生命自由。這充分表現了詩人對理想世界的追求和嚮往。有的人探索現世净土,如:"栩栩同仙舫,遥遥指佛廬。尋常一醉地,三十五年餘。"(王世貞《太宰袁公抑之同訪虎丘得二首》其二)③這是説虎丘禪寺之幽静有如仙境,實爲現世樂土,若常醉於此,可自在逍遥。又如:"暫忘人世事,得此共棲禪。"(徐賁《同高記室訪虎丘蟾苍二上人》)④這是説,捨棄世事俗務,在虎丘禪寺暫得棲禪之地以求得生命解脱。這些現世超脱的種種嚮往都是在尋求一種生命的自適狀態。

總的來説,虎丘禪寺作爲獨特的園林空間形式,呈現了明代吴中地區大部分的文學活動,是其活動場所、題詠對象和寄託情懷的重要載體。上述關於虎丘禪寺園林空間的個案研討,將文學研究從作品書面傳寫轉嚮物質空間承載,突破了以往過於重視文本分析而忽略空間呈現之思維定勢。文學研究若忽視物質空間對文學活動的承載,就會使很多文學現象無法納入研究視野,也難以深入瞭解文學活動的情境,更難以做到歷史情實的還原。而文學活動空間承載的挖掘,則爲

---

① 皇甫汸《皇甫司勳集》,《景印文淵閣四庫全書》本,臺灣商務印書館1986年版,第1275册,第646頁。
② 高啟《高太史大全集》,《四部叢刊》本,上海商務印書館民國八年影印、十八年重印本,第1538册。
③ 王世貞《弇州山人四部續稿》,《景印文淵閣四庫全書》本,臺灣商務印書館1986年版,第1282册,第165頁。
④ 徐賁《北郭集》,《景印文淵閣四庫全書》本,臺灣商務印書館1986年版,第1230册,第593頁。

解決這一困境提供了新的思路：一是在文學研究的取材範圍上，從文字語料延伸到實物遺存；二是在文學承載的介質形態上，從文本書寫擴展到空間呈現；三是在文學活動的理論構建上，從注重內部推進到內外並重。由此可知，文學活動的物質空間承載形式，是文學研究亟需關注的新領域。

制度與文學

遷謫制度與唐代文學

李德輝[*]

內容提要 遷謫制度來源於先秦,原是一種處罰罪臣的做法,並未制度化;但到唐代則發展成高度完密的政治制度,規定了遷謫的路綫、方嚮、程期、待遇。它跟政治鬥争及文學創作關係緊密。而且越到後來實行得越嚴厲,從唐初到五代全面覆蓋,針對的是全體唐代文官,尤以朝官爲主,所以對唐代文學影響極大。作爲一項内涵豐厚的政治制度,其對唐代文學的影響在於四個方面:首先是對文學家生命和心態的影響,因仕途的蹉跌而造成生命沉淪,釀成人生悲劇。其次是對唐代文學題材、風格的影響,成爲一類有特殊内涵和意義的題材,並和送别、行旅、逢遇等十多個不同的題材相結合,思想内涵和藝術表現都更加豐富。第三是改變了古代南方落後地區的文學構成,造成了鄉土文學爲輔,流寓文學爲主的特殊的二元結構,形成了鄉土性單薄、外來化强烈的特點。第四是奠定了南方地域文學的感傷基調,形成一種以遷謫文學爲主流、悲傷清怨爲基調的文學傳統。這一特色,在湖湘、嶺南,表現尤爲明顯。

關鍵詞 遷謫　制度　唐代　文學

中國古代自有家有國以來,就開始建立政治制度,對國家和人民實施有效管理。秦漢以來,隨著皇權的建立,君主專制的加强,各項事業的管理都逐漸走上制度化的道路,所謂朝章國典,由此而來。其實制度主要是對人的,不是對事的。主要用來管理官員,而不是平民。主要目的是規範官員的政治行爲,針對的是官員的政治生活,私人活動並不在管理之列。而官員自先秦以來,就是由有文化的人充當的,因而制度必然和文人、文學發生關聯。一項重要制度一經確定,往往

---

[*] 李德輝,湖南科技大學人文學院中國古代文學與社會文化基地教授,出版過專著《唐代交通與文學》等。
　基金項目:本文爲國家社會科學基金重大項目"中國古代文學制度研究"(17ZDA238)階段性成果。

會全時全地覆蓋整個國家和朝代，不斷得到完善，加強，而不是停止，減弱。由於重要政治制度的穩固性、持久性和全覆蓋，故尤其容易引起我們的注意，更易激起研究的興趣，也更有深入探索的必要。制度和文學的關係，由此構成古典文學研究中一個不可回避的重要問題。各項制度和文學的關聯度並不一樣，遷謫制度算是覆蓋面廣，持續性强，對文人和文學影響深遠的一項了，其中以唐宋最爲明顯。宋代的表現程度又要有過於唐，但時序上唐在宋前，很多的宋代遷謫制度都是來源於唐，故唐代尤爲我們關注的重點。唐代由於各種原因，發展出一套高度完善的遷謫制度，對文人的打擊之大，懲戒之深，前所未有。這些制度，一直以來都是以政令條文的形式存在，分載於正史、編年史、政典和類書、總集、別集等多種不同文獻之中，並未從文學研究的立場出發，對其進行過針對性的條分縷析的細緻梳理，其實施的效果如何，也不太清楚。改革開放以來，制度與文學的研究取得了長足進展，成就之大，令人欣喜。儘管學界對遷謫制度與唐代文學的關係有很多的討論，取得了不俗的成果，尤以尚永亮先生爲傑出代表。但這些研究主要著眼於文學或文化本身，並不是從制度研究出發的，並不是循著由史學到文學，從文獻到作品這樣一個研究路徑展開的，研究的多數也是一個時段、一位作家或一個群體，而不是全唐，因而尚有未盡之義可待發掘。基於這一研究現狀，本文堅持制度與文學的學術立場，先梳理唐代遷謫制度的具體內容，對其進行條理化的呈現，然後就其對文學的影響作出具體的分析。在行文中，注重從實例出發，來驗證這些遷謫制度的實施情況。期待以此文作爲引玉之磚，帶動相關研究的深化。論述不當之處，敬祈指正。

一　遷謫制度的由來和演變

遷謫又名貶謫、遷貶、流貶（廣義的遷謫還包括判處流刑流放遠地，有時又和量移合稱流移）、左降、貶降、左授、責授、貶授、投荒、播遷、竄逐、斥逐、貶竄，或單稱斥、逐、貶、竄。被貶遭流的人自稱遷客、逐客、逐臣、謫官。作爲一種處置罪臣的做法，由來久遠，早在堯舜時就已開始，但還不是一項獨立的政治制度。《史記·五帝本紀》所載四事，爲最早的先例：堯末"三苗在江淮、荆州數爲亂，於是舜歸而言於帝，請流共工於幽陵，以變北狄；放讙兜於崇山，以變南蠻；遷三苗于三危，以變西戎；殛鯀於羽山，以變東夷，四辠而天下咸服"。《漢書·刑法志》亦曰："唐虞之際，至治之極，猶流共工，放驩兜，竄三苗，殛鯀，然後天下服。"更早的記載見《尚書·舜典》,以上三書記的都不是遠古的傳聞,而是著名的史實。其中流、放、竄、逐四字是對同一做法的不同稱謂,特點是"投之四裔",不使居中原善地,而要放逐到九州外的四方遠地,去接受生命的折磨,帶有強制性、懲罰性和警世性。但出發點是正大光明的,並不夾有個人私憾。至戰國,各國效仿此制來懲罰那些觸怒王權、得罪權貴者。楚國末年,頃襄王聽信讒言,疏遠屈原,將其流放沅湘,自沉汨羅,是其著者。以此爲標誌,到春秋末,演變爲懲罰文官的手段,並且開始影響到文人和文學。

　　根據事情性質和處置方式的不同,有貶和流兩種情況。貶指降低職位官資,調離原崗位,換到不好的新崗位去。流指從都城遷到遠處羈押看管起來。唐宋的做法是既降職,又遷移,先調離,後移徙,二者結合。重點在於生存空間的遷移,而非官位待遇的下降。唐人將貶官流移者稱爲遷客、逐臣,稱遷謫爲嚴譴、投荒,而不以官位高低爲著眼點,就很能說明遷官與謫放的主次輕重。遷移使官員從京城轉移到陌生遠地,意味著從善地到醜地,意味著對家園、產業、親故的脫離,對官場、人脈的疏隔,理想生活的結束,前途的暗淡,仕途的蹉跌,對文人的打擊之大,不是一個簡單的官位昇降可比的,因此,遷謫制度的重點與要害始終都在遷和逐,而非謫和降。

　　以上是以唐代爲標準作出的分析,魏晉南北朝則不然,犯事的官員一般祇降職,不流放。如《晉書·應詹傳》:"今宜峻左降舊制,可二千石免官三年,乃得敘用,長史六年,戶口折半,道里倍之。此法必明,使天下知官難得而易失,必人慎其職,朝無惰官矣。"明言晉代即有官員左降"舊制",此次不過加以強調,加重處置。但條文針對的是二千石及州郡長史等地方官,沒有載明對待京官的辦法。同書卷七六《王彪之傳》:太尉桓溫"以山陰縣折布米不時畢,郡不彈糾,上免彪之。彪之去郡,郡見罪謫未上州臺者,皆原散之,溫復以爲罪,乃檻收下吏,會赦免,左降爲尚書。頃之,復爲僕射。"卷九三《王蘊傳》:"補吳興太守,甚有德政。屬郡荒人饑,輒開倉贍卹,主簿執諫,請先列表上待報……於是大振貸之,賴蘊全者十七八焉。朝廷以違科免蘊官,士庶詣闕訟之,詔特左降晉陵太守。"《陳書·宗元饒傳》:"時合州刺史陳裒贓汙狼籍,遣使就渚斂魚,又於六郡乞米,百姓甚苦之。元饒劾奏曰……臣等參議,請依旨免裒所應復除官。其應禁錮及後選左降本資,悉依免官之法。遂可其奏。"《北史·序傳》:"尋被敕追赴京。朝廷以仲舉婆娑州裏,責黜左降爲隆州錄事參軍。尋以疾歸,以琴書自娛,優遊賞逸,視人世蔑如也。"幾個實例都指官員因犯事而免職,跟遷謫不是一回事,僅在處理方式上有相近處。總之唐以前貶官制度用得少，且祇降職，不遠貶，更不以罪行輕重來定貶所遠近，即使偶有遷謫也波及範圍窄，打擊幅度小，實是貶而不遷，是一種大打折扣的遷謫。這樣，懲處就要輕微多了。其對文學的影響，除了屈原、賈誼兩個特例外，小到幾乎可以忽略不計。

但進入唐代，情況卻大變於前，遷謫發展成高度完密的政治制度，和政治鬥爭及文學創作關係緊密。而且越到後來實行得越嚴厲，打擊面也越大，以至有"誰人不譴謫"（戎昱《送辰州鄭使君》）之説，"兩竄嶺表"和"再登台鉉"在唐代高官中十分普遍。《中朝故事》卷上："前朝宰相，罕有不左降者。唯徐商持政公直，數十年不曾有累。其子齊國公彥若，亦以忠於上，和於衆，竟無貶謫之禍。"所記當爲實情、特例。

這項政策之所以對唐代文學影響大，是因爲它針對的是全時全體唐代文官，從唐初到五代，全面覆蓋，尤以朝官爲主。一旦出事，必自京遠貶，方向多爲南方州郡。官員貶降出京南行，内心則總是北望。北望的原因，一則唐官以北方人居多，北方是故鄉和家園的同義詞，具有親近感和認同感，南方則是異鄉、醜地，不樂居處。二則官員出貶前多在京爲官，這裏有他的家業、親友、事業、前程和功名富貴。一旦得罪失勢，則如同"犬離主，筆離手，馬離廐，鸚鵡離籠，燕離巢，珠離掌，魚離池，鷹離架，竹離亭，鏡離臺"（《類説》卷三四），身心都失去依靠。對親人的不捨，對政敵的怨恨，對貶地的畏懼，貶謫引起的痛苦、憂傷，這幾種負面情緒盤旋心中，損害身心健康，加上北人來到南方，還有言語溝通的困難，飲食、氣候、風俗習慣的不習慣，當地居民對外地人的排斥，南方社會發展的落後，故貶謫還會引起身體的病痛和心靈的扭曲。這些因素疊加在一起，使得他們在貶地度日如年，加重了望京、戀闕、思家、念親、盼歸的情緒和對南方的厭棄、排斥。宋之問的詩"處處山川同瘴癘，自憐能得幾人歸"描繪的是當時南方落後地區作爲逐臣聚居之地的共相，以及謫官流人多身死嶺南瘴癘之地的慘痛事實（《題端州驛寄杜審言王二無競》）。"北極懷明主，南溟作逐臣"則是他們共有的心態（《初到黃梅臨江驛》）。這些人被貶之前都年齡較大，是所謂"白鬢"，經多年打拼，已躋身於中上層，政治地位高，個人能力強，一旦流貶，受到的打擊也比常人要大。整個看，遷謫對唐文人的影響之大，前此所無，即使較之宋代也不遑多讓①。唐代除

---

① 《聊城大學學報》2017 年第 6 期趙忠敏《宋代謫官的量化考察及成因探析》統計出的宋代謫官人數爲三千九百七十九人次，這還祇是據部分史料得來的，並非宋代謫官的全部。總體來看，宋代貶官的人數明顯要多於唐代，但那是因爲宋代文人的基數遠遠大於唐代，至少是唐代的三倍，而不是説宋代的貶謫比唐代要嚴重，執行得更厲害，所以宋代貶官的數量雖然增多，但並不能説明問題。

了貶謫和流放人數不及宋代外,其他方面都不遜于宋。凡貶官流放的,多數都頒發有專門的貶官流移詔令,以政府公文的形式,假借大赦天下等機會來詔告天下,形成很多律令。而且歷年政策還有變動,除了重申舊制外,還會針對新情況出臺一些補充性條款,整個看來,遷謫政策一直在不斷完善中,總體趨勢是愈來愈嚴厲,愈來愈傷害無辜,折磨良善,遷謫制度所特有的懲惡揚善職能到晚唐已喪失殆盡。

情形已是如此不堪,而當權者還肆意打擊和報復政敵。好多時候,目的都是要將對手置之死地而後快,做法也很過分。貶官在盛唐以後,由一種懲治不法的法治政策變成報復對手的政治鬥爭手段。而早在開元中,就已經形成一整套制度,用於處置各種流貶人,統稱"左降官與流人",後來各朝又加以補充,到了晚唐文武宗朝,益發完密。流和貶雖常連用,但是有區別的兩件事,區別在於"流爲減死,貶乃降資","貶則降秩而已,流爲擯死之刑"(《唐會要》卷四一)。核以唐代實況,以貶降居多,流放較少,故流刑可整合到貶謫討論。

二　唐代遷謫制度的基本內容

每項制度都有它的內容,作爲通行三百多年的遷謫制度,內涵之豐,令人難以掌握。而要是忽略細節,則這些制度包括以下十項內容:

(一)官員犯罪,必授以遠官,以示懲處。觸怒君王或權貴者,在職表現不佳者,在任身有累者都要貶降官位,遷移遠地。《唐會要》卷四一《左降官及流人》:貞觀十四年正月二十三日制:流罪三等不限以里數,量配邊要州。垂拱四年十一月一日敕:諸色犯罪者,授以文武遠官。年考未滿方便解退者,依舊重任,續前考滿。長壽三年五月三日敕:貶降官並令於朝堂謝,仍容三五日裝束。至任日不得別攝餘州縣官,亦不得通計前後勞考。《唐大詔令集》卷七四《藉田赦書》:"十惡死罪不在赦限,其餘死罪,特宜配流嶺南遠惡處。官典犯贓,本犯至死貶與嶺南遠惡。左降官至流者,亦量貶與遠官典。"所載代表了唐代的一般做法。《舊唐書》卷九八《盧懷慎傳》載其景龍中所上三策,其第三策曰:"凡左降之人,鮮能省過,必懷自棄,長惡滋深……其內外官人有犯贓賄推勘得實者,臣望請削跡簪裾,十數年間不許齒錄。"盧氏所說,代表了執政者對流貶人的看法,所以歷年政策嚴酷。

開元以來,根據情況做出一些政策性調整。開元七年三月十六日敕:左降官入考未滿期間,若重有犯罪,當免職放歸田里,並申奏刑部據罪狀輕重量貶。開元十年六月十二日敕:自今以後,准格及敕,應合決杖人,若有便流移左貶者,決訖,許一月內將息,然後發遣。其緣惡逆指斥乘輿者,臨時發遣。天寶五載七月六日,鑒於一些地方政府不依法行事,地方官有闕,有時讓左降官及流人補職。流貶者過境,地方官每加優容,致使其沿路逗留,參加宴會,而不按時赴任。有時在貶地還擅離州郡,遂下敕:流貶之人皆負譴罪,在路多作逗遛,郡縣阿容,許其停滯。天寶十三載二月初九敕:左降官承前遭憂,不得離任,有虧孝道。此後如有此數,並宜放還。乾元元年二月五日敕:左降官及流移人非反逆緣坐及犯惡名教,枉法盜賊,有親年八十以上及患病在床更無兄弟者,許停官終養。建中三年正月敕:流貶人及左降官身死,並許親屬收之本貫殯葬。貞元十一年五月,左降官于邵、劉鄴,並量移授官。故事:量移六品以下官,皆吏部考授。至此,又增加下詔特授一種方式。元和三年閏十二月敕,自今以後,允許流人左降官遭憂奔喪。

(二)左降官在貶所,每年一考績,五考滿方可量移。貞元以前即有此制。元和十二年七月敕:自今以後,左降官及責授正員官等,到任後經五考滿,許量移。量移未復資官亦准此處分。曾任刺史、都督、郎官、御史並五品以上及常參官,刑部檢勘所犯事由聞奏,中書門下商量處分。未滿五考前遇恩赦者,准當時節文處分。其復資度數,准元和二年六月二十七日敕。其年九月,刑部奏:諸道左降官等經五考滿日,許量移,具貶降官日,授正員官。或無責辭,亦是責授,並請至五考滿,然後許本任處申闕。並餘左降官任處州府,多是遐遠。至考滿日,往往申牒稽遲,致使留滯,其刺史、本判官錄事參軍,等並請准天寶、貞元兩度敕文,依舊支給。從之。十四年十一月,吏部奏:應責授官前制已改轉者,各勒依今任考數停替日,便放東西。合選時任自參選,庶使人無凝滯,事有指歸。敕旨依奏。

(三)量移制度,用來處置貶官和流人。他們貶放到荒遠州郡後,要待上四到六年纔可改官。而每當大赦天下也會罪減一等,量移近處,以示皇恩。具體操作得視犯罪輕重及在貶所表現,確定量移的里數、路綫。由於貶官以南貶為主,而都城則在西北內陸,故量移方向是自南向北,自東向西,自外向內,由距京遠地移至近地。據《資治通鑑》卷二三四舊注引"史炤曰",量移的意思是"移,徙也,謂得罪遠謫者,遇赦則量徙近地。"一般官員除非"本犯十惡五逆及指斥乘輿,妖言不順,假託休咎,反逆緣累,及贓賄數多,情狀稍重者"(《唐會要》卷四一),都會移到距京較近處安置。無論貶官年月長短，規律是遇赦即移，距離五百里爲一個等級。韓愈自潮州量移袁州，就可作如是觀。他元和十四年正月得罪遷潮州。行至南陽，作詩述懷，曰《次鄧州界》："潮陽南去倍長沙，戀闕那堪又憶家。心訝愁來惟貯火，眼知別後自添花。商顔暮雪逢人少，鄧鄙春泥見驛賒。早晚王師收海嶽，普將雷雨發萌芽。"宋人舊註曰："元和十四年己亥。春正月，以佛骨事謫潮州。三月二十五日到任。其秋七月，憲宗加號，大赦。十月二十四日，量移袁州刺史。唐左降官聞命，即日上道，未能攜家，故有此詩。"《册府元龜》卷八五：開元十八年正月丁巳，"下制曰：其左降官及流移配隸安置，罰鎮效力之類，並宜量移近處。其官已復資，至敘用之時，不須爲累。其流人配隸並一房家口者，所犯人情非劫害，身已亡歿，其家口放還。流人及左降官考滿載滿，丁憂服滿者，亦准例稍與量移。其亡官失爵放還不齒，及諸色被停解免與替人等，非犯贓者，宜令司存勘責，量加收敘。"卷六一二，元和"十二年七月己酉，敕左降官等考滿量移，先有敕命，因循日久，都不舉行。遂使幽遐之中，恩澤不及。自今以後，左降官及量移未復資官，亦宜准此處分。"類似文字，亦見《唐大詔令集》卷二《天寶十三載册尊號赦》《代宗即位赦》《穆宗即位赦》、卷一〇《元和十四年册尊號赦》、卷二九《元和四年册皇太子赦》、卷六九《元年建卯月南郊赦》、卷七〇《貞元六年南郊赦》、卷七一《太和三年南郊赦》。卷八六《咸通七年大赦》："左降官量移近處，已經量移者，更與量移。如復資者，任取本官，選數聽集。丁憂放還者，服闋日，各與量移。並別敕因責降除正員官，所司亦與處分。其左降官及流人先有官者，如已亡歿，各還本官。失爵痕纍禁錮者，並從洗滌。左降官並流人元敕令'終身勿齒，及長流遠惡'，並云'縱逢恩赦，不在量移'者，並與量移……中外前資見任官中，其有頃因瑕累，未經錄用者並左降官，如事情可恕，才行足稱者，委中書門下量加簡拔，隨能錄用。"因爲這些政策，保全了很多流貶者的性命，也給了他們以復起的機會。

（四）關於流人及左降官量移的補充性政策。元和十二年十月敕：自今以後，流人不得因事差使離本處。長慶元年正月三日制：應亡官失爵及放還流人，如先有莊田，已經没官，被人侵射，委州府卻還，務令安業。四年四月，刑部奏：其年三月三日起，請准制量移者卻限年數，流放者便議歸還。放還人中，有犯贓死及諸色免死配流者，去上都五千里外，量移近處。去上都五千里以下者，與量移至一千里內近處。如經一度兩度量移，六年未滿者更與量移，亦以一千里爲限。如經三度兩度量移，本罪不是減死者，請准制放還。左降官未復資，遇恩滿五考者,請准元和十二年九月敕,與量移。制可之。開成元年二月敕:貶責降資授正員官,及曾經誤累停免,未經引用者,並與進改。左降官有事情可恕,才用足稱者,中書門下量才處分。大中三年六月敕:流貶罪人歿于貶所,有情非惡逆,經刑部陳牒,許令歸葬。絕遠之處,量事給棺槨。四年五月,御史臺奏:流人該恩例,須磨勘文書,雖曰放還,尚爲拘絆。其經三度量移者,赦書後,委所在長吏仔細檢勘。無可疑者,便任東西,具名聞奏。流人未有處分者,委刑部准此磨勘。五年十一月,中書門下奏:今後有配長流及本罪合死,遇恩得減等者,並許將妻同去,兒女情願者,亦聽。如流人身死,其妻等並許東西,情願住州縣者,亦聽。乾符五年五月二十六日,刑部侍郎李景莊奏:配州府流人,流刑三等,流二千里至流三千里,每五百里爲一等。准律:諸犯流應配者,二流俱役一年,稱加役流。三千里,役三年。役滿及會赦免役者,即於配所從户口例。今後望請諸流人應配者,依所配里數,無要重城鎮之處,仍逐罪配之,唯得就近。敕旨從之。

(五)左降官遇赦量移,每次以五百到一千里爲度。《舊唐書·玄宗紀上》:開元十七年十一月"戊申,車駕還宮,大赦天下,流移人並放還,左降官移近處。"十九年十一月庚午,以行幸北都,"大赦天下,左降官量移近處。"卷九《玄宗紀下》:天寶元年二月丙申,"合祭天地於南郊,例天下囚徒,罪無輕重並釋放,流人移近處,左降官依資敘用,身死貶處者量加追贈。"卷一一《代宗紀》:大曆四年七月詔:"其天下見禁囚,死罪降從流,流已下釋放,左降流人移隸等,委司奏聽進止。"以上記載雖然都講到貶降官要量移,但未載明執行標準,唐代政典、赦書則有明文記載。貞元十年以前的慣例是"左降官每准恩赦量移,不過三百五百里"(《翰苑集》卷二〇《三進量移官狀》)。乾符中更規定:貶官五千里者"更與量移一千里,三千里外,與量移五百里。情狀難容者不在此限。"(《唐大詔令集》卷七二《乾符二年正月七日南郊赦》)這是晚唐制度,較之盛中唐有所寬限。比較集中的量移事例是武宗駕崩,宣宗即位,牛黨得勢,斥逐李黨。《資治通鑑》卷二四八就此記云:會昌六年八月,"以循州司馬牛僧孺爲衡州長史,封州流人李宗閔爲郴州司馬,恩州司馬崔珙爲安州長史,潮州刺史楊嗣復爲江州刺史,昭州刺史李珏爲郴州刺史。僧孺等五相皆武宗所貶逐,至是,同日北遷。宗閔未離封州而卒。"循州到衡州、封州到郴州、恩州到安州、潮州到江州、昭州到郴州,驛路距離大約五百里,不到一千里,可以印證唐代量移的實際操作,與大赦詔書所載大體相符。一般的做法就是由御史臺和京兆府等掌控刑法權力的執行部門,去按照唐代全國地圖,針對謫官和流放者的實際情況來行貶和量移。初唐有《長安四年十道圖》十三卷,盛唐有《開元三年十道圖》十卷,中唐名相賈耽有《地圖》十卷、《皇華四達記》十卷、《古今郡國縣道四夷述》四十卷、《貞元十道錄》四卷,憲宗朝有李吉甫《元和郡縣圖志》五十四卷、《十道圖》十卷。又宣宗朝,韋澳有《諸道山河地名要略》九卷。這些全國地理總志,都繪有驛路圖,標明了州郡之間及州郡去京師的道路里程,都是行貶和量移的地理依據。

（六）罪狀較重者,一般要用爲郡佐。但名爲郡佐,實則編列在官員編制之外,非真正的職事官,所用頭銜是"員外置同正員",即爲謫放而特設的編外官,以別於編制内的職事官。《舊唐書·中宗紀》,神龍二年"六月戊寅,特進、朗州刺史、平陽郡王敬暉,貶崖州司馬。特進、亳州刺史、扶陽郡王桓彦範,瀧州司馬。特進、郢州刺史袁恕已,竇州司馬。特進、均州刺史、博陵郡王崔玄暐,白州司馬。特進、襄州刺史、漢陽郡王張柬之,新州司馬,並員外置長任,舊官封爵,並追奪。"這是較早的員外置同正員的案例。《唐大詔令集》有三十個"員外置同止員",全是用來處置有重罪的左降官的,時代集中在盛唐以後,分別是唐州別駕郭元振（卷四）、濮陽郡王李澈、房州別駕李承宏（卷三八）、忠州長史第五琦、袁州長史李揆、崖州司馬楊炎（卷五七）、潮州司馬李德裕、端州司馬楊收（卷五八）。咸通八年八月頒發的《楊收端州司馬制》規定的處置是"可守端州司馬,員外置同正員,仍馳驛發遣"。咸通十年二月《楊收長流驩州制敕》規定的處置是"宜除名配驩州充長流百姓。縱逢恩赦,不在量移之限。仍錮身,所在防押遞送至彼,具到日申聞。仍路次縣給遞驢一頭,並熟食"。乾寧四年八月頒發的《孫偓南州司馬制》是"可貶南州司馬員外置同正員,仍令所在,馳驛發遣"。

郡佐之外,又有太子賓客、太子詹事、王府長史等東宮官、王府官,用於安置自左降而歸的老官僚,一向被視爲休閑養老之官,當成投閑置散的代名詞,是邊緣化的標誌。楊憑、白居易、劉禹錫、牛僧孺、李德裕等,左降期間或左降之後都曾任此官,表明已淡出了權力中心。《唐會要》卷六九《別駕》："建中元年正月十九日,諸州府品已上正員内上佐,宜待四考滿停。左降官不在限。"載明州佐郡佐内有左降官,因性質不同,考績也不同,不能像正員官那樣,每至四考即停任參選。《柳河東集》卷三九《上户部狀》："右伏以左降官是受責之人,都不蒞務。"明言州郡的員外置同正員的司馬、長史、別駕是不管實際事務的編外官,無實際職掌,之所以到此地任此職,是要給他一個職位,讓他來接受懲罰。《册府元龜》卷七〇八："然自唐室至於五代,東宮之職,王府之屬,或總領他務,或授左降分司致仕官,不專爲宫府之任。"同一制度一再強調,通行於中晚唐。

（七）唐代於左降官與流人以外，又有所謂責授的正員官，即因在任表現不佳或得罪權貴等原因而自美官、善地責授爲遠惡之地任職的地方官員，其性質既不等同於左降官，亦非正授官員可比。對於這樣的官員，任職每四到六年，即與輪換，但遇赦除罪者不在此例。此爲憲宗以後至晚唐官制。元和十二年七月乙酉敕：今後左降官及責授正員官等，宜從到任經五考滿，許量移。未滿五考遇恩赦者，從節支處分。開成四年五月敕：今後流人有身名者，六年以後聽赦；無官爵者，六年滿日放歸。諸州府有責授六品以下正員官，許終四考滿與替。仍先具事由申中書門下，不得同尋常員闕使用。貞元十年二月，刑部奏：准建中元年正月十七日敕：諸州府五品以上正員及額内上佐，宜四考停。左降官不在此限。五品左降官不許停禄料。六品以下未復資，已經四考未量移間，其禄料伏望亦許准給。敕旨：禄料宜准天寶六載七月十四日敕處分，餘依常式。表明挨過處分的官員，與朝廷正授官員，向來區別對待。

（八）對於犯官的重新起用，亦有條文。《册府元龜》卷六八："元年建卯月赦書：諸色流人及左降官，其中有行業夙著、情狀可矜、久踐朝班、曾經任用者，委在朝五品以上清望官，及郎中、御史；于流貶人中素相諳悉，爲衆所推者，各以名薦。"《開成改元赦》："其左降官量移、復資及才用足稱者，中書門下處分。"《改元天復赦》："流人及降流者，與移近處。如已收敘者，量才敘用。"卷九《天寶七載册尊號赦》："其左降官及流移配隸安置，罰鎮效力之類，並稍與量移。亡官失爵，放歸不齒及諸色被停與替，非衰老疾病者，宜所司量加收敘。"《唐大詔令集》卷七二《乾符二年正月七日南郊赦》："緣責除降資正員官，及緣累停免、未經引用者，並量與進改。流人及降死從流者，移近地。如已收敘者，量材録用……左降官及流人等，有官者如已殁，各還本官；亡官失爵、痕累禁錮者，並從洗滌。"表明歷年都有這項政策，只是貫徹執行的程度有別。而且，遇赦量移，重新起用的正員官，與非自遷謫而來，而出自朝廷正授的刺史，在性質上是有區別的，按照韓愈的話説，是"明時遠逐事何如，遇赦移官罪未除"（韓愈《從潮州量移袁州張韶州端公以詩相賀因酬之》）。所以，劉禹錫在回答白居易的詩《酬樂天揚州初逢席上見贈》中，將自己斥逐在外二十三年所任的朗、連、夔、和四州官職統統視爲謫官，雖然自己在連、夔、和三州已經貴爲刺史，但終歸是"二十三年棄置身"，事情的性質並未改變。

德宗朝，對待左降官、流移者十分嚴苛，導致怨聲載道，陸贄上疏力陳："左降官非元敕令長任者，每至考滿，即申所司，量其舊資，便與改敘。縱或未有遷轉，亦即任其歸還。"開元末,"李林甫專恣,凡所斥黜,類多非辜。慮其卻回,或復冤訴,遂奏:'左降官考滿未別改轉者,且給俸料,不須即停,外示優矜,實欲羈繫。從此已後,遂爲恒規。一經貶官,便同長往……馴致忌剋之風,積成天寶之亂。輾轉流弊,以至於今。天下咸病此法深苛,而不能改從舊典者……大約所擬之官,各移近地一道,郡邑稍優於舊任,官資序進於本衙,並無降差,亦不超越。其有屢經移改,已至關畿,則但以大州,增其常秩,所冀人皆受賜,施不失平。上副鴻恩,下塞延望,纔將得所,殊匪爲優。今若裁限所移不過三五百里,則有改職而疆域不離於本道,遷居而風土反惡於舊州。徒有徙家之勞,是增移配之擾"(《翰苑集》卷二〇《三進量移官狀》)。指出自天寶以來歷年量移執行中的嚴重問題,希望朝廷能改正積弊,但是德宗並未聽取,直到憲宗朝纔有所改變。

(九)對於那些犯有重罪的官員,則在詔令中特別强調,即使遇恩大赦也不許量移。如八司馬,得罪憲宗,故元和元年八月壬午敕書規定,"左降官韋執誼、韓泰、陳諫、柳宗元、劉禹錫、韓曄、凌准、程异等八人,縱逢恩赦,不在量移之限。"(《舊唐書·憲宗紀上》)中晚唐以來,很多詔敕中都載有這樣的專門條款,針對性明顯。卷一七《敬宗紀上》,寶曆元年四月"李紳貶官,李逢吉惡紳,不欲紳量移,乃於赦書節文内,但言'左降官已經量移,宜與量移近處',不言'未量移者宜與量移'。翰林學士上疏論列,云'不可爲李紳一人與逢吉相惡,遂令近年流貶官皆不得量移,則乖曠蕩之道也。'帝遽命追赦書,添改之。"文中的翰林學士指韋處厚,時在翰林學士院任學士,上疏力諫此事,爲敬宗所採納,這個例子表明執政者在執行量移政策時可以假公濟私。

(十)對於犯有重罪的政治犯,亦有多項不同於常的特殊處理。一曰馳急驛,即加快行驛速度,以示懲罰,防止沿路逗留和州縣縱容。天寶五載七月,李林甫鑒於一些地方官不依法行貶,庇護左降官及流人,乃下令:自今以後,左降官量情狀稍重者,日馳十驛以上赴任。流人押領,綱典劃時,遞相分付。如更因循,所由官當别有處分。由於每天馳驛的速度過快,流貶者多年老體弱、有病在身,故"是後流貶者多不全矣"(《資治通鑑》卷二一五)。此後直到唐末,通行不廢,逼死很多年老多病的官員。二曰追賜死,即先讓流貶者上路南行,然後派遣中使騎快馬追上去,賜死於某某驛站、官府或寺廟,以收警世之效。如宋之問轉越州長史。睿宗即位,以之問嘗附張易之、武三思,配徙欽州。先天中,賜死于桂州徙所。崔湜,因爲與太平公主同謀,先天二年七月丁卯,與盧藏用除名,長流嶺表。行至荆州,追使至,縊於驛中,時年四十三。開元十二年七月,王皇后弟太子少保駙馬都尉王守一貶澤州別駕,行至藍田驛,賜死。十九年正月壬戌,霍國公王毛仲貶襄州別駕,中路賜死,黨與貶黜者十數人。代宗初,秘書監韓穎、中書舍人劉烜坐狎昵李輔國,配流嶺表,尋于中路賜死。德宗初,詔兵部侍郎黎幹、特進劉忠翼,並除名長流。既行,俱賜死。建中二年十月,楊炎貶崖州司馬同正,仍馳驛發遣。去崖州百里,賜死,年五十五。咸通十年二月,責授端州司馬楊收長流驩州,與嚴譔並賜死於路。天祐二年六月戊子,裴樞、獨孤損、崔遠、陸扆、王溥、趙崇、王贊七位唐朝宰輔,以得罪朱溫,委御史臺差人發遣出京,然後於所在州縣,各賜自盡。樞等行至滑州,皆並命於白馬驛,朱溫令投屍於河,釀成史上著名的"白馬之禍"。又劉晏,建中元年二月乙酉,貶忠州刺史。七月己丑,賜自盡。景福元年,宰相杜讓能貶雷州司户。十月乙未,賜自盡。其弟户部侍郎弘徽亦坐讓能賜死。像這樣於驛路殺人,驛站賜死,州郡自盡的做法,在唐代極爲普遍,震懾極大。京兆府藍田驛、華州長城驛、華州白馬驛,都是賜死衣冠的著名驛館,唐世士大夫聞之心膽俱裂。三曰再貶,做法是先下詔責授某官,出貶某地,然後再在中途改變詔命,改爲再貶某地,加重處罰。一般用於犯事的高官初貶,隨後往往跟隨有追貶、再貶、再斥、長流等字眼,處分呈現逐次加重的趨勢。如柳宗元、劉禹錫等"八司馬",永貞元年九月,均貶遠官。十月己卯,再貶撫州刺史韓泰爲虔州司馬,河中少尹陳諫台州司馬,邵州刺史柳宗元爲永州司馬,連州刺史劉禹錫朗州司馬,池州刺史韓曄饒州司馬,和州刺史凌准連州司馬,岳州刺史程異柳州司馬,皆坐交王叔文,初貶刺史,物議以其貶責太輕,而再加貶竄。崔珙,會昌四年六月,責授澧州刺史。數天後,武宗以其領鹽鐵時,欠宋滑院鹽鐵九十萬貫,令再貶恩州司馬員外置。李德裕在宣宗即位聽政的第二天,即罷相,出任荊南節度使。會昌六年九月,自荊南節度使轉任東都留守,解平章事。大中元年正月,以白敏中、令狐綯的竭力排擠,自東都留守以太子少保分司東都。十二月戊午,貶潮州司馬。二年九月甲子,再貶崖州司户。這樣的例子就屬於其中的典型,儘管很極端,但也很有代表性。

三　遷謫制度對唐代文學的影響

由於唐代的遷謫政策嚴酷,針對的主要是文官,且謫放爲時至少一年,長的二十多年(如劉禹錫、韓泰),短期內難以擺脱厄運,所以貶謫對唐代文學的影響也特別大。要是將這些影響細加梳理,則有如下數端:

首先是對文學家生命和心態的影響,因仕途的蹉跌而生命沉淪,釀成人生悲劇。唐代没有貶過官或遭過流放的文人只占少部分,多數都有這種經歷。只要是踏入官場,就有可能被貶謫,遭流放,貶可以説是唐代文官的必修課。儘管周秦以下各朝都有流貶,但唐代流貶跟其他朝代的最大不同在於打擊大,時間長,次數多,而且往往事發突然,難以預防,無法抗拒。因爲是來自政治上層的决策,主要作爲懲罰官員的手段存在,故史書載其事,往往和流、放、竄、逐、投、斥、責等字連用,後面還要和南、荒、裔、夷等字相接,用意即在於强調政治强力性和懲罰性。也正是因爲這幾個原因,貶謫成爲牽涉面最廣,影響最深遠的一項政治制度。兩《唐書》中,責授一詞出現四十五次,左授出現七十九次,貶授二十二次,長流八十次,絶大多數是敘高官南貶,而且是罪狀較重的。唐詩文小説作者纍加超過三千人,有過流貶的最少千餘,其中以貶謫文學知名的多達數十位。遷謫過一次的常見,兩三次的也不少,宋之問、崔湜、張説、王昌齡、韓愈、白居易、元稹、劉禹錫、柳宗元、李德裕、牛僧孺、李逢吉、令狐楚、李珏、楊炎都是兩三次。就是無官的也可能被貶,如賈島並未考取進士,但因在科場得罪權貴,於是"責授遂州長江尉",通過授官來讓他永離貢籍,以示懲罰。由於貶謫普遍,所以唐代小説家竟將"兩竄嶺表,再登台鉉,出入中外,周旋江海"(《太平廣記》卷八二引《大唐奇事》)概括爲宰相、尚書、侍郎都有的一般生活經歷。從記載看,貞觀十年許敬宗坐事左授洪州司馬,爲最早之例。此後,則有貞觀十七年杜正倫貶穀州刺史,以此爲標誌,到五代末南唐徐鉉自知制誥出貶泰州司户、徐鍇貶烏江尉,著名文官罹此禍者無慮數百。太宗朝因濮王泰被廢和太子承乾被廢而導致王府及東宫官被貶流放,爲第一波高潮。高宗朝褚遂良、韓瑗、來濟等坐諫立武昭儀爲皇后而出貶遠官,爲第二次高潮。此後每朝都有,前後相望。政變頻繁,内憂不斷,黨争劇烈之際,甚至出現過南遷路上左降官與流人絡繹於道的情景,孟浩然和羅隱都遇到過。長安至汴州驛路,長安至荆湘驛路都是有名的流貶大道,路上頗多這種情景。年代一久,在唐人筆下都成爲冤魂盤旋之區,沿路被追賜死,驚嚇死,疾病折磨死的文人,不知凡幾,影響之大,在唐人心目中形成了條件反射。乃至一條過往行船的三峽水路,在唐人看來也是一條遷官路。孟郊《峽哀》詩其九即曰:"峽水劍戟獰,峽舟霹靂翔。因依虺蜴手,起坐風雨忙。峽旅多竄官,峽氓多非良。"原因就是唐都在關中,自陝西、河南、湖北流貶巴蜀、黔中,須經由三峽水路而入,"峽旅多竄官"之説由此而起。湖南因是中原往嶺南通道,而在湘江、郴州、嶺南江面上,都出現過左降官與流人南遷北返,相遇於途的情景,唐人詩歌、小説都記載過此類事件。羅隱《郴江遷客》即曰:"不是逢清世,何由見皂囊。事雖危虎尾,名勝泣鴛行。毒霧郴江闊,愁雲楚驛長。歸時有詩賦,一爲弔沉湘。"羅隱此詩應是他在咸通中流寓湖南、衡陽的時候寫的,爲當時所見實事。李定廣《羅隱集繫年校箋》將此詩定爲咸通十四年春作於湖南,寫咸通十三年五月到十四年春工部尚書嚴祁被奸臣韋保衡所逐,出貶郴州刺史。詩中的郴江應是嚴祁的貶地,行旅的目的地。因是走湘江水路,沿途置有水驛,故曰"愁雲楚驛長"①。張祜《傷遷客歿南中》記一類似事件,云:"故人何處歿,謫宦極南天。遠地身狼狽,窮途事果然。白鬢縴過海,丹旐卻歸船。腸斷相逢路,新來客又遷。"歿於南中的遷客靈柩縴自嶺南船運北返,新貶的朝官又因犯事而南遷過海。詩中的南中看似泛指,實則就是嶺南。運送丹旐的歸船須取湘江水道,經長江水路到達嶽州洞庭,然後順長江東下,至揚州走運河水路西北行,經楚、泗、宿、宋、汴州一路北上,到達洛陽。而那位得罪謫放的老者南遷嶺表,走的則是長安至荆南驛路,抵達荆南後,過洞庭,上湘江,經郴州、韶關過嶺,到達嶺南貶所。像這樣的事,單兩《唐書》記載的就多達二十四例,時代集中在武后至玄宗朝及文宗以後,越到中晚唐就越是多見。《中朝故事》卷上所載一事尤爲典型:"咸通中,中書侍郎平章事劉瞻以清儉自守,忠正佐時。懿皇以同昌公主薨謝,怒其醫官韓宗紹等,繫於霜臺,並親屬二三百人,散繫大理,内外憂懼,瞻上疏切諫。時路巖、韋保衡恃寵忌之,出瞻爲荆南節度使,中外咸不平之。翰林承旨鄭畋爲制詞,略曰:'早以文學,迭中殊科。風棱甚高,恭慎無玷,而又僻於廉潔,不尚浮華。安數畝之居,仍非己有;卻四方之賄,唯畏人知'云云。韋、路大怒,貶畋爲梧州刺史。取《十道圖》檢,見驩州去京萬里,乃謫瞻爲驩州司户參軍,舍人李庚行誥詞,駁責深焉。將欲加害,時遇懿皇厭代,僖皇初立,用元臣蕭仿佐佑大政,仿舉瞻自代,又幽州節度使張公素上疏理之,韋、路意乃止焉。俄而路巖出爲益帥,保衡又離相位,召瞻爲康州刺史,再授虢州。瞻旋至湘江,韋保衡南竄,相遇於江中。瞻家人齊登舟外詬罵之,保衡約束家人,無辭以對。至賀州驛内,伏法。乃是數年前殺楊收閤子中榻上也。瞻至湖南,李庚方典是郡,出迎於江。次竹牌亭,置酒。瞻唱《竹枝詞》送李庚:'躡履過溝竹枝恨渠深女兒',庚慚怒,乃上酒於瞻。瞻命庚酬唱,庚云:'不曉詞間音律。'瞻投杯曰:'君應只解爲制詞也。'是夕,庚飲鴆而卒。瞻至京,俄入中書。時宰相劉鄴先與韋、路相熟,深有憂色。方判鹽鐵。乃於院中置會,

---

① [唐]羅隱著,李定廣校箋《羅隱集繫年校箋》,人民文學出版社2013年版,第229—230頁。

召瞻飲，中寘毒而薨。鄴尋授淮南節度使。僖皇於麟德殿置宴，伶人有詞曰：'劉公出典揚州，庶事必應大治，民瘼康泰矣。'諸伶人皆倡和曰：'此真最藥王菩薩也。'人皆哂之。路巖即貶儋州百姓。至江陵，籍没家産，不知紀極。有蚊幮一領，輕密如碧煙，人疑其鮫鮹也。及新州，伏法。"記韋保衡、路巖、劉瞻、楊收四位宰相、鄭畋、李庾兩位翰林學士遷謫之事，這還祇是一次貶官，牽涉面就如此之廣。張籍《傷歌行》寫元和中楊憑貶臨賀尉，云："黄門詔下促收捕，京兆尹繫御史府。出門無復部曲隨，親戚相逢不容語。辭成謫尉南海州，受命不得須臾留。身著青衫騎惡馬，中門之外無送者。郵夫防吏急喧驅，往往驚墮馬蹄下。長安里中荒大宅，朱門已除十二戟。高堂舞榭鎖管弦，美人遥望西南天。"詩中所記的楊憑貶賀州臨賀縣尉之事，在唐文人中具有相當大的普遍性。楊憑乃大曆貞元詩風的代表，文學上有一定特色，政事方面亦頗爲卓著。貞元十八年即出任湖南觀察使，元和初官至京兆尹，位高權重。但爲人貪瀆驕傲，官聲很壞。因永貞中任江西觀察使期間所犯贓罪及蓄養別宅婦事，二罪並罰，元和四年七月，遭御史中丞李夷簡彈劾，貶賀州臨賀尉。貶官之詔剛發，執行部門即催促他立刻上道，不許回家。一路上遭到京兆府及沿路州縣長官、沿途驛站驛吏的催促和責罵，不容須臾停留。親戚朋友以事態嚴峻，無人敢來送行，祇能獨自身著青衫，身騎劣馬南行，嘗遍世態炎涼，數年以後方向北量移，從此再未顯達。楊憑貶臨賀，走的也是長安至荆南驛路，經嶽、潭、衡、桂而至臨賀。此外因事被謫，死於貶所的極多。如白居易《凶宅》："長安多大宅，列在街西東。往往朱門内，房廊相對空。梟鳴松桂樹，狐藏蘭菊叢。蒼苔黄葉地，日暮多旋風。前主爲將相，得罪竄巴庸。後主爲公卿，寝疾殁其中。連延四五主，殃禍繼相鍾。自從十年來，不利主人翁。"寫長安街坊裏一大宅，主人身爲將相而貶死巴蜀，後面四任亦非善終。皮日休《三羞詩三首》其一寫咸通七年他在長安城東所見一件事，云："丙戌歲，日休射策不上，東退於肥陵。出都門，見朝列中論犯當權者，得罪南竄。卯詔辰發，持法吏不容一息留私室，視其色，若將厭禄位，悔名望者。皮子窺之，憫然泣，虮然羞，故作是詩以贐之。""吾聞古君子，介介勵其節。入門疑儲宫，撫己思鈇鉞。志者若不退，佞者何由達？君臣一般膳，家國共殘殺。此道見於今，永思心若裂。王臣方謇謇，佐我無玷缺。如何以謀計，中道生芽蘖。憲司遵故典，分道播南越。蒼惶出班行，家室不容别。玄鬢行爲霜，清淚立成血。乘遽劇飛鳥，就傅過風發。"寫遷謫政策對人的摧殘之深。詩中得罪南竄者是走長安洛陽驛路，至汴州東南行，抵達江南某地貶所。《太平廣記》卷一五〇引《前定録》載一事，更可見出唐人仕途之凶險,昇降之無常。文云:"寶應二年,户部郎中裴諝出爲廬州刺史。郡有二遷客,其一曰武徹,自殿中侍御史貶爲長史。其一曰于仲卿,自刑部員外郎貶爲別駕……其年授右拾遺,驟至宰相。後與時不叶,放逐南中二十年,除國子祭酒,充吐蕃會盟使。既將行而終,皆如其言。"謂文人入仕昇降榮辱都是前定,非人力所能改變,反映了唐人對遷謫的普遍看法。

以上所述,包括了被貶之後一蹶不振的及身死他鄉的。無論哪種情況,結局都很悲慘。如出自京兆韋氏的韋嗣立,大足四年,官至宰相。中宗初坐兄承慶之事,左授饒州長史,歲餘,方徵入朝。睿宗時,拜中書令。開元二年三月,坐宗楚客、韋温等改削中宗遺制不令睿宗輔政而不能正之,爲憲司所劾,自太子賓客謫嶽州別駕,遷陳州刺史,開元七年卒,一生二貶。文章四友中,三人被貶,二人死於外地,未能北歸。杜審言,聖曆元年貶吉州司户。神龍元年,又因阿附張易之而流峰州。蘇味道,武后末坐事爲憲司所劾,左授坊州刺史。神龍初,以親附二張,貶郿州刺史。俄復爲益州大都督府長史,未行而卒。李嶠,聖曆中,官至宰相。中宗即位,以附會二張,出爲豫州刺史。未行,又貶通州刺史。景龍中,位至中書令。睿宗即位,出爲懷州刺史。玄宗踐祚,因嶠不辯逆順,放斥袁州,又貶滁州別駕,並員外置。尋起爲廬州別駕而卒。張九齡《眉州康司馬挽歌詞》寫的也是一位貶死湖南、歸葬關中的年輕才子:"家受專門學,人稱入室賢。劉楨徒有氣,管輅獨無年。謫去長沙國,魂歸京兆阡。從兹匣中劍,埋没罷沖天。"《太平廣記》卷七九引《異聞集》:"時(韓)滉命三省官集中書,視事,人皆謂與廷辯,或勸穆(質)稱疾,穆懷懼不決。及衆官畢至,乃曰:'前日除張嚴常州刺史,昨日又除常州刺史,緣張嚴曾犯贓,所以除替。恐公等不諭,告公等知。'諸人皆賀穆,非是廷辯。無何,穆有事見滉。未及通,聞閣中有大聲曰:'穆質争敢如此!'贊者不覺走出,以告質。質懼,明日,度支員外齊抗五更走馬,謂質曰:'公以左降邵州邵陽尉,公好去。'無言握手留贈,促騎而去。質又令裴問王生,生曰:'韓命禄已絶,不過後日。明日且有國故,可萬全無失矣。'至日晚,内宣出,王薨,輟朝。明日,制書不下。後日,韓入班倒,床舁出,遂卒。時朝廷中有惡韓而好穆者,遂不放穆敕下,並以邵陽書與穆。"卷一二一引《朝野僉載》:"唐京兆尹崔日知處分長安、萬年及諸縣左降流移人,不許暫停,有違晷刻,所由決杖。無何,日知貶歙縣丞,被縣家催,求與妻子别,不得。"卷一四七引《定命録》:"東京玩敵師與侍郎齊澣遊往,齊自吏部侍郎而貶端州高安縣尉。僧云:'從今十年,當卻回,亦有權要。'後如期,入爲陳留採訪使。師嘗云:'侍郎前身曾經打殺兩人。今被謫罪,所以十年左降。'"這裏記的僅是兩次普通遷謫,但包含的資訊卻是如此之多,當權者的權力極大,士人處於被宰割的地位。元稹《放言五首》其五:"三十年來世上行,也曾狂走趁浮名。兩回左降須知命,數度登朝何處榮。"白居易《自題》:"功名宿昔人多許,寵辱斯須自不知。一旦失恩先左降,三年隨例未量移。"寫盡唐代左降官的辛酸。《舊唐書·牛僧孺傳》:"僧孺少與李宗閔同門生,尤爲德裕所惡。會昌中,宗閔棄斥,不爲生還。僧孺數爲德裕掎摭,欲加之罪,但以僧孺貞方有素,人望式瞻,無以伺其隙。德裕南遷,所著《窮愁志》,引里俗'牽子'之譏,以斥僧孺。又目爲'太牢公',其相憎恨如此。"卷一七六《李宗閔傳》:"文宗以二李朋黨,繩之不能去,嘗謂侍臣曰:'去河北賊非難,去此朋黨實難。'宗閔雖驟放黜,竟免李訓之禍。開成元年,量移衢州司馬。三年,楊嗣復輔政,與宗閔厚善,欲拔用之,而畏鄭覃沮議,乃托中人密諷於上。上以嗣復故,因紫宸,對謂宰相曰:'宗閔在外四五年,宜別授一官。'鄭覃曰:'陛下憐其地遠,宜移近內地三五百里,不可再用奸邪。陛下若欲用宗閔,臣請先退。'……嗣復曰:'事貴得中,不可但徇憎愛。'上曰:'與一郡可也。'鄭覃曰:'與郡太優,止可洪州司馬耳。'……翌日,以宗閔爲杭州刺史。四年冬,遷太子賓客、分司東都。時鄭覃、陳夷行罷相,嗣復方再拔用宗閔知政事,俄而文宗崩。會昌初,李德裕秉政,嗣復、李珏皆竄嶺表。三年,劉稹據澤潞叛,德裕以宗閔素與劉從諫厚,上黨近東都,宗閔分司非便,出爲封州刺史。又發其舊事,貶郴州司馬,卒於貶所。"宣宗即位,李德裕遭斥,李黨全面倒臺,再未翻身,牛黨得勢,從此直到唐末。政事如同棋局,輪番上演。關於此事,宣宗朝史官裴庭裕《東觀奏記》追記曰:"武宗朝,任宰臣李德裕,雖丞相子,文學過人,性孤峭,疾朋黨如仇讎,擠牛僧孺、李宗閔、崔洪(珙)於嶺南,楊嗣復、貞穆李公珏庭裕親外叔祖,以會昌初冊立事,亦七年嶺外。上即位之後,嶺表五相,同日遷北。以吏部尚書李珏爲檢校尚書、右僕射,充淮南節度使。"引文中的數位官員經歷,代表了晚唐高官的一般生活道路,總是起起落落,隨著政局的變化而有很大的波動,對當事人的身心造成極大的影響。

其次是對唐代文人詩歌創作風格的改變,對唐代文學題材、風格的影響。《瀛奎律髓》卷四三遷謫類:"遷客流人之作唐詩中多有之,伯奇擯,屈原放,處人倫之不幸也。或實有咎責而獻靖省循,或非其罪而安之若命,惟東坡之'黃州惠州儋州'尤偉云。下選宋之問《初到黃梅臨江驛》以下五言十八首。以上所述還是從總體說的,若分而論之,則表現明顯的,是對唐詩題材的影響。《滄浪詩話·詩評》指出:"唐人好詩,多是征戍、遷謫、行旅、離別之作,往往能感動激發人意。"①他所說的四類唐人好詩,除了征戍外,其餘三類都與遷謫有關。遷謫本身就是寫貶官流放的題材,而唐人送別詩也有相當部分以此爲内涵,早在盛唐就成爲一類有特殊内涵和意義的題材。至於行旅詩,則有相當部分作於貶官流放路途。從隋文帝厭惡杜淹,謫之江表到唐末吴融自貶,作《南遷途中作七首》,連貫而下,構成一條綿長的綫索,觸目驚心。宋任伯雨《獨坐》云:"得喪榮枯事,悠悠過耳風。此身猶是幻,何物不爲空。酒聖心常醉,詩窮語更工。小軒搔首坐,斜日滿窗紅。"雖是宋詩,卻概括出一個生活與藝術的真理,那就是,遷謫確是寫出好詩的重要條件,遷謫是好詩集中的領域。其中送别詩的佳作名篇有戎昱《送新州鄭使君》:"誰人不譴謫,君去獨堪傷。長子家無第,慈親老在堂。驚魂隨驛吏,冒暑向炎方。未到猿啼處,參差已斷腸。"孟浩然《江上别流人》:"以我越鄉客,逢君謫居者。分飛黄鶴樓,流落蒼梧野。驛使乘雲去,征帆沿溜下。不知從此分,還袂何時把。"司空曙《送流人》:"聞説南中事,悲君重竄身。山村楓子鬼,江廟石郎神。童稚留荒宅,圖書托故人。青門好風景,爲爾一沾巾。"張籍《送南遷客》:"去去遠遷客,瘴中衰病身。青山無限路,白首不歸人。海國戰騎象,蠻州市用銀。一家分幾歲,誰見日南春。"李群玉《湘陰縣送遷客北歸》:"不須留薏苡,重遣世人疑。瘴染面如蘗,愁熏頭似絲。黄梅住雨外,青草過湖時。今日開湯網,冥飛亦未遲。"吴融《旅中送遷客》:"天南不可去,君去吊靈均。落日青山路,秋風白髮人。言危無繼者,道在有明神。滿目盡秦越,平生何處陳。"李頻《送孫明秀才往潘州訪韋卿》:"北鳥飛不到,北人誰去遊。天涯浮瘴水,嶺外問潘州。草木春冬茂,猿猱日夜愁。定知遷客淚,唯敢對君流。"寄贈方面有李白《聞王昌齡左遷龍標遥有此寄》:"楊花落盡子規啼,聞道龍標過五溪。我寄愁心與明月,隨風直到夜郎西。"鄭穀《寄南浦謫官》:"多才翻得罪,天末抱窮憂。白首爲遷客,青山繞萬州。醉歆梅障曉,歌厭竹枝秋。望闕懷鄉淚,荆江水共流。"寫景有許渾《題四皓廟》:"紫芝翳翳多青草,白石蒼蒼半緑苔。山下驛塵南竄路,不知冠蓋幾人回。"投獻有張籍《獻從兄》:"悠悠旱天雲,不遠如飛塵。賢達失其所,沉飄同衆人。擢秀登王畿,出爲良使賓。名高滿朝野,幼賤誰不聞。一朝遇讒邪,流竄八九春。詔書近遷移,組綬未及身。冬井無寒冰,玉潤難爲焚。虛懷日迢遥,榮辱常保純。我念出遊時,勿吟康樂文。願言靈溪期,聊欲相依因。"寫人的有張籍《同白侍郎杏園贈劉郎中》:"一去瀟湘頭欲白,今朝始見杏花春。從來遷客應無

---

① [宋]嚴羽著,郭紹虞校釋《滄浪詩話校釋》,人民文學出版社1961年版,第198頁。

數,重到花前有幾人。"鄭穀《遷客》:"離夜聞橫笛,可堪吹鷓鴣。雪寃知早晚,雨泣度江湖。秋樹吹黃葉,臘煙垂綠蕪。虞翻歸有日,莫便哭窮途。"紀行的有劉長卿《北歸次秋浦界清溪館》:"萬里猿啼斷,孤邨客暫依。雁過彭蠡暮,人向宛陵稀。舊路青山在,餘生白首歸。漸知行近北,不見鷓鴣飛。"逢遇的有戴叔倫《穀城逢楊評事》:"遠自五陵獨竄身,築陽山中歸路新。橫流夜長不得渡,駐馬荒亭逢故人。"劉長卿《使還七里瀨上逢薛承規赴江西貶》:"遷客歸人醉晚寒,孤舟暫泊子陵灘。憐君更去三千里,落日青山江上看。"紀事的有張謂《同孫構免官後登薊樓》:"部曲皆武夫,功成不相讓。猶希虜塵動,更取林胡帳。去年大將軍,忽負樂生謗。北別傷士卒,南遷死炎瘴。濩落悲無成,行登薊丘上。長安三十里,日夕西南望。寒沙榆塞沒,秋水灤河漲。策馬從此辭,雲山保閒放。"寓意的有白居易《寓意詩五首》其二:"赫赫京內史,炎炎中書郎。昨傳徵拜日,恩賜頗殊常。貂冠水蒼玉,紫綬黃金章。佩服身未暖,已聞竄遠荒。親戚不得别,吞聲泣路旁。賓客亦已散,門前雀羅張。富貴來不久,倏如瓦溝霜。權勢去尤速,瞥若石火光。不如守貧賤,貧賤可久長。傳語宦遊子,且來歸故鄉。"傷嘆的有白居易《聞庾七左降因詠所懷》:"我病臥渭北,君老謫巴東。相悲一長嘆,薄命與君同……人生大塊間,如鴻毛在風。或飄青雲上,或落泥塗中。袞服相天下,儻來非我通。布衣委草莽,偶去非吾窮。外物不可必,中懷須自空。無令怏怏氣,留滯在心胸。"可以說,沒有哪一類題材像遷謫這樣被唐人精耕細作過,投注了如此的心力,如此動人心弦。

以上所述,還衹限於他人寫作,自己並非當事人,乃是他者視角,但究非親身經歷,沒有謫放者那種深刻的人生體驗。另有更多更重要的作者自紀自詠之作,尤當注意。如張子容《貶樂城尉日作》:"竄謫邊窮海,川原近惡溪。有時聞虎嘯,無夜不猿啼。地暖花長發,巖高日易低。故鄉可憶處,遙指鬥牛西。"李嘉祐《承恩量移宰江邑臨鄱江悵然之作》:"四年謫宦滯江城,未厭門前鄱水清。誰言宰邑化黎庶,欲別雲山如弟兄。雙鷗爲底無心狎,白髮從他繞鬢生。惆悵閒眠臨極浦,夕陽秋草不勝情。"劉禹錫《浪淘沙九首》其八:"莫道讒言如浪深,莫言遷客似沙沉。千淘萬漉雖辛苦,吹盡狂沙始到金。"皆以貶謫爲題,從多個角度切入。此外還有結束貶謫進入量移,及結束貶謫任期滿回京賦詩感懷的,亦屬關聯度高的類別。如韓愈《從潮州量移袁州張韶州端公以詩相賀因酬之》:"明時遠逐事何如,遇赦移官罪未除。北望詎令隨塞雁,南遷纔免葬江魚。將經貴郡煩留客,先惠高文謝起予。暫欲繫船韶石下,上賓虞舜整冠裾。"劉禹錫《尉遲郎中見示自南遷牽復卻至洛城東舊居之作因以和之》："曾遭飛語十年謫,新受恩光萬里還。朝服不妨遊洛浦,郊園依舊看嵩山。竹含天籟清商樂,水繞庭臺碧玉環。留作功成退身地,如今只是暫時閑。"韓愈的悲嘆和劉禹錫的曠達都令人感慨繫之。

第三是深刻改變了古代南方落後地區的文學構成,造成了鄉土文學爲輔,流寓文學爲主的特殊的二元結構,形成了鄉土性單薄,外來化強烈的特點。黔中、巴蜀、湘中、江西、閩中、嶺南,因爲遠離中原,交通不便,社會落後,自堯舜時起,即爲文人遷謫的重地,直到晚清纔一改舊規,將官員流放到西北、西南的偏遠省份。黔中、湘中等唐人貶官之地,是自宋元以後纔發展起來,唐五代還是蠻族聚居,漢化程度偏低,言語飲食、風俗習慣、文化觀念都跟北方不同,對外來人還很仇視、拒絕,對於漢化更取拒絕態度。又是多山之區,人煙稀少,交通不便。當地人也並不像北方人那樣,一定要以考出去爲目標,讀書做官,養家榮親並不是他們的普遍追求,一般就是安居樂土,終老山鄉。由於秉持這種觀念,所以自漢至唐都無多少本地人才,本來是無真正的地域文學的。如果硬要按照今日的區域文學眼光看待,那也是外地作家爲主,以遷謫文學或流寓文學爲內涵,以悲怨爲基調的,造成其本土文學的空心化,鄉土作家沒有幾個,主要就靠外來客書寫當地,是一種遷客眼光,地域性被漠視,區域性被淡化,主觀性被強化,杜淹、杜審言、李嶠、蘇味道、宋之問、沈佺期、王昌齡、張子容、李嘉祐、劉長卿、戴叔倫、韓愈、白居易、元稹、劉禹錫、柳宗元、吳融、韓偓的流貶詩,都可納入這一視野加以對待。還有一批作者,惟一的一首詩即爲遷謫類。如章玄同,武后時小官吏,坐事流循州。存詩一首,曰《流所贈張錫》:"黃葉因風下,甘從洛浦隈。白雲何所爲,還出帝鄉來。"托興深遠,感情真摯。房融,河南人,則天時爲相。神龍元年貶死高州。好浮屠法,詩一首,曰《謫南海過始興廣勝寺果上人房》:"零落嗟殘命,蕭條托勝因。方燒三界火,遽洗六情塵。隔嶺天花發,凌空月殿新。誰令鄉國夢,終此學分身。"詩題"一作過韶州廣界寺"。魏求己,武后時御史,謫山陽丞,賦《自御史左授山陽丞》詩以自紀,云:"朝昇照日檻,夕次下烏臺。風竿一眇邈,月樹幾裴回。翼向高標斂,聲隨下調哀。懷燕首自白,非是爲年催。"像這樣的詩,即可從詩人個人創作的角度加以解讀,也可以從遷謫文學、地域文學加以對待。因爲這些作家遷謫期間寫的全是南方,表達對這裏的不樂、不喜,主觀色彩強烈,跟鄉土作家寫本地充滿感情是相反的。

中國疆域遼闊,各地文學的生成條件往往差別很大。文化強勢的核心地區,文學發展較快,風格變化多端,容易得到認可,並以較快的速度廣泛傳播,影響廣被。文化落後的弱勢區域則不然,作者數量寡少,發展長期低緩,由於分量輕微,樣貌怪異,難入主流,易受歧視,因爲種種不合拍而被邊緣化。這些地區的作家的創作也是封閉自足的,一般就是本土情感、本地書寫、鄉土氣息,不易接受外來觀念,難以融入文學主流。造成上述差異的原因,主要在於不同區域的地理位置及其在全國的政治經濟版圖中的分量的不同。地處中原的河南、陝西等,爲文化的核心區域,文學風氣濃厚,名家薈萃。爲士林所瞻望,文學觀念爲天下所認同,具有非同尋常的影響力和號召力。創作構成雖然複雜,但作家多爲外地人,長期的交融與共通使得大家的文學觀念趨於一致,寫法、風格不存在根本的對立和差別,長期的磨合往往造成共同的趣尚,易於形成一致化的趨嚮,可以形成新的文學潮流,引領全國的文風。不像偏遠地區的文學那樣存在二元建構,和主流的文風存在觀念的對立和交融的複雜情形。對於像中古湖南、黔中、江西這樣的經濟文化落後地區,文學的構成就是本地、外地兩個陣營、兩種成分,是二元對立的結構,因爲文學創作的主體是二元對立的,外地人,異鄉客,和本地人,土著民的觀念迥異,立場也不同,從來就不是一個陣營,説話、做事歷來難以融合。可以説,正是這種作者隊伍構成上的二元對立的結構造成了地域文學在構成成分上的二元對立。一方面爲居於弱勢的本土作者。以湖南爲例,這裏的鄉土作家雖然名義上是作爲當地主人而存在的,應該在地域文學、鄉土文學上更有代表性,但實際上,無論從作家數量還是作品數量上,都只佔少數。至於藝術品質,跟中原作家更是不在同一個層次上。其所秉持的文學觀念和主流作家並不合拍,甚至存在對立。他們的對立面,則是自遷謫流放而來的及過境湖南的流寓文學和過境文學作家。這些人多數自京城而來,因爲犯了錯誤或是表現不佳,上司不喜而被謫放,常年都有,人數衆多,能力出衆,本來就是作爲文學主流而存在的,並不因爲謫放外地,就失去了作爲主流作家的身份特徵和居於文學主導地位的作用。但自從離京南行以後,其文學也與此前居京期間的創作在性質、內容、情感內涵、文學風格上有了很大的差異,無復從前。進入貶所之後,其在文學創作上也是孤立無援的,只能依靠交通通信,和中原地區及其周邊地帶的親故保持聯繫,借此來保持和主流文學的共通、合拍。可見這種文學也是非京城非地域的,其構成、性質和樣貌呈現一種難於描述的複合狀態。

長期以來,唐代湖南文學的主體實際上是由這群外地作家在充當,而非本地人士。湖南之所以被定位爲"屈賈傷心地,天涯流落鄉",也與湖南在全國所處的特殊地理位置及其在全國的政治文化版圖中所處的位置有關。文化的區位決定了文學的分量和性質。由於湖南本地作家數量少，分量輕，外地作家佔主導，而外地作家又多自遷謫流放過境而來，自遷謫流放過境而來的人，文化史上一般統稱爲流寓，在身份和來歷上和當地鄉土人士是對立的。這種流寓作家所佔分量較重，故流寓和過境是研究唐代湖南文學的兩大關鍵詞，對這兩種文學的關注，對於唐代湖湘文學乃至整個古代湖湘文學都有著非同尋常的意義，因此必然連類而及，順便談及古代湖南流寓文學及過境文學研究這樣兩個大的問題。

　　第四是奠定了南方地域文學的感傷基調，形成一種遷謫文學爲主流，悲傷清怨爲基調的文學傳統。這一特色，在湖湘、嶺南，表現尤爲明顯。這裏仍以湖南爲例說明之。湖南一地，自屈原、賈誼以來，就是遷客騷人彙集之區，外地人的過路之地。其文學創作根據作者身份的不同，有兩種情況：一是來自外省的客寓者和僑居者，作者是在流落異鄉的生活狀態下，以異鄉客的身份而介入到對當地的文學書寫的。他們作爲南方落後省份的外地作家，來源或是避難、避亂、避仇，或是因做官而入籍當地，其中以遷客和謫吏較多。劉禹錫元和初年在朗州寫的《武陵書懷五十韻》詩所提到的"鄰里皆遷客，兒童習左言"即是屬於這種情況——因遷謫而變成了當地居民，也許上一代還是僑寓身份，下一代則是當地民户了。又，柳宗元亦曰："永州多謫吏"（《柳宗元集》卷二三《送南涪州量移澧州序》）。而沈亞之的文章也提到，晚唐的海、萊、淄等州，以地理位置僻遠，也是"所處皆罪人謫吏"（《沈下賢集》卷三《旌故平盧軍節士》），表明這種情況在中晚唐還比較普遍。二是過路者，所謂過境作家。他們或是自嶺南入京應考，或是奉命徵召赴京，或是方向相反，自北往南到嶺南做官，或是嶺南出使，流落異鄉，投靠親友，或謫官嶺南。種種原因，都要經過湖南，纔能到達行旅的目的地。由於只是過路，不是入住，所以其對湖南的書寫，也是外地人、異鄉客式的，浮光掠影的，關注的重心始終是他自己，是以一個他者眼光，特別是北方人的文化高位眼光在看待這片土地和人民，其書寫是高度主觀化的，甚至是不無歪曲醜化的，扭曲變形的，既不細緻，也不準確，還沒有感情和溫度。經過唐宋兩代文人的反覆書寫，宣揚，到清代，已經奠定了一種悲涼、悽傷、清怨的情調，無論外地人、異鄉客還是當地人、土著民，只要進入這裏，就會受此地理環境和文化氛圍的影響，而改變創作心態和固有風格。其詩文都要染上湖湘山水的清深明秀，和悲涼怨苦情調。嶺南、黔中、閩中、江西的情況也大抵如此。唐代一般將官員放逐到蠻荒南方，所以唐人對南方的描寫之詳細、全面，超過了以往。隋孫萬壽詩"賈誼長沙國，屈原湘水濱。江南瘴癘地，從來多逐臣"（《文苑英華》卷二四八孫萬壽《遠戍江南寄京邑親友》),概括的不僅是一朝的史實,而是歷代的共相。"五嶺炎蒸地,三危放逐臣"(杜甫《寄李十二白》)乃是唐人對嶺南的集體印象。我國南方各地本來少有鄉土作家,南方地域文學無從談起,正是大量唐文人的南遷,帶動了當地地域文學的發展和地域政治、文學人才的成長,至於五代、北宋,南方地域文學纔粗具規模,至南宋,更可與北方文學抗衡而毫無愧色。

唐代文學制度述論

吴夏平[*]

内容提要 文學制度既指文學的内在規定性,也指文學外部規制。就唐詩而言,由詩歌内部諸因素的矛盾所産生的對唐詩藝術系統的制約作用,體現文學演進的内在規定性。唐代文學外部制度主要包括館閣創置、激勵機制、文學教育等制度。這些制度的産生是爲了適應唐王朝的需要,體現爲國家權力意志。制度對文學的作用和影響有積極和消極兩方面。例如,初唐文館與新體詩演進,著作郎官職責分流與碑誌文的雙綫發展,史館制度與唐傳奇史傳化,右文政策與"詩史"傳統的形成等,均可視爲其積極的一面。但在此過程中逐漸形成的各種文體之學使文學寫作逐步程式化,體現文學制度的消極作用。

關鍵詞 唐代文學　文學制度　激勵機制　文學教育　文學技術化

　　二十世紀八十年代初,受中國學術傳統與西方文藝思想等影響,古典文學開始興起"制度與文學"的研究。其發端於程千帆《唐代進士行卷與文學》,至傅璇琮《唐代科舉與文學》而形成基本範式,使研究朝縱横兩個方向拓進。縱嚮是指從唐代發展至對其他各朝代的研究。横嚮是指由科舉延展至幕府、交通、文館等其他各種制度[①]。但從已有成果看,古代文學制度本身似乎尚未得到充分關注。相對而言,現當代文學研究則較爲活躍,出現了多種專研文學制度的著作[②]。事

---

[*] 吴夏平,文學博士,上海師範大學人文學院教授,主要研究中國古代文學與文化,出版《唐代文館文士朝野遷轉與文學互動》。
基金項目:本文是國家社會科學基金重大項目"中國古代文學制度研究"(17ZDA238)階段性成果。

[①] 吴夏平《"制度與文學"研究的成就、困境及突破》,《北京大學學報》(哲學社會科學版)2017 年第 5 期。

[②] 王本朝《中國現代文學制度研究》,西南師範大學出版社 2002 年版;《中國當代文學制度研究》(1949—1976),新星出版社 2007 年版。張均《中國當代文學制度研究》(1949—1976),北京大學出版社 2011 年版。范國英《新時期以來中國文學制度研究——以矛盾文學獎爲中心的考察》,巴蜀書社 2010 年版。萬安倫《二十世紀中國文學的獎勵機制研究》,北京師範大學出版社 2012 年版。李秀萍《文學研究會與中國現代文學制度》,中國傳媒大學出版社 2010 年版。

實上,中國古代不僅存在文學制度,而且這種制度是考察文學發生發展的重要切入口。有慮於此,本文擬從唐代文學制度入手,探究此種制度的存在形態及其與唐代文學的關係。

一　文學制度的雙重涵義

制度一詞,既指事物發生發展的内在規律,亦即事物質的規定性;同時又指事物的外在形制,亦即具有引導性和制約性的外在形態。文學制度具有文學内部隱性規律和外部顯性規制雙重涵義。研究者比較關注中國文學本身的固有特性,也就是文學自身的規定性。他們認爲這種規定性由文學自身生成,不爲外力強加,而且是恒定綿延和圓融自足的;但又非一成不變,而能適時變化,並據此提出:"這種文學自身的規定性,也就是文學制度的實質。"[①]因此,文學制度的研究,就是要通過研究文學的本原,來確立文學的自生特質;研究文學的體制,來區劃文學的源流正變;研究文學的表形,來勾勒用象的變遷軌跡等。歸納起來就是要研究文學的自生、自性、自足、自適、自化的規定性。由此看來,文學的内在規定性主要是指文學自身的發展演進規律。從整個文學發展史來看,文學同其他事物一樣,有其内在進路。唐代文學也同樣具有内在的自生、自足和自化的質性。這種質性,主要通過文學藝術系統呈現出來,包括唐代詩歌系統和其他各種藝術系統。

就唐詩藝術系統來說,唐代詩歌史一定程度上就是詩歌藝術系統的演變史。其演變的内在動因,來自於詩歌内部諸因素的矛盾,表現爲二元或多元對立。但每個階段的表現各有不同。初唐時期,對立的雙方主要是古體詩和齊梁體詩歌。陳子昂《修竹篇序》說"齊梁間詩,彩麗競繁,而興寄都絶",又稱"漢魏風骨,晉宋莫傳"[②],指出詩歌從漢魏到初唐前後相續的三個藝術系統,亦即漢魏詩歌藝術系統、晉宋詩歌藝術系統以及齊梁詩歌藝術系統。初唐是齊梁詩歌向唐代詩歌演進的節點,因此是唐代詩史中對立最明顯也最爲嚴重的時期。實際上,在初唐古今詩體分流之前,齊梁陳隋時期的詩壇上已經出現詩體的古今分流現象。錢志熙先生指出,在齊梁陳隋詩歌體制内部,同樣存在著新舊體的問題。這個時期雖然主流的詩風是講究聲律、俳偶與詠物、綺豔的新體,但是以元嘉體爲中心的

---
① 饒龍隼《上古文學制度述考》,中華書局 2009 年版,第 2 頁。
② 陳子昂《陳子昂集》,徐鵬校點,上海古籍出版社 1960 年版,第 15 頁。

晉宋體仍然在使用,而漢魏詩歌的經典價值,雖然從整體上看未被發現,但管中窺豹式模擬漢魏作風的創作現象,仍有不少①。到了初唐,古今體分流的現象更加明顯。一方面從永明聲律體發展而來的近體逐漸定型乃至成熟;另一方面,漢魏古體和晉宋古體對初唐復古詩學的啓迪越來越明朗清晰。這從上述陳子昂高標漢魏風骨和晉宋詩風中可以看出。古今體分流現象,使得初唐詩歌的發展模式呈爲雙綫結構。這種雙綫結構的發展脈絡延續至盛唐。但盛唐時期二元對立出現新情況,不再是齊梁體與古體的對立問題,而是古體與成熟的近體之間的二元對立。這時古體,又與初唐時的古體不完全相同,其本質是由漢魏和晉宋上溯至詩騷傳統,即李白在《古風》第一首中所高揭的:"大雅久不作,吾衰竟誰陳?"②以李白爲代表的復古一派,所追慕的是《詩》《騷》的精神價值,而在詩歌體式方面的學習不多。這與陳子昂在精神和體式兩方面都效仿漢魏風骨和晉宋傳統不一樣。李白等人的復古詩學,反對的是近體詩過於流連光景,過於重視細節描繪,甚至發展到"唐詩似賦"的極致。這種現象產生的原因,其實也是很好理解的。因爲近體是從永明體逐漸發展而來的。永明體不僅重視詩歌的聲律,而且也追求偶對。我們知道,就表現功能來說,散體方便議論和敘事,而對偶則長於描述。對事物描寫講求細緻入微,老杜的五、七言律詩最爲典型。如《房兵曹胡馬》詩寫駿馬的骨相,"竹批雙耳峻,風入四蹄輕"③,得其神韻。再如《畫鷹》詩對蒼鷹的描繪同樣是細微的。不過,事物往往具有兩面性。對偶雖有助於事物的描寫,但卻丟失了作爲詩歌根本的情志。這也正是李杜一派努力糾偏的原因所在。另外,近體詩聲律方面的各種規制,又使它失去了創作的自由,使其與宋詞極爲相似,詞可以填,詩也是可以"填寫"出來的。

中唐詩歌沿著古今對立的方嚮繼續發展,但中唐復古一派的革新屬於古體內部問題,一是要將具有諷諭精神的新題樂府來改造賦題擬古詩,二是不滿台閣體詩風。前者在元白一派中表現得非常明顯,特別是白居易樂府學的"尚義"思想,認爲古樂府最重要的特點是諷喻時事,具有教化功能。也就是説,元白一派的樂府詩創作要用"尚義"的新體樂府來改造"尚辭"的賦題擬古詩④。中唐詩歌史中的另一種對立,是元白韓孟諸人與台閣體之間的對抗。大曆以降,台閣詩風

---

① 錢志熙《論齊梁陳隋時期詩壇的古今分流現象》,《河南師範大學學報》(哲學社會科學版)2011年第1期,第141頁。
② 李白《李太白全集》,王琦注,中華書局1977年版,第87頁。
③ 仇兆鰲《杜詩詳注》卷一,中華書局1979年版,第18頁。
④ 參看錢志熙《唐人樂府學述要》,《中國社會科學》2013年第8期。

盛行,特别是貞元、元和時期,以權德輿、武元衡等人的應制唱和詩爲主體,形成宮廷詩歌創作的中興。他們多以近體詩形式來創作廟堂詩歌,内容多爲頌聖和説教,風格是雍容雅致的。韓柳元白等人對此詩風不滿,他們通過樂府和古體詩的寫作,以期與之抗衡。這種二元對立幾乎持續到唐末。晚唐文宗和宣宗等帝王,其政治雖乏善可陳,但在偏好文藝上卻表現出高度的一致性。晚唐詩歌從整體上來看,其對立雙方主要還是圍繞廟堂詩風形成的。

上述唐代詩歌的内部演變,體現了唐詩藝術系統的自足和自化。但這並不等於説這個藝術系統是自我封閉的系統,實際上它具有開放性特徵。元稹《樂府古題序》:"《詩》訖於周,《離騷》訖於楚,是後,詩之流爲二十四名:賦、頌、銘、贊、文、誄、箴、詩、行、詠、吟、題、怨、歎、章、篇、操、引、謠、謳、歌、曲、詞、調,皆詩人六義之餘。"又説:"由操而下八名,皆起於郊祭、軍賓、吉凶、苦樂之際。"①認爲操、引、謠、謳、歌、曲、詞、調等詩體,其淵源流變不僅有各自内在規定性,而且也與各種體裁的具體運用是分不開的,即"起於郊祭、軍賓、吉凶、苦樂之際"。由此來看,文學制度的内在規定性與其外在規制是密不可分的,如同一枚硬幣的兩面。

上述唐詩藝術系統内部的多元對立現象,即文學制度第一重涵義之表徵,屬於隱性的文學制度。文學制度的第二重涵義,是指具有秩序和規範意義的各種顯性的外部規則,比如機構創置、激勵機制、文學教育等制度。本文討論的文學制度,主要指此。

二　唐代館閣制度與文體演進

唐代文藝機構創設,淵源於上古寄食制和養士風氣。西周晚期禮崩樂壞,諸侯競起,"天子失官,學在四夷"②,形態各異的士階層開始大量出現,養士之風也油然興起。戰國"四公子"、齊國稷下學官等均爲此現象的反映。這種制度在後世得到進一步發展,如西漢金馬門待詔、梁孝王劉武梁園文士、東漢鴻都門學、曹魏時期崇文觀、南朝劉宋初期儒玄文史四學館、北周麟德殿、北齊文林館等,都是寄食制和養士之風在後世的延續。

唐承前代餘緒,文史館閣的創設得到充分發展,先後有弘文館、崇文館、史館

---

① 元稹《元稹集》卷二三,冀勤點校,中華書局 1982 年版,第 254 頁。
② 孔穎達等《春秋左傳正義》卷四八"昭公一七年",十三經注疏本,上海古籍出版社 1997 年版,第 2084 頁。

等機構的設置。弘文館本爲武德四年(621)高祖所設的修文館,武德九年(626)改爲弘文館,置學士和校書郎等官。其初主要職責是參與行政的議論籌劃,後來發展爲承擔生徒教育和圖籍校理等工作。崇文館置於太宗貞觀十三年(639),初名崇賢館,高宗上元二年(675)因避太子李賢諱改爲崇文館,隸屬太子東宫,亦置學士和校書郎等官員,職能與弘文館相類。史館創建於貞觀三年(629),置監修國史、修撰、直館等官職,以他官兼領,隸屬門下省。秘書省是唐代國家藏書機構,主要從事圖書的庋藏和整理。秘書省下轄著作局,置著作郎和著作佐郎等官。著作郎官職本掌修史之務,貞觀三年(629)因史官創立而改爲專掌碑誌和祝祭文的修撰。這些館所前後相續遞嬗,經歷了彼消此長的過程。

　　上述機構由於承擔的具體職責不同,對文學的作用和意義也不盡相同。弘文館和崇文館學士群體對近體詩演進産生影響。唐詩聲律藝術發展和成熟問題,已爲學界充分認識。文館文士對近體詩格律成型的作用,也得到學界關注和重視①。但還有一些問題尚可繼續討論。例如,可從宫廷詩歌競賽看近體詩成型與科舉試詩賦的關係。初唐宫廷詩人群體的詩藝競賽主要發生於武周和中宗時期。《舊唐書·宋之問傳》載武則天幸洛陽龍門,令從官賦詩,左史東方虯詩先成,則天以錦袍賜之。及宋之問詩成,則天稱其詞愈高。奪虯錦袍以賞之問②。中宗時期宫廷詩歌競賽見諸記載者更多。如《資治通鑒》卷二〇九"景龍二年夏四月"條,《唐詩紀事》卷一"中宗景龍三年《九月九日幸臨渭亭登高作》"條,《唐詩紀事》卷三"中宗正月晦日幸昆明池賦詩"條等。詩歌競賽顯然推動詩藝發展。但更應關注的是武則天和上官昭容品第文士詩歌所依據的標準。武則天稱宋之問"其詞愈高""文理兼美"③。上官昭容評沈佺期和宋之問,稱其"工力悉敵",但沈詩結句"詞氣已竭",而宋詩"猶陟健舉"④。從這些評論來看,顯然已非聲律對偶問題,而上昇至更高的思想層面。這種現象説明近體詩的基本規範在武則天

---

① 相關學術成果主要見於下列論著:趙昌平《初唐七律的成熟及其風格溯源》,《中華文史論叢》1986年第4輯,第17—36頁。葛曉音《論宫廷文人在初唐詩歌藝術發展中的作用》,《遼寧大學學報》1990年第4期,第69—74頁。鄺健行《初唐五言律體律調完成過程之考察及其相關問題之討論》,《香港中文大學中國文化研究所學報》總第21卷,1990年,第247—259頁。杜曉勤《從永明體到沈宋體——五言律體形成過程之考察》,《唐研究》第2卷,1996年,第121—165頁。陳鐵民《論律詩定型於初唐諸學士》,《文學遺産》2000年第1期,第59—64頁。賈晉華《唐代集會總集與詩人群研究》,北京大學出版社2001年版。陳冠明《論珠英、修文學士的詩學成就》,《中國詩學》第十六輯,人民文學出版社2012年版,第88—99頁。
② 劉昫等《舊唐書》卷一九〇中,中華書局1975年版,第5025頁。
③ 計有功《唐詩紀事》卷一一:"宋之問詩後成,文理兼美,左右莫不稱善。"見貝葉山房本,第180頁。
④ 計有功《唐詩紀事》卷三,第34頁。

執政初期已大致定型，同時也正好說明爲什麼進士科試詩較早出現於垂拱二年（686）①。將近體詩作爲進士考試內容的必要前提，是詩歌基本規則已爲共識。否則，近體詩便很難作爲進士科選人的科目。

第二個問題是爲什麼近體詩格律的形成必須要經過宮廷詩人群體之手？近體詩發端於齊梁"永明體"，其時沈約、謝朓等人自覺將四聲理論運用於詩歌實踐。但"永明體"在當時並未成爲詩歌主流。也就是説，其範圍局限於一小部分詩人。初唐以帝王爲中心的宮廷詩人群體接受這種詩歌形式，通過應制唱和等方式反復實踐和改造，使其從句間對仗發展爲聯間黏對。近體詩成爲上層社會主流詩歌形式後，獲得官方認可。於是上行下效，近體詩寫作才蔚爲一時潮流。與之相應，研究近體詩寫作規則的詩學著述也開始大量出現，如上官儀《筆劄華梁》、佚名《文筆式》、元兢《詩髓腦》、崔融《唐朝新定詩格》等，就是這個時期的產物。只有近體詩寫作規則得到普遍認同之後，才能將之用於科舉取士。因此，從這個角度來看，文館文士對近體詩發育的作用，最重要的一點應是使其獲得官方地位。此點前人尚未論及，故尤有指出之必要。

唐代史館與秘書省之間的關係很微妙。史館創設與玄武門事件有關。李世民雖藉此榮登寶位，但畢竟極不光彩。在他看來，這是萬萬不可入史的。貞觀三年（639）之前的修史機構是秘書省著作局，秘書省最高長官秘書監是魏徵，這就意味著修史權力掌握在魏徵等人手中。魏徵雖以敢於直諫聞名於世，但他本係太子李建成舊部，貞觀初年君臣關係恐怕並不融洽。李世民懼怕玄武門事變入史，而解決這個問題的最好辦法就是另設一個修史機構。爲什麼史館別置發生於貞觀三年（639）？因爲這一年朝廷下詔修史。與此同時，本年年底房玄齡"改封魏國公，監修國史"②。李世民將史官置於門下省，又令房玄齡監修。這樣一來，原本屬於秘書省的修史權力被轉移至史館，著作局自此不再修史。

史館別置對唐代文學的意義主要體現在兩方面，一是由於著作局不再修史，"著作郎掌修撰碑誌、祝文、祭文"③，使得碑誌文體雙綫發展。這是因爲，一方面，官方參與碑誌撰制使其公文化。也就是説，由於著作郎官的"專司"，使碑誌體現官方意志和"官學"特點。官修碑誌一般採用規整的駢文方式，風格莊嚴典

---

① 進士試詩賦的較早時間，當在垂拱二年（686）。參看陳鐵民《梁瑑墓誌與唐代進士科試雜文》，《北京大學學報》（社會科學版）2006 年第 6 期。吳夏平《"官學大振"與初唐詩歌演進》，《文學遺産》2013 年第 2 期。
② 劉昫等《舊唐書》卷六六《房玄齡傳》，第 2461 頁。
③ 李林甫等《唐六典》卷十，中華書局 1992 年版，第 302 頁。

雅,有相對固定的程式。另一方面,私人所撰碑誌則較爲自由,多採用散體文,行文活潑。這樣一來,就形成碑誌撰制的兩條發展路嚮。二者相互交叉作用,是唐代碑誌文體發展的根本性力量。由此可見,文體變遷的作用力來自相應的制度變化。

　　史館別置的另一層文學意義是使唐傳奇史傳化。其作用力主要源於史館制度以及文人的史官意識。初唐宰相薛元超曾發出"不得修國史"[①]的感歎,表明史官職位的尊榮。這是因爲史館別置後,修史權力統歸官方,私人不得修史。不僅如此,史官選任也非常嚴格,因此大多數文人都無法實現擔任史職的願望。在這種情況下,他們不得不藉助其他方式來間接表達史官"立言"理想。例如,柳宗元曾向史官韓愈推薦《段太尉逸事狀》,即通過史料采擇制度間接參與修史的著例。模仿史傳創作傳奇小説,也是唐人間接實現諫政勸世理想的基本方式。傳奇作者對所敘之事,多強調親身所歷或聞之某某,以徵其實。這種傾嚮一方面反映傳奇的史傳化特點,另一方面也反映史官情結影響之下文人的焦慮心態。此外,史官參與傳奇寫作,史官的角色意識也使傳奇傾嚮於徵實。這種現象在中晚唐更爲突出。這是因爲初盛唐著作局雖無史權,但此期史官多由著作郎官兼任,著作局與史館並未完全割裂。因此,初盛唐史官參與傳奇創作的現象實不多見。但中晚唐再也沒有出現著作郎官兼任史職的例子,史官多由進士出身的文人擔任。在傳奇寫作之風興盛的大環境下,史官也參與其中。這樣就使得文人與史官的角色產生重疊,從而影響傳奇作品的史傳化。

三　唐代右文政策與"詩史"傳統

　　唐代右文政策與李唐立國之初的大環境有關。唐初鼓勵批評朝政。例如,貞觀六年(632)李世民曾對臣下説:"朕嘗讀書,見桀殺關龍逢,漢誅晁錯,未嘗不廢書歎息。公等但能正詞直諫,裨益政教,終不以犯顔忤旨,妄有誅責。"[②]頗有廣開言路的器度。他又打破陳規,提出"二名不偏諱"[③],即官號、人名及公私文籍,有"世民"兩字不連續者,不須避諱,體現出較爲開明的政治態度。其後文教政策雖有各種變化,但總體來説文禁稍寬。洪邁曾指出:"唐人歌詩,其於先世及

---

① 劉餗《隋唐嘉話》卷中,中華書局1979年版,第28頁。
② 吳兢《貞觀政要》卷二,上海古籍出版社1978年版,第17頁。
③ 劉昫等《舊唐書》卷二,第29—30頁。

當時事,直辭詠寄,略無避隱。至宮禁嬖昵,非外間所應知者,皆反復極言,而上之人亦不以爲罪。如白樂天《長恨歌》諷諫諸章,元微之《連昌宮詞》,始末皆爲明皇而發。杜子美尤多,如《兵車行》《前後出塞》《新安吏》《潼關吏》《石壕吏》《新婚別》《垂老別》《無家別》《哀王孫》《悲陳陶》《哀江頭》《麗人行》《悲青阪》《公孫舞劍器行》終篇皆是……此下如張祜賦《連昌宮》《元日仗》《千秋樂》……等三十篇,大抵詠開元、天寶間事。李義山《華清宮》《馬嵬》《驪山》《龍池》諸詩亦然。今之詩人不敢爾也。"①由對比可知唐代文學制度的開放性。

唐代右文政策主要體現在舉士和選官等制度設計上。以詩賦取士的科舉制度,是右文政策的典型反映。此點已爲學界共識,無需贅述。此外還有上書拜官制度,值得特別指出。孟二冬《登科記考補正》卷一至卷二二共錄上書拜官者三十人,其中姓名可考者有二十七人,可見這個制度的一貫性。上書拜官最突出的事例是杜甫。天寶十載(751)杜甫進《三大禮賦》,玄宗命待制集賢院。天寶十三載(754),又進《封西嶽賦》和《雕賦》。杜甫後來反復提及此事,深覺榮幸。如《莫相疑行》:"憶獻三賦蓬萊宮,自怪一日聲烜赫。集賢學士如堵牆,觀我落筆中書堂。"②《壯遊》:"曳裾置醴地,奏賦入明光。天子廢食召,群公會軒裳。"③《十二月一日》三首之一:"明光起草人所羨,肺病幾時朝日邊?"④這些詩歌反映出右文政策對文人心態的影響。

右文政策對文學的影響主要表現爲"詩史"意識及通脫文風的形成。唐前詠史詩的寫作對象主要是歷史人物和歷史事件。唐代詠史詩雖有繼承傳統的一面,但其特點並不在此,而在於所詠對象從歷史轉嚮當代,並由此形成"詩史"傳統。"詩史"既是一種詩歌創作方式,也是一種文學批評理論,主要研究詩歌(文學)與現實的關係問題。"詩史"一詞,最早出現於孟棨《本事詩》,討論的是杜甫在安史之亂中流離隴蜀時所寫的詩歌,這些詩歌記錄了他流離隴蜀時的全部事情。特別是杜甫《寄李十二白二十韻》一詩,是孟棨心目中理想的"詩史"範例⑤。被後世譽爲"詩史"的唐代詩人有李白、杜甫、白居易、元稹、李賀等人。例如,清管世銘稱李白爲"詩史":"李太白《古風》一卷,上薄風騷,顧其間多隱約時事……

---

① 洪邁《容齋隨筆》,中華書局2005年版,第239—240頁。
② 仇兆鰲《杜詩詳注》卷一四,第1213頁。
③ 仇兆鰲《杜詩詳注》卷一六,第1442頁。
④ 仇兆鰲《杜詩詳注》卷一四,第1243頁。
⑤ 參考張暉《中國"詩史"傳統》,生活・讀書・新知三聯書店2012年版,第16頁。

世推杜工部爲詩史,而知太白之意者少矣,故特揭而著之。"①宋王楙稱白居易爲"詩史":"白樂天詩多紀時事,每歲必記其氣血之如何與夫一時之事……亦可謂詩史。"②楊慎稱元稹《唐憲宗挽詞》等詩"亦近詩史"③。何永紹稱李賀:"其以昌穀詩爲詩史者,無論其詩之得如少陵不得如少陵,歸之於史則一而已。"④唐前被譽爲詩史者,只有屈原、曹操、庾信三人⑤,唐代人數多出此前數倍,作爲文學批評理論的"詩史"傳統由此形成,這與唐朝開放包容的文藝精神是密切相關的。

右文政策還影響"通脱"文風的形成。"清峻通脱"原是魯迅評價曹操文章的話。清峻是指簡約嚴明,通脱是指隨意,想説什麽就説什麽,想怎麽説就怎麽説。唐代右文大環境爲通脱文風的形成提供了條件。其時文士多敢於言説,魏徵諫唐太宗,陳子昂諫武則天等都是極好的例子。朱敬則認爲武則天不宜多納男寵,能夠説出"陛下内寵,已有薛懷義、張易之、昌宗,固應足矣"⑥這樣的話。王泠然上書張説論薦士之道,語言犀利,指責張説不能燮理陰陽,有負宰相之職,並勸其退位:"百姓餓欲死,公何不舉賢自代,讓位請歸?"⑦文宗大和二年(828)舉賢良方正能言直諫,劉蕡對策六千餘言,指陳利弊,條分縷析,得到時人讚譽。士人讀其辭,至有感慨流涕者。諫官御史交章論其直。河南府參軍事李郃曰:"蕡逐我留,吾顔其厚邪!"⑧朱敬則、王泠然、劉蕡等人的言辭和文章,以"死士"精神體現出通脱風格。他們固然有不怕死的氣概,但制度的相對開放和包容纔是根本原因。"清峻通脱"雖然主要是指説話和文章的風格,但從其現實關注和政治批評的内容來看,實與"詩史"精神相通,可看作"詩史"質性的另一種表達,爲理解"詩史"深層次涵義提供了重要例證。

四 唐代文學教育與文學技術化

中國古代的文學教育,可以追溯到遥遠的上古。孔子十分注重《詩》學教育,認爲"不學《詩》,無以言"。魏晉南北朝時期興起的文學家族,也多重視文學教

---

① 郭紹虞編,富壽蓀校點《清詩話續編》,上海古籍出版社1983年版,第1545—1546頁。
② 王楙《野客叢書》卷二七"白樂天詩紀歲時"條,上海古籍出版社1991年版,第399頁。
③ 楊慎《升庵詩話》卷二"唐憲宗挽詞"條,丁福保輯《歷代詩話續編》,中華書局1983年版,第663頁。
④ 李賀《李賀詩歌集注》,王琦等注,上海人民出版社1977年版,第379頁。
⑤ 張暉《中國"詩史"傳統》,第317頁。
⑥ 劉昫等《舊唐書》卷七八《張易之傳》,第2706頁。
⑦ 董誥等《全唐文》卷二九四,中華書局1983年版,第2981頁。
⑧ 歐陽修、宋祁等《新唐書》卷一七八《劉蕡傳》,第5305頁。

育,如《顔氏家訓》卷四《文章》詳述文學源流和文壇掌故,是文學教育的著例。孔子和顔之推等人具有明顯的私學特徵。唐代既有官方文學教育,也有私學教育。私學方面,如杜甫教子"熟精《文選》理"①,"應須飽經術"②。韓愈說:"人之能爲人,由腹有詩書。詩書勤乃有,不勤腹空虛。"③柳宗元教授作文之法強調"以《詩》《禮》爲冠履,以《春秋》爲襟帶,以圖史爲佩服"④。杜、韓、柳等人體現了唐代文學教育的私學特徵。唐代官學中的文學教育主要體現爲學校的詩學教育以及生徒的自我教育。

　　唐代國子監所轄國子、太學、四門學均以儒家經典爲教授內容,區分依據是所招收對象出身的不同。國子監設立之初,詩學並未納入教育範圍。但後來不得不進行詩學教育,其主因是武則天執政時開始以詩賦取士。如前所述,詩賦取士的時間最早不超過開耀二年(682)。從現有資料來看,實際執行約在垂拱二年(686)。爲適應科舉考試的新變化,官學教育内容也作出相應調整。最典型的是李嶠任國子祭酒時所作一百二十首詠物詩⑤。"百詠"保存於《全唐詩》卷五九和卷六十,古稱《雜詠詩》《百二十詠》《百廿詠》。據《日藏古鈔李嶠詠物詩註》,"百詠"分乾象、坤儀、芳草、嘉樹等十二部,每部各有詩十首。有學者指出:"'百詠'從類目、物名到典故的編排方面,都帶有類書的特色,顯然不是一般的詩歌創作,而是爲了給初學者提供一種律詩詠物用典的範式。"並進一步指出:"實際上是總結了在他以前聲律、對偶發展的成果,用組詩作了聲律、用典、對偶、寫景的綜合性示範。"⑥這個論斷是符合事實的。天寶六載(747)張庭芳爲之作注,稱其"庶有補於琢磨,憚無至於疑滯,且欲啓諸童稚焉"⑦。據序文所署"登仕郎守信安郡博士",可知張庭芳任職地方官學,其選擇"百詠"作注,顯然是爲學生提供詩歌教學範本。

　　初唐詩學教育大致包涵詩格、類書、選本三方面內容。詩格主要講近體詩基

---

① 仇兆鰲《杜詩詳注》卷一七,第1477頁。
② 仇兆鰲《杜詩詳注》卷二一,第1850頁。
③ 韓愈《韓昌黎詩系年集釋》卷九,錢仲聯集釋,上海古籍出版社1994年版,第1011頁。
④ 柳宗元《柳河東集》卷二二,上海人民出版社1974年版,第387頁。
⑤ 從"百詠"的"大周天闢路,今日海神朝"(《雪》),"方知美周政,抗旆賦車攻"(《旌》)等詩句,可以確定其寫作年代必定在武周時期。據兩《唐書》本傳及《資治通鑑》,李嶠聖曆二年(699),以宰相兼任珠英學士。聖曆三年(700)因其舅張錫升爲宰相,罷而改爲成均祭酒。長安三年(703)復以成均祭酒兼任宰相,尋知納言事。長安四年(704),轉爲内史。其年六月,因不勝繁劇,復轉爲成均祭酒兼任宰相。根據李嶠此期活動情況及組詩性質,其寫作具體時間大致可以定爲任成均祭酒和預修《三教珠英》期間。
⑥ 葛曉音《創作範式的提倡和初盛唐詩的普及——從〈李嶠百詠〉談起》,《文學評論》1995年第6期,第32頁。
⑦ 胡志昂編《日藏古鈔李嶠詠物詩註》"張庭芳序",上海古籍出版社1998年版。

本規則，包括聲韻、病犯、對偶、體式等。唐初詩格有上官儀《筆劄華梁》、佚名《文筆式》、元兢《詩髓腦》、崔融《唐朝新定詩格》等。崔融於神龍元年（705）至二年（706）任國子司業，《新定詩格》很可能是任學官時所著。類書也有助於文學教育，最具代表性的是《初學記》。《初學記》編撰，目的是給玄宗諸子提供學習作文便利①。該書共三十卷，分天、地、歲時等二十一部，每一部之下再細分，比如天部列出天、日、月、星、雲、風、雷等類，充分體現出便於實用的特點。詩格爲初學者解決近體詩基本規則問題，類書主要解決對偶和用典問題，選本則提供寫作範例。初唐代表性的詩歌選本，有孟利貞《續文選》十三卷，元兢《古今詩人秀句》二卷，崔融《珠英學士集》五卷等。由此來看，李嶠"百詠"實際上是綜合了近體詩寫作的一般規則，以近於類書的形式爲初學者提供了基本範式，從而使詩歌寫作成爲可操作的技術活動。

　　隨著詩賦取士之風進一步加劇，官方詩學教育也不得不逐漸加強，最明顯的例子是廣文館的設置。廣文館創設於天寶九載（750），首任廣文博士是鄭虔。其目的主要是爲了救國子監生徒之離散。原來在詩賦取士之始，國子監生徒佔有絕對優勢，錄取的人數比例很高，而鄉貢不及生徒的十分之一。但這個現象在開元時期發生大逆轉，由鄉貢錄取爲進士者大量增加，生徒錄取的比例則急劇下降，由此引起官僚集團的不滿。爲了解決利益受損問題才專門設立了廣文館，其職責主要是"掌領國子學生業進士者"②。筆者曾考得廣文博士、助教以及由廣文館進士登科者數人③，説明此館從天寶初至唐末一直存在。廣文館的教學內容主要是詩歌寫作，但如何進行此項訓練，因資料所限不可遽論。不過，結合上述國子監教育情況來看，廣文館的教學大致上還是以詩格、類書、選本等爲中心，通過技術化快速提高舉子們的寫作能力。

　　國子監生徒的詩歌教育還有一個突出例子，即芮挺章編選《國秀集》。北宋曾彦和曾跂此集："天寶三載國子生芮挺章撰。"④南宋陳振孫亦稱："《國秀集》三卷，唐國子進士芮挺章撰。"⑤據此可知芮挺章身份爲國子生，也就是在國子監以備進士試的學生。《國秀集》選錄了大量進士和前進士的詩歌，這是該選本與其

---

① 劉肅《大唐新語》卷九："玄宗謂張説曰：'兒子等欲學綴文，須檢事及看文體。《御覽》之輩，部秩既大，尋討稍難。卿與諸學士撰集要事並要文，以類相從，務取省便。令兒子等易見成就也。'説與徐堅、韋述等編此進上，詔以《初學記》爲名。"中華書局1984年版，第137頁。
② 歐陽修、宋祁等《新唐書》卷四八《百官志三》"廣文館"條，第1267頁。
③ 吴夏平《唐代中央文館制度與文學研究》，齊魯書社2007年版，第33—35頁。
④ 傅璇琮編《唐人選唐詩新編》，陝西人民教育出版社1996年版，第290頁。
⑤ 陳振孫《直齋書錄解題》，上海古籍出版社1987年版，第440頁。

他唐人選唐詩最大的不同。其選詩水準雖被後人譏爲"非（殷）璠之比"①，但這正是該集的特點所在，其原本就是爲應試而編選的。芮挺章的身份及選詩活動，反映了國子監生文學生活的一個側面，從中可以看到學生爲應試所作的努力。

初唐詩學教育以"詩格""詩式""詩法"等爲中心。由詩學教育而擴展到其他文類，出現了"文格""賦格""四六格"等著述②。唐代詩格著述繁富，現存可考者自上官儀《筆劄華梁》以下有二十九種之多，另有存目二十一種、三十四卷。"文格"類著述有杜正倫的《文筆要訣》，另有存目六種、十一卷。"賦格"類著述則有佚名的《賦譜》，另存目七種、九卷③。此外，當時還有專門討論策文的"策學"。天授三年（691）薛謙光上疏："煬帝嗣興，又變前法，置進士等科。於是後生之徒，復相仿效，緝綴小文，名之'策學'。"④這表明唐人對"策學"已有充分的自覺認識。對策作爲一種科考項目，由策題、策問和對策構成。策文包括策頭、策項和尾策三部分，每一部分之下又可以分成數項⑤。這樣一來，策文實際上已完全程式化，有一套可供操作的固定程式。敕令制誥等公文也同樣如此。白居易曾編寫《白樸》一書，專門指導此類公文的寫作。此書成於白氏擔任翰林學士的元和二年（807）至五年（810）。元稹詩"《白樸》流傳用轉新"下自注："樂天於翰林中書取書詔批答詞等，撰爲程式，禁中號曰《白樸》。每有新入學士求訪，寶重過於《六典》也。"⑥《白樸》的性質，據王楙《野客叢書》，"爲卷上中下三卷，上卷文武勳階等，中卷制頭、制肩、制腹、制腰、制尾，下卷將相刺史節度之類，此蓋樂天取當時制文編類，以示後學者"⑦。由此可見，公文和科舉文體一樣，也有一套可供操作的程式。上述"詩格""文格""賦格""策學""制誥學"等現象，充分體現了文學教育與文學技術化之間關聯性。

唐代文學制度可分內外兩種。內部是指文學自身的規定性，包括詩歌藝術系統及其他藝術系統。外部主要包括文化館所、激勵機制以及文學教育等制度。制度的本質是權力，具有引導和制約功能。文學制度亦如此，對文學具有激勵和

---

① 傅璇琮編《唐人選唐詩新編》，第290頁。
② 張伯偉《論唐代的規範詩學》，《中國社會科學》2006年第4期。
③ 張伯偉《全唐五代詩格彙考》，鳳凰出版社2002年版。
④ 王溥《唐會要》卷七六"制科舉"條："天授三年，薛謙光上疏雲：'煬帝嗣興，又變前法，置進士等科。於是後生之徒，復相仿效，緝綴小文，名之'策學'。"中華書局1955年版，第1391頁。
⑤ 策頭由起對辭、承制辭、導問語、應對語組成。策項由述制辭、述問語、起對語、對答語、祈納語組成。尾策由起收辭、收束語、終對辭組成。參看陳飛《唐代試策的形式體制——以制舉策文爲例》，《文學遺產》2006年第6期；《唐代試策的表達體式——策問部分考察》，《文學遺產》2008年第1期。
⑥ 元稹《元稹集》卷二二，冀勤點校，第248頁。
⑦ 王楙《野客叢書》卷三〇，第439頁。

約控兩方面作用。唐代科舉考試、上書拜官、右文政策等對文學具有一定的激勵意義,但同時又有制約作用。例如,詩賦、策文等科舉文體在長期應試過程中逐漸程式化,各種詩學、賦學、策學等著述大量出現,其本質是文學的技術化,削弱了文學的創造性。此其一。其二,由於內外兩種制度之間是互動的,外部變革自然引起內部變化。所以,唐詩藝術系統的形成雖受唐前詩歌系統的影響,但由於它的開放性,同時也受到各種外部規制的作用,其變化也相應地呈現出階段性特點。其階段性與傳統初盛中晚的劃分並非一一對應,而有其自身特點。其三,文學外部制度的表現形態是多樣的,或顯或隱。顯性文學制度較易感知,對文學的作用力也較易理解。但隱性文學制度,如帝王的典範作用、歷史故事的援引等,對其抽繹和把握則要需要更深層次的思考。

商務印書館與早期
《一千零一夜》翻譯之因緣
——附論近代出版傳媒與譯界及文學消費之關係

邊 茜[*]

内容提要 商務印書館從創立之初就非常重視翻譯,雖然最早的《一千零一夜》漢語譯文不是由它出版,但晚清奚若譯《天方夜譚》能成爲近現代影響很大的《一千零一夜》中文本,是離不開商務印書館的推介的。《天方夜譚》1906年被收入《説部叢書》出版,民國時期又被收入《萬有文庫》,這兩個版本的序言及其所屬叢書顯示出商務印書館不同時期對這部譯作的推介重點。商務印書館還可以通過英語教科書對早期《一千零一夜》中譯產生間接影響,《俠女奴》作者周作人早年接受的英語教育就是出自商務印書館版教材《華英初階》。

關鍵詞 商務印書館 《一千零一夜》 翻譯 傳媒 因緣

如今,"天方夜譚"已經成爲人們經常使用的詞語,不過追溯這個詞的來歷就會發現,它的流行不過是近一百餘年的事,而且還與一部外國文學名著有關。這部名著,便是東方文學中的經典——《一千零一夜》。《一千零一夜》的中文翻譯始於晚清,而且從一開始就借助近代出版傳媒變革的東風向社會傳播。在《一千零一夜》中文翻譯不斷豐富、完備的過程中,出版機構發揮了不可忽視的多方面作用。它們不僅爲譯本提供了發表的平臺,而且將傳播渠道、營銷手段等事項與内容編輯結合起來,最終呈現的譯本某種程度上塑造了中國人對《一千零一夜》的普遍認知。出版機構對《一千零一夜》翻譯的投入並非偶然,因爲除去文學屬性,翻譯小説本身還有開發商品屬性的潛力,當小説譯本成爲文化市場上的消費品,出版機構自然有動力積極籌劃這些譯本的編輯、出版與流通,從而取得經濟

---

[*] 邊茜,浙江外國語學院中國語言文化學院講師。
基金項目:本文爲國家社會科學基金重大項目"中國古代文學制度研究"(17ZDA238)階段性成果。

利益和良好聲譽。本文即以近代著名的出版機構商務印書館爲切入點,在具體案例中一窺近代出版傳媒與翻譯界及文學消費的關係。

一 商務印書館與奚若譯《天方夜譚》

從創立之初,商務印書館就與外國語言文字有著不解的緣分。1898年出版的《華英初階》和《華英進階》是這家出版機構的第一批出版物,它們從英國人編寫的英文課本翻譯而來,再配上若干漢語注釋,很快在當時祇有英文版英語課本的中國市場脱穎而出,爲創建初期的商務印書館作出了重要貢獻。幾年後,商務印書館成立編譯所,翻譯了大量外文書籍,著名的《説部叢書》就是其成果之一。近代著名譯者林紓翻譯的許多小説,也是由商務印書館出版的。

就在《説部叢書》裏,有一部《一千零一夜》中譯本。1903年登載於《繡像小説》的它並非最早的《一千零一夜》漢語譯文。1900年的《采風報》已經刊登了周桂笙的單篇故事翻譯;在晚清的《一千零一夜》譯者中,它的譯者也不是最有名的,除了周桂笙,還有1905年發表譯作《俠女奴》的周作人。然而它卻成爲近代影響極大的《一千零一夜》中譯本,今天人們提起《一千零一夜》時還經常沿用它的題名。這個譯本,就是奚若翻譯,金石校對,1906年由商務印書館出版的《天方夜譚》。

《天方夜譚》的各種版本都與商務印書館有著解不開的關聯。譯者奚若爲商務印書館編譯書籍,製作地圖;《説部叢書》面世之前,《天方夜譚》曾先後在《繡像小説》與《東方雜誌》連載,而這兩本雜誌都是商務印書館編輯發行的。1914年再版之後十年,商務印書館出版了《天方夜譚》葉聖陶校注本,這個校注本曾作爲"新學制中學國語文科"補充讀本,後來又被收入"萬有文庫"多次重印[①]。在納訓翻譯的《一千零一夜》問世之前,將《天方夜譚》視作當時中國影響最大的《一千零一夜》漢語譯本應不爲過,而能取得如此大的影響,商務印書館在其中起到的作用不容小覷。因此,分析商務印書館在不同時期對《天方夜譚》的定位差異,便可以幫助人們理解這部譯本在當時中國的影響是如何產生的,也可以從中一窺商務印書館對《天方夜譚》的傳播是如何施加影響的。

---

① 鄒振環《奚若與〈天方夜譚〉》,《東方翻譯》2013年第2期,第41頁。

(一) 開眼看世界：最初的報刊連載與 1906 年單行本

商務印書館對奚若譯《天方夜譚》是頗爲重視的。商務印書館編輯發行的雜誌裏，《繡像小説》和《東方雜誌》是最早的兩種，名氣也都很大，而《天方夜譚》就先後登載在這兩本雜誌上。1903 年至 1905 年間，《天方夜譚》在《繡像小説》連載十餘期，1905 年 7 月起又轉至《東方雜誌》刊登。

首次刊登《天方夜譚》時，《繡像小説》有這樣一段説明：

> 是書爲亞剌伯著名小説，歐美各國均迻譯之。本館特延名手重譯，以餉同好。最前十則已見他報，兹特擇其未印者先行出版，藉免雷同，兼供快覩，閱者鑒之。①

引文先指出《一千零一夜》在歐美的聲譽，再宣傳刊登的譯文出自名家，且均爲之前未發表的新内容，一步步展示這個譯本的價值，吸引讀者的注意力。到了 1905 年《東方雜誌》初次刊登時，題下的小字説明再次强調登載《天方夜譚》是爲了滿足"閲者先睹爲快之意"。宣傳内容時新並非特别的促銷手段，古代書商早就大量運用這種方法；真正"新"的是小説的登載方式：分若干期連載於期刊雜誌，使小説成爲新式媒體的組成部分之一。小説與雜誌互相成就，雜誌的讀者被自動轉化爲小説讀者，减輕了爲小説尋找受衆的推廣壓力；連載的方式又可以使小説讀者持續關注刊登小説的雜誌，爲雜誌提供一批穩定的讀者。

《天方夜譚》在《東方雜誌》繼續連載時，《繡像小説》仍在保持更新，那麽《天方夜譚》更换發表平臺的原因是什麽？儘管還無法得出確切的答案，但基本可以肯定的是，作爲這兩本雜誌的出品方，商務印書館基於雜誌定位和讀者培育的考慮，最終選擇綜合性雜誌（《東方雜誌》）而非文學雜誌作爲完成《天方夜譚》連載的平臺。至於能被兩類不同雜誌"相容"的原因，可以從刊物的編輯宗旨中尋覓。《繡像小説》把小説看作"化民"的手段，認爲它是作者"察天下之大勢，洞人類之頤理，潛推往古，豫揣將來，然後抒一己之見，著而爲書，以醒齊民之耳目。或對人群之積弊而下砭，或爲國家之危險而立鑒"的產物，小説的立意在於"裨國利民"②；《東方雜誌》雖然不是純粹的小説雜誌，但是能被納入其小説欄目的作品也必定符合雜誌總的宗旨——"啓導國民，聯絡東亞"。在雜誌編者眼中，《天方

---

① 參見《繡像小説》1903 年第 11 期，第 85 頁。
② 參見《本館編印繡像小説緣起》，《繡像小説》1903 年第 1 期，第 3 頁。

夜譚》就是一部可以啓迪民智,利國利民的文學作品。

單行本的情形又是怎樣的呢？1906年"說部叢書"本《天方夜譚》序言中,是這樣評價《一千零一夜》的：

> 要之,此書爲回教國中最古之說部,而回部之法制教俗,多足以資考證。所列故事,雖多涉倰詭奇幻,近於《搜神》《述異》之流,而或窮狀世態,或微文刺譏,讀者當於言外得其用意。至星柏達之七次航海探險,舍利之日夜求報,卒能恢復故國,縫人謂噶稜達專談虛理,不求實學,易一餅且不可得,皆足針砭膚學,激刺庸懊,安得以說部小之？嗟乎,今日者,阿剌伯凌夷衰微矣,而當年軼事,僅僅見此說部中,則德國批評家,謂爲阿剌伯信史者,由今而觀,不尤足喟然感歎、流覽不置者乎？①

與晚清許多翻譯小說的評論一樣,這段文字也强調小說不"小",對個人與社會均有裨益。發揮作用的具體途徑,一是作爲可資借鑒的他山之石,二是作爲"阿剌伯信史",爲讀者打開瞭解阿拉伯歷史的一扇窗户。不管是哪一種途徑,都與《一千零一夜》的域外"出身"直接關聯。通過域外小說"開眼看世界"是當時流行的觀念,在梁啓超等人的宣導下,過去不登大雅之堂的小說被賦以改良社會、開啓民智的價值,而域外小說更具有使讀者瞭解國外風土人情、歷史文化的意義,因此在晚清社會積貧積弱、愛國志士謀求變革的背景下,這類小說一經引入便大受歡迎。

在二十世紀之初,商務印書館對《天方夜譚》的定位順應了時代潮流。配合新式媒體出版發行的需要,先讓小說連載在雜誌上逐漸積纍口碑,再集結内容出版單行本,既增加了作品出現在大衆視野的次數以利於宣傳,又充實了雜誌内容,爲雜誌吸引了讀者。突出小說的異域色彩,一方面可滿足讀者的獵奇心,刺激商業收益；另一方面能使小說作爲"開眼看世界"的憑藉,取得文化界的認可。至於原文藝術價值怎樣,譯文文采如何,則還不在優先宣傳的範圍之内。

(二)聚焦教育功能：葉聖陶校注本

商務印書館出版的各種《天方夜譚》中,1924年首次出版,由葉聖陶校注並

---

① 金石《天方夜譚序》,《天方夜譚》,奚若譯,葉紹鈞校注,上海大學出版社2014年版,第2頁。

作序的版本也非常重要。除了本身多次再版,有一定的影響,它還是後來被收入"萬有文庫",使《天方夜譚》更加爲人熟知的那個版本。可以説,1906年出版的《天方夜譚》是近代多種《一千零一夜》中譯本的開端,而1924年出版的葉聖陶校注本《天方夜譚》則對之後《天方夜譚》的傳播有更直接的影響。這個校注本的内容與推廣方式都顯示出《天方夜譚》的定位有所變化。小説的教育功能,特别是對青少年的教育功能成爲它最重要的價值,而作品中展現的異域文化,某種程度上是輔助小説實現教育功能的資源之一。

葉聖陶校注的《天方夜譚》與1906年"説部叢書"版相比,有兩個明顯的變化,一是原序前增加了葉聖陶作的長序,二是正文中補充若干注釋,使作品更爲曉暢易懂。新加的長序裏,葉聖陶寫道:"總之,這部書是各方面的,仿佛一個寶山,你走了進去,總會發現你所歡喜的寶貝。"①在這句總結之前,他結合《天方夜譚》裏的具體故事,指出小説的兩個特點——

首先,小説展示了西方古國的瑰奇:

> 我們看見那邊有奇幻美麗的川原,有莊嚴精妙的宫殿,有羅列珍異的園圃,有彩式豔茂的服裝。更可以看見種種特異的風俗與政習,是嚮來不曾知道的,但它們卻曾浸染著支配著地面上一大群的人,直到現在,那地的人還是顯出與别地人不同的色彩。從那些人變形爲獸類的故事裏,更可以看出那地的人的原始信仰,因爲民族的古代傳説,往往就從該民族的原始信仰裏流衍出來的。而最大的獲得,自然在知道關於一個大宗教——回教——的種種情況,因爲上面所説的諸端,都不免與回教有多量或少許的關係。不論是懷著思古之幽情或是文藝的深嗜的,對於這麼一部藴蓄豐富的書,一定會覺得特别有興味。②

這段描述看似與1903至1906年間的介紹一樣地突出了幫助讀者"開眼看世界"的作用,但是仔細品味,葉聖陶並未把話題引向《一千零一夜》對中國和政治的建設有何啓發,而是將重點落在更加個人化、非功利性的"思古之幽情或是文藝的深嗜"。增長見識,體會美感,不能直接服務於强國興邦,對於提升個人素養卻無疑是大有好處的。

---

① 葉聖陶《序》,《天方夜譚》,奚若譯,葉紹鈞校注,上海大學出版社2014年版,第6頁。
② 葉聖陶《序》,《天方夜譚》,奚若譯,葉紹鈞校注,上海大學出版社2014年版,第3—4頁。

接著,葉聖陶又讚揚它的文學價值:

在這部書的許多故事裏,除了神話以外,又含有密戀的情史,巧妙的傳奇,諷世的敘述,冒險的經歷,等等。我們不能知道寫定這些故事的是誰某,但是看了書中有這樣妙美的理想與濃摯的情緒,就不能不出驚地讚美這位(確當一點應說這幾位)無名的文學家了。①

他稱讚《龍穴合窆記》"它那色彩的濃厚與情味的豐美,真足使人感動",《非夢記》"都由作者有精刻入微的觀察,能夠剖析人們的心曲,才會有這幾篇緊峭而完整的文字",《剃匠述弟事》"含有'近代短篇小説'的精神"②。這些評述就與晚清的功利性小説觀離得更遠了。在餘下的部分,序言提及譯本的結構及故事梗概,對譯文的文筆給予很高的評價,認爲這部《天方夜譚》作爲一部"用古文而且譯得很好的翻譯小説",是欣賞古文的"很好的材料"。顯然,這篇文章更注重從文學欣賞的角度爲讀者提供指導。

1906年出版的單行本《天方夜譚》已包含若干注釋,在此基礎上,葉聖陶校注本又對注釋進行了補充、修訂,具體變化大致可以歸納爲以下幾類:

一是增補。基本保留1906年"説部叢書"版中有關外國風土人情、地理歷史的注解,另外增加數條注釋,介紹小説中涉及的地理、民族、人物和文化;在音譯的專有名詞後,配以該詞的英文翻譯。原來置於單句之後的注釋有不少並無主語,葉聖陶校注本將這些注釋對應的詞句補全,使它們成爲成分完整的句子。在《緣起》的注釋裏,這些變化體現得比較明顯,試爲對照如下:

表1　兩個版本《天方夜譚·緣起》中的注釋對照舉例

序號	"説部叢書"本	葉聖陶校注本
1	(無)	波斯(Persia)爲亞洲古國,今猶著稱。中國史上之火祆,即由此傳來。
2	(無)	恒河(Ganges)爲印度東部之大川。
3	(無)	撒森尼安(Sassanian)爲波斯一代帝王(西元二二六—六四一)之通稱。

---

① 葉聖陶《序》,《天方夜譚》,奚若譯,葉紹鈞校注,上海大學出版社2014年版,第4頁。
② 葉聖陶《序》,《天方夜譚》,奚若譯,葉紹鈞校注,上海大學出版社2014年版,第6頁。

續　表

序　號	"説部叢書"本	葉聖陶校注本
4	回教國君主之稱。	蘇丹(Sultan)爲回教國君主之稱。
5	（無）	大韃靼(Great Tartary)爲蒙古族之一支,曾攻入波斯及印度,著稱於西亞。故當時波斯境内之一部曰大韃靼。
6	（無）	撒馬爾幹(Samarcand),今爲中亞之一部。
7	回教國宰相曰維齊。	回教國宰相曰維齊(Vizier)。

二是删减。這種情況在葉聖陶校注本中並不多見,被删去的注釋一般是重複解釋了前文出現過的條目,例如《麥及教人化石》"復遺予輩西袞司各一千枚"後原附注釋"金幣名",在葉聖陶校注本中,這處説明被删去。"金幣名"對應的"西袞司"在前面的《犬兄》裏有更完整的解釋。删去後面重複的注釋,使得全書的注解更加簡明扼要,體例更加統一清晰,爲讀者找到疑難字詞的準確解釋提供了方便。對於這個校注本最初設想的讀者群——學生來説,注釋是幫助他們理解《天方夜譚》文字的重要參考,因此更加精煉的注釋也就在教育功能上有所提升。

從 1906 年初版的"説部叢書"本到十幾年後的葉聖陶校注本,商務印書館出版的《天方夜譚》主體文字大致相同,但書籍定位明顯發生了轉變。從中可以看出商務印書館靈活的經營方法,更可以看出這家著名的出版機構是運用了哪些方式來改變大衆對《天方夜譚》的印象,進而影響這部小説在中國的傳播。如果要研究出版機構對文學作品傳播的影響程度與方式,這一個案也是很有典型性的。

二　《華英進階》等英文讀物與《俠女奴》

周作人翻譯的《俠女奴》1904 年起連載於《女子世界》,1905 年由小説林社和女子世界社共同出版單行本,似乎是獨立刊布;但商務印書館的影響實際是存在的,衹是形式有所變換。

周作人幼年一直在家鄉接受傳統中式教育,直至 1901 年考入江南水師學堂纔開始較爲系統地學習英文。初入洋文館學習時,他在日記中寫下"譯言潑賴

買";在後來的散文裏,他也回憶過江南水師學堂使用的英文課本:

> 一九〇一年的夏天考入江南水師學堂,讀"印度讀本",纔知道在經史子集之外還有"這裏是我的新書"。但是學校的功課重在講什麼鍋爐——聽先輩講話,只叫"薄厄婁",不用這個譯語——或經緯度之類,英文讀本祇是敲門磚罷了。所以那印度讀本不過發給到第四集,此後便去專弄鍋爐,對於"太陽去休息,蜜蜂離花叢"的詩很少親近的機會。①

> 我們讀的是印度讀本,不過發到第四集爲止,無從領解那些"太陽去休息,蜜蜂離花叢"的詩句,文法還不是什麼納思菲耳,雖然同樣的是爲印度人而編的,有如讀《四書章句》,等讀得久了自己瞭解,我們同學大都受的這一種訓練。②

> 我們的英語讀本《英文初階》的第一課第一句說:"這裏是我的一本新書,我想我將喜歡它。③

當時國內的英文教材不多,中英對照的英文教材就更少;而當年周作人使用的英文教材,正是商務印書館編譯出版的《華英初階》與《華英進階》。周作人在《知堂回想錄》中明確寫道:"所用課本最初是《華英初階》以至《進階》。"④對此,有學者從周氏記述的"印度讀本"與教材語句等細節中也推導出相同的結論。⑤ 課本之外,每位學生還領到"一冊商務印書館的《華英詞典》",在周作人看來,這本參考書"於我們讀英文有點用處"。⑥

周作人提到的這三本教學用書都出版於商務印書館創立初期。《華英初階》與《華英進階》出版於 1898 年,即商務印書館創辦的第二年。《華英初階》底本是英國人爲印度小學生編寫的英語入門教材,商務印書館委託謝洪賚配上中文注釋與英文對照。這填補了市場空白,當時即大獲成功。商務印書館隨即又請謝洪賚把高一級的課本以相同方式翻譯出版,名爲《華英進階》,與《華英初階》形成前後連貫的系列。周作人是 1901 年進入江南水師學堂就讀,因此從出版時間上

---

① 周作人《學校生活的一葉》,《周作人散文全集》第 2 集,廣西師範大學出版社 2009 年版,第 824 頁。
② 周作人《老師一》,《周作人散文全集》第 13 集,廣西師範大學出版社 2009 年版,第 256 頁。
③ 周作人《我的新書一》,《周作人散文全集》第 13 集,廣西師範大學出版社 2009 年版,第 289 頁。
④ 周作人《拾遺癸》,《知堂回想錄》,河北教育出版社 2002 年版,第 755 頁。
⑤ 參見宋聲泉《晚清學堂教育與文章變革——以周作人爲中心》,《解放軍藝術學院學報》2017 年第 1 期,第 141—152 頁。
⑥ 周作人《老師一》,《知堂回想錄》,河北教育出版社 2002 年版,第 126 頁。

看,"商務印書館的《華英詞典》"當指 1899 年出版的《商務印書館華英詞典》。至於"不是什麼納思菲耳"的文法書,有學者推測是《英文初範》,該書同樣由商務印書館出版。① 不過即使祇考慮《華英初階》《華英進階》與《商務印書館華英詞典》這三本書,商務印書館所出英文教學讀物對周作人的影響也相當直接而重要。爲了給將來的專業教學打好基礎,江南水師學堂很重視英文教育,學生一入學就要接受較高強度的英語訓練。據周作人回憶:

> 入校以後,一禮拜内五天是上洋文班,包括英文科學等,一天是漢文,一日的功課是,早上打靶,上午 8 時至 12 時爲兩堂,十時後休息十分鐘,午飯後體操或升桅,下午一時至四時又是一堂,下課後兵操。②

隨著更多課程的引入,英文課在全部課程中的比例也逐漸下降,但仍然貫穿於周作人在江南水師學堂就讀的各個學期。按照周氏日記裏的記載,英文考試有背書、讀書、解字、拼字、寫字、默書、翻譯等多種題型,儘管每個學期考試的具體題型存在差異,但一般最少考兩項,且背書、讀書幾乎是必考的。這樣的考試設置對學生提出了比較高的要求,而從小在傳統私塾讀書、英語基礎比較薄弱的周作人卻多次名列前茅③。可以想見,在認真學習英語的過程中,他必然在研習教材方面投入了大量精力;而同時教材也對他起到潛移默化的影響。這影響不僅是掌握了書上的詞句,其中文與英文的對應方式也成爲日後翻譯的參考,逐字逐句地對照成爲《俠女奴》的主要翻譯方式。

和奚若譯《天方夜譚》中譯自同一故事的《記瑪奇亞那殺盜事》相比,《俠女奴》以直譯爲主的特點更顯鮮明。例如英文本中敘述阿裏巴巴初次從藏寶洞回家:

> Ali Baba took the road to the town; and when he got to his own house, he drove his asses into a small court, and shut the gate with great

---

① 參見宋聲泉《晚清學堂教育與文章變革——以周作人爲中心》,《解放軍藝術學院學報》2017 年第 1 期,第 145—146 頁。
② 周作人《我學國文的經驗》,《周作人作品精選》,鮑風、林青選編,長江文藝出版社 2003 年版,第 79 頁。這段回憶,主要是指周作人 1902 年 7 月進入管輪班後的學習情況,但初入江南水師學堂時每週也至少有四天的英文課,具體分析參見宋聲泉《晚清學堂教育與文章變革——以周作人爲中心》,《解放軍藝術學院學報》2017 年第 1 期,第 142 頁。
③ 參見周作人《周作人日記》,大象出版社 1996 年版,第 274 頁。

care. He threw down the small quantity of wood that covered the bags; and carried the latter into his house, where he laid them down in a regular manner before his wife, who was sitting upon a sofa.

周譯《俠女奴》爲：

> 乃驅驢疾行，取道歸鎮。埃梨既至其家，推户而入，引驢至一小天井中，鄭重著意而閉其户。遂取去覆袋之薪，而攜其袋至内室，置於其妻之前。其妻方倚睡椅而坐。

奚譯《天方夜譚》爲：

> 愛裏巴柏乃覓驢，驅至石壁，舉囊使驢分負，蒙束薪，以掩其跡，驅之歸，以囊置婦前。

《天方夜譚》祇保留了阿裏巴巴的動作用以推進情節，其餘的細節，如阿裏巴巴小心謹慎的情態與其妻"方倚睡椅而坐"的描述，則被一一删去。而《俠女奴》逐句甚至逐詞譯出了底本裏的信息，或許爲了使人物動作更加連貫，還補充了"驅驢疾行""推户而入"兩句。

另一個例子是原文寫到盜賊察覺藏寶洞被他人發現：

> The robbers returned to their cave towards noon; and when they were within a short distance of it, and saw the mules belonging to Cassim, laden with hampers, standing about the rock, they were a good deal surprised at such a novelty. They immediately advanced full speed, and drove away the ten mules.

《俠女奴》譯爲：

> 日將午，衆盜皆返。行漸近，忽見有騾負大筐，鵠立於岩石之下，皆甚訝異。因即疾馳而前，逐去此十騾。

《天方夜譚》譯爲：

> 先是群盜見克雪之驢,負篋遊荒野,心竊異,驅之遠去。

《天方夜譚》的譯法依舊是"敘事優先",凡與故事主綫推進關係不大的內容幾乎全數刪去。《俠女奴》個別文字有省略內容、調整語序的情況,但總體上是對照原文語序譯出,刪去的內容也衹有騾子屬於阿裏巴巴兄長一事。以上兩例反映出,《俠女奴》儘管還有一定程度的意譯,但在局部譯文中採用直譯的比例較高。在當時改譯相當普遍的中國小説翻譯界,周譯的這一特點還是比較突出的。

周作人學習英文期間還閱讀了其他參考書,後者中,嚴復的《英文漢詁》對他產生了很大影響:

> 我的對於文法書的趣味,有一半是被嚴幾道的《英文漢詁》所引起的。在印度讀本流行的時候,他這一本書的確是曠野上的呼聲,那許多葉"析辭"的詳細解説,同時受讀者的輕蔑或驚歎。在我卻受了他不少的影響,學校裏發給的一本一九〇一年第四十版的"馬孫"英文法,二十年來還保存在書架上,雖然別的什麽機器書都已不知去嚮了。①

> 《英文漢詁》一書雖是大體根據馬孫等文法編纂而成,在中國英文法書中卻是惟一的名著,比無論何種新出文法都要更是學術的,也更有益,而文章的古雅不算在內,——現在的中學生只知道珍重納思菲爾,實在是可惜的事。②

> 一九〇一年我考進江南水師學堂,及讀英文稍進,輒發給馬孫(C. P. Mason)的英文法……一九〇四年嚴復的《英文漢詁》出版,亦是我所愛讀書之一,其實即以馬孫爲底本,唯譯語多古雅可喜耳。③

從周作人的記述來看,他認爲嚴復的這本文法書對中國的英語學習者很有幫助,解説詳細、系統,有條理,也更有針對性。多年後他還能回憶起該書以"Know

---

① 周作人《日本語典》,《周作人散文全集》第 3 集,廣西師範大學出版社 2009 年版,第 72 頁。
② 荆生《我的負債》,《周作人散文全集》第 3 集,廣西師範大學出版社 2009 年版,第 326 頁。
③ 周作人《〈古音系研究〉序》,《周作人散文全集》第 6 集,廣西師範大學出版社 2009 年版,第 524—525 頁。

Thyself"圍在一只紅燕子周圍的圖案作爲版權證,可見當年印象之深刻。值得一提的是,這本《英文漢詁》同樣是由商務印書館出版的(初次出版於 1904 年)。從教材、參考書到課外閱讀,商務印書館出版的書籍都在周作人早年學習英語時發揮了重要作用。

翻譯是用至少兩種語言進行溝通的工作,相應地,譯者對目標語和源語的運用水準也都會影響最終呈現的譯本。這不祇是學習英文、不斷提高中文文學素養的過程,也是周作人和商務印書館結下文字因緣的機會。在《我學國文的經驗》一文中,他把求學江南水師學堂期間國文的進益歸功於"讀新小説":

> 在上漢文班時也是如此……功課是上午作論一篇,餘下來的工夫便讓你自由看書,程度較低的則作論外還要讀《左傳》或《古文辭類纂》。在這個狀況之下,就是並非預言家也可以知道國文是不會有進益的了。不過時運真好,我們正苦枯寂,沒有小説消遣的時候,翻譯界正逐漸興旺起來,嚴幾道的《天演論》、林琴南的《茶花女》、梁任公的《十五小豪傑》,可以説是三派的代表。我那時的國文時間實際上便都用在看這些東西上面,而三者之中尤其是以林譯小説爲最喜看。從《茶花女》起,至《黑太子南征録》止,這其間所出的小説幾乎没有一冊不買來讀過。這一方面引我到西洋文學裏去,一方面又使我漸漸覺到文言的趣味,雖林琴南的禮教氣與反動的態度終是很可嫌惡,他的擬古的文章也時時成爲惡劄,容易教壞青年。我在南京的五年,簡直除了讀新小説以外别無什麽可以説是國文的修養。①

在南京讀書時的周作人愛讀翻譯作品,其中又尤其愛讀林譯小説;商務印書館自建立初期便重視譯書,在小説翻譯領域也非常活躍。1902 年設立的編譯所編譯了大量外文書籍,1903—1924 間發行的《説部叢書》收録小説三百餘種,出版發行持續時間之長與規模之大在近代中國文學翻譯史上極爲少見,其影響不言而喻;《繡像小説》《小説月報》《東方雜誌》等雜誌刊登了大量新譯的海外小説。在林譯小説的發行方面,商務印書館的作用更是不容小覷。1899 年林紓譯《巴黎茶花女遺事》一炮打響,1903 年商務印書館出版林氏參與翻譯的《伊索寓言》,此後林紓翻譯的小説幾乎全由商務編輯發行。如果没有商務印書館,周作人當時

---

① 周作人《我學國文的經驗》,《周作人作品精選》,鮑風、林青選編,長江文藝出版社 2003 年版,第 79—80 頁。

能讀到的"新小説"不管是品質還是數量,恐怕都要大爲遜色;相應地,"一方面引我到西洋文學裏去,一方面又使我漸漸覺到文言的趣味"的效果,應該也會大打折扣。

三 商務印書館對早期《一千零一夜》中譯本的影響

從《天方夜譚》和《俠女奴》的例子裏可以看出,商務印書館對早期《一千零一夜》中譯本的影響是多方面的。它利用自己編輯發行的兩份著名報刊——《繡像小説》和《東方雜誌》先後連載《天方夜譚》,又將這部作品的單行本先後收入"説部叢書""新學制中學國語文科"補充讀本和"萬有文庫",幫助它在年輕學生和大衆讀者中建立起持久而廣泛的影響力。從報刊連載到收入叢書出版單行本,再到編輯新的注釋本收入新的叢書,《天方夜譚》與越來越多的讀者有了接觸,而發生接觸的速度由於出版物生産、傳播的便捷高效也大幅增長。不同時期版本的定位差異體現在單行本的序言解説和注釋方式中,隨著叢書的流行傳播也在潛移默化地改變著人們對《一千零一夜》功用的認知。葉聖陶校注並作序的《天方夜譚》雖不是奚若譯《天方夜譚》最早的版本,但它是後來被收入"萬有文庫",隨著"萬有文庫"廣受重視而更加爲人熟知的版本。這個校注本增加了導讀意味濃厚的序言,又對注釋進行補充、修訂,使譯文更易理解;在出版方式上,它是作爲"新學制中學國語文科"補充讀本而出版的,設想的讀者明確限定在中學生的範圍之內。種種事實都顯示出其定位有所變化:小説的教育功能,特別是對青少年的教育功能成爲它最重要的價值。當葉聖陶校注本成爲社會上最常見的奚若譯《天方夜譚》版本時,這個校注本的"教育讀物"定位就會逐漸替代大衆原有的印象,成爲人們對《天方夜譚》的主流認知。

即便對於非本館出版的《俠女奴》,商務印書館也有間接影響。在江南水師學堂讀書時,周作人對於英文學習十分用心,同時又有廣泛的閲讀興趣,除了經典的文學作品,新小説、新式報刊和《天演論》等介紹外國新知的著作都有涉獵。在晚清以譯介新知和教科書編輯出版聞名的商務印書館,因其英文教育讀物而參與了周作人打下英文基礎的關鍵過程,又以其"林譯小説"等翻譯小説吸引了少年周作人的目光,在激發後者對外國文學興趣的同時,也以"寓教於樂"的方式進行著古文的薰陶。江南水師學堂使用的英文教材與參考書幫助周作人打下了英語基礎，也在潛移默化中塑造了翻譯新手周作人注重直譯，努力逐字逐句對照的翻譯策略。不祇是"林譯小說"成爲當時周作人最喜歡讀的翻譯小說，引發他對外國小說的興趣，商務印書館出版的多種"新小說"及與西學相關的讀物不但開拓了周作人的眼界，更提供了文言文寫作的參考範本。對翻譯小說的興趣，英文基礎和古文功底，這三者對《俠女奴》問世的推動都是缺一不可的，而它們都與商務印書館有明顯的關聯。

從商務印書館與這兩個早期《一千零一夜》中譯本關係的個案中，我們可以推而廣之，看到出版機構與文學之間的關係。奚若譯《天方夜譚》並不是最早的《一千零一夜》中譯本，譯者的知名度也比較有限，能在問世後幾十年間產生如此大的影響，在各種《一千零一夜》中譯本中脫穎而出，商務印書館功不可沒。在商務印書館對這部《天方夜譚》的推介方式裏，我們看到晚清出版界"先報刊連載，再出版發行單行本"的小說常見發表方式。這種新的小說發表方式能夠出現，依託的正是清末出版界的現實：新式報刊迅速發展，吸引大量讀者的同時又需要利用小說穩定和擴大讀者群體，充實報刊內容以配合定期出版的頻率。待到時機成熟，出版機構便編輯刊印小說的單行本，而此時由於曾經連載，小說已經積纍了一定的關注，不管是宣傳還是銷售都會更有優勢，無形中降低了出版機構的市場風險。

對於自己出版發行的作品，出版機構可以提供多種發表平臺擴大影響與銷路，但是在早期《一千零一夜》中譯本的個案中，商務印書館並不是唯一一個有能力提供多種發表平臺的出版機構——至少還有出版《女子世界》的小說林社，周作人的《俠女奴》就是連載在《女子世界》上的。那麼奚若譯《天方夜譚》最終取得成功的原因何在？前文曾經分析，商務印書館在行銷上頗爲用心，根據時代思潮的變化賦予同一個作品不同的定位，然後進行相應的調整和宣傳——清末時強調異域風情滿足獵奇心理，憑藉"小說界革命"東風指出小說利國利民；到了民國教育體制基本穩定之時，又結合商務印書館固有的教育出版優勢將小說打造成教育讀物，吸引且培育了學生讀者群體。這樣一來，商務印書館便能迎合大衆心理需求，保證小說銷售長盛不衰。不過這也祇是奚若譯《天方夜譚》在近代取得成功的原因之一。

探究《天方夜譚》成功的原因，還有兩個因素值得特別考慮。第一是奚若譯《天方夜譚》的內容豐富程度。比較周桂笙、奚若和周作人的譯文，很容易看出周桂笙、周作人的譯作都以單篇翻譯出現，祇有奚若譯《天方夜譚》是收錄多篇故事的選本,在經濟條件允許的情況下,對《一千零一夜》感興趣的讀者自然首選故事更多,内容更充實的選本。翻譯《一千零一夜》時,奚若還是一個家境貧寒的學生,學習之餘還爲商務印書館等出版機構做翻譯、編輯等工作,時間並不充裕。能在較短的時間内完成《天方夜譚》的翻譯並交付發表,不能不讓人聯想他受到的外部支持。在 1906 年"説部叢書"本的序言裏,《天方夜譚》的校者金石提到譯文定稿是經過文字潤色的;比較《繡像小説》和"説部叢書"本《天方夜譚》也能發現文字差異,這證明《天方夜譚》出版單行本時確實進行了一定的文字修訂。尋找合適的校改人員並合理控制進度,很可能是有某個機構而非個人的支撐,這個機構就是編輯發行"説部叢書"的商務印書館編譯所。商務印書館重視翻譯,因此很早就設立了編譯所用心經營,使之成爲館内的一個核心業務部門。有一個專業的編譯機構在背後支撐,商務印書館編譯外國文學作品就有了足夠的優勢。

另一個因素和傳播網絡有關。晚清報刊興起的時代,正好也是郵政與交通事業大發展的時期,商務印書館設於水陸交通發達的上海,在出版物分發擴散的速度與數量上都有優勢。對於《天方夜譚》的傳播效果,這自然也是一個有利因素。另外不能忽視的是,商務印書館自有的派送網絡相當發達,而且在二十世紀初呈現出快速擴張的特點。據學者統計,1903 年 7 月《繡像小説》第 4 期"寄售處"一欄有三十五個城鎮八十四處網點。1904 年第 1 期《東方雜誌》登載的"外埠代銷處"爲十二個城鎮二十處,而一年多以後,1906 年第 5 期刊登的"外埠代銷處"增加至三十二個城鎮七十八處,其中包括商務印書館在外埠開設的七個分館,1907 年《東方雜誌》第 1 期"外埠代銷處"已達八十九個城鎮二百餘處。① 如果説官方開設的郵政服務是面嚮整個社會,對各個出版機構間的競爭影響有限,那麽出版機構自身鋪展的書報銷售、派發網絡無疑是足以與同行拉開差距的利器。商務印書館在吸納"代派處"方面的進展逐漸幫它建立起龐大而便捷的銷售網絡,爲培育壯大文學市場發揮了難以替代的作用。奚若譯《天方夜譚》能有如此廣的覆蓋面,也離不開商務印書館銷售網絡的堅實支撐。

而對於其他作品,出版機構仍然可以借助多個門類的出版物影響譯者的興趣和翻譯技能,客觀上起到間接影響。另一方面,出版物也影響著讀者的閱讀趣味,對於較爲年輕的讀者,這種影響可能更深刻,更久遠。錢鍾書幾十年後撰寫論"林譯小説"的論文,還能想起年少時許多閱讀"林譯小説"的細節。應該說明

---

① 參見張天星《報刊與中國文學的近代轉型(1833—1911)》,復旦大學出版社 2015 年版,第 73 頁。

的是，不管是哪種情況，出版機構擁有的媒介資源都不是唯一的影響途徑，教育界的課程設置和閱讀選擇都可能與出版機構的行爲形成合力，影響翻譯文學在人們心中的定位，以及譯者本人的翻譯策略，周作人在江南水師學堂的英語學習經歷就是很好的例子。

清代古文讀本編選、評點及對科考之適配

孟 偉*

內容提要 清代古文讀本按照選錄對象可以分爲歷代類、唐宋八大家類和經史類，編選者大多具有教師身份，便於初學是古文讀本的基本特點；清代古文讀本評點符號有特定的形態和涵義，評語主要包含對文章歷史背景與思想內容的闡釋、對文章創作經驗的總結，以及對文章的鑒賞品評等；清代古文讀本在編選宗旨、編選目的、評語內容等方面都呈現出與科舉考試的適配關係。

關鍵詞 清代 古文 編選 評點 科舉 適配

古文讀本是以選本形式爲學習者提供的古文閱讀文本。古文讀本與以保存文獻爲旨趣的古文選本或總集不同，它編選的出發點是爲初學者提供古文教材。較早的古文讀本出現於南宋，吕祖謙的《古文關鍵》、真德秀的《文章正宗》、謝枋得的《文章軌範》等古文選本都是爲初學者提供的閱讀文本，因此也都是古文讀本。編選與評點相結合是古文讀本的基本模式。清王朝實行"尊孔崇儒"的文化政策，以儒家義理爲宗旨的古文是文章寫作的主要文體，具有教材性質的古文讀本也大量出現。科舉考試作爲清代教育的核心目標，對古文讀本的編選和評點產生了較大影響。

一 清代古文讀本的編選

清人熱衷於古文讀本的編選。總體來看，清代古文讀本在編選類型、選家身

---

* 孟偉，常熟理工學院人文學院副教授，出版有專著《清人編選的文章選本與文學批評研究》。
基金項目：本文是國家社會科學基金重大項目"中國古代文學制度研究"(17ZDA238)、教育部人文社會科學研究規劃基金"清人所編清代文章選本敘録及序跋整理"(17YJA751023)階段性成果。

份、選本特點、編選宗旨等方面都呈現出較爲顯著的特徵。

首先來看選本類型。從選録對象出發,清代古文讀本基本上可以劃分爲歷代類、唐宋八大家類和經史類三種類型。歷代類,是指以歷代古文,或以某一個或幾個特定時代古文爲選録對象的古文讀本。以歷代古文爲選録對象的古文讀本,如吴楚材、吴調侯《古文觀止》、林雲銘《古文析義》、過珙《古文覺斯》、余誠《古文釋義》、謝有輝《古文賞音》、康熙敕修《古文淵鑒》、方苞《古文約選》、姚鼐《古文辭類纂》、曾國藩《經史百家雜鈔》等,所録文章以《左傳》《公羊傳》《穀梁傳》《國語》《戰國策》《史記》《漢書》、唐宋八大家文章爲主,往往也包括少量魏晉文、明文或清代文。歷代類還包括以某一個或幾個特定時代爲選録對象的古文讀本,如孫琮《山曉閣西漢文選》、清高宗敕修《唐宋文醇》、劉肇虞《元明七大家古文選》、李祖陶《金元明八大家文選》等。

唐宋八大家類,包括以唐宋八大家古文爲主要選録對象或以其中某一家古文爲選録對象的選本。以唐宋八大家古文爲主要選録對象者,如儲欣《唐宋十大家全集録》、張伯行《唐宋八大家文鈔》、高塘《唐宋八家鈔》、陳兆崙《陳太僕批選八家文鈔》、沈德潛《唐宋八家文讀本》等。以八大家中某一家古文爲選録對象者,如林雲銘《韓文起》、林明倫《韓子文鈔》、孫琮《山曉閣選柳柳州全集》等。

經史類,是指以經史文章爲選録對象的古文讀本。先秦兩漢的經史文章在敘事、議論、語言表達、文章寫作技巧等方面具有傑出成就,對後世古文寫作影響深遠。自南宋以來,《文章正宗》《崇古文訣》等古文選本將《左傳》《史記》《漢書》等文章選入選本,先秦兩漢的經史文章成爲古文讀本重要的選録對象。清代古文讀本延續這一編選方式,除在歷代類古文讀本中,將先秦兩漢經史文章作爲重要選録對象外,還有專門選録先秦兩漢經史文章的讀本,如王源《或庵評春秋三傳》、方苞《左傳評點》、陸隴其《戰國策去毒》、儲欣《戰國策選》、納蘭常安《二十二史選評》等。這類古文讀本突出了經史文章的古文典範意義,也是古文崇高地位的體現。

其次來看選家身份。從編選者來看,清代古文讀本的編選者多是鄉塾及各級學校的教師。清代廣泛設置私塾以及府、州、縣學和書院等各級學校,學習古文是各級學校的重要教學内容,古文讀本的編選多出於教學需要。因此,清代古文讀本的編選者大多具有教師身份。《古文觀止》的編者吴楚才、吴調侯二人就是普通的鄉間塾課教師。林雲銘是順治十五年進士,曾在安徽爲官,後來由福建流寓杭州,晚年在家中課讀子弟,綜合坊間選本而編成《古文析義》。《唐宋十大家全集錄》的編者儲欣只中過舉人，一生未仕，長期在家中設館教授子弟及學生。著名詩人沈德潛選有《唐宋八家文讀本》，據其自訂《年譜》可知《讀本》是爲設館授徒之需而編選的古文讀本。《古文眉詮》的編者浦起龍是雍正八年進士，任蘇州府學教授，曾主講紫陽書院，《眉詮》刊刻於紫陽書院任上。《古文雅正》的編選者蔡世遠雖官至禮部侍郎，也曾執教鼇峰書院，《古文雅正》之選在康熙十八年，"子弟及門私自誦"（蔡世遠序）也是應教學之需而編選的古文選本。桐城派代表人物姚鼐曾先後主講於各大書院，《古文辭類纂》編纂於揚州的梅花書院，也是教學活動的産物。

　　再次來看讀本特點。古文讀本旨在爲初學者提供古文教材，大多具有便於學習的特點。古文選家往往在選本的序言、凡例中表達他們爲初學者提供教材的目的。吕留良《晚村先生八家古文精選》前有吕葆中所作序文云"粗示學者以行文之法"①，康熙年間的理學名臣李光地選有《古文精藻》，從書前序文可知，此選注重"有筆勢文采者"，是爲鄉村諸生學習之用。② 林雲銘《古文析義》序文説："因取坊本撮其要者，字櫛而句比之，篇末各附發明管見，以課子弟。"③可知《古文析義》也是爲學習古文而編選的塾課教材。沈德潛《唐宋八家文讀本》的凡例表明其所編選本可以作爲學習古文的"初學讀本"。④ 余誠《古文釋義》卷首有乾隆八年（1743）序，可知此本是爲童蒙課藝而選，所作解釋以淺顯詳盡爲宗旨，其凡例説："是編專爲初學者訂一善本，每篇中所應有之義，必悉爲釋明。""惟於文義字義，細細詳批，切實確當。""是編段落悉清，旁批、上方評極細，文後有總評，總評後有音義，末有序解，務在文義字義，搜剔畢盡。"⑤批點的目的在於講明文章大意，批點的方式有旁批、上方批、總評、序解等。爲所選文章劃分段落，文字有注音釋義，都是古文讀本爲便於學習而採取的方式。吳楚材、吳調侯《古文觀止》前有吳興祚所作序文，説："閱其選，簡而該，評注詳而不煩，其審音辨字，無不精切而確當。批閱數過，覺嚮時之所闕如者，今則瞭然以喜矣。以此正蒙養而裨後學，厥功豈淺鮮哉！"⑥指出此書具有適合初學的特點。《四庫全書總目》論明代茅坤所選《唐宋八大家文鈔》説："集中評語雖所見未深，而亦足爲初學之門徑。

---

① 吕留良《晚村先生八家古文精選》，《四庫禁燬書叢刊》本，北京出版社1997年版，第308頁。
② 李光地《古文精藻》，《四庫全書存目叢書》本，齊魯書社1997年版，集部第400册，第1頁。
③ 林雲銘《增訂古文析義合編》，清經元堂刻本。
④ 沈德潛《評注唐宋八家古文讀本》，民國十二年掃葉山房石印本。
⑤ 余誠《古文釋義》，光緒三十二年上海文瑞樓重鐫本。
⑥ 吳楚材、吳調侯《古文觀止》，中華書局1963年版，第1頁。

一二百年以來,家弦户誦,固亦有由矣。"①指出《唐宋八大家文鈔》作爲古文教材,具有便於初學的特點,這是其傳誦不衰的原因,實際上清人所編古文讀本也都具有這一特點,這是古文讀本的基本特徵。

二　清代古文讀本的評點

　　清代古文讀本大多都有評點。"評"是評語,也稱批語,有"眉評""夾評""總評"等方式。"點"是批抹圈點的符號,不同符號代表不同的含義。古文讀本作爲學習古文的教材,一般都有較爲詳細的"點"和"評",這是古文讀本十分鮮明的特色。

　　清代古文讀本評點符號有特定的形態和涵義。

　　評點符號是評點者在文本上的批抹圈點,形態較爲多樣。清代古文選家重視評點符號的使用,很多選本在凡例中專門闡明評點符號的使用方法及其涵義。林雲銘《古文析義》凡例對評點符號就有較爲詳細的解釋:"是編凡遇主腦結穴處,旁加重圈◎;埋伏照應窾郤處,旁加黑圈●;精彩發揮及點襯處,旁加密點……;神理所注,奇正相生,字句工妙,筆墨變化處,旁加密圈○○○○○;段落住歇處,下加截斷—以便省覽。"②批抹圈點符號各有其特定涵義,評點人通過這些符號的使用表達其對文章的理解,可以起到指示要點,引導閱讀的作用。吕留良《晚村先生八家古文精選》凡例對文章段落極爲重視,特別標示區分段落的符號,説:"大段落用一,小段落用乚,古文惟段落最要,批古文惟段落最難,蓋段落有極分明者,有最不易識者,其間多有過接鉤帶,顯晦斷續,反復錯綜之法,率由古人文心變化,故爲此以泯其段落之痕……,故段落分則讀文之功過半矣。"③這種用符號來區别段落的方式對初學者可起到一定的幫助作用。也有的古文選本評點符號較爲簡單,如方苞的《古文約選》採用"點"方式只有"○"和"●"兩種。精彩的語句,每一字旁加"○",立意佈局的關鍵所在則加"●"。其目的也是要起到提示讀者,引起注意,以達到讓讀者揣摩、學習文章的作用。

　　清代古文讀本評語一般具有三個方面的主要内容。

　　首先是對文章歷史背景與思想内容的闡釋。古文評點者特别注重在評語中

---

① 永瑢等《四庫全書總目》,中華書局 1965 年版,第 1719 頁。
② 林雲銘《增訂古文析義合編》,清經元堂刻本。
③ 吕留良《晚村先生八家古文精選》,《四庫禁燬書叢刊》本,北京出版社 1997 年版,第 312 頁。

對所選文章進行解讀,闡釋文章的歷史背景與思想内涵。林雲銘《古文析義》評蘇轍《六國論》說:"戰國合縱之說,後人以成敗聚訟紛紛,總不出蘇秦唾餘。此篇單就六國攻秦一著言之,按:慎靚王三年,楚、燕、三晉同伐秦,至函谷關敗走,始皇六年又同伐秦,敗走。似諸侯未嘗不欲勝秦,但不明天下之勢,藉韓魏之弊而助之兵,不得所以勝之策耳。若諸侯肯並力而爲此,則不必攻秦,秦亦不能爲山東之害,可以應夫無窮也。"①對六國攻秦提出自己的看法,對當時形勢有深入剖析,可以幫助讀者加深對《六國論》的理解。古文選家之所以熱衷於對文章歷史背景與思想内容的闡釋,一是中國古代文人大多都有較爲强烈的用世精神,喜歡對歷史事件、歷史人物發表自己的看法。二是中國古代文論中有"知人論世"的優良傳統,古文選家希望通過對歷史背景與思想内容的闡釋,來促進讀者對文章的理解與學習。三是科舉考試的需要(關於這一點下文作詳細解釋)。

其次是對於文章創作經驗的總結。古文讀本的評語以指導讀者學習古文爲直接目標,選家特别注重對文章寫作技巧與創作經驗進行總結。如朱宗洛《古文一隅》對司馬相如《喻巴蜀檄》的評語,總結文章使用的寫作方法有"補足法""回護法""落筆輕重法""逆迭法""頓挫法""繳足法"等②,選家結合這些寫作方法對文章進行深入分析,可加深讀者對所選文章的認識。也有的評語側重於指示創作淵源與作家風格。如方苞《古文約選》對韓愈《讀儀禮》的評語是:"風味與《史記》表、序略同,而格調微别。"③沈德潜《唐宋八家文讀本》對韓愈《對禹問》的評語是:"文胎源《孟子》,而議論尤爲周密。"④一般來講,古文評語所總結的創作經驗,豐富了文章寫作理論,對於讀者理解文章、學習寫作是有一定啟發意義的。

再次是對文章的鑒賞品評。選家通過對文章的鑒賞品評,引領讀者理解文章,欣賞文章,以求達到對思想内容和藝術技巧的準確把握。如林雲銘《古文析義》對歐陽修《醉翁亭記》的評語:

> 亭在滁州西南,兩峰之間,釀泉之上,自當從滁州說起,層層入題。其作亭之故,亦因彼地有山水佳盛,《記》雖爲亭而作,亦當細寫山水。既寫山水,自不得不記遊宴之樂也。此皆作文不易之定體也。但其中點染穿插,佈置

---
① 林雲銘《增訂古文析義合編》卷十五,清經元堂刻本。
② 朱宗洛《古文一隅》卷上,清道光三十年刻本。
③ 方苞《古文約選》,清雍正十一年果親王府刻本。
④ 沈德潜《評注唐宋八家古文讀本》,民國十二年掃葉山房石印本。

呼應,各極自然之妙,非人所及。至於亭作自僧,太守、賓客、滁人,遊各有份,何故獨以己號醉翁爲亭之名,蓋以太守治滁,滁人咸知有生之樂,故能同作山水之遊。即太守亦以民生既遂,無吏事之煩,方能常爲宴酣之樂。其所號醉翁,亦從山水之間而得,原非己之舊號,是醉翁大有關於是亭,亭之作,始爲不虛。夫然則全滁皆莫能爭是亭,而醉翁得專名焉。通篇結穴處在"醉翁之意不在酒"一段,末段復以"樂其樂"三字見意,則樂民之樂,至情藹然可見。舊解謂是一篇風月文章,即施於有政亦不妨礙等語,何啻隔靴搔癢。計自首上尾,共用二十個"也"字,句句是記山水,卻句句是記亭,句句是記太守。該之,惟見當年雍熙氣象,故稱絕構。①

評選者對所選文章有較爲深刻的理解,所作評語能夠抓住作者的思想主旨,對文章的風格、技巧也有較爲精當的分析,顯示了評選者對文章的品鑒水準。這樣的評語,即使在當代也可以作爲不錯的賞析文章來閱讀。古文讀本一般對所選文章都有鑒賞品評,雖然長短不一,水準各異,但它通常是古文評語的一個重要內容。

當然,古文評語的具體情況是複雜的,這裏只是略述了幾個常見的內容。這幾個內容有時候是各有側重,有時候又是相互融合在一起的。古文評語因爲是隨文展開,能起到引領讀者閱讀的作用,對於讀者理解文章,學習寫作是有一定啓發意義的。②

三　清代古文讀本對科考之適配

清代古文讀本多是作爲初學教材而編選,學習古文是其最直接的編選目的。在科舉時代,教育教學活動與科舉考試有密切關係。古文讀本作爲常用教材,其編選與評點都與科舉考試具有較爲密切的適配關係。

從編選宗旨來看,清代古文讀本以宣揚程朱理學、發揮教化作用爲重要目的,這與清王朝推行科舉考試的主導思想和考試內容是一致的。清王朝入關以後,在思想領域選擇以程朱理學爲主導思想。國家尊崇儒學,在政治、思想、文

---

① 林雲銘《增訂古文析義合編》卷十四,清經元堂刻本。
② 以上論述可參看孟偉《清代古文選本的編選、評點及其文學批評意義》,《北方論叢》2015 年第 1 期(總第 249 期),第 42—47 頁。

化、社會生活等領域都以程朱理學爲正統思想。在考試制度方面,很快便採用科舉作爲選拔人才的主要方式。據《清史稿·選舉志》:"世祖統一區夏,順治元年,定以子、午、卯、酉年鄉試,辰、戌、丑、未年會試。"①清人甫一入關,便確立科舉制度,以此作爲籠絡士人、鞏固統治的重要手段。科舉考試是以程朱理學爲思想導嚮,所考以四書爲主要內容的八股文,尤其以程朱理學思想爲基礎。清代古文讀本本身具有古文教材的性質,其思想導嚮與國家的科舉考試政策相一致,也以崇尚理學、發揮教化作用爲編選宗旨。古文讀本也是宣傳其思想文化政策的重要方式。在科舉考試的導嚮作用下,清代古文讀本也以崇奉理學、發揮教化作用爲編選宗旨。理學名臣蔡世遠所編《古文雅正》以"文辭典雅""思想純正"爲選篇標準,張廷玉序謂"醇正典則,悉合六經之旨","是文之選也,其帙簡,其義精,而崇實學以黜浮華,明理義以去放誕,信足以贊襄文治,津梁後學"。②指出了《古文雅正》崇尚理學,發揮教化作用的編選宗旨。吳震方《朱子論定文鈔》將朱熹言論涉及之文章,彙爲一編,序文說:"我皇上睿學淵深,崇儒重道,右學籲俊,首重理學,兩闈以性理試論,童子兼小學命題,士風一軌於正。"③表明其所編古文選本也是以"崇儒重道"爲編選宗旨,以與國家的文化政策相呼應。《唐宋十大家全集錄》是清初影響較大的古文讀本,它的編選者儲欣在序文中述其編選原因是不滿意明代茅坤《唐宋八大家文鈔》"大抵爲經義計"的特點,也就是不滿意古文選本祇以提高八股文寫作水準爲目的。儲欣此選的目的則在於使"成學治古文之士"回應"聖天子""崇儒重道,化成天下意",④也就是要使古文學習與"崇儒重道"的時代精神相結合,而不祇是著眼於科舉考試。後來乾隆在《御選唐宋文醇》的序文中,對儲欣的這種立場表示讚賞,稱儲欣所選的目的是"欲裨讀者興起於古,毋祇爲發策決科之用,意良美矣。"⑤對儲欣《唐宋十大家全集錄》著眼於崇尚儒家思想,發揮教化作用的編纂宗旨予以肯定。馮心友所編《古文彙編》卷首序文,認爲《彙編》可以發揮"正人心,厚風俗"的作用。凡例明確聲稱"是編蓋勸善書耳",⑥表明編選者欲以編輯古文讀本的方式發揮教化作用的編纂宗旨。崇尚理學、發揮教化作用的編選宗旨,使清代古文讀本與科舉考試在思想意旨方面呈現

---

① 趙爾巽等撰《清史稿》,中華書局 1976 年版,第 3417 頁。
② 蔡世遠《古文雅正》,《景印文淵閣四庫全書》本,臺灣商務印書館 1986 年版,第 1476 冊,第 3 頁。
③ 吳震方《朱子論定文鈔》,《四庫全書存目叢書》本,齊魯書社 1997 年版,集部第 402 冊,第 4 頁。
④ 儲欣《唐宋十大家全集錄》,《四庫全書存目叢書》本,齊魯書社 1997 年版,集部第 404 冊,第 237 頁。
⑤ 乾隆《御選唐宋文醇》,《景印文淵閣四庫全書》本,臺灣商務印書館 1986 年版,第 1447 冊,第 100 頁。
⑥ 馮心友《古文彙編》,清康熙刻本。

出高度適配性,古文讀本在很大程度上發揮了科舉教材的作用。

從編選目的來看,提高八股文寫作水準是清代古文讀本編選的重要目的。提到古文讀本,人們多認爲是爲提高古文寫作水準而編選,其實,提高古文寫作水準祇是古文讀本的一個目標,提高八股文寫作水準是其更爲重要的目的。在科舉時代,科舉中式是廣大讀書人的最終理想,讀書學習都圍繞著科舉考試而進行。清代科舉以八股文爲主要應試文體,學習古文是提高八股文寫作水準的有效方式,"以古文爲時文"是爲當時所公認的八股文寫作觀念。古文讀本雖然是讀書人學習古文的範本,但對廣大士子來講,通過學習古文而提高八股文的寫作水準才是他們的最終目標。八股文作爲科舉考試的主要文體,成爲清代學校教育的核心內容。清代學校教育圍繞八股文而展開,而學習古文是提高八股文寫作水準的有效手段。清初著名時文選家吕留良説:"今爲舉業者,必有數十百篇精熟文字於胸中,以爲底本,但率皆取資時文中,則曷若求之於古文乎?"[①]可見在科舉時代,通過學習古文提高八股文的寫作水準,是普遍的社會觀念。這一點也可以從現代文體學角度進行解釋。從文體學來講,八股文作爲一種文體,可以説是集合了漢語文體的各種特點。啓功先生説:"對偶、聲調是古代文章的藝術手法,也是漢語文學技巧的一些重要組成部分,也逐漸納入八股的作法中。"[②]金克木先生認爲:"分析八股文體若追溯本源就差不多要涉及全部漢文文體傳統。"[③]都説明八股文具有漢語文體的各種特點。那麽,從學習寫作的角度來講,單純以八股文爲範文來學習八股文是不夠的,學習古文成爲提高八股文寫作水準的有效途徑。

清代古文盛行,古文家往往對呆板的時文寫作表示不滿,要求通過學習古文以提高時文的品格。方苞爲國子監學生編選《古文約選》,選取兩漢、唐宋八大家文章作爲學習的範文。在《古文約選序例》中,他説:"學者能切究於此,而以求《左》《史》《公》《穀》《語》《策》之義法,則觸類而通,用爲制舉之文,敷陳論、策,綽有餘裕矣。"[④]方苞認爲掌握了古文義法,寫作八股文便會輕鬆自如,他編選《古文約選》的一個重要目的,就是要通過學習古文來提高國子監學生八股文的寫作能力,這其實也是大多數古文讀本編選的最終目的。古文選家還從理論上對學

[①] 吕留良《晚村先生八家古文精選》,《四庫禁燬書叢刊》本,北京出版社1997年版,第308頁。
[②] 啓功等著《説八股》,中華書局2000年版,第37頁。
[③] 啓功等著《説八股》,中華書局2000年版,第75頁。
[④] 方苞《方苞集》,劉季高校點,上海古籍出版社1983年版,第613頁。

習古文有助於八股文寫作進行分析。過珙在其所編《古文覺斯》的序文中説："周秦兩漢以迄唐宋元明大家之文,其言之可傳而不朽者,亦道所由寓,文章中之百川衆壑、殊途同歸者也,且周秦兩漢以下之文,擇焉而精,語焉而詳,則四子五經之文益彰。"①認爲先秦兩漢和唐宋八大家文章寄寓了儒家之道,對其講求學習,可加深對四書五經的理解。李扶九《古文筆法百篇》前有李元度序:"論文之極致,正以絶處時文蹊徑爲高,而論時文之極致,又以能得古文之神理、氣韻、機局爲最上乘。"②也説明在科舉時代,人們以古文境界作爲衡量八股文寫作水準的標準。所以提高八股文寫作水準是清代古文讀本編選的重要目的,這也是科舉時代古文讀本繁榮興盛的根本原因。③

　　清代古文讀本的評點也圍遶科舉考試而進行,與科舉考試呈現較爲明顯的適配關係。

　　李扶九原選、黄仁黼增補的《古文筆法百篇》,完全從八股文與古文的關係入手進行文章的評選。卷首有"論化古文爲時文"的原則,從中可以看出選評者從時文角度評點古文的基本立場:"古文題亦如四書題,隨步换影,各各不同,然總不外因人事、時地一切字盡之。故一題來有當立之意、當用之筆。然同一立意而立意獨高,同一用筆而用筆獨古,此古文之所以異于時文也。或曰古文所以縱横呈妍者,以無口氣,以後事可入用,以能任意比論。今時文不得如此,所以柔軟而無氣骨也。予曰不然,有明及國朝諸家,其時文何嘗不入口氣,何嘗入後事,何嘗任意比論,其久而彌新、不可磨滅者,以古文之精氣筆意爲時文也,故其文不可及。然必如此,乃能爲時文,乃能爲古文也。"指出古文與時文雖然是不同文體,但二者之間有相通之處,時文大家能够"以古文之精氣筆意爲時文",是其時文取得高度成就的重要原因。《古文筆法百篇》正是試圖從時文寫作觀念出發對古文進行評點,總結其寫作方法,從而提高古文和時文的寫作水準。

　　《古文筆法百篇》從八股文視角對所選古文進行評點,在評點過程中,明顯可以看出時文評點的色彩。即以其中首篇文章王禹偁《待漏院記》爲例,該篇後總評説:

---

① 過珙《紹文堂詳訂古文覺斯定本》,《四庫禁燬書叢刊》本,北京出版社1997年版,第170册,第549頁。
② 李扶九《古文筆法百篇》,清光緒七年重刊本。
③ 以上論述可參看孟偉《科舉考試與清代古文選評》,《廣西社會科學》2016年第2期(總第248期),第173—179頁。

以法言，起對、中對乃對偶法，即時文八股之祖也。尤妙在起以"天道""聖人"高陪説，極爲大方冠冕。中有側筆、束筆，對股齊整，句調變換，意思周到，收束完密。以脈絡用意言，前以"勤"字引出待漏院，又從"待"字上想出"思"字，從"思"字生出賢、奸兩種，末以"慎"字束，意在爲相者當勤慎也。以體言，雖云是記，實可爲古今宰相箴。以理言，堂堂正論也。以文言，煌煌大文也。極似一篇近時絶好會元文字，故特取以冠此集之首。①

在《待漏院記》中，王禹偁以賢、奸兩種宰相行事相比較的方式，展開文章寫作，文章具有對偶的特點，所以被選爲《古文筆法百篇》"對偶"筆法的範文。評點者用以分析文章章法結構的"起對""中對""側筆""束筆""對股""收束"等詞語都是八股文常用術語。評語指出《待漏院記》所用"對偶法"爲八股文的始祖，甚至認爲它"極似一篇近時絶好會元文字"，表明評點者從八股文角度分析所選古文的立場。將其作爲全書選文之首，足可見編者對此篇文章的重視。

朱宗洛《古文一隅》注重從古文與時文相通之處進行評選，卷首龐大堃序，謂："吕、謝、歸諸選僅舉作古文之法，此則兼示作時文之法，學者誠能舉一反三，可悟古文、時文殊途同歸之旨矣。"表明其以時文之法進行古文評點的態度。《古文一隅》特別注重對"筆法"的揭示，往往以"筆法"爲中心分析古文的章法結構、文理脈絡。如對司馬遷《報任少卿書》的評語：

凡行文要曉斷續之法，不續則神味不貫，不斷則意義不出。此文殆極文章斷續之妙矣，其續處，通篇幾纍千餘言，然看來千回百轉，祇是一脈相承。蓋答書大旨祇在"推賢進士"四字，作者就此四字發出滿腔憤恨。前云"獨抑鬱而誰與語"此爲通篇伏綫也……故知此一篇大文祇用幾句作綫，爲通篇關鍵，此其文之所以有續無斷也。②

《報任少卿書》是古文名篇，朱宗洛的評語針對此篇文章總結出"斷續之法"，認爲司馬遷巧妙運用"斷續之法"，使文章具有"疏宕之奇"，這是司馬遷此文的高妙之處。龐大堃《古文一隅序》認爲評選者能夠"兼示作時文之法"，從時文角度關照古文，所總結出來的這些寫作技巧能夠抓住文章要點，理出脈絡層次，體現了評

---

① 李扶九《古文筆法百篇》卷一，清光緒七年重刊本。
② 朱宗洛《古文一隅》卷上，清道光三十年刻本。

點者對文章的深刻理解,對於讀者的閱讀活動也可以起到一定的引領作用。

《古文一隅》選有李斯《諫逐客書》,從文後所作評語,亦能看出編選者注重從筆法角度評點古文的態度:

> 凡行文入手處須振得起,如此文首二句是也。頓束處要收得住。如此文"此四君者"云云是也。過接處要便捷,如此文"取人則不然"句是也。結尾處要開宕,又要完足,如此文"地廣者"一段,何等開宕。"物不產于秦"四語,何等完足。至通篇反正相足,順逆相生,長短相間,整散相錯處,尤見筆法之變。①

評語從文章寫作的"入手""頓束""過接""結尾"等關鍵之處入手,總結其寫作方法。"反正相足,順逆相生,長短相間,整散相錯"等都是八股文所崇尚的文章風格,可見此文評點也受到時文評點的影響。

概而言之,古文讀本評語與科舉考試適配關係,主要表現在兩個方面。

一方面,古文讀本往往從科舉應試的角度對文章歷史背景與思想內容進行闡釋。對於歷史背景的闡發有助於增加讀者的歷史文化知識,科舉考試所考八股文以及策、論等文體都需要應試者有豐富的歷史文化知識儲備,需要有對歷史人物、事件的辨別分析能力。因此,解讀文章的歷史文化背景,成爲古文選本評語的重要内容。明清八股文要求"代聖人立言",所出題目限於四書,實質上是一種以儒家思想爲主導的議論文。古文選本評語對文章思想性的闡釋,也以發揮儒學義理爲宗旨,以利於讀者更好地把握四書的思想意藴。所以對文章思想内容的闡釋成爲古文評語的重要内容,這也是古文選評爲科舉考試服務的一種表現。

另一方面,從八股文視角總結古文的章法結構、文章技巧,也是古文讀本評語與科舉考試適配關係的體現。八股文寫作講究起、承、轉、合,這些行文方式用於古文評點,評點者往往力求從起、承、轉、合角度揭示古文的文章結構特點。清代古文選本的評點者認爲古文和八股文在寫作方法上有相通之處,將八股文寫作技巧用於古文評點,使讀者在學習古文的同時,也可學習八股文寫作的方法,這種古文評點的常見方式,顯然也是與科舉考試相適配的。

---

① 朱宗洛《古文一隅》卷上,清道光三十年刻本。

清代古文讀本是特定歷史時代的産物,在讀本類型、選家身份、讀本特點、評點符號及評語内容等方面都具有鮮明的自身特色。在科舉時代,古文讀本作爲學習文章寫作的教材,其最終目的都指嚮時文寫作。因此,其編選和評點都呈現出與科舉考試的適配關係。認識這一點,對於我們研究、利用清代古文讀本是有一定意義的。

創新與實驗

丘處機西域紀行詩之敘事

劉蓉蓉*

内容提要 紀行詩的淵源可追溯至《詩》篇創制時期，隨著詩歌體制的發展，紀行詩的敘事性也逐漸增強。及至元初，丘處機及其弟子的西域紀行詩更表現出顯著的敘事性特徵。丘處機西域紀行詩的敘事語境不同於以往的羈旅行役。他西行的目的是覲見成吉思汗，傳播道教，勸止無辜殺戮，故其作詩的心境是中正平和的。丘處機西域紀行詩把行程的時間、地點和方位嵌入紀事詩中，展現出高度的連貫性，不僅展示具體的現實空間，還穿插了想象的心理空間。丘處機西域紀行詩有獨特的敘事視角，表現爲西域與中原風物對比、現實和方外交疊。

關鍵詞 西域　紀行詩　敘事

　　紀行詩是指在較長距離的旅途中，抒敘有關地理面貌、風土人情及羈旅感受的詩歌。紀行詩的源頭似可追溯到《詩》篇創制時期，諸如《小雅·采薇》《豳風·東山》等具有紀行詩特徵。之後歷代都有相當數量的紀行詩出現，特別是隨著唐宋時期七言詩成熟，紀行詩的敘事性得到凸顯。例如杜甫《發秦州》《發同谷》等紀行組詩，在時間和空間上具有很強的連續性[①]。這一特點沿續下來，在此後的紀行詩中均有表現。而與早前紀行詩相比，元初丘處機西域紀行詩除了具有時空連續性，還獨具若干顯著特徵。以其意義重要，兹論列如下：

---

* 劉蓉蓉，上海大學文學院古代文學博士生，從事元明清文學研究。
　基金項目：國家社會科學基金重大項目"中國詩歌敘事傳統研究"（15ZDB067）階段性成果。
① 程千帆、莫礪鋒《崎嶇的道路與偉麗的山川——讀杜甫紀行詩劄記》，《社會科學戰綫》1987年第2期，第271頁。

一　丘處機西域紀行詩的敘事語境

　　元太祖十五年(1220),全真教掌門人丘處機接受成吉思汗的邀請,挑選了十八位弟子隨行前往西域。在往返的途中,丘處機及其弟子均有詩作。丘處機師徒西域之行是中國文化史上的壯舉,雖然此前史上也有《法顯傳》《大唐西域記》等西行記錄,但是這兩部著作都是有文無詩,而且都是從西域回到中原後所作;而丘處機及其弟子所作西域紀行詩,都是在西行的途中所作。因此,這是中國歷史上首次以詩紀西行。丘處機在途中所作詩歌基本都是敘述行進時所見山川名物或社會風俗,具有高度的紀實性和敘事性,不僅開創了西域紀行詩的先河,也推動了紀行詩敘事藝術的發展。

　　丘處機西域之行不同於一般的羈旅行役,他的行程有明確的規劃和目的,即覲見成吉思汗,勸止殺戮無辜,爲百姓爭取和平;而且,丘處機及其弟子一路都受官民禮遇照顧,故其詩歌並沒有哀號泄憤之情,而是懷抱著希望,心境中正平和。丘處機自幼生長在金朝的統治範圍內,金朝佔據中原後積極推行"漢化",他們崇儒尊孔,給予孔子後裔空前的政治禮遇,對於佛道二教卻採取貶抑、禁止的態度。金章宗在明昌元年"禁自披剃爲僧道"[①],同年十一月"禁罷全真及五行毗盧"[②]。鑒於金朝崇儒抑道的態度,加上當時戰亂的形勢,丘處機多次拒絕了金朝和宋朝的徵召,默默等待合適的傳道時機。而在宋金交戰的同一時期,西部的蒙古在鐵木真的帶領下迅速崛起;元太祖十四年(1219),成吉思汗派近侍赴山東召請丘處機;次年,丘處機率十八位弟子西行覲見成吉思汗。從社會背景和創作動機來説,丘處機西域紀行詩作並不像漢唐邊塞詩那樣充滿建功立業的豪情,也沒有殺敵報國的雄心壯志,他衹是希望利用一個難得的傳法講道的機會,勸説成吉思汗減少殺戮無辜。他帶著這一崇高的理想,不畏艱險,以七十高齡踏上西行的道路,支撐他西行的就是超越世俗考量的宗教信念。丘處機是全真教的掌門人,他到達西域後跟成吉思汗進行了數次重要的談話,作爲"文化使者"爲蒙漢文化的融合作出了重要貢獻。

　　成吉思汗之所以徵召丘處機,是因爲被他的"方外之術"吸引。當時蒙古文化及其信仰較爲原始,其族人對於講求理道性命的儒家思想興趣不大,反而對求

---

① 　脱脱等《金史》,中華書局 1975 年版,第 213 頁。
② 　脱脱等《金史》,中華書局 1975 年版,第 216 頁。

長生、脱生死的道教和佛教更爲關注;因此,當成吉思汗聽説丘處機善長生之術、年齡有三百歲,就大爲驚異,迫切希望認識這位"神仙"。丘處機在接受成吉思汗徵召西行之前,有一段較長時間的蟄伏修行準備期。當時金朝的頹勢已不可挽回,他審時度勢後認爲,成吉思汗纔是可託付理想與未來的。因此,丘處機師徒在詩中描繪西域時,表現出的是面對異域風光的驚奇與欣賞,而不是像邊塞詩那樣隱含著悲壯蒼涼。

其次,今所見丘處機西域紀行詩穿插在其弟子李志常所撰《長春真人西遊記》中,幾乎每首詩前都有相關説明文字,講述其創作時間、地點、緣由等;而詩中所敘亦能與這些文字相照應,即使拋開行紀文字,讀者也可根據詩歌内容完整地勾勒出西行所經地點,了解詩人所見景色。詩人没有對行程進行過多藝術化,而是用日記、白描的方式如實記録。由於其詩歌中的時間、地點呈現出高度連貫性,故能展現非常直觀的行進路綫圖,不少詩歌甚至以地點、方位、距離開頭,超越以往紀行詩"中斷點式"的涉事寫景,呈現出地理方位的連貫性。地理方位連貫是一種高度敘事化的特點,這在以往的紀行詩中並没有突出表現,而首次在丘處機西域紀行詩中得到充分展現。

嚴格意義上的丘處機西域紀行詩,共有三十六首。這三十六首詩是一個完整的敘事單元,其隱含的敘事中心即是西域之行。如此數量的詩歌聚集在同一個敘事框架下,這在之前的紀行詩中是不多見的。在行旅的途中,連續作詩以抒情感懷,古已有之。如謝靈運永初三年(422)被貶爲永嘉太守,在其從建康到永嘉赴任的路上,寫有《永初三年七月十六日之郡初發都》《過始寧墅》《富春渚》等詩共六首;杜甫在乾元二年(759),從秦州出發到同谷,期間寫有《發秦州》《赤谷》《鐵堂峽》等紀行組詩十二首。這兩位詩人都在中國紀行詩發展史上具有里程碑意義,他們代表性的紀行詩,雖然從詩題來看也具有地點的連貫性;但是在詩歌内容的敘述中,並没有對行進路綫作連續性描述。他們更多的祇是在詩題中標明地點,在詩歌内容中抒發自己感時傷懷的情感。

而丘處機西域紀行詩是鑲嵌在《長春真人西遊記》中,並無詩題加以輔助説明,而是直接呈現在詩歌内容中。其詩歌内容中不止是點出地點,而且是在地點之外搭配時間、距離、方位等要素。如"二月經行十月終,西臨回紇大城墉"[①]、

[①] 丘處機《丘處機集》,趙衛東輯校,齊魯書社 2005 年版,第 191 頁。

"陰山西下五千里,大石東過二十程"①、"北出陰山萬里餘,西過大石半年居"②等詩句,使詩歌明顯有"以點帶綫"的敘事效果。即單首詩歌中出現的地點不是獨立存在的,是整個行程中的一部分。詩人寫出一個地點,同時是在展示一段路程。這種把時間、地點等敘事要素從詩題轉入詩歌內容的寫法,是丘處機西域紀行詩的特色,也是紀行詩敘事化的進一步呈現。

再次,丘處機西行還是一種政治與文化的"錯位"現象,這對其創作心態有決定性的影響。一般來説,有較强政治實力的國家也有較强的文化輸出能力,正如田俊武在《美國十九世紀經典文學中的旅行敘事研究》一書中指出,强勢地域的旅行者到弱勢地域旅行的時候,往往帶著殖民主義的凝視心態,向弱勢地域輸出自己的價值觀③。當時蒙古正强勢崛起、中原地區正逐步走嚮没落,與此相對的是,蒙古没有深厚的文化積澱,而中原在文化上卻頗具優勢。故丘處機作爲"文化輸出者",雖在政治上處於弱勢,但在文化上則是向成吉思汗、向西域地區傳播道教文化的。這樣一種"錯位"現象頗值得研味。成吉思汗作爲當時風頭正勁的天之驕子,他的鐵蹄已經橫掃中亞,爲何會對丘處機感興趣呢?蒙古族有薩滿教的宗教信仰,所以成吉思汗雖然殺伐無度,但對上天有所敬畏,明白人的壽命是有限的。因此,他期待能夠延長壽命,有更多的時間建立功業。顯然,薩滿教這種原始宗教無法滿足成吉思汗的精神需求,而道教作爲中國土生土長的宗教,有其深邃的内藴思想與文化;再加上丘處機道行高深,早已聲名遠播,自然也就引起了成吉思汗的渴慕,迫切希望向他求取"長生之道"。事實上,這種"錯位"也是由中華文化的特點決定的。在中國歷史上,政治與文化有相對獨立的地位,也就是政統與"道"統相對並存。政統需要借助"道"統的修飾來説明其統治的合法性,而"道"統由於不具備像政統那樣的强制力,便需要依附於政統來推廣(這裏所説的"道"統是廣義上包含儒、釋、道在内的思想)。儒釋道思想體系是中華文化的主要組成部分,在不同的歷史時期都與政治有密切關聯。丘處機作爲中國本土宗教——道教的代表人物,期望將自己所傳承的"道"統發揚壯大;因此,當他看到金朝與宋朝兩個政權已經趨於疲弱,便會選擇與强大的蒙古政權合作,以實現其推廣全真"道"統的願望。

---

① 丘處機《丘處機集》,趙衛東輯校,齊魯書社 2005 年版,第 192 頁。
② 丘處機《丘處機集》,趙衛東輯校,齊魯書社 2005 年版,第 19 頁。
③ 田俊武《美國十九世紀經典文學中的旅行敘事研究》,中國人民大學出版社 2017 年版,第 270 頁。

二　丘處機西域紀行詩的空間敘事

　　基於中國人思維方式整體性的特點，中國詩歌敘事呈現空間化的結構特徵，即不以情節敘述爲中心，而以場面描寫與情感抒發爲中心。丘處機西域紀行詩即呈現出高度空間化的敘事特徵。在丘處機西域紀行詩敘事場景中，空間的存在有多種形式，既有具象的物理空間，也有抽象的想像空間。所謂物理空間，即真實存在的空間。丘處機西域紀行詩的直接展示的地理位置、距離長短，均給人以直觀的空間感。這些具有連貫性的地理定位，構成了西行詩整體的敘事綫索。除此之外，詩人的心理活動也構成一種虛擬空間，使物理空間的動感和内涵大爲增强。

　　丘處機的西域之行，若以野狐嶺爲開端，至回到宣德爲結束，期間共作詩三十四首，詞二首。其中自野狐嶺至塞藍城階段，明確提到的地名大約二十七處，有詩歌十三首；到達邪米思干及後來往返於邪米思干與成吉思汗行在期間，有詩詞十五首；辭別成吉思汗東歸回到宣德的路段，作詩七首。丘處機弟子尹志平隨行前往西域，亦存紀行詩六首。

　　丘處機西域紀行詩可分爲三個階段：從野狐嶺到塞藍城是第一階段，詩歌創作數量均衡分佈在沿途各個地點；在邪米思干期間，是丘處機紀行詩創作第二階段；在東歸途中，則作品較少，是其第三階段。從敘事認知來看，丘處機在西行途中所作詩歌分爲兩種：一種是進行時態，敘述自己正在經歷的事件，屬於限知行爲；一種是過去時態，回憶自己經歷過的事件，屬於全知行爲。《長春真人西遊記》全書，是隨行弟子李志常在丘處機去世後所作，行文中對丘處機詩歌的創作動機、前因後果都有所交待，同時對其詩也有專門註解。

　　敘事行爲的對象是"故事"，"故事"由一系列事件構成，一個一個的事件構成小的序列，小的序列組成大的序列，直至構成"故事"[①]。如果把丘處機及其弟子的西行事件看作一個"故事"，那麼，他們在詩歌中記錄的所見所聞都是一系列的"事件"，這些小的序列構成完整的西行畫卷。在西行的途中，不論是描述限知空間還是全知空間，丘處機都善於用時間、地點和方位入詩紀事。如太祖十五年（1220）七月，丘處機一行到達某雪山附近，丘處機作詩紀其行："當時悉達悟空

[①] 譚君强《敘事學導論——從經典敘事學到後經典敘事學（第二版）》，高等教育出版社 2014 年版，第 266 頁。

晴,發軔初來燕子城。北至大河三月數,西臨積雪半年程。不能隱地回風坐,卻使彌天逐日行。行到水窮山盡處,斜陽依舊向西傾。"①燕子城,即撫州,今蒙古興和縣,是其西行之路的開端處;大河,即陸局河,今呼倫湖;從西行開始,向北走到陸局河行程三個月,到寫詩之地歷時半年。同時,詩人感慨自己無法使用道教回風隱地的法術,只能靠著肉身向西逐日而行,翻越無數的山和水,太陽依舊掛在西邊的天盡頭。詩人通篇皆用時間和地點、方位的搭配來描述自己的空間感知,前兩句記錄經歷過的行程,屬於記錄已知的空間;後兩句以方位感展望尚未到達的、未知的空間。並且,透過詩人的"水窮山盡""依舊向西"等描述,把西行這一歷時性的狀態巧妙展現出來,表達了他對前方"斜陽西傾"之處未知空間的無限嚮往。

　　元太祖十七年(1222),有宣差李公將去中原,身在邪米思干的丘處機寫詩寄東方道衆:"初從西北登高嶺,漸轉東南指上京。迤邐直西南下去,陰山之外不知名。"②此時的丘處機已經到達目的地,詩中的內容都是回憶自己西行的全程。李志常對此詩有較爲詳細的註解:初行從西北方登上野狐嶺,後來走到陸局河東畔,上京已經在東南方,又沿著西南方嚮走到兀里朵,再朝嚮西南方走到陰山,從陰山西南方經過一重大山、一重小水,經數千里纔到達邪米思干。丘處機西行的路綫若以野狐嶺爲開端,則是先東北方嚮至陸局河,再一路向西至金山(阿爾泰山),西南向陰山(天山),再一路西南到達目的地。對照地圖就會發現,丘處機僅用四句詩,就將其重要的中轉地和方位,以及行進的主要方嚮作出清楚的説明,使其西行的全部路綫清晰地展現在眼前。這不僅説明了丘處機對其所經歷的整體空間有明確掌握,也顯示了他出色的敘事能力。

　　丘處機西域紀行詩與普通記遊、紀行詩的不同之處,在於丘處機是帶著重要使命前往西域的。他兼具文化使者與和平使者的雙重身份;因此,他途中所寫詩歌除了紀實,也有抒懷。這使得其詩除了具體的現實空間,還有想象的情感空間。丘處機對西行這件事,始終抱持著一種大無畏的精神,力求完成傳道以求和平的願望。

　　據《全真第五代宗師長春演道主教真人内傳》記載,丘處機曾説:"西北天命所與,他日必當一往,生靈庶可相援。"③可見,丘處機對西域之行早有預見,他期

---

① 丘處機《丘處機集》,趙衛東輯校,齊魯書社2005年版,第189頁。
② 丘處機《丘處機集》,趙衛東輯校,齊魯書社2005年版,第193頁。
③ 丘處機《丘處機集》,趙衛東輯校,齊魯書社2005年版,第441頁。

待藉此拯救飽受戰爭荼毒的百姓。他臨行前就對西行不易有清醒的認識："此行真不易,此別話應長。北蹈野狐嶺,西窮天馬鄉。陰山無海市,白草有沙場。自歎非玄聖,何如曆大荒?"①這首詩説明,詩人對於將要親臨的地理位置和惡劣環境都有所預期。踏上西行之路後,亦的確十分艱苦:"盡日不逢人過往,經年時有馬回還。地無木植唯荒草,天産丘陵没大山。"但詩人面對艱苦的環境,反而表現出隨遇而安、積極樂觀的態度:"五穀不成資乳酪,皮裘氈帳亦開顔。"②這是因爲他心中抱有美好的願望,故有詩云:"蘇武北遷愁欲死,李陵南望去無憑。我今返學盧敖志,六合窮觀最上乘。"③蘇武與李陵是漢代出使西域的兩位歷史人物,前者在西域没有得到優待,歷經坎坷最後返回漢朝;後者雖在西域得到優待,但不得返回漢朝,繼而有孤蓬飄摇之歎。丘處機顯然是想要避免他們的悲劇;因而不取其"北遷"或"南望",而是想像盧敖一樣自由地遊走於天地四方,既能成功見到成吉思汗,又能順利返回中原。

當丘處機踏上西域土地,看到戰爭的殘酷景象,就更激起止干戈、求和平的願望。元太祖十七年(1222)五月,他們一行從成吉思汗行在返回邪米思干,路過一處石峽,見此地新爲兵破,水邊多有横屍,丘處機即作詩云:"水北鐵門猶自可,水南石峽太堪驚。兩崖絶壁攙天聳,一澗寒波滚地傾。夾道横屍人掩鼻,溺溪長耳我傷情。十年萬里干戈動,早晚回軍復太平。"④這從"水北"到"水南"的空間位移,帶來了觸目驚心的視覺體驗:兩邊懸崖高聳插入天際,有溪流滚滚而過。小道上躺滿了屍體,令人無限傷懷。他因眼見此間慘狀,隨即暗許恢復太平的宏願。他爲這件事另有一詩:"雪嶺醍醍上倚天,晨光燦燦下臨川。仰觀峭壁人横度,俯視危崖梧倒懸。"⑤從其中的"上倚天""下臨川""仰觀""俯視"等詞可以看出,詩人用大幅度的位移切換來表現一種視覺衝擊力,由視覺體驗的衝擊喚起心理體驗的激蕩,進而引發詩人渴望和平的強烈情感。這件事發生時,丘處機已經見到成吉思汗,但尚未成功傳道,這就更堅定他勸止成吉思汗殺戮的決心。所以他在詩的末句説:"我來演道空回首,更卜良辰待下元。"⑥"待下元"是指他們約定十月份再次相見。

綜觀以上所論詩例,丘處機在詩中雖也會點明當前的具體地點,但絶少對地

---
①② 丘處機《丘處機集》,趙衛東輯校,齊魯書社 2005 年版,第 188 頁。
③ 丘處機《丘處機集》,趙衛東輯校,齊魯書社 2005 年版,第 189 頁。
④⑤ 丘處機《丘處機集》,趙衛東輯校,齊魯書社 2005 年版,第 192 頁。
⑥ 丘處機《丘處機集》,趙衛東輯校,齊魯書社 2005 年版,第 192—193 頁。

點或景物做細緻具體的描繪,而傾嚮於勾畫壯闊的畫面,展示廣闊的視角。他詩中表現的基本都是"遠"和"大",較少"近"和"細"。如"極目山川無盡頭,風煙不斷水長流";①"漸見山頭堆玉屑,遠觀日腳射銀霞。橫空一字長千里,照地連城及萬家";②"造物崢嶸不可名,東西羅列自天成。南橫玉嶠連峰峻,北壓金沙帶野平";③"東辭海上來,西望日邊去";④"千山及萬水,不知是何處"。⑤從中可以看出,詩人善用遥遠物象來裝點畫面,在景物與天地之間保持相當遼闊的距離。這種當然不止是物理空間上的遠,而是詩人對行程遼遠的一種心理預期。

三 丘處機西域紀行詩的敘事視角

敘事是一個名詞化的動賓結構詞語,事之被敘,關鍵在於感而有發,視而能見。在覺與不覺、見與未見之間,就存在著一個感知角度的問題;而這感知角度就是敘事視角。特定的視角可以觸碰融攝獨特的境域,丘處機西域紀行詩的敘事視角就極爲獨特。

丘處機一行進入異域,自當有異樣的視覺體驗。每當看到迥異於中原的自然景觀和人文風貌,他們的常識和習慣受到極大的衝擊;因此,在作詩記錄時,會以中原人的視角來特別關注異域事物的新奇。而新奇的感覺來源於對比觀察,丘處機作爲第一人稱敘述者,善於選取多種敘述視角來切入,反復對比中原和西域的差異。

首先,是生活習俗的對比。丘處機在魚兒灤驛路看到蒙古人的生活樣貌,作詩敘之:"極目山川無盡頭,風煙不斷水長流。如何造物開天地,到此令人放馬牛。飲血茹毛同上古,峨冠結髮異中州。聖賢不得垂文化,歷代縱橫祇自由。"⑥詩人先是描述了從自己的視角看到的地理風貌,接著感歎造物主的神奇:竟然有人以牧牛馬爲生,其食物、服飾亦與中原不同。不過,丘處機還是以中原文化爲本位,以爲這是因爲聖賢教化不行於此,纔使此方生民保持著遠古的生活風俗。這顯然是站在中原文明的角度來觀察,以中原文化爲尺規來衡量蒙古文化。

其次,是自然氣候的對比。丘處機在三月末覲見成吉思汗,四月末返回邪米

---

① ⑥ 丘處機《丘處機集》,趙衛東輯校,齊魯書社 2005 年版,第 189 頁。
② 丘處機《丘處機集》,趙衛東輯校,齊魯書社 2005 年版,第 190 頁。
③ 丘處機《丘處機集》,趙衛東輯校,齊魯書社 2005 年版,第 191 頁。
④ ⑤ 丘處機《丘處機集》,趙衛東輯校,齊魯書社 2005 年版,第 192 頁。

思干,途中看到百草皆枯,作詩記之曰:"外國深蕃事莫窮,陰陽氣候特無從。纔經四月陰魔盡,卻早彌天旱魃凶。浸潤百川當九夏,摧殘萬草若三冬。我行往復三千里,不見行人帶雨容。"①詩人驚歎西域奇異的事情無數,而氣候變化格外令人無從捉摸,四月在中原本應是草木旺盛,此地卻萬草皆枯、不見滴雨。之後,丘處機暫住邪米思干,觀其風俗名物亦頗以爲異:"回紇丘墟萬里疆,河中城大最爲強。滿城銅器如金器,一市戎裝似道裝。翦鏃黃金爲貨賂,裁縫白氎作衣裳。靈瓜素椹非凡物,赤縣何人購得嘗。"②詩中羅列邪米思干的名物器具、奇異瓜果,感歎這些都是中原人聞所未聞的,因而產生稀奇感。不獨有偶,隨行弟子尹志平有詩《西域物熟節氣比中原較早故記之》:"止渴黃梅已得嘗,充饑素椹又持將。時當小滿才初夏,椹熟梅黃麥亦黃。"③

丘處機自十九歲學道修行,終成執掌全真教的一代宗師,道行頗深。從他的西域紀行詩中,可以感受到他作爲全真道的修行者與掌舵者,所秉承的修道與傳教的特質。他善用道教的術語作詩,在詩中表達傳教的心願。丘處機所推崇的修行方法也是以修身養性爲主,他曾作《答樊生》一詩:"莫問天機事怎生,唯修陰德念常更。人情反覆皆仙道,日用操持盡力行。"④這首詩蘊含了丘處機修道的兩重空間:一是精神上超世俗的修煉;二是在世俗世界的修行。這兩種心意也符應著道家思想的兩種觀念:無爲與有爲。丘處機認爲在世俗中修行,是通過"大有作爲"來淬煉心性,到達精神上的"無爲之境"。基於這種認識,丘處機西域紀行詩表徵了兩種不同的心境:一種是對非現實世界的敘述,表現出超越塵世、淡然的形象;一種是對現實世界的敘述,表現出積極入世、奮勉任事的形象。

元太祖十六年(1221)七月,丘處機過雪山,作詩云:"不能隱地回風坐,卻使彌天逐日行。行到水窮山盡處,斜陽依舊向西傾。"⑤詩人表示自己並不會施展道教的法術,祇能靠肉身的力量逐日而行。元太祖十七年(1222)二月,丘處機遊邪米思干,有詩句曰:"竊念世間酬短景,何如天外飲長春"⑥;"未能絕粒成嘉遁,且嚮無爲樂有爲"⑦。詩人嚮往世外景象,但未能成功辟穀遁世,就暫且以"有爲"來修"無爲"。元太祖十六年(1221)冬,丘處機遊邪米思干故宫,題《鳳棲梧》二首於牆壁,更是展現一個勘破生死的悟道者的形象,其中隱含的是超然物外的

---

①② 丘處機《丘處機集》,趙衛東輯校,齊魯書社 2005 年版,第 193 頁。
③ 丘處機《丘處機集》,趙衛東輯校,齊魯書社 2005 年版,第 64 頁。
④ 丘處機《丘處機集》,趙衛東輯校,齊魯書社 2005 年版,第 19 頁。
⑤ 丘處機《丘處機集》,趙衛東輯校,齊魯書社 2005 年版,第 189 頁。
⑥⑦ 丘處機《丘處機集》,趙衛東輯校,齊魯書社 2005 年版,第 192 頁。

敘事者形象；然又不止於此，與之並行的，是其積極奮勉於事的形象。西行是丘處機在現實世界的活動，他想以此爲著力點，達到修煉其"性"或"真身"的目的。因此，他在紀行詩敘述中也表現出堅韌頑强的精神風貌。如在臨行之前，丘處機寫詩寄道友："去歲幸逢慈詔下，今春須合冒寒遊。不辭嶺北三千里，仍念山東二百州。"①詩中通過"冒寒""不辭"等詞彙，敘説了行前的決心。而在之後的詩作裏，則敘述了西行的艱難過程，並進一步表達了不畏艱險的心志："不堪白髮垂垂老，又踏黄沙遠遠巡"；②"直教大國垂明詔，萬里風沙走極邊"；③"道德欲興千里外，風塵不憚九夷行"④。這些詩句都反映了丘處機"日用操持盡力行"的修行觀念。出世與入世，兩種看似矛盾的話語出自同一個敘述者，背後隱含著敘述者思維的一體兩面。是知，敘事視角的採用，與敘事者的個人感知和思維方式有密切的關係。

　　丘處機西域紀行詩具有特殊的意義。以紀行詩傳統來説，雖然在中國詩歌發展史上，書寫具有紀行意味的詩歌由來已久；但是有明確的"紀録行蹤"意識的紀行詩卻不多見。紀行詩既可以模山範水，也可以寫志詠懷；既可以登臨懷古，也可以感慨時事。因而，紀行詩實集敘事、描寫、抒情、議論於一身，而又以敘事最爲核心。既然紀行詩的核心是敘事，那麼它首先應該表現時間、地點的連貫性。丘處機紀行詩最顯著的特徵，就是在詩歌中把時間和地點交代清楚，因以勾勒出完整的行進路綫，使詩與詩之間、詩文本内部共同展現行蹤的高度連貫性。這就是中國紀行詩敘事性增强的重要進展。

---

① 丘處機《丘處機集》，趙衛東輯校，齊魯書社 2005 年版，第 188 頁。
② 丘處機《丘處機集》，趙衛東輯校，齊魯書社 2005 年版，第 189 頁。
③ 丘處機《丘處機集》，趙衛東輯校，齊魯書社 2005 年版，第 191 頁。
④ 丘處機《丘處機集》，趙衛東輯校，齊魯書社 2005 年版，第 193 頁。

容美土司家族文學歷史境遇及場域功能之轉換
——以容美土司田玄父子與文安之的交遊爲例

何榮譽*

内容提要 容美土司家族第一、二代詩人田九齡、田宗文主動融入主流文學,爲後人接受性靈詩學做好準備,爲容受流寓文人奠定了基礎。其後第四、五代文人在明清易代之際,因舊恩難釋,仍效忠南明朝廷,與流寓至此的明代遺臣文安之等詩歌倡和,相互激勉。抒寫了他們對時局的憂慮以及對自身處境的焦慮,體現出了高貴的人格,有一種慷慨悲壯之氣。田玄父子的《笠浦合集》是一個時代的集體記憶,也成了明遺臣的精神寄託,更是西南少數民族作家容受流寓文學的典範。

關鍵詞 容美土司　流寓文人　慕外　容受

縱觀容美土司家族文學的發展,可以清晰地看到主流文學思潮對其的影響。而結連二者的途徑無外乎兩個:一個是自己走出去,並主動融入其中;另一個則是外人走進來,然後接受傳播,或強化認同。就前者而言,以第一、二代詩人田九齡、田宗文叔侄爲典型,體現出慕外的特徵。就後者而言,則以第四、五兩代詩人田玄及其三個兒子爲代表。田九齡、田宗文叔侄寄寓華容、沅澧,與華容孫氏家族、武陵龍氏兄弟學習、交遊,進而與後七子之吳國倫、王世貞等神交,接引了隆慶、萬曆年間的擬古詩學。後武陵龍膺與公安三袁結識,詩學轉嚮性靈。時雖田氏叔侄皆已經辭世,但是爲容美土司家族文學提供了主動融入主流文學的範本,

---

* 何榮譽,文學博士,湖北民族大學文學與傳媒學院,出版專著《王闓運與光宣詩壇研究》。
基金項目:本文爲國家社科基金西部項目"明代文人流寓西南研究"(2017XZW015)、國家社科基金重大項目"中國古代文學制度研究"(17ZDA238)階段成果。

爲後人在天啓、崇禎年間接受性靈詩學做好了準備①,也在文學和文化心理上爲容受流寓文人奠定了基礎。

當然,田氏土司家族十分重視教育,大多有到外地求學的經歷,不排除其在求學過程中便已接觸有關詩學觀念,而後又與走進來的文人交遊而得以強化。但由於資料的匱乏,很多事實已經難以釐清。就目前所掌握的資料來看,容美土司家族第四、五代文人確與流寓至此的文人交往甚密。由於時處明清易代之際,受到時局的影響,田玄等人與流寓文人除了切磋詩藝之外,更多的則是交流對政局的看法。具體而言,就是在忠於南明王朝的基礎上,與南明遺臣相互酬唱,彼此以氣節相互激勵。其中影響最大的有南明大學士文安之、南明太史嚴首昇。

田氏詩派第三代詩人指容美宣慰使田玄及其弟田信夫,第四代詩人是田玄之子霈霖、既霖、甘霖三位宣慰使。本文討論的主題,就是通過文安之與他們的詩歌交流,來探討流寓文人與明代容美土司文學發展之間的關聯。

一 明末容美土司作家群對流寓文人之容受

崇禎十七年(1644),李自成攻陷京城,崇禎皇帝上吊自盡。同年,清軍入主北京,隨即揮師南下。與此同時,南明弘光政權建立,嗣後又有隆武、魯王、永曆等政權承襲。南明朝廷在對清軍的戰爭中,節節敗退,順東南沿海一直流亡到廣西及緬甸。雖其氣數已盡,但仍給志在復明的遺臣以及容美土司政權以希望。不僅如此,張獻忠的農民起義軍也盤踞川鄂一帶。田玄及其三個兒子面對如此複雜的局面,在政治上堅定地選擇了南明王朝,苦苦支撐。然大勢不可違逆,時局不可挽回,最終於順治十二年(1655),宣慰使田既霖命弟甘霖代上降表於清廷②。

---

① 參見拙文《田九齡的"時調"》(《湖北民族學院學報》2017年第5期)、《明代土家族文人田宗文流寓沅湘及其詩歌創作》(《武陵學刊》2018年第5期)。
② 田甘霖在清康熙元年所作《田甘霖倡義奏疏》中回憶道:"臣以邊方遠臣,慕義嚮化,西南首倡,於順治十二年投誠,十三年繳印,十四年蒙換新篆。"(見《容美土司資料彙編》第4頁)其後,田甘霖受到劉體純等軍事勢力的威脅,又曾投降吳三桂,接受其封號。《容美宣慰使田既霖世家》曰:"諸殘寇降明者,如荊侯王光興、襄侯王昌、寧國侯王有進、臨國公李來亨、安南侯郝永忠、皖國公劉體純等十餘家,皆以窮蹙投竄西山,於是,施、歸、長、巴一帶,星羅棋佈,雖藉明朝爲名,而採糧索餉、燒殺擄掠,往來不絕。"(見《容美土司資料彙編》第100頁)因此,爲保存自己、避免容美一隅受戰火塗炭,容美土司不得不常遊移各種勢力之間。投降清廷後,田甘霖仍與文安之等抗清力量保持著密切的聯繫。

容美土司在清廷、南明等軍事勢力的夾縫中能支撐十餘年①,是因爲他們對明朝有著深厚感情。《容美宣慰使田玄世家》載其事曰:

> 至其盡瘁王室,終身忠勤不懈。雖丁未造之時,寇盜蜂起,張獻忠、李自成等攻城掠地,所在雲擾。公遣其胤子霈霖、甘霖、既霖、弟圭、贍等,率精兵,自裹糇糧,隨大司馬援剿。搗竹、房,援襄、鄧,衛護惠府親藩,前後凡六七次。所嚮有功,又解餉以助軍需。事聞,天子嘉其忠勤,優詔褒之,乃賜復國初舊職,由宣撫使職進爲軍民宣慰使宣慰之職。自遠祖田光寶而下,未獲光復者,凡十餘世,爲歲二百有奇,由公一朝榮膺②。

由上可知,田玄有著强烈的忠君思想,不僅在崇禎後期派遣兒子們領兵抵抗農民起義軍,立下赫赫戰功。尤爲重要的是,他還因此實現了容美數代土司渴望恢復宣慰使之職的夙願。永樂三年,明成祖朱棣將容美宣慰之職降爲宣撫,九世相沿,未得升復。即便在嘉靖年間,容美宣撫使田世爵父子率土兵抗倭取得輝煌戰績,亦未能復職宣慰。正如嚴首昇所説:"此孝子順孫所謂竭忠宣力,發憤爲雄,以求光復前烈者,良有由矣。"③

田玄在明朝將亡之際升爲宣慰使,光復先祖功業,因此視明廷爲恩人。崇禎死後,其將南明視爲正統,繼續爲之效忠,也屬人之常情。田玄抱著匡扶社稷之志,在弘光、隆武間,又屢上光復之計,這也得到了南明朝廷的嘉獎;然時事日非,他憂慮成疾,終至撒手人寰。

田玄父子因舊恩難釋,仍效忠南明朝廷,終因獨木難支,事不可爲,於順治十二年(1655)投降清廷,但是田氏一門四任土司所表現出的忠義氣節,讓人蕩氣迴腸。這種節氣源自君臣之義,歷史擔當,但更離不開流寓至此的明代遺臣的激勉。他們的詩歌酬唱爲南明政權塗抹了一道悲壯的色彩,也盡顯患難與共的情誼。

甲申國變後,明朝遺臣避居容美者衆多,田玄父子皆妥善安置。如彝陵文安之、黃中含,公安毛壽登,華容孫齧齊、程文若、嚴首昇,江陵陸玉田、玉子輩,皆借

---

① 田玄,萬曆十八年(1590)生,天啓五年(1625)襲容美宣撫使,崇禎十六年(1643)升宣慰使,隆武二年(順治三年,1646)卒。
② 嚴首昇:《容美宣慰使田玄世家》,《容美土司資料彙編》,第94頁。
③ 嚴首昇:《容美宣撫使田勝貴世家》,《容美土司資料彙編》,第85頁。

居容美諸處。是時,容美一區,群賢匯聚,堪稱樂土。這些舊臣皆懷故國之思、濟世之志,大多又參與過抵制清廷的軍事鬥爭,感情基礎深厚。他們相互敬重,以詩歌傾訴衷腸,以節氣激勵鬥志,客觀上又有力地促進了民族之間文學、文化的融合。其中,文安之與田氏父子感情最為篤厚,對其影響也最大。

文安之,字汝止,號鐵庵,彝陵人。天啟元年(1621)鄉試,為繆昌期所取士①。天啟二年進士(1622),改庶吉士,授檢討,除南京司業。其受東林黨人影響,痛惡閹黨橫行,請疾歸養②。其與繆昌期書曰:"眼見國是倒翻,黑白莫辨,憤懣之餘,付之歎息。"③魏忠賢倒臺後,復起就遷祭酒。後為薛國觀所譖,罷官歸鄉。其雖歸故里,然仍為國事擔憂不已。其《江上四首》之三曰:"非關峽口滯詞人,想象時危獨慘神。幾處催科愁到骨,一樽遲暮便沾巾。風塵帶甲寰中滿,雨雪傳烽內地頻。昨歲健兒今歲過,急須遼海一防春。"④後又有言官推薦,然未及召見而崇禎已吊煤山。其救國無門,感傷不已,曰:"欲補龍山亡,予其愧匡鼎"⑤,對於自己未能匡扶國難而深深自責。福王時,起詹事;唐王立,召拜禮部尚書,皆因路阻未赴。桂王立,於順治七年(永曆四年,1650)赴廣西梧州拜謁,後拜東閣大學士,加太子太保,兼吏、兵二部尚書,總督川湖諸處軍務。其以忠義激勵諸軍,銳意復興明室。順治十六年(永曆十三年,1659),其謀攻打重慶不遂,又逢桂王遁入緬甸,鬱鬱而卒。《明史》、王夫之《永曆實錄》皆有其傳⑥。

文安之與田玄父子的交往有以下機緣:一是明亡後曾避居容美;二是田霈霖任土司期間,常以書信激勵之;三是永曆朝主掌川東義軍時,曾解田既霖巴東之圍。文安之辭世後,田甘霖還有詩歌追憶之,以示懷念。縱觀田玄父子與文安之的交往,他們相互敬重。這一方面是出於相同的政治理想,即匡復明朝;另一

---

① 康熙《荊州府志》卷二十六"人物"載,文安之天啟辛酉鄉試為繆西溪所取士。西溪乃繆昌期之號。繆昌期乃東林黨早期代表人物,為人剛正不阿,因替楊漣代疏彈劾閹黨魏忠賢,而反受其害。詳見《明史》卷二百四十五列傳一百三十三《繆昌期傳》。
② 乾隆廩生劉家麟《文安之傳略》曰:"值魏黨盜國,士之急於進取者,往往奔走其門,不復知有廉恥事。而先生獨請疾歸養。忠賢敗。始復召用。分校禮闈。所識拔如楊廷麟、陳子龍,皆一時名士。後復以廷推事為薛國觀輩所譖。"詳見同治三年《東湖縣誌》卷三十"雜錄下"。
③ 文安之《上繆當時師書》,見繆幸龍主編《江陰東興繆氏家集》(下),上海古籍出版社,2014年,第1811頁。
④ 文安之《江上四首》,見同治《宜昌府志》卷十四,亦見同治《東湖縣誌》卷二十二。
⑤ 文安之《九日平江閣謙集得裝字》,見同治《宜昌府志》卷十四、同治《東湖縣誌》卷十九。
⑥ 此外,朱彝尊《明詩綜》卷七十一載曰:"安之,字汝止,夷陵人,天啟壬戌進士,改庶吉士,授檢討,遷南國子司業,歷中允諭德詹事。有《鐵庵稿》。"陳田《明詩紀事》辛簽卷十八亦載其身世:"安之,字汝止,夷陵人。天啟壬戌進士,改庶吉士,授檢討。遷南司業,就遷祭酒,削籍歸。福王時,起詹事。唐王立,召拜禮部尚書,皆不赴。桂王立,拜東閣大學士,加太子太保,兼吏、兵二部尚書,總督川湖諸處軍務,為孫可望所厄。桂王入緬甸,鬱鬱而卒。有《鐵庵集》。"(見上海古籍出版社1993年版,第3246頁。)

方面,也是因爲對彼此氣節的欣賞。因此,他們的詩歌唱和中不僅有摯友的相互關懷,也有共濟時難的相互激勵。

文安之常激勵田玄之志氣,勉勵其忠於王事,冀能力挽狂瀾。明亡前夕,因張獻忠軍已到宜昌,他曾贈詩田玄以尋求庇護,並在詩中對其寄予厚望,曰:"久拼身老白雲邊,辟穀經時歇早煙。十畝荷鋤聊散聖,中流擊楫仗諸賢。關西未盡朱眉部,江左新傳赤伏年。水邊竹籬如可借,好將蠖伏當鶯遷。"①農民軍未平,又受後金軍事壓迫,形勢危急。他寄希望於田玄,並希望他能報效君主,有所作爲。田玄也感知其意,有《寄懷文鐵庵先生》詩回贈曰:"荒遁無辭即古邊,山山蠟屐繞風煙。文能移俗居何陋,經可傳人隱亦賢。幾地曾留荀令馥,諸蕃遙問晉公年。爾來關塞驚風迫,爲恐籃輿更遠邊。"②其稱讚文安之文能易俗、著述能流傳後世。這一方面是表示歡迎,另一方面也有寬慰之意。後兩句則表明自己的政治態度和對形勢的擔憂。可以說,是相同的志嚮讓二人建立了交往。嚴首昇評之曰緇衣情深、聲調爾雅。

文安之避居容美達兩年之久。同治《宜昌府志》卷十三載:"崇禎末進南大司成,爲薛國觀輩所譖,罷歸,避亂遊容美,知水泾司唐鎮邦有才略,常寓其司,治兩載。"③此間,其得到了田玄父子的精心照顧。在離別之際,田玄作《送文鐵庵先生往施州》,詩題後有小註曰"先生嚮以避寇至此",其詩曰:

> 秋水淒懷日,溪橋悵別時。緩隨赤象步,微吟白駒詩。亡國音同哽,無家路倍歧。烽煙匝楚甸,驚躓遠京畿。對此新亭酒,那堪參秀悲。救時雖有略,用武欲何施。遵渚瞻鴻羽,單麻輓風池。愁聽望帝血,空感峴山碑。北闕勞魂夢,東山暫委蛇。幸徼安道訪,難釋紫芝眉。炊黍尊前約,牽衣問後斯。竹郎餘勝概,石室有芳規。教澤原無遠,從來照不疲④。

明朝政權已然崩塌,未來到底在何方? 寄希望於南明王朝? 可他又是如此屢弱。更何況當今有志而難伸,有才而無處施展。雖如此,在感傷流連之外,二人仍伺機待發。在臨別之際,田玄表達了對文安之的不捨,並且明確表示不會忘記其教

---

① 《容美土司史料彙編》,第136頁。又見《宜昌府志》卷十四,志中所用詩名爲《答田玄寄懷文鐵庵先生》,但從詩歌內容來看,作詩時間應在田氏之前。
② 田玄:《秀碧堂詩集》,《容美土司史料彙編》,第136頁。
③ 聶光鑾等修,王柏心等纂:《宜昌府志》卷十三,清同治三年刻本。
④ 《容美土司史料彙編》,第146頁。

誨,不改復明之志。該詩雖爲贈别之作,然實抒家國之悲、忠君之情,慷慨悲涼,正如嚴首昇詩後評註所言:"悲歌淋漓,可以想其肝腸"。在文安之走後,田玄還有《六月四日作柬上文鐵庵先生,是夜得夢,笑語追陪,樂倍於昔,感賦寄懷》詩,追憶舊遊。惜該詩散佚,不得見。

田玄離世後,文安之繼續與其三子保持著密切的聯繫。隨著抗清鬥爭的進行,文氏仍與之商討應對策略,並勉勵其能繼承父志。

田霈霖繼任容美司位後,曾與文安之同賞白蓮,有《奉陪相國鐵庵文夫子觀雨中白蓮分賦二首》贈之。在詩中,他盛讚文氏之品性,其一曰:"净植亭亭意象嘉,雨絲風片任横斜;徘徊自賞清真趣,淡漠如嫌點染加。仙子竭來拾翠羽,騷人漫擬折疏麻;先生况是濂公侣,素質尤煩彩筆誇。"①詩歌突顯白蓮之清真,並以之自喻喻人,亦見二人之情趣相投。不僅如此,文安之還經常與之書信往來,商量軍事。這在田甘霖的《感懷文鐵庵先生》詩序中説的比較明白,曰:"公哭雙雲先兄文章,失去久矣,緑林屢噪,手澤無存,偶於鄰宅拾此瑶篇,讀之泣下。傷公與先大人及小子輩,交誼莫比,即往來尺牘,湮没何限。是日,又得公寄長兄手書,所言在白帝城與楚藩争自立事也,此等關係大事,千里之外,公必往返商之,則公之期兄又可知也。兩紙同日不期而得,感慨交集,援筆賦此。"霈霖逝後,田甘霖整理檔案,發現了文安之與霈霖商討國事的信件以及所作祭文。於是感念其懷,追維往事而賦詩。詩曰:

昔云情交淡如水,孤情獨許衆莫與。當時誰識生死要,尚論方知欵莫已。公當先皇盡上九,先子寵榮亦誰似。中原失鹿公歸省,臨亂飄然溯江汜。余家妻世作文翁,望氣占星迎至止。一唱三和皆國愁,公亦垂綸遠虎兕。先子勉公無高卧,恐負蒼生望孔邇。瑞氣還蜚舊楚西,遺老仍作鹽枚委。公始出山先子疾,還轅臨視竟不起。誓江長欲拯横流,一裒碧血載公史。寧知銅馬復倡狂,丸泥安得封洞壘。秦煙三月盡蚩灰,藏之名山儻虚語。伯兄克荷不忘韓,公亦期之爲中砥。手疏頻頻計國事,嗤他僭竊子陽比。兄亡只隔兩星霜,公猶遠道寄哀誄。先賢所痛人云亡,可憐邦國疇爲美。余家猶賴有金仲,公竟泛宅何所指?展讀憂家復憂公,當今東海誰投趾。詠諷一字一辛酸,何爲人事徒爾爾②。

---

① 《容美土司史料彙編》,第289頁。
② 《容美土司史料彙編》,第167頁。

嚴首昇曰整首詩纏綿惝恻，似有悲風颯颯行之於間。該詩追溯了文安之與容美四代土司的交往史，從中不難發現彼此相互敬重。他們結識於山河破碎之際，然皆念舊恩，於是相互勉勵，情愈篤而志彌堅。田玄憂國而疾以卒；田霈霖忠於王事，東征西討；文安之亦強起，受命於危難之間。至甘霖時，感於事不可爲，志亦稍退，不得已投降清廷。然回憶舊事時，甘霖仍感辛酸與無奈。

田霈霖謝世後，二弟田既霖繼之。然其性淡雅，不堪清軍的軍事壓力和降明農民軍的騷擾，於順治十二年（永曆九年，1655）降清。兩年後，既霖辭世，其弟甘霖繼之。雖如此，文安之仍與既霖、甘霖保持著密切的聯繫。這一方面是出於與其父兄的交誼，另一方面也是反清鬥爭的需要。

順治七年（永曆四年，1650），文安之至梧州面謁永曆，被授太子太保兼吏、兵二部尚書，總督川、湖諸處軍務。其帶軍欲經貴州入楚，然時貴州已爲孫可望所據。因文安之曾反對孫可望求封秦王，而被孫羈押數月。後文氏伺機逃出①。此間，文安之作《譴戍畢節有作寄達容美宣慰田特雲》，向田甘霖控訴孫氏之逆行，曰："豺虎心何厭，凶殘衆所驕。滿懷悲憤事，留與話漁樵。"②甘霖亦作《松山懷文鐵庵先生長律》："奮椎還欲摧春焰，垂翅何堪渡楚汀"③，對文安之不畏艱險、勇擔時難的精神表示尊重。作詩時，容美已投降清朝，面對文安之之壯舉，感情是複雜的、矛盾的，故詩首句云："中心怫鬱倚新亭，拂淚含情不易醒。"由此亦見，甘霖降清違背了父兄的遺志，雖事隔多年，仍倍感痛苦。嚴首昇詩評謂"其音淒切"，甚爲準確。

順治十五年（1658），田甘霖及其家人被義軍部將劉體純部羈押至巴東四年

---

① 《明史》卷二百七十九《文安之傳》曰："可望聞而惡之，又素銜前阻封議，遣兵伺於都匀，邀止安之，追奪光興等敕印。留數月，乃令入湖廣。安之遠客他鄉，無所歸，復赴貴州，將謁王於安龍。可望坐以罪，戍之畢節衛。"王夫之《永曆實錄》卷五載："時忠貞營久屯潯南，師疲糧乏，安之乃率之自黔入楚西，冀收蜀糧爲迎蹕計。至貴陽，孫可望已併楊展、王祥之軍駐貴。安之不得上，謁見可望。可望固欲留之，安之詭辭以對，得去。"（《永曆實錄》，嶽麓書社1982年版，第46頁。）乾隆《畢節縣誌》卷六人物："文安之，湖廣人，明末宰輔，不附孫可望，觸怒謫畢節沖和善下，居三月遠去。"（乾隆《畢節縣誌》，董朱英修，路元升等纂，乾隆二十三年刻本。）
② 《容美土司史料彙編》，第282頁。亦見光緒《長樂縣誌》卷十五。此處詩題稱田甘霖爲宣慰使，而甘霖接任宣慰使爲順治十四年（1658），之所以如此稱呼有兩種情況：一是詩題爲後人所加，二是寫作時間與寄詩時間不同。然甘霖有《松山懷文鐵庵先生長律》，詩序曰："時公因忤秦系，幾爲所害，旋以計脱，由黔出蜀。"可見，該詩應是事發多年後，文安之詩寄達，甘霖回贈文詩而作。且在當時條件下，文安之不大可能將詩及時送達。據此判斷，應爲第二種情況。
③ 《容美土司史料彙編》，第166頁。

有餘①。其間,田玄弟田圭作《巴東行呈文鐵庵相國》,傾訴在羈押期間的所受到的屈辱,曰:"不堪修羅面,獰牙來相欺。凶殘難語言,忍淚欲訴誰?子弟知少長,奴隸失尊卑。"並希望其能設法營救:"舊遊雖渺邈,風雨動遐思。何日縶旋解,生還憩一枝。"②文安之此時正主掌川東義軍,籌劃攻打重慶,然而,因內訌而無果,於順治十六年(1659)後鬱鬱而終,以致解救無果。

文安之卒後,仍被羈押的田甘霖作《哭文相國時困巴東作》祭奠,對其忠貞之節給予了高度的評價,並爲其壯志未酬而惋惜不已。詩曰:"炎海漳江幾度深,君恩未報卻相侵。經綸漫措擎天下,慷慨孤懸夾日心。虎豹重關何處覓,嘯吟多句獨堪欽。可憐杜宇春來恨,啼向愁人淚滿襟。"③多年後,田甘霖扶柩親迎至容美安葬。至康熙年間,仍有人爲文安之守墓④。由此觀之,甘霖雖已降清,然仍感念舊情,足見彼此之間的感情。

二 《笠浦合集》:容受流寓文學的一個樣本

容美田氏第四、五代詩人的創作與當時的政治環境緊密相關,抒寫了他們對時局的憂慮以及對自身處境的焦慮。詩歌所體現出的人格氣節,自有一種慷慨悲壯之氣,頗具感染力。這集中體現在《笠浦合集》里。該集也得到了流寓至此的明遺臣們的高度認同。

《笠浦合集》是田玄及其兒子們在甲申除夕時所作合集,每人一組十首,共四組四十首。田玄的忠義與孤憤集中體現在《甲申除夕感懷詩》十首中。該詩序曰:"歲運趨於維新,老人每多懷舊。余受先帝寵錫,實爲邊臣奇遇。赤眉爲虐,朱茀多慚。悲感前事,嗚咽成詩。"⑤組詩的內容也正如其所言,抒發的就是舊恩難釋的忠誠以及獨木難支的憂慮。在表達方式上,猶如自吟、自慰。詩歌情感時而慷慨激昂,時而惆悵不已,時而又故作平靜。幾種情感交替往復,真實地表達

---

① 《湖北通志·武備志》:"是年(順治十五年,1658)二月,體純、天保,遣其黨劉應昌等四人,將銳卒二千渡江,晝伏夜行抵容美,擒土司田甘霖及其妻子以歸,盡驅江南民北渡。"田玄弟田圭《籠中鸚鵡戊戌被留軍中作》亦可爲證,戊戌年即順治十五年。
② 《容美土司史料彙編》,第269頁。
③ 《容美土司史料彙編》,第198頁。
④ 康熙四十三年,吳中文人顧彩受甘霖子舜年之邀赴容美,作《容美紀遊》。書中載宋生爲文安之守墓事曰:"紫草山樸茂幽深,全體皆怪石壘疊。其上數里有草廬三五楹,君所築以居隱士宋生者。生常德武陵人,故明督師文安之幕客也。文公以避賊,流寓司中,君父少傅公禮爲上賓,卒葬是山。宋生守之不去,今年八十餘,誓不下山。君當就而爲之攜酒。"(《容美土司史料彙編》,第317頁。)
⑤ 田玄:《秀碧堂詩集》,《容美土司史料彙編》,第137頁。

出了自己複雜的心情,也讓讀者難以釋懷。

第一首以感歎時局、表明心跡開始,爲組詩定下基調,總領組詩。詩曰:"飛光悲臘盡,一夕尚今年。坐歎龍髯杳,誰攀義髻還?舊恩難遽釋,孤憤豈徒懸。縱説青陽好,笙歌輟市廛。"除夕夜本應是喜慶的,但是對於田玄來説,卻是種煎熬。崇禎逝去,明王朝分崩離析,這個給予自己和家族無上榮光的政權轟然倒塌,讓人充滿悲傷。國家舊患未除,又添新亂,自己日後何去何從?這滿腔的孤憤似乎壓抑許久,此刻噴薄而出,難以自抑。一個念恩忠君的形象躍然紙上。

第二首仍沉浸於舊恩難釋的情感中,但寫得比較巧妙。詩以"兒童未解意,柏酒過相勞"起句。不諳世事的小孩按禮給長輩敬酒賀喜,這一行爲與自己的心境格格不入,卻又觸動了田玄敏感的神經,發出了"曾飽誰家粟,難看改歲桃"的感慨。"酸心聽畫角,伏枕厭鈴鼗",虛實結合,將心生的警報聲與耳邊撥浪鼓聲疊加在一起,心情顯得更加沉重。"逆數經年過,驚蓬轉泛舠",往事不堪追憶,殘局不可逆轉,以後又當如何呢?難道只能歸隱逃避世事、遠離疆場?第三首似乎在回答這個問題,然得出的結論是"未堪言代謝,意氣隱消磨"。自己不能面對當今時局,似乎時光已經讓鬥志消磨殆盡。

但是舊恩不能忘記,鬥志不容消沉。"遺人辭故主,擁鼻增辛酸。矢志終身晉,寧忘五世韓。"(第四首)一念及故主,就平添幾分悲傷,然悲傷又醖釀著更加強大的力量。那就是繼續效忠南明政權,堅決不向清廷妥協。這種感情似乎比第一首更加堅定。對此,我們不能視爲愚忠,不識時務。他的情感有著忠貞品行的支撐,是對這種高貴氣節的堅守。隨後,他對叛臣的變節給以強烈的譴責,"趨新群動易,戀舊抗懷難。何事都門下,尚多不罷官"。或許,譴責的背後也有些許無奈。

心志已定,詩人熾烈的感情也逐漸冷卻下來,感性的情感表達也逐漸轉嚮理想的思考,這也舒緩了組詩的節奏。

第五首是個轉折,詩中雖然還有"顔驚天步改,代訝歲華差"的感傷,然在表達上則顯得平緩。這種對時事的感慨仍是第六至八首的主旋律。隨著新年愈來愈近,心中的悲涼似乎越來越濃厚,因而在詩中反復詠歎,"隔宿分新舊,斯時匪往時"(第六首),"年華曾莫挽,真味幾能甘"(第七首),"不忍言宵促,難爲明日身"(第八首)。世事難違,田玄將感慨轉化成對時間的吟歎。而時間不能倒回,猶如世事,終究要去面對。因此,他將眼光投向了未來,"虛抱三閭憾,誰將一木支"(第六首)、"咫尺分興廢,關心北徂南"(第七首)。儘管眼前還看不到希望,讓人憂愁不已,但他期待著未來有人能與之一道關心時局、匡扶社稷、共赴國難。

第九首是對組詩的總結。田玄從悲涼和憂慮中逐漸走了出來,開始描寫此刻外界的情景,夜雖已深,繁華雖歇,然萬家燈火,都在守歲迎新。"等閑佳節候,歡喜變悲吟",然此時,自己是無心於此的,能做的只是悲吟。

如果説前面九首是田玄抒發己懷,詩中蘊藏著濃烈的悲傷,而第十首則猶如規誡,情感表達顯得冷峻、清醒,與前迥異。詩曰:"向夜叮諸子,癡呆休鷙人。聰明終有累,倏忽漫多神。"田玄提醒其子等人,在忠於明朝政權的前提下,尚不可自作聰明,草率行事。面對複雜的局面,得謹慎處事。"待價求知己,剡匏寄此身",這樣的提醒無疑是理智的。有人以爲是明哲保身之意①,但是這一理解並不得要旨。田玄要保身是肯定的,但是何謂"明哲"? 是以自己的利益最大化爲原則嗎? 顯然不是,結合組詩來看,他對明王朝的感情是真摯的,欲有所爲也是真誠的。他鄙視變節者,肯定不會做出這種選擇。那如何理解呢? 關鍵是"知己"。這一知己不僅僅是明瞭其處境的人,也不僅是能給予其榮華富貴的勢力,而是如文安之這樣的同道者,是能與其一道匡扶明室的節義之士,也是其所呼喚的能支一木的人。但是在這個"知己"尚不明確的情況下,不能率性而爲,得靜候時機。他還是相信這個"知己"一定會出現的。"來朝真面目,另是一番新",這似寬慰,也是期待。

田玄又命兒子們賦詠,各宣欲言。從表面上看,似有商量之意,然根本的動機是想將自己的志氣諭示接班人,以凝聚人心。從需霖、既霖、甘霖的和詩來看,情感不似其父濃烈,表達也更爲直接明白。畢竟三人皆未主事,並沒有父親那般沉痛,對自身的處境也不似父親那般焦慮。雖如此,詩中除了對父親的安慰,也對其志嚮表示了支持。但是三人詩作還是各有不同。從總體來看,長子需霖情懷最接近其父,仍有匡扶時局的擔當;次子既霖則只有一腔憂憤和無奈;三子甘霖則重在思考明代覆亡的原因,但仍未絕望。

需霖時居容美土司儲位,曾參與平叛李自成農民起義軍的戰爭,立下戰功,爲恢復容美宣慰使的封位作出了重要貢獻。其性沉毅英果,詩亦如其人,風格遒邁,有一股剛猛之氣。和詩第一、二、六首表達的是失君的悲傷,第四首對變節叛國者的憤慨,第五首則是對當時大臣相互傾軋而不思共濟時難的無奈和憤怒。其餘五首則明確表達了濟世的情懷。他的骨子里與其父一樣,也有著強烈的忠

---

① 陳湘鋒,趙平略《〈田氏一家言〉詩評注》中説:"這就是説田玄在歷史的轉折關頭要采取的是明哲保身的立場。"(中央民族大學出版社 1999 年版,第 211 頁。)

君思想和擔負社會責任的意識。"復楚慚申胥,標銅愧伏波。黃金在肘後,壯志竟難磨"(其三),然亂世難爲,這又讓他頗爲自責,壯志難平。"雞聲方喔喔,倚閣望江南"(其七),未來將是何種光景,未可預料,他只能密切地關注著。然對於"兵戈驚滿眼,尚是赤眉塵"的局面,"但得親嘗健,長纓自許身"(其八),他時刻準備再踏征程,不會遲疑。這份決心來自於他對故國的眷念,"山河愁世改,帶礪想恩深"(其九)。"劍舞留殘照,鐘鳴警惰身"(其十)。在組詩的結尾,詩人視鐘鳴爲警報,提醒自己不忘國恩,並期待時局的好轉。在其應襲司主之後,仍率軍抗敵,又與南明督師何騰蛟、褚胤錫書信往來,商討軍務,以圖匡復大業。順治五年(永曆元年,1647),由於疏忽,其遭到農民起義軍殘部降將一隻虎襲擊,且父母墓柩俱被掘發,備感屈辱。其立志匡扶大明,卻爲南明內部勢力欺壓,這讓他難以接受,於順治六年(永曆二年,1648)憂憤而卒,壽享三十九歲。

既霖的和詩沒有其父和兄長的慷慨之氣,雖懷故國之悲,但除了憂心愁苦,面對時局,顯得無可奈何。這種情緒在詩中反覆表達,"把舵無三老,驚風任掣舸"(其二),"繭足誰存楚,揮戈孰戰韓"(其三),"孰是回天力,空存戴國身"(其十)。於是,他願意接受現實,"來朝望北關,還是歷朝身"(其七)。他祇能祈禱戰局好轉,以安慰父心,"誰任神州責,還祈半壁支。五陵佳氣在,未必盡朱眉"(其五)。既霖在兄霈霖謝世後三年,承襲司主①。當時大清鼎定已近八年,並已屯兵荊、襄之間,將投降南明的農民起義軍殘部劉體純等部驅趕至鄂西一帶。劉體純等部燒殺搶掠,讓容美飽受欺凌。這樣的南明政權沒有任何希望,在強大的軍事壓力之下,既霖不得投降清朝。兩年後,離世而去。

甘霖基於對形勢的分析,和詩最爲理性,主要討論的是明朝瓦解的原因,即無人堪用,正如其在第十首所言:"寥寥當歲晚,重歎國無人。"第一首先表達了對明朝的感恩之心,表明態度。然而,他對南明政權文武大臣的節氣十分不滿,"痛惜朝中黨,相傾枉自勞。文人誇禦李,勇士但爭桃。遂睹周遷轍,誰爲魯播鼗"②。大臣們置國難於不顧,只知爭權。如此,自己又能何爲?"花源如可問,還願引魚棹"(其二),若有選擇的話,何必哀傷流連,還不如歸隱。這當然是激憤之言。他還認爲大臣們應對當今的局面負責,不可逃避現實,"休心梅福易,執筆

---

① 據嚴首昇《容美宣慰使田既霖世家》載,霈霖謝世時,留遺腹子。當時容美官僚舍把均認爲既霖當立,然既霖不就,希望侄兒世襲,並表示自己會盡心輔佐。然侄兒不到四歲就夭折了。其又欲讓位弟甘霖,然不合禮制,不得已受職。《容美土司史料彙編》,第102頁。)
② 田甘霖《甲申除夕感懷和家大人韻》,《容美土司史料彙編》,第144—146頁。

董狐難。覆餗還辭咎,誰居鼎鼐官"(其四)。從甘霖的詩來看,流露的是對明朝政權的失望。失望並不意味著背叛,這只是他對現實作出基本判斷後所表現出來的情緒。

這組詩給文安之留下了深刻的印象,也深化他對田玄及容美文學的理解。他於順治三年(1646)爲田玄的《秀碧堂詩集》作序,明確聲明田玄受儒家思想的薰陶,同懷立德、立言、立功之志,與中原同文、同倫、同軌。實際上,這就在文化上承認了容美土司的正統地位。在此基礎上,文氏進一步闡釋了田詩的現實意義,曰:"運或趨新,心惟敦舊,信忠貞之世篤,識氣概之獨優。有如幽谷仰墳。文戢蠶食之勢,沉城列峙,強辭蛙聲之章。魏氏侯封,不貿於龍塞;箕山泉石,獨癖於遊岩。斯又先烈之梗概可欽,而今日之徽猷未昧者乎?"①由此不難看出,在南明朝廷根基不穩、戰事膠著而又人心不古的情況下,文氏意欲發揚田氏之忠貞耿介以激勵時人,鼓舞後進。這一點在他爲酉陽土司冉奇鑣《擁翠軒詩集》所作序中得到印證。序曰:"予以烽火間關楚尾,足踐侵雲鳥道,生平所悖懾卻走者。步武而前,無異庭砌,蓋際亂之難也。入容美,喜得田太初父子。太初有《除夕詩十二首》,吐懣瀝臆……玉岑以終軍棄繻之年,擅超宗鳳毛之譽,銳意作者,尤工近體。予得而卒業焉。腴而澤,沉鬱而多榦忠愛君父之志,纏綿筆端,洵挽疆手也。"②爲冉詩作序,而先述時難,接著以田玄詩爲榜樣以激勵之。繼而敘冉氏之詩,稱讚其有忠君之志,與田氏爲同道。

綜上所述,田玄通過詩歌將自己的政治態度傳達給兒子們,又以和詩來強化。兄弟之間又抄詩以自勵,時刻提醒自己,不忘舊恩③。這組猶如家訓的詩歌,成爲了當時容美土司行爲的方針,也爲他們的詩歌創作注入了忠貞節氣。不僅如此,文安之還稱讚道"慷慨悲歌,珠璣萃於一門,三復諸作,一往情深"④,嚴首昇在康熙年間仍有悲慨滿紙、令人不敢多讀的感慨。可見,他們的詩歌是一個時代的集體記憶,甚至成爲了明遺臣的精神寄託。從文學上來講,它也成爲了西南少數民族文學容受流寓文學的典範。

---

① 《容美土司史料彙編》,第134頁。
② 文安之《擁翠軒詩集序》,王鱗飛等修《同治增修酉陽直隸州總志》卷二十,巴蜀書社1992年版。
③ 田甘霖在《悲哉行》詩序中説:"夏雲仲兄以先大人《意筆》《草笠浦》二集,命甘抄錄。甘因搜先長兄雙雲遺稿附編,存者無幾。蓋甘童子時尚能多記,今則憶少忘多矣。不禁愴懷。作悲哉行。"(見《容美土司史料彙編》,第169頁。)抄詩、背詩的目的除交流情感外,更爲重要的是政治觀念的傳遞。
④ 《容美土司史料彙編》,第139頁。

王船山"隨所以而皆可"論疏解

鍾志翔*

內容提要 王船山從"可以"著眼,別開生面地解釋了孔子的興觀群怨説。他將孔子置換爲聖人,其闡釋方嚮不是歷史本來是什麽,而是怎樣理解聖人更爲合理。"隨所以而皆可"的意思是《詩》的效用無所不可,在任何時位皆適宜得中。其依據是天人一體論;在創作上要求作詩者内極才情,外周物理,因時會心,通天盡人;在閲讀上要求學詩者,善學善用,因詩自反,而得性情之正。王船山此説在效用、本體、創作、閲讀諸層面皆體現"隨所以而皆可"之精神。

關鍵詞 王船山 可以 興觀群怨

孔子論《詩》云:"《詩》可以興,可以觀,可以群,可以怨。"(《論語·陽貨》)這一經典論斷得到王船山別開生面的解釋,其文如下:

> "《詩》可以興,可以觀,可以群,可以怨。"盡矣。辨漢魏唐宋之雅俗得失以此,讀《三百篇》者必此也。"可以"云者,隨所以而皆可也。於所興而可觀,其興也深;於所觀而可興,其觀也審。以其群者而怨,怨愈不忘;以其怨者而群,群乃益摯。出於四情之外,以生起四情;遊於四情之中,情無所窒。作者用一致之思,讀者各以其情而自得。故《關雎》,興也;康王晏朝,而即爲冰鑒。"訏謨定命,遠猷辰告",觀也;謝安欣賞,而增其邈心。人情之遊也無涯,而各以其情遇,斯所貴於有詩。是故延年不如康樂,而宋唐之所縣升降也。謝疊山、虞道園之説詩,井畫而根掘之,惡足知此①。

興、觀、群、怨,《詩》盡於是矣。經生家析《鹿鳴》《柏舟》《小弁》爲怨,小

---

* 鍾志翔(1985—),文學博士,江西省社科院文學所助理研究員。
　基金項目:本文爲國家社會科學基金重大項目"中國古代文學制度研究"(17ZDA238)階段性成果。
① 王夫之《詩譯》,《船山全書》第十五册,長沙:嶽麓書社2011年版,第808頁。

人一往之喜怒耳,何足以言《詩》?"可以"云者,隨所以而皆可也。《詩三百篇》而下,唯《十九首》能然。李、杜亦髣髴過之,然其能俾人隨觸而皆可,亦不數數也。又下或一可焉,或無一可者。故許渾允爲惡詩,王僧虔、庾肩吾及宋人皆爾①。

《詩》之泳游以體情,可以興矣;褒刺以立義,可以觀矣;出其情以相示,可以群矣;含其情不盡於言,可以怨矣。其相親以柔也,邇之事父者道在也;其相協以肅也,遠之事君者在也;聞鳥獸草木之名而不知其情狀,日用鳥獸草木之利而不知其名,《詩》多有焉。小子學之,其可興者即其可觀,勸善之中而是非著;可群者即其可怨,得之樂則失之哀,失之哀則得之愈樂。事父即可事君,無已之情一也;事君即以事父,不懈之敬均也。鳥獸草木並育不害,萬物之情統以合矣。小子學之,可以興觀者即可以群怨,哀樂之外無是非;可以興觀群怨者即可以事君父,忠孝善惡之本,而歆於善惡以定其情,子臣之極致也。鳥獸草木亦無非理之所著,而情亦不異矣。"可以"者,無不可焉,隨所以而皆可焉。古之爲詩者,原立於博通四達之途,以一性一情周人情物理之變,而得其妙,是故學焉而所益者無涯也②。

王船山對此再三致意,可見雖異彩奪目,卻並非一時意氣之見,而有其獨特深廣的會心和用意。但其含義並非一目了然,如"隨所以而皆可"何所指、"隨所以而皆可"何所據等皆暗而不彰,有待領會。當今雖不乏解釋者,但大多將目光局限在《薑齋詩話》,且過於急切引用後世文藝觀來格義,未能結合船山的經學著作及整體思想來理解,往往祇是膚泛地評述船山學說的意義,並未貼合文本來切當地解釋其具體內涵。本文將"隨所以而皆可"論視爲王船山思想網路中的一個結點,力求梳理出編織這個結點的思想經緯。

一 "隨所以而皆可"的三層含義

《詩》"隨所以而皆可",是就效用來說的,肯定的表述是"皆可",雙重否定的表述是"無不可",這層含義很好理解,是說《詩》的意味無窮,效用無窮,"所益無涯"。泛論之,任何宗教,任何學說,其理想推到極致也無非是全知全能全在,船

---

① 王夫之《夕堂永日緒論内編》第一條,《船山全書》第十五册,長沙:嶽麓書社 2011 年版,第 819 頁。
② 王夫之《四書訓義》(上),《船山全書》第七册,長沙:嶽麓書社 2011 年版,第 915 頁。

山正是把這種理想推及於《詩》,他的闡釋方嚮是將孔子置換爲聖人,不是去索解孔子的本來面目是什麽,而是去追問怎樣理解聖人更爲合理,儘管在他看來聖人就是孔子的本來面目。在此,《詩》與聖人、天地造化是同構的,《詩》具備與聖人、道體相類的功能,是全能的化身。不是衹有一種或一些效用,而具有無窮的效用;不是衹可用於此,而不能用於彼,而是可用於任何時位;不是衹可適用於一部分人,而是適用於所有人,滿足所有人之所用。因爲《詩》是無所不可的,所以它本不限於某一種用;不限於某一種用,即"出於四情之外";但有無窮之用,所以能夠"生起四情"。與此相通,船山在論《資治通鑒》之"通"時,亦論曰:"其曰'通'者,何也? 君道在焉,國是在焉,民情在焉,邊防在焉,臣誼在焉,臣節在焉,士之行己以無辱者在焉,學之守正而不陂者在焉。雖扼窮獨處,而可以自淑,可以誨人,可以知道而樂,故曰'通'也。"①這裏的"可以"也是指功能效用而言,意味著"足夠",意味著無所不足。以此爲標準,王船山不再局限於歷史時代,而形成了新的評判詩歌高下的品級:"《詩三百篇》而下,唯《十九首》能然。李、杜亦髣髴遇之,然其能俾人隨觸而皆可,亦不數數也。又下或一可焉,或無一可者。故許渾允爲惡詩,王僧虔、庾肩吾及宋人皆爾。"最上層是《詩三百篇》及《古詩十九首》,能使人隨觸而皆可;其次是李白、杜甫,有部分隨所以而皆可之作;再次是"或一可焉,或無一可"的詩人詩作。

但在世俗話語中,無所不可並不全然是褒義的,它還有無所不爲,無可無不可之義,似乎可好可壞,可善可惡,所以孔子所說的"無可無不可"難免有鄉愿之嫌。這實在是一種誤會,其正解乃是適得中正,"可"不僅是"能夠",還是"適宜",或者說"皆可""無所不可"是指無不得其中正。這種純正無邪的價值,是由君子或聖人維持所致,自不會流入小人一路。王船山《四書訓義》云:"君子者,無所往而非道者也。其爲道也,推此心之德,則成天下之務,以通天下之志,及於民物而無遺者也。"②君子的功能是無窮的,這體現爲君子之道施及天下萬民,毫無遺漏,"無所往而非道",也即無論何所往皆有一道在,這就有了正面價值的保證。同理,王船山《周易内傳》釋"乾始能以美利利天下,不言所利,大矣哉",也指出乾德之大就體現爲"利之正"與"無不通"兩方面③。可見,"隨所以而皆可"的第二層意思將"可以"於"不可"的意思包蘊其中,是指萬事萬物皆得其正皆得其宜,這

---

① 王夫之《讀通鑒論・敘論四》,《船山全書》第十册,長沙:嶽麓書社2011年版,第1184頁。
② 王夫之《四書訓義》(上),《船山全書》第七册,長沙:嶽麓書社2011年版,第248頁。
③ 王夫之《周易内傳》,《船山全書》第一册,長沙:嶽麓書社2011年版,第69頁。

是一種最高的價值追求。

"隨所以而皆可"論在聖人君子與世界的關係中展開。道家的神人、真人遊於四海之外,儒家的聖人君子是處世的。這就肯定了世界針對個體性的聖人的先在性和客觀性。因世界的先在性,故聖人君子有其所遇,聖人的聖性就體現在隨其所遇而無不合道、因其時位而無不得中之上。王船山《四書訓義》説君子之學成,"於斯時也,天下之理,隨所遇而渙然無疑;日用之事,隨所爲而適然皆順。"① 孔子就是這方面的典範,孟子稱之爲"聖之時"者,説他可以速而速,可以久而久,可以處而處,可以仕而仕,與聖之清者伯夷、聖之任者伊尹及聖之和者柳下惠不同,船山《四書訓義》對此詳細加以解説,云:"凡孔子之去就,理之所當然,事之所不得不然,情之所固然,義之所必然,皆有其可者焉。可以速去,而無容濡滯也,因之而速矣;可以久居,而無事急迫也;因之而久矣;道未可行,而處不爲忘世也,因之而處矣;世有可用,而仕不爲屈道也,因之而仕矣。見幾之速,前此無一成之心,後此無已甚之悔;因物而應,行一心之所獨是,合天下而不違。未嘗不清也,而無絶物之跡;未嘗不任也,而無從物之嫌;未嘗不和也,而無悦物之念。此曠千世而妙用其權衡者,惟孔子而已矣……以樂之金聲而爲始條理者擬之孔子,則智之事也。惟道之宜出、宜處、宜速、宜遲,皆有自然之條理,而聖人於事未應、幾未見之先,具有察微知著之識,上審之天心,内度之素位,外辨之物情,皆曙其相成而不相悖之理,以生其隨遇咸宜之大用。以樂之玉振而爲終條理者擬之孔子,則聖之事也。凡道之或出、或處、或速、或遲,皆因已知之條理,而聖人率其不思而得、不勉而中之實,合乎從心不逾之矩,於土而皆安,於我而皆真,於天而皆合,遂以成其至善,而得所止之全,以要乎衆理統宗之極。"② 在船山的觀念中,《詩》與聖人同構,其"隨所以而皆可"即如聖人隨所遇而合道,是因時因位而適宜之義;在上述的引文中,《詩》效用是針對用者來説的,隨用者之用而顯其用,其本身並不局限於某一種用,所以説"遊於四情之中,隨所遇而皆可"。

聖人的隨所遇而皆可,針對並避免兩種弊端,一是執一理以爲恒常之道而不知變通,二是無道可執而隨世遷流。第一種傾嚮是知經不知權,知常不知變,面對變動非恒的時世往往僵持一理,可適於此但不可適於彼,可適於一但不可適於全。而實際上境遇萬變,君子之道也因之而變。王船山説:"道之費也,盡天下之境而道皆在焉。境則有順逆矣,人之行乎境者則有得失矣。境之順而道行乎順,

---

① 王夫之《四書訓義》(上),《船山全書》第七册,長沙:嶽麓書社 2011 年版,第 245 頁。
② 王夫之《四書訓義》(下),《船山全書》第七册,長沙:嶽麓書社 2011 年版,第 618—619 頁。

境之逆而道行乎逆,行之得而處得者有道,行之失而處失者有道;無不周也,無不宜也,則君子之道是已。"①同書又説:"天下之可爲也不一途,聖賢之爲之也,不一道。因治而爲之,舜、禹之所以興治;因亂而爲之,伊、吕之所以撥亂;而況夫子乎! 無不可爲者,聖道之大;即使終不可爲,而爲之也無損於吾之知,而世教亦因之以明,則聖德以弘也。"②職此之故,歷來被稱譽的嚴光就受到了王船山的批評,原因就在於時勢可以仕而嚴光仍持守隱之道。

第二種傾嚮則毫無原則,俗稱見人説人話,見鬼説鬼話,縱横家是其代表。王船山《周易内傳》釋《隨》卦《彖》之"大亨貞無咎,而天下隨時",云:"'天下隨時'者,天下已成乎陰上陽下之時,而因時以與之周旋,順乎時而不失其大正,此唯全體天德,而爲聖人不磷不緇之堅白,而後無可無不可;事定、哀之主,從三桓之後,受命相從,而爲聖人之時,終無咎也。下此者,與時遷流,咎可免乎?"③同書釋"隨時之義大矣哉",也同樣認爲可以"隨時"的前提條件是"聖人順天道以行大用",而"近世無忌憚之小人以譙周、馮道隨時取容當之,則廉恥喪,而爲世患深矣"④。船山主張"隨所以而皆可",絶非枉道阿世之義。船山《周易内傳》又從正面闡發因時而可之義:"要其隨變化而異用者,皆以陽剛純粹之德,歷常變之必有,而以時進其德業,則乘龍禦天,初無定理,唯不失其爲龍,而道皆得矣。聖人用之,則雲行雨施,而以易知知天下之至險,險者無不可使平。君子學之,則務成乎剛健之德,以下學,以上達,以出以處,以動以静,以言以行,無日無事不可見之於行,則六爻旁通,雖歷咎悔而龍德不爽,唯自強之道,萬行之統宗,而功能之所自集也。"⑤可見,船山的"隨所以而皆可"不墮於兩邊,而執天理與時位之中道。

二 "隨所以而皆可"的理論依據

聖人之所以能夠隨所遇而皆可,其依據就在於天人一體,在於聖人其心具足天理而不凝滯,而《詩》之所以可能"隨所以而皆可",也同理在於具足一切而不僵化、横説竪説皆昭明天理。朱熹在釋孔子的"一以貫之"時提出一本萬殊論,其文

---

① 王夫之《四書訓義》(上),《船山全書》第七册,長沙:嶽麓書社 2011 年版,第 140 頁。
② 王夫之《四書訓義》(下),《船山全書》第七册,長沙:嶽麓書社 2011 年版,第 814 頁。
③ 王夫之《周易内傳》,《船山全書》第一册,長沙:嶽麓書社 2011 年版,第 182 頁。
④ 王夫之《周易内傳》,《船山全書》第一册,長沙:嶽麓書社 2011 年版,第 182—183 頁。
⑤ 王夫之《周易内傳》,《船山全書》第一册,長沙:嶽麓書社 2011 年版,第 70 頁。

云:"夫子之一理渾然而泛應曲當,譬則天地之至誠無息,而萬物各得其所也……蓋至誠無息者,道之體也,萬殊之所以一本也;萬物各得其所者,道之用也,一本之所以萬殊也。"①天地至誠無息,而萬物各得其所;聖人一理渾然而泛應曲當,知行皆得其中正:其理據就在於一本萬殊。船山服膺一本萬殊之說,他認爲天地萬物皆太虛一氣所化,氣之變動不居,而有萬殊分別;然雖有分別,其本仍在太虛一氣。船山《周易内傳》云:"天陽之數,無所不用,於此見天之所以爲天,大極無外,小入無間,生死榮枯,寒暑晦明,靈蠢動植,燥濕堅脆,一皆陽氣之充周普遍,爲至極而無能越之則焉。"②此一氣爲萬物之統宗,又可名之爲太和清明元氣。太和清明之氣推蕩鼓舞於萬物之中,爲造化之精者,爲乾元之德,變化開去,"在人爲性,在德爲仁,以一心而周萬理,無所懈,則無所滯。君子體之,自強不息,積精以啓道義之門,無一念利欲之間,而天德王道於斯備矣。天理即因本心而動。"③因這一體性,從本體層面確立了"雖所以而皆可"的依據;因全體藏用的本心,又從主體層面確立了"隨所以而皆可"的可能性。船山很強調本心的意義,其《四書訓義》説:"苟能不失其本心者,是非必審,而隨在皆可以自處。"④又説:"仁者,其心本與理合也,而存之養之,又已極於密焉。於是心之方靜,無非天理之凝也;心之方動,無非天理之發也。見吾心爲居仁之宅,則見天下皆行仁之境,隨所用而皆仁,無不安也。"⑤這種道理,在《張子正蒙註》中也有系統的闡述。由本體經本心之過渡,《詩》因之確立其全體大用,即《詩》是本心之含藏,故有隨所以而皆可之大用。船山《古詩評選》評阮籍《詠懷·開秋兆涼氣》,云:"唯此窅窅摇摇之中,有一切真情在内,可興、可觀、可群、可怨,是以有取於詩。然因此而詩,則又往往緣景、緣事、緣以往、緣未來,終年苦吟而不能自道,以追光躡景之筆,寫通天盡人之懷,是詩家正法眼藏。"⑥"有一切真情在内""通天盡人之懷"説的就是詩之體,因有此體,故有可興可觀可群可怨之用。

既明白了《詩》之體,也就明白了興觀群怨的實質以及四者的關係。船山是以四情來解釋興觀群怨的,如上文所引:"《詩》之泳游以體情,可以興矣;襃刺以立義,可以觀矣;出其情以相示,可以群矣;含其情不盡於言,可以怨矣。"情是性

---

① 王夫之《四書訓義》(上),《船山全書》第七册,長沙:嶽麓書社2011年版,第376頁。
② 王夫之《周易内傳》,《船山全書》第一册,長沙:嶽麓書社2011年版,第68頁。
③ 王夫之《周易内傳》,《船山全書》第一册,長沙:嶽麓書社2011年版,第69—70頁。
④ 王夫之《四書訓義》(上),《船山全書》第七册,長沙:嶽麓書社2011年版,第358頁。
⑤ 王夫之《四書訓義》(上),《船山全書》第七册,長沙:嶽麓書社2011年版,第358頁。
⑥ 王夫之《古詩評選》,《船山全書》第十四册,長沙:嶽麓書社2011年版,第681頁。

的變態,性是情的定體,真情即是天性。船山《詩廣傳》云:"有識之心而推諸物者焉,有不謀之物相值而生其心者焉。知斯二者,可與言情矣。天地之際,新故之跡,榮落之觀,流止之幾,欣厭之色,形於吾身以外者,化也;生於吾身之内者,心也。相值而相取,一俯一仰之際,幾與爲通,而浡然興矣。"①基於一體論,心、情、物皆爲氣之變化;在吾身之内者爲心,心之變化爲情,"情者,陰陽之幾也。"②可見,興觀群怨是人發乎其不能自已的真情、天情,而不是隨欲遷流不能自持的"一往之喜怒",這裏存在天人之區別。杜甫正因詩中嘗涉及爲一己衣食無著而怨怨,而被船山所斥;船山所主張的情乃是天情、真情,亦即隨其情之變而得本性之正、天理之正。其《四書訓義》借孔子評孺子之歌發揮説:"清可濯纓,斯濯纓矣,不以其且將濯足而靳於貴用之也;濁可濯足,斯濯足矣,不念其固可濯纓而難於賤用之也。然則人之貴用之,賤用之,豈人之故爲軒輊如此水何哉!水之清也,自取貴;水之濁也,自取賤也。然則人情之逆順、事幾之成敗,天道之興亡,何一而不如此哉!"③這爲真情與小人一往之喜怒的區别提供了例證。

而四情之關係,正像聖賢易地而皆然,四者有時位之殊,但同歸一本。船山《四書訓義》解"禹稷顔子易地而皆然"云:"唯其因時之所以處我者而皆有自處之道,故禹稷而易顔子之地,亦簞瓢陋巷而樂也,有其樂,故可以憂天下之憂;顔子而易禹、稷之地,亦三過其門而亟也,自亟其亟,而非亟人之亟也。本心具足而不凝滯。"④禹、稷、顔子具足相通的本心,但"時之處我者"不盡相同;同理,興觀群怨皆本於真情天性,但有所用之不同;隨所用不同,但同本於天性真情,且隨所用而皆合乎天性真情,此即"隨所以而皆可"之義。或可用一公式來説明,B = C = D = E 之成立,乃是因爲 B = A,C = A,D = A,E = A。善通觀者,即能於興而見真情,由其本而通於觀、通於群、通於怨,即 B = A = C = A = D = A = E,正如"於春風沂水而見天地萬物之情者,即於兵農禮樂而成童冠詠歸之化。"⑤

三 "隨所以而皆可"的實現途徑

船山通過追溯詩之本源而闡發了《詩》之大用,依據此理,他的創作主張是要

---

① 王夫之《詩廣傳》,《船山全書》第三册,長沙:嶽麓書社 2011 年版,第 383—384 頁。
② 王夫之《詩廣傳》,《船山全書》第三册,長沙:嶽麓書社 2011 年版,第 323 頁。
③ 王夫之《四書訓義》(上),《船山全書》第七册,長沙:嶽麓書社 2011 年版,第 436—437 頁。
④ 王夫之《四書訓義》(上),《船山全書》第七册,長沙:嶽麓書社 2011 年版,第 542 頁。
⑤ 王夫之《四書訓義》(上),《船山全書》第七册,長沙:嶽麓書社 2011 年版,第 677 頁。

求"作者用一致之思",意爲隨物隨事而照見天理人心,因時因位而顯明一貫之源。船山《四書訓義》船山釋孔子"一以貫之"之道,云:"夫吾之爲道,至小之幾無忽也,至大之體無遺也,至常之體不雜也,至變之幾不忘也。雖然,所以盡乎小者,即所以致乎大;所以行乎大者,即所以詳乎小;所以貞乎常者,即所以應乎變;所以應乎變者,即所以貞乎常。故小不廢大,大不遺小,小大因乎事,而達之者一致;常不礙變,變不失常,常變因乎時,而行之者一揆。蓋實有包衆理、通萬事者,爲一致之原,而於天地、民物、道法之無窮,皆以此貫之而已矣。於人情無不貫也,貫之而無有逆也;於物理而無不貫也,貫之而無有蔽也。即裏而即表,即精而即粗。"①小大、常變、表裏、精粗、天地、民物、人情之中皆有一致之原,聖人體之故能"一以貫之"。詩人之爲詩仿此,自當即民物、人情而寫其一致之本源。船山《唐詩評選》評杜甫《野望》云:"寫景詩只詠得現量分明,則以之怡神,以之寄怨,無所不可,方是攝興觀群怨於一爐,錘爲風雅之合調。"②何謂"詠得現量分明"?船山釋"歲寒然後知松柏之後凋"是其絶佳注釋:"夫子當歲寒見松柏而有所感曰:夫此蔚然茂矣而不改柯易葉者,惟松柏也哉!乃嚮者卉木方榮之時,松柏未能與之爭盛也。即在林樹微落之際,松柏亦未見其有專美也。今歲而寒矣,然後知百卉凋而此不凋;松柏即有或凋之時,而不與衆木同凋。知之不早,而可以知者,非在歲寒也。惟其爲松柏而寒自不能凋之,則所以保合生理而養其凝定之質者,正不必爲歲寒計,而自能不屈於歲寒。特知之者至歲寒而始知耳。夫子此言,可以表志士仁人之節,可以示知人任重之方,可以著君子蓄德立本之學,可以通天下吉凶險阻之故。一感物而衆理具焉,存乎人之善體之而已。"③松柏有其天理本性,夫子就松柏本身而詠其本性,見此本性即見天理;在此,松柏並非某種外在之理的譬喻,而是即物即理。可見,詩歌創作中的"現量"是即物而寫其天理之義。

而推求作者之所以可能用一致之思的前提條件,是詩人已將自己提升到了聖人的地步,具備相當的能力,所謂"古之爲詩者,原立於博通四達之途,以一性一情周人情物理之變,而得其妙"。船山《夕堂永日緒論外編》第二條論藝苑"大家"云:"李杜則内極才情,外周物理,言必有意,意必繇衷;或雕或率,或麗或清,或放或斂,兼該馳騁,唯意所適,而神氣隨禦以行,如未央、建章,千門萬戶,玲瓏

---

① 王夫之《四書訓義》(上),《船山全書》第七册,長沙:嶽麓書社 2011 年版,第 378 頁。
② 王夫之《唐詩評選》,《船山全書》第十四册,長沙:嶽麓書社 2011 年版,第 1019 頁。
③ 王夫之《四書訓義》(上),《船山全書》第七册,長沙:嶽麓書社 2011 年版,第 594 頁。

軒豁，無所窒礙：此謂大家。"唯有"內極才情、外周物理"的大家，才能創作出韻味無窮的作品。

作者用一致之思創作出含蘊無窮的作品，讀者得以能夠"各以其情而自得"。這不是説讀者對詩意的領會是自動的、現成可得的，而是須要讀者的主動參與，須要讀者善學善用。作者及作品只保證了可能性，但要實現其現實性，則仍要讀者用心體會。所以"各以其情而自得"這句話與現代流行的讀者接受理論並不相同，它表面賦予了讀者超高的權力，實際上也向讀者提出了極高的要求，即自己提升到善用的程度，同時設定了讀詩的目的和方嚮，即以成德爲志趣。船山《四書訓義》云："天之所與者，驗於其躬，則志氣之勃興，反觀而自覺；驗於其世，則氣機之順暢，隨在而皆通。"①這保證了自得的可能性。同書盛讚子夏之善學《詩》，云："此道足於己，而隨遇皆成其德……《詩》之爲教，興起人無已之心，而微示人以靜求之益者也。切磋琢磨之功，非爲貧富言也，而涵泳有得焉，則夫人之學必於此，天下之道盡於此矣。推而廣之於處貧富而盡其道，引而申之於學修而知其通，以此言《詩》，三百篇皆身心之要。"②"身心之要"點明學《詩》的目的與《詩》教是一致的。同書釋"思無邪"，亦發揮説："學者以之感動其性情，而興起於善，則在於《詩》矣。《詩》之爲篇凡有三百，有正焉，有變焉，有善者可以勸焉，有惡者可以鑒焉。學者於此，將因所賦以生其喜怒哀樂之情，將有忽彼忽此而不足者矣。乃學詩固必有自正之情，以區別其貞淫，爲興觀之本，則有蔽之者，而後凡詩皆一理，凡詩皆可以有得也……詩非授人以必遵之矩也，非示人以從人之途也，其以移易人之性情而發起其功用者，思而已矣。人之善惡得失，皆如是以思之，即如是以爲之。乃思自有其正也，坦然一共由之理，直用之而無旁出，物欲不能誘之以去，以之思理可也，以之思事可也，以之思君父可也，以之思室家可也，以之思古昔之法則可也，以之思衰亂之變遷，無不可也。若捨其正而從其妄，則不特淫慝者日陷於惡，即忠孝廉節之事亦且偏託而不免於譏矣。善學《詩》者，於此一言而有得焉，舉凡三百之諷詠，皆以無邪之思臨之，自見夫善之可好，惡之可惡，而無往不得夫《詩》之益。"③自實際而論，詩作未必皆絶佳純真、合乎天理，但讀者因心思的作用，雖遇惡者仍可以之爲鑒，而得轉惡爲善之功。同書又説："善學者，隨所感而皆有所通，而《詩》之爲教，托事物以興起人心，尤其感人者也……因

---

① 王夫之《四書訓義》（上），《船山全書》第七册，長沙：嶽麓書社2011年版，第587頁。
② 王夫之《四書訓義》（上），《船山全書》第七册，長沙：嶽麓書社2011年版，第274頁。
③ 王夫之《四書訓義》（上），《船山全書》第七册，長沙：嶽麓書社2011年版，第279頁。

物而見理焉，因器而見道焉。凡《詩》之教，即凡天下之在人、在物、在情、在感者，皆以因其固然，而反之於實，則極乎流連淫泆之思，類以動人真心之不容已者，而非但侈容觀之美以失其純白也。三百篇之中，無往而不遇之矣。善學如商，而先王以聲詩正人之性、大禮達人之情，豈異意乎？嗚呼！觀於夫子之許子夏，可以知詩焉，可以知禮焉，可以知學焉。無他，求之於實而已矣。"[1]可見，在船山看來，讀者之學《詩》，其依據是天所與之真心真情以及"思"這種主動且有方嚮性的心理活動，其所感發者也是真心真情，其目的則是涵養真心真情，凡讀《詩》皆當作如是觀；並因《詩》之含蘊無窮而必能獲致此種收效，是謂"各以其情而自得"，亦即"隨所以而皆可"。

總之，船山的"隨所以而皆可"論，不是偶發的奇想，而是深思熟慮、自成體系的見解，貫徹於效用、本體、創作、閱讀諸層面。它源自孔孟之道，受宋儒影響，改造佛教的應機説法，終成別開生面的説《詩》理論。

---

[1] 王夫之《四書訓義》(上)，《船山全書》第七册，長沙：嶽麓書社 2011 年版，第 327 頁。

令規與輯釋

移書讓太常博士輯釋

［漢］劉歆[1]原撰　饒龍隼輯釋*

昔唐虞既衰[2]，而三代迭興[3]，聖帝明王[4]，纍起相襲，其道甚著。周室既微而禮樂不正[5]，道之難全也如此[6]。是故孔子憂道之不行，歷國應聘[7]。自衛反魯，然後樂正[8]，《雅》《頌》乃得其所[9]；修《易》，序《書》，製作《春秋》[10]，以紀帝王之道[11]。及夫子沒而微言絕，七十子終而大義乖[12]。重遭戰國[13]，棄籩豆之禮[14]，理軍旅之陳[15]，孔氏之道抑[16]，而孫、吳之術興[17]。陵夷至於暴秦[18]，燔經書，殺儒士，設挾書之法，行是古之罪[19]，道術由是遂滅[20]。

漢興，去聖帝明王遐遠[21]，仲尼之道又絕[22]，法度無所因襲[23]。時獨有一叔孫通略定禮儀[24]，天下唯有《易》卜[25]，未有它書。至孝惠之世[26]，乃除挾書之律[27]，然公卿大臣絳、灌之屬咸介冑武夫[28]，莫以爲意。至孝文皇帝[29]，始使掌故朝錯從伏生受《尚書》[30]。《尚書》初出於屋壁[31]，朽折散絕[32]，今其書見在，時師傳讀而已[33]。《詩》始萌牙[34]。天下衆書往往頗出[35]，皆諸子傳説[36]，猶廣立於學官[37]，爲置博士[38]。在漢朝之儒，唯賈生而已[39]。至孝武皇帝[40]，然後鄒、魯、梁、趙頗有《詩》《禮》《春秋》先師[41]，皆起於建元之間[42]。當此之時，一人不能獨盡其經[43]，或爲《雅》[44]，或爲《頌》[45]，相合而成。《泰誓》後得，博士集而讀之[46]。故詔書稱曰[47]："禮壞樂崩[48]，書缺簡脱，朕甚閔焉[49]。"時漢興已七八十年[50]，離于全經，固已遠矣[51]。

及魯恭王壞孔子宅[52]，欲以爲宫，而得古文於壞壁之中[53]，《逸禮》有三十九[54]、《書》十六篇[55]。天漢之後[56]，孔安國獻之[57]，遭巫蠱倉卒之難[58]，未及施行。及《春秋》左氏丘明所修[59]，皆古文舊書[60]，多者二十餘通[61]，臧于秘府[62]，伏而未發[63]。孝成皇帝閔學殘文缺[64]，稍離其真[65]，乃陳發秘臧[66]，校理舊文[67]，得此三事[68]，以考學官所傳[69]，經或脱簡[70]，傳或間編[71]。傳問民

---

*　饒龍隼，文學博士，上海大學文學院教授，出版专著《上古文學制度述考》等。
　　基金項目：本文爲國家社會科學基金重大項目"中國古代文學制度研究"（17ZDA238）階段性成果。

間[72]，則有魯國桓公、趙國貫公、膠東庸生之遺學與此同[73]，抑而未施[74]。此乃有識者之所惜閔[75]，士君子之所嗟痛也[76]。往者綴學之士不思廢絕之闕[77]，苟因陋就寡[78]，分文析字[79]，煩言碎辭[80]，學者罷老且不能究其一藝[81]。信口說而背傳記[82]，是末師而非往古[83]，至於國家將有大事[84]，若立辟雍、封禪、巡狩之儀[85]，則幽冥而莫知其原[86]。猶欲保殘守缺[87]，挾恐見破之私意[88]，而無從善服義之公心[89]，或懷妒嫉，不考情實，雷同相從[90]，隨聲是非[91]，抑此三學[92]，以《尚書》爲備[93]，謂左氏爲不傳《春秋》[94]，豈不哀哉！

今聖上德通神明[95]，繼統揚業，亦閔文學錯亂[96]、學士若茲[97]，雖昭其情；猶依違謙讓[98]，樂與士君子同之[99]。故下明詔，試《左氏》可立不[100]，遣近臣奉指銜命，將以輔弱扶微[101]，與二三君子比意同力[102]，冀得廢遺[103]。今則不然，深閉固距[104]，而不肯試[105]，猥以不誦絕之[106]，欲以杜塞余道[107]，絕滅微學[108]。夫可與樂成，難與慮始[109]，此乃眾庶之所爲耳，非所望士君子也[110]。且此數家之事[111]，皆先帝所親論[112]，今上所考視[113]，其古文舊書[114]，皆有徵驗[115]，外內相應[116]，豈苟而已哉！

夫禮失求之於野[117]，古文不猶愈於野乎[118]？往者博士《書》有歐陽[119]，《春秋》公羊[120]，《易》則施、孟[121]，然孝宣皇帝猶復廣立《穀梁春秋》《梁丘易》《大小夏侯尚書》[122]，義雖相反[123]，猶並置之[124]。何則？與其過而廢之也[125]，寧過而立之[126]。傳曰[127]："文武之道未墜於地[128]，在人[129]；賢者志其大者，不賢者志其小者[130]。"今此數家之言所以兼包大小之義[131]，豈可偏絕哉[132]！若必專已守殘[133]，黨同門[134]，妒道真[135]，違明詔[136]，失聖意，以陷於文吏之議[137]，甚爲二三君子不取也[138]。（以中華書局 1962 年第 1 版《漢書》卷三十六《楚元王傳·劉歆傳》爲底本，校以《四部叢刊》影印宋刊六臣注《文選》本。《漢書》卷三十六《楚元王傳·劉歆傳》以下簡稱《漢書》卷三十六《劉歆傳》）

解題：

《移書讓太常博士》題名，應當是後來編選者添加的。《漢書》卷三十六《劉歆傳》："及歆親近，欲建立《左氏春秋》及《毛詩》《逸禮》《古文尚書》皆列於學官。哀帝令歆與《五經》博士講論其義，諸博士或不肯置對，歆因移書太常博士，責讓之曰……"此所言劉歆"因移書太常博士，責讓之曰"，顯然是史家對"移""讓"行爲的動態描述，而不是對劉歆所作"移""讓"文字的題名。及至收錄《文選》中，則發生了誤植和誤題。一則將史家描述的文字當成劉歆所作序，二則爲《楚元王傳》

所錄劉歆文字題名，便成《移書讓太常博士並序》篇名，以此沿用下來而遮蔽其原初形態。這其實也是南朝齊、梁間人的共識，劉勰就把該文看成"文移"之首篇。至於當今有些論者將該文當作一種"書"體看待，如名爲《讓太常博士書》或《移讓太常博士書》，則是據己意妄題，忽視其移文特性。劉勰將該文著論於《檄移》，並判定它爲"文移"之首篇，而不在《書記》之中論列，就是照應了它的移文特性。

故知"移"作爲一種文體，雖發端於劉歆的"移"文；其被指稱爲文體，卻晚至齊、梁間。《文心雕龍·檄移》："相如之難蜀老，文曉而喻博，有移檄之骨焉；及劉歆之移太常，辭剛而義辨，文移之首也；陸機之移百官，言約而事顯，武移之要者也。故檄移爲用，事兼文武，其在金革，則逆黨用檄，順命資移，所以洗濯民心，堅同符契，意用小異而體義大同，與檄參伍，故不重論也。"劉勰將檄移二體合論，以爲兩者小異而大同。其所異者，在於意用，檄屬武事，移屬文事；其所同者，在於體義，移之體義，近同於檄。其前文曰："凡檄之大體，或述此休明，或敘彼苛虐，指天時，審人事，算強弱，角權勢，標蓍龜於前驗，懸鞶鑒於已然，雖本國信，實參兵詐，譎詭以馳旨，煒曄以騰説，凡此數條，莫或違之者也。故其植義颺辭，務在剛健：插羽以示迅，不可使辭緩；露板以宣衆，不可使義隱。必事昭而理辨，氣盛而辭斷，此其要也。若曲趣密巧，無所取才矣。又州郡徵吏，亦稱爲檄，固明舉之義也。"這揭舉了檄體文的特點，是爲事昭理辨氣盛辭斷，即剛健雄辯明斷，不容置疑與違逆。驗以《移書讓太常博士》，其文批駁指責、破中有立，可謂辭剛義辨、雄健有力，誠可見移的體要與檄近同。

《説文解字》七篇上《木部》："移，禾相倚移也。"移亦通假爲迻。劉勰《檄移》："移者，易也，移風易俗，令往而民隨者也。"清王兆芳《文章釋》："移書者，'移'本字作'迻'，遷徙也，手書遷移於人，或召或約，或責或勸，使之從也。主於徙達嚴詞，鼓動人意。源出於王孫駱《移記公孫聖》，見《吴越春秋》。"（《歷代文話》，復旦大學出版社2007年版，第6305頁）及至明代徐師曾撰《文體明辨》，更設"公移"類以論其文體特徵，其《序説》指出："公移者，諸司相移之詞也，其名不一，故以'公移'括之。"此類論説，大都揭示了移文的功能特徵，即通過文書來移易對方意見。劉歆《移書讓太常博士》之寫作目的，是改變太常博士反對立古文經之執見。

移作爲文體，古稱"移"，又稱"移書"，或稱"公移"，是官府中相互往來的一種文書，通常用於級別平等的官曹之間。移文的邊界不甚明確，其範圍、對象與功能，都不是恒定不變的，而會適時發生變化。據曾棗莊考述，"戰國時，移文是各國間、各國官員間或國内不相統屬的各官署間的一種交往文書。漢代，移文則是各衙署之間、平級官員間交往的文書。三國以後,亦單稱'移'或'移書',用於勸喻訓戒,文詞曉明剛健,簡約清晰"。(《中國古代文體學》下卷《中國古代文體分類學》,上海人民出版社 2012 年版,第 245 頁)黃門侍郎劉歆當時受皇帝詔命校理經書,與講授今文經學的太常博士實不相統屬;其《移書讓太常博士》即用於没有隸屬關係的兩類職官之交往,意在責讓不肯參與今古文經辯論的太常博士以改變他們的執見。

劉歆寫作《移書讓太常博士》,有特定的政治思想文化背景。經歷春秋晚期禮崩樂壞、戰國時期秦滅六國、秦始皇焚書坑儒、秦末年戰火摧殘,經書殘缺,道術滅裂;漢初廢除挾書令,經子群書稍興起,當時經書大都出自儒生記誦,而用通行隸書抄寫成今文經,文字多有脱落竄亂,不能適用現實政治;及魯恭王拆毀孔子宅以擴建宫室,從孔府壞壁之中得古文經書多種,有《逸禮》三十九篇、《書》十六篇,孔安國獻之,然未及施行,而藏於秘府;又《春秋左氏傳》《毛詩》等古文經傳,亦陸續獻自民間、收藏官府而未獲推行。劉歆早先跟從父親向研學經術,傳習今文《易》《穀梁春秋》;當受命協助父向校理秘府藏書,發現《春秋左氏傳》而大好之,乃從尹咸、翟方進質問研習之,從而認定古文經更優於今文經。及劉歆親近皇帝,於建平元年進言,欲建《左氏春秋》《毛詩》《逸禮》《古文尚書》於學官,漢哀帝乃詔令劉歆與研習今文經的《五經》博士講論其義;但《五經》博士不肯置對,劉歆便撰該移文以責讓之。此中情實可概述爲三點:(一)治道因衰缺不全,需要古文經來補充;故該文高標鳴世,具有政治適用性。(二)古文經多有發現,可以校正今文經;故該文推重古文,具有尊孔權威性。(三)今文經獨擅官學,排斥打壓古文經;故該文批駁今文,具有思想針對性。

劉歆該文的寫作動機,是爭立古文經爲官學;其責讓與爭辯的對象,是今文經學太常博士。還得到漢哀帝的支持,詔令劉歆與太常講論;然太常博士不予理會,劉歆乃假君威撰移文。當時雖強立古文經未成,然後來古文經陸續被建,其始作俑者及推動者,即劉歆所撰這篇移文。這些情況表明,"移書讓太常博士"並非私人寫作,而是政治思想領域的行政公文行爲。劉勰稱"移風易俗,令往而民隨",實已指明了該文的官方令規之性能。

校注:

[1]劉歆:字子駿,後改名秀,字穎叔,爲漢高祖劉邦四弟楚王劉交後裔,劉德之孫,劉向之子。西漢末年人,然生年不詳,前 50 年至前 23 年在世。徙居長安,歷漢宣帝、元帝、成帝、

哀帝、平帝、孺子居攝、王莽新諸朝，爲經學大家、傑出學者，以宣揚爭立古文經獲盛名。少時通習今文《詩》《書》，後又治今文《易》《穀梁春秋》等，以能通經學、善屬文爲漢成帝召見，待詔宦者署，爲黃門郎；哀帝時，以王莽舉薦，官侍中太中大夫，遷騎都尉、奉車光祿大夫；哀帝死後，被王莽任命爲右曹太中大夫，遷中壘校尉；不久，升任羲和、京兆尹，封紅休侯，典儒林史卜，鼓吹古文經學，助王莽篡漢，成爲新朝帝師；終因陷入政治旋渦，乃想極力掙脫，謀誅王莽，事泄自殺。漢成帝河平三年(前26)，受詔與其父劉向領校中秘藏書，協助校理圖書。哀帝建平元年(前6)，劉向死後，繼承父業，負責總校群書。他在校理秘府藏書時，發現古文經書，加上早前所受《春秋左氏傳》，乃於建平元年向哀帝進言，欲建古文經《左氏春秋》《毛詩》《逸禮》《古文尚書》於學官。又在劉向所撰《別錄》基礎上，修訂成《七略》，是爲中國古代第一部圖書分類目錄，還曾與父親劉向編訂《山海經》。他不僅在儒家經學上很有造詣，而且在校勘學、天文曆法學、史學、詩歌等方面都堪稱大家。他編制的《三統曆譜》被認爲是世界上最早的天文年曆雛形。劉歆對經學的貢獻有四個方面：第一，校理了一批新發現的先秦經書，使古文經書免於佚失；第二，開闢了以訓詁史事解經新方法，矯正今文章句之繁瑣；第三，打破了今文經學對儒學的壟斷，重視名物制度之考釋；第四，爭立《左傳》等古文經於學官，使後世經學平分古今。

[2]唐虞：唐堯與虞舜的並稱，亦指堯與舜的時代。是爲儒家構想的至治時期，漢以後成爲太平盛世象徵。語出《論語·泰伯》："唐虞之際，於斯爲盛。"既衰：已經衰退。此指唐虞之後治道開始衰退。

[3]三代：夏代、商代、周代三個朝代簡稱，是中國有歷史記載的最早的王朝。因後人稱頌賢王夏禹、商湯、周文武之名，夏、商、周被看成僅次於唐虞的太平時代。迭興：迭相興起。此指隨著夏、商、周迭相興起，其治道亦遞相延續而未嘗衰絕。

[4]聖帝：指唐堯和虞舜兩代治道最爲完全的王。聖，道德智能極爲高超；聖帝，也就是聖王。《書·洪範》"睿作聖"；孔安國傳："於事無不通謂之聖。"明王：指夏禹、商湯、周文武三代得道的王。明，睿智賢能超乎常人；明王，也就是賢王。《左傳·宣公十二年》："古者明王伐不敬。"此明王指賢明的君主。

[5]周室：周王朝。室，王室，代指王權。既微：已經衰弱。微，微弱，此作動詞用，意爲衰弱。史家以周平王東遷爲周朝衰弱的起點。禮樂：周代的禮樂制度。不正：不再雅正，即指不合乎禮樂的雅正精神。史家以春秋晚期爲禮崩樂壞時代。

[6]道：治道，道術。難全：虧缺殘損，難以保全。如此：指周室既微、禮樂不正之狀況。

[7]孔子：春秋晚期魯國人，姓孔名丘字仲尼；教育家、政治家，儒家學派創始人；被後世尊爲聖人，還被奉爲萬世師表；儒家學者認爲《五經》都經由他刪修，今文學家則認爲今文經義出自他創造。憂道之不行：擔憂聖人之道不能推行。六臣注《文選》本無"之"字。歷國應聘：經歷多個國家以應求聘用。此指孔子周遊列國以求售用，爲地是推行他治國安邦之道。

[8]自衛反魯，然後樂正：語出《論語·子罕》："子曰：'吾自衛反魯，然後樂正，雅頌各得

其所。'"衛,衛國;魯,魯國;反,通返;樂正,使散亂的音樂歸於雅正。衛國是孔子周遊末站,從衛國返回魯國之後,孔子就不再出遊了,專心刪修整編六藝。

[9]《雅》《頌》乃得其所:使《雅》《頌》各得其歸所,即指孔子對詩三百進行分類,分爲《風》《雅》《頌》三類,此以《雅》《頌》隱含《風》。

[10]修《易》,序《書》,製作《春秋》:研修《易》,次序《書》,編寫《春秋》。此以《易》《書》《春秋》隱含孔子所刪修整編之六藝。《論語·述而》:"子曰:'加我數年,五十以學易,可以無大過矣。'"孔子研《易》,韋編三絕,而作《十翼》。《史記·孔子世家》:"(孔子)追跡三代之禮,序《書》傳,上紀唐虞之際,下至秦繆,編次其事。"孔子只是次序《書》傳,而非作《尚書》五十八篇。《史記·孔子世家》:孔子"因史記作《春秋》,上至隱公,下訖哀公十四年,十二公",嘗曰:"後世知丘者以《春秋》,而罪丘者亦以《春秋》"。孔子是在"史記"的基礎上編寫《春秋》。

[11]以紀帝王之道:用來記載聖帝明王的治道。紀,記載。六臣注《文選》本紀作"記",應以紀爲正,於意更善。

[12]夫子:晚周時期弟子對老師的尊稱,此指孔子。微言絕:微言大義中絕不傳。微言,本指《春秋》筆法所寄寓的微言大義,此泛指《五經》所蘊載的孔子之聖道。七十子:孔門七十位著名的弟子。《史記·仲尼弟子列傳》:"孔子曰:'受業身通者七十有七人。'"此取其整數而得七十。終:去世,死亡。六臣注《文選》本終作"卒",然提示曰:"五臣本作終字。"終、卒可以通用。大義乖:乖離孔門衆弟子所傳承的《五經》大義。

[13]重遭戰國:又遭遇戰國時期的戰亂。重,又;戰國:戰國時期(前474—前221),此指戰國七雄之爭戰。

[14]棄籩豆之禮:放棄儒家所講明的禮制。此指用武力爭奪,而不修禮義仁政。籩豆,古代祭祀及宴會時常用的兩種禮器。竹製爲籩,木製爲豆。

[15]理軍旅之陳:進行戰爭。此以軍旅代指戰爭。理,治理;陳,通陣。六臣注《文選》本陳作"陣"。語出《論語·衛靈公》:"衛靈公問陳於孔子。孔子對曰:'俎豆之事,則嘗聞之矣;軍旅之事,未之學也。'明日遂行。"

[16]孔氏之道抑:聖王之道抑而不行。孔子之道,指《五經》所載聖王之道。抑,抑止,不通行。

[17]孫、吳之術興:孫武、吳起的兵法權謀興起。孫,孫武。孫武(約前545—約前470),字長卿,齊國樂安(今山東省北部)人;春秋末期著名軍事家、政治家,嘗助吳伐楚,作《孫子兵法》,被尊爲兵聖。吳,吳起。吳起(前440—前381),衛國左氏(今山東省曹縣)人;戰國初期軍事家、政治家、改革家,作《吳子兵法》;在楚主持"吳起變法",後因得罪貴族而被殺害。

[18]陵夷至於暴秦:治道衰敗以至於殘暴的秦朝。陵夷同淩夷,衰敗。暴秦,殘暴的秦朝。秦始皇吞併六國,行郡縣制,嚴刑峻法,焚書坑儒,故稱暴秦。

[19]燔經書,殺儒士,設挾書之法,行是古之罪:此承上文"暴秦",而以具體項目說之。語出《史記·秦始皇本紀》:"丞相李斯曰:'臣請史官非秦記,皆燒之;非博士官所職,天下敢有

藏《詩》《書》、百家語者,悉詣守、尉雜燒之,有敢偶語《詩》《書》者棄市;以古非今者族。'"燔,燒毀。六臣注《文選》本燔作"焚",可通用。

［20］道術:聖王之治道。道爲聖王之道,術是道的運用;故省稱爲道術。由是:因此,因爲這些。是,代指上文"暴秦"各項舉措。六臣注《文選》本是作"此",可同用。遂滅:於是滅裂。滅,滅裂、滅絶。

［21］漢興:漢代建立。興,興起,建立。去:離,指時間相隔。聖帝明王:唐堯、虞舜、夏禹、商湯、周文武,後世用以代指太平至治時代。邈遠:時間久遠。邈,遠,此指時間久。

［22］仲尼之道又絶:聖人之道再度斷絶。仲尼,孔丘字,指稱聖人孔子;又,再度;絶,斷絶,中絶。

［23］法度:法律制度。此特指前代良善有效的法律制度。因襲:因承沿襲。

［24］叔孫通:名何,字通,薛(今山東省滕縣東南)人;秦時爲博士,後逃歸薛地;秦末大亂,初投項梁,後降劉邦,拜爲博士,號稷嗣君;漢朝建立後,採古禮和秦禮儀制度,招募諸儒生共定朝儀;朝儀成以功任爲奉常,高祖九年升太子太傅。略定:大體制定。略,粗略、大體。禮儀:禮節和儀式。

［25］天下唯有《易》卜:當時天下祇有用《易》占卜之類的書。《史記·秦始皇本紀》:"丞相李斯曰:'所不去者,醫藥卜筮種樹之書。'"蓋漢初因暴秦焚書之舊,祇有《易》卜之書流傳。

［26］至:到了,及至。六臣註《文選》本至後有"於"字。孝惠之世:漢惠帝朝。惠帝劉盈(前210—前188),高祖劉邦與皇后吕雉之子,是西漢第二位皇帝,前195年至前188年在位。實施仁政,減輕賦税,推行與民生息政策,廢除秦始皇挾書律。

［27］除挾書之律:廢除私藏圖書的禁令。事見《漢書·惠帝紀》:"皇帝冠,赦天下,省法令妨吏民者,除挾書律。"挾書之律,禁止私藏圖書的律令,即秦推行的焚書政策。挾書,私藏圖書;律,律令、禁令。

［28］絳、灌之屬:絳侯周勃和懿侯灌嬰等人,此代指助劉邦興漢的功臣。周勃與灌嬰追隨劉邦,屢建功勳,後又設計共除諸吕,文帝時相繼爲丞相;雖有軍功謀略,卻都質木少文。咸:都是。介胄武夫:行伍出身的人,指質樸寡文者。介胄,鎧甲和頭盔;武夫,軍人或武士。絳侯,劉邦爲漢王時賜給周勃的封爵。《史記·絳侯周勃世家》:"勃以織薄曲爲生……食絳八千一百八十户,號絳侯……爲人木彊敦厚,高帝以爲可屬大事。勃不好文學,每召諸生説士,東鄉坐而責之:'趣爲我語。'其椎少文如此。"《史記·樊酈滕灌列傳》:"灌嬰者,睢陽販繒者也。"

［29］至孝文皇帝:到了漢文帝時期。孝文皇帝,文帝劉恒,高祖中子,薄氏所出,早封代王,及諸吕誅,從陳平等議,被迎立爲帝;在位二十三年,當前179年至前157年。

［30］掌故:漢代所設置的太常屬官,掌管禮樂制度之類故實。朝錯:又稱晁錯。六臣註《文選》本朝作"晁"。晁錯(前200—前154),潁川(今河南省禹州縣)人,西漢政治家;嘗任太常掌故,官至御史大夫;發展重農抑商政策,提出移民實邊戰略;後因進言削藩而激發"七王之

亂",諸王起兵"請誅晁錯,以清君側",屈從於諸侯王脅迫,竟被景帝腰斬於市。伏生:伏勝(約前268—約前178),字子賤,濟南(今山東省鄒平市)人;爲秦博士,秦焚書時,於壁中藏《尚書》,漢初僅存二十九篇,以教齊、魯之間,文帝使朝錯往受。此二十九篇爲今文《尚書》,傳今文《尚書》者皆出其門。受《尚書》:研習領受今文《尚書》。受,接受,引申爲研習領受。事見《史記·儒林列傳》:"是時,伏生年九十餘,老,不能行;於是,乃詔太常,使掌故朝錯往受之。"

[31]《尚書》初出於屋壁:古文《尚書》最初出自孔府房屋的夾壁中。事見《漢書·楚元王傳》:"及魯恭王壞孔子宅,欲以爲宮,而得古文於壞壁之中,《逸禮》有三十九篇,《書》十六篇。"

[32] 朽折散絶:朽爛、折損、散亂、斷絶,指未校理的古文《尚書》。

[33] 其書:指孔壁所出古文《尚書》。見在:可見證其存在,通常譯爲存在。《史記·齊悼惠王世家》:"且代王又親高帝子,於今見在,且最爲長。"時師:當時的老師,今文經學家。傳讀:解說認讀。傳(zhuàn),解說,此指解說經義;讀,音(dòu),此指認讀文字。

[34]《詩》:《詩》經學。此指齊、魯、韓三家今文《詩》經學。萌牙:萌芽,初始。六臣註《文選》本牙作"芽"。

[35] 衆書:衆多的書籍,特指古文經。張銑注:"衆書,謂《禮》《公羊春秋》。"頗出:多有發現。頗,很,表程度,指數量多。

[36] 諸子:孔門衆弟子及後學。張銑註:"諸子,孔子弟子。"張註所涉範圍似嫌太窄,應包括孔子弟子及後學。傳說:解說。傳(zhuàn),解說;說,闡說。

[37] 猶:還,還能。廣立:不加限制地建立。廣,寬廣,引申爲寬鬆不加限制。學官:中央或地方政府開辦的學校,包括中央太學和地方郡國學。太學是傳授知識、研究學問的最高學府,培養的生員學成後進入政府各部門任官。武帝元朔五年(前124),董仲舒、公孫弘等建議,置博士弟子員五十人,是爲漢代太學之始建。郡國學始創於漢景帝末年,蜀郡太守文翁欲推行教化,先從郡吏中選十餘人,派到長安就學於博士,待這些人學成歸來,在成都創立郡國學,招收屬縣子弟入學,學成者都給予重用。漢武帝爲推廣文翁興學經驗,詔"天下郡國皆立學校官"。

[38] 置博士:設置博士弟子員。置,安置、設置;博士,博士弟子員。

[39] 漢朝:朝廷,中央政府。六臣註《文選》本無"漢"字。賈生:賈誼。賈誼(前200—前168),洛陽(今河南省洛陽東)人,西漢初年著名政論家、文學家,世稱賈生。賈誼少有才名,文帝時任博士,遷太中大夫,受大臣周勃、灌嬰排擠,謫爲長沙王太傅,後召回爲梁懷王太傅,以梁懷王墜馬死,而歉疚抑鬱以亡。修習《春秋左氏傳》,嘗爲《左氏傳》訓故。

[40] 孝武皇帝:漢武帝劉徹。劉徹(前156—前87),西漢第七位皇帝,是偉大的政治家。他設立太學並置《五經》博士,意欲"罷黜百家,獨尊儒術"。

[41] 鄒、魯、梁、趙:爲古四國名,指四國故地。《詩》《禮》《春秋》:在鄒、魯、梁、趙四國所講授的今文經。劉向曰:"鄒人慶忌受《詩》於浮丘伯,梁人戴德受《禮》於後蒼,賈誼爲《(左氏傳)》訓故授於趙人貫公。"先師:前輩經師。

[42] 起於建元之間：在建元年間建立《詩》《禮》《春秋》等今文經官學博士。建元，漢武帝年號。置《五經》博士在建元五年春，故籠統稱爲建元之間。起，興起，此引申爲建立，指建立官學博士。六臣註《文選》本起作"出"。

[43] 一人：一人之力。獨：單獨，僅憑一己之力。盡其經：窮盡一部經書的意旨。其經，特指某部經書。

[44] 爲《雅》：講授研習《詩》中的《雅》。《雅》含《大雅》《小雅》。

[45] 爲《頌》：講授研習《詩》中的《頌》。《頌》含《商頌》《周頌》《魯頌》。相合而成：不同經師所講授研習的《雅》《頌》合起來才成《詩》之全經。

[46]《泰誓》：古文《尚書》的篇名。參見辨疑"（三）《泰誓》所出"。後得：更晚獲得。後，後來，時間靠後，引申爲更晚。博士：《五經》博士。集而讀之：大家一起研讀《泰誓》。集，集體，此引申爲大家一起；讀，研讀、討論。六臣註《文選》本讀作"讚"，以讀爲正。

[47] 詔書：皇帝頒發的命令。此爲武帝元朔五年（前124）六月所下詔書。其詔曰："蓋聞導民以禮，風之以樂。今禮壞樂崩，朕甚閔焉。故詳延天下方聞之士，咸薦諸朝。其令禮官勸學，講議洽聞，舉遺興禮，以爲天下先。太常其議予博士弟子，崇鄉黨之化，以厲賢材焉。"（《漢書》卷六《武帝紀》）下文"禮壞樂崩""朕甚閔焉"即出自該詔書。稱曰：說。六臣註《文選》本無"稱"字。

[48] 禮壞樂崩：禮樂制度崩壞。此指春秋末以來禮樂制度崩壞，至漢武帝而思有所修復拯救之。

[49] 書缺簡脱：書篇殘缺，簡編脱落。朕：皇帝自稱。閔：同憫，憐恤、哀傷。

[50] 時漢興已七八十年：從漢朝建立之初到此時已歷七八十年，即從前206年至武帝元朔五年（前124）。七八十年是一個時間段約數，從前206年到武帝建元五年（前136）詔置《五經》博士，歷時逾七十年；從前206年到武帝元朔五年（前124）詔置太常博士弟子，歷時近八十年。

[51] 離於全經：未達到完好的經文本。離，相距，相差，引申爲未達到；全經，完好無缺的經文，指今古文經全本。固：本來。已：已經。六臣註《文選》本已作"以"，可通用。遠：相差的距離遙遠，引申爲遠未達到。

[52] 魯恭王：劉余（？—前128），漢景帝劉啓之子，母程姬；景帝前二年（前155），被立爲淮陽王；景帝前三年（前154），爆發吳楚七國之亂，待叛亂平定之後，改封爲魯王，諡號恭王。壞孔子宅：拆毀孔子舊宅。劉余喜好建造宮室苑囿，嘗毀壞孔子舊宅以擴建宮室，聽到有鐘磬琴瑟聲，乃停止不再毀壞，而從舊宅壁中得古文經傳（《史記·五宗世家》）。

[53] 爲宮：擴建宮室。古文：甲骨文、金文、籀文、篆文等古文字，是相對於漢代通行的隸體文字而言的，前者稱古文，後者稱今文。此指戰國通行於六國的文字，也指用篆文書寫的先秦經書。古文、今文相對，且各有三個義項。第一個義項是文字層面的。王國維《戰國時秦用籀文六國用古文説》指出，漢代把戰國東方六國文字稱爲古文，而把兩漢時期通行的隸書稱

爲今文。第二個義項是版本層面的。王國維《〈史記〉所謂古文說》又指出,"古文"一詞指"先秦寫本舊書","今文"指漢代用隸書抄寫的經書。第三個義項是學派層面的。王國維《〈漢書〉所謂古文說》還指出,古文、今文由書體名變爲學派之名,分別代指古文經學派和今文經學派。壞壁:被毀壞的房屋牆壁,此指孔子舊宅夾壁。事見《漢書·藝文志》載:"《古文尚書》者,出孔子壁中。武帝末,魯共王壞孔子宅,欲以廣其宮。得《古文尚書》及《禮記》《論語》《孝經》凡數十篇,皆古字也。共王往入其宅,聞鼓琴瑟鐘磬之音,於是懼,乃止不壞。孔安國者,孔子後也,悉得其書,以考二十九篇,得多十六篇。安國獻之,遭巫蠱事,未列於學官。劉向以中古文校歐陽、大小夏侯三家經文,《酒誥》脫簡一,《召誥》脫簡二;率簡二十五字者,脫亦二十五字;簡二十二字者,脫亦二十二字;文字異者七百有餘,脫字數十。"

[54]《逸禮》:《儀禮》十七篇以外的古文《禮》經。三十九:三十九篇。六臣注《文選》本九後有"篇"字。

[55]《書》:今文《尚書》二十九篇以外的古文經。

[56] 天漢:漢武帝年號,歷時有四年,當前 100 年至前 97 年。

[57] 孔安國:字子國,魯國人,孔丘十世孫,約自景帝元年至昭帝末年在世;受《詩》於申公,受《尚書》於伏生;武帝時官諫大夫、臨淮太守;武帝末,魯恭王壞孔府舊宅,於壁中得《古文尚書》《禮記》《論語》及《孝經》,皆蝌蚪文字,安國以今文讀之,乃奉詔作書傳,定爲五十八篇,謂之《古文尚書》,又著《古文孝經傳》《論語訓解》。

[58] 遭:碰到,逢遇。巫蠱:巫師用邪術害人,此指巫蠱之罪禍。倉卒之難:猝不及防的非常態的禍變。難,禍難、禍變。施行:發佈,傳揚。

[59]《春秋》左氏:《春秋左氏傳》,又簡稱《左傳》。丘明:左丘明,《左傳》作者。左丘明(約前 502—約前 422),都君(山東省肥城市)人,姓丘,名明,因其父任左史官,故稱左丘明。一說複姓左丘,名明;一說單姓左,名丘明。春秋末史學家、思想家,與孔子同時而稍早一些。曾任魯國史官,爲解析《春秋》而作《左傳》,後又作《國語》。這兩書記錄西周、春秋史事,保存了很有價值的原始資料。漢儒視《左傳》爲《春秋》經解,又將左丘明說成是孔子嫡傳弟子,此乃附會的說法,是不符合實際的。修:編修。此指編修史書。

[60] 古文舊書:用戰國文字書寫的先秦圖書,指《春秋左氏傳》等古文經。

[61] 多者:文字多的古文經書。通:文書的編卷,一卷爲一通。通與篇有別,篇是獨立成篇的文章,通是獨立成卷的簡帛;在一通簡帛之上,可以寫多篇文章,若一篇文章篇幅很長,則可能寫滿一通簡帛。

[62] 臧:收藏。臧通藏,六臣註《文选》本臧作"藏"。秘府:古代皇宫中收藏圖書秘笈之所。《漢書·藝文志》:"於是建藏書之策,置寫書之官,下及諸子傳說,皆充秘府。"顏師古註引如淳曰:"外則有太常太史博士之藏,內則有延閣廣內秘室之府。"

[63] 伏而未發:隱藏而未被發掘出來,指所藏古文經未傳揚。伏,隱藏。

[64] 孝成皇帝:西漢成帝劉驁,前 32 年至前 7 年在位。六臣註《文選》本無"皇"字,然提

示曰："五臣本有皇字。"閔，同憫，憐恤。六臣註《文選》本閔作"愍"。學殘文缺：經學思想和經書文本均殘缺不全，此特指西漢立爲學官的今文經學。

[65] 離其眞：未得經書本眞。離，離開，引申爲有差距，即未達、未得；眞，眞實，指經書的本眞，即全經之面貌。

[66] 陳發：將塵封已久的東西發掘公佈開來，此特指發現漢秘府所藏古文經書。秘臧：秘府所藏圖書。六臣註《文選》本臧作"藏"。

[67] 校理：校勘整理。舊文：用戰國文字所寫成的文籍，此特指秘府所藏古文經書。

[68] 三事：三件事情，三個事項。此指發掘《逸禮》《古文尚書》《春秋左氏傳》三種古文經。

[69] 傳：傳習，研討。

[70] 經或脱簡：古文經本文有脱落簡片的情況。或，有的，引申爲有某種情況；簡，竹簡，此之脱落的簡片。

[71] 傳或間編：古文經傳註有簡編錯亂的情況。傳，對經的解説文字。六臣註《文選》本無"傳"字，然提示曰："五臣本有傳字"。間，讀去聲，間斷，此指簡編錯亂。六臣註《文選》本間作"脱"，然提示曰："五臣本作間。"應以間爲正，取義更優。顏師古註："脱簡，遺失之。間編，謂舊編爛絶，就更次之，前後錯亂也。"

[72] 傳問民間：在民間輾轉打聽。六臣註《文選》本傳作"博"，博問不成詞，以傳問爲正；民，六臣註《文選》本民作"人"，上古語民、人通用，人間即民間。

[73] 則有：就有。六臣註《文選》本提示："五臣本無有字。"魯國桓公、趙國貫公、膠東庸生：西漢時期在民間傳習古文經學的三位儒生。魯國桓公，魯國的禮學家桓生。李善註："《七略》曰：'禮家，先魯有柏[桓]生，説經頗異。'"中華書局《漢書》校點本訂正"柏"爲"桓"，六臣註《文選》本桓作"柏"，應以桓爲正。趙國貫公，趙國的《春秋》學家貫生，嘗爲河間獻王博士。《漢書》卷八十八《儒林傳》載："(賈)誼爲《左氏傳》訓故，授趙人貫公，爲河間獻王博士。"膠東庸生，膠東的《論語》學家庸生。李善註稱不詳其名，蓋爲《論語》學家。遺學：流傳下來的學問。此：指上述《逸禮》《古文尚書》《春秋左氏傳》三種古文經學。

[74] 抑：受抑制。未施：没有施行，指桓公、貫公、庸生的經學没能傳揚開來。

[75] 有識者：有見識的人，指重視古文經學的人。惜閔：惜憫，憐惜體恤。六臣注《文選》本惜閔作"嘆愍"。

[76] 士君子：有學問而品德高尚的人。《荀子·非相》："有小人之辯者，有士君子之辯者，有聖人之辯者。"嗟痛：嗟吁痛惜。

[77] 往者：以前，早前。綴學之士：研究學問的人，指今文經學者。綴學，編輯前人舊文的學問。廢絶之闕：廢壞斷絶之缺失，指經書殘缺不全。闕，同缺。

[78] 因陋就寡：滿足於簡陋苟且，而不求精進改善。

[79] 分文析字：分解文句，解析字詞。此指今文經學家尋文摘字、不知意旨的解經方式。

［80］煩言碎辭：煩瑣空疏，破碎辭句。此指今文經學家煩瑣破碎、不通大義的解經方式。

［81］罷老：疲弱老邁。此指耗費一生精力。罷，同疲。顏師古註："罷讀曰疲。"且：況且。究其一藝：研究清楚一種經書。究，顏師古註："究，竟也。"竟，完成。此引申爲研究清楚。藝，本爲六藝之名目，含《詩》《書》禮《樂》《易》《春秋》，漢代指《五經》，含《詩》《書》《禮》《易》《春秋》。一藝，即《五經》之一種。

［82］信口說：信從對經的口頭解說。隨口不加思索地解說經文。信，相信，信從；口說：對經的口頭解說。漢初今文經出，都是口頭傳授。背傳記：違背對經的訓故注釋。背，違背，不遵從；傳記：經書的注釋。

［83］是末師：肯定末流經師的意見。呂延濟註："末師，即鄒、魯、樑、趙也。"即指鄒、魯、樑、趙的今文經師。非往古：非毀前代學者的意見。即信從今文經說，而否定古文經說。

［84］國家：朝廷。大事：國家重大的政治事務，如辟雍、封禪、巡狩。

［85］立辟雍：創立太學。辟雍，原爲周代天子所設大學，西漢時爲朝廷所辦太學。班固《白虎通・辟雍》："天子立辟雍何？所以行禮樂宣德化也。辟者，璧也，象璧圓，又以法天，於雍水側，象教化流行也。"封禪：古代帝王祭天地的大典。在泰山上築土爲壇，報天之功，稱封；在泰山下的梁父山上辟場祭地，報地之德，稱禪。《史記・封禪書》："古者封泰山、禪梁父者七十二家。"巡狩：亦作巡守，古代天子出行，視察邦國州郡。《書・舜典》："歲二月，東巡守，至於岱宗，柴。"儀：儀式，典禮。

［86］幽冥：蒙昧無知。原：本原，來源。此指辟雍、封禪、巡狩的來源。

［87］保殘守缺：保藏固守殘缺的古籍文獻。此指當時今文經學家固守殘缺不全的經文而拘執一家之言。

［88］挾：心裏懷着。見破：被識破。私意：私心，指不可告人的意圖。

［89］無：沒有。六臣註《文選》本無作"亡"。從善服義：依從善道，服膺正義。公心：公正之心。

［90］妒嫉：妒忌，眼紅別人。六臣註《文選》本妒嫉作"疾妒"。考：考察，考原。情實：實情，真相。雷同相從：隨聲附和，盲目跟從。

［91］隨聲是非：別人說是，自己也說是；別人說不是，自己也說不是。即毫無主見，一味盲從。

［92］抑：壓抑，抑制。三學：上文所述《逸禮》《古文尚書》《春秋左氏傳》三種古文經學。

［93］《尚書》：此特指今文《尚書》。爲備：是完備的，沒有殘缺。六臣註《文選》本備前有"不"字。依本句及上下文推之，應以無"不"字爲正。今文經學家反對建立古文《尚書》於學官，其重要的理由就是今文《尚書》完備無缺。若今文學家認爲《尚書》不完備，則正好需要古文《尚書》來補正；這就沒有反對劉歆請立的理由，反而要支持建立古文《尚書》。

［94］左氏：《春秋左氏傳》。爲：是，表判斷。六臣註《文選》本無"爲"字。不傳《春秋》：不是對《春秋》經的傳解。《左傳》其實是不傳《春秋》經的，然而古文經學家爲了爭立《左傳》，

就將《左傳》視爲《春秋》經的傳,並將左丘明附會成孔子的嫡傳弟子。可見今文經學家意見是對的,劉歆所說則顯得強詞奪理了。

[95] 今聖上:漢哀帝。劉欣(前25—前1),字和,元帝劉奭之孫,成帝劉驁之侄,以定陶恭王繼大統,西漢第十三位皇帝,在位七年(前7—前1)。德通神明:聖德通達於神靈。通,通達;神明,天地間一切神靈的總稱。

[96] 繼統揚業,閔:憐恤。六臣註《文選》本閔作"愍","愍"後多一"此"字。文學:漢代學問之通稱,亦泛指儒家學說。此特指今文經學。六臣註《文選》本學作"教"。此論說經學問題,不討論文教事業,故應以文學爲正。錯亂:雜亂無序,失卻常態。此指今文經學的弊端。

[97] 學士:學者。此特指今文經學家。若兹:像這樣,指前述今文學家保殘守缺諸弊狀。

[98] 昭其情:明白知曉今文經學有流弊之實情。昭,弄得明白,看得清楚;其,指代今文經學。六臣註《文選》本昭作"照",可通用。依違:模棱兩可,遲疑不決。顏師古註:"依違,言不專決也。"謙讓:謙虛退讓,不仗權勢。

[99] 士君子:有學問有品德的人。此指服膺儒學的文臣。同之:一同來商討建立古文經學的事。之,指代建立古文經學。

[100] 明詔:明確下詔。該詔命內容,見《漢書》卷三十六《劉歆傳》:"哀帝令歆與《五經》博士講論其義。"試:試問,徵求意見。《左氏》:《春秋左氏傳》,是爲議立的古文經之一。不:否。五臣註《文選》本作"否"字。

[101] 近臣:皇帝身邊親近之臣。奉指銜命:接受遵守皇帝的旨命。指,同旨。六臣註《文選》本指作"旨"。輔弱扶微:輔助弱小者,扶持卑微者。弱與微,指隱伏未顯的古文經。

[102] 二三君子:少數有識之士,指今文經學家,即太常諸博士。《國語·周語中》:"相晉國必大得諸侯,勸二三君子必先導焉。"比意同力:同心協力。

[103] 冀:希望。廢遺:廢棄遺忘。此指被今文經學家排斥的古文經書。

[104] 深閉:深度封閉。閉,封閉不開通。固距:堅決拒絕。距,同拒。

[105] 試:試問。此指接受皇帝的試問,即參與立古文經討論。

[106] 猥:鄙陋,下流。此指今文經學家不道德,不能勇於擔當社會責任。不誦:不曾誦讀,未有研習。絕之:拒絕討論古文經。之,代指上文皇帝試問之事。

[107] 杜塞:杜絕阻塞。餘道:多出來的治道。此指今文經之外古文經所記載的治道。餘,剩下來的,多出來的。

[108] 絕滅:棄絕消滅。微學:衰微的古文經學。

[109] 樂成:樂享做事的成果。慮始:謀劃事情的開始。《商君書·更法》:"民不可與慮始,而可與樂成。"

[110] 衆庶:衆民;百姓。《尚書·湯誓》:"格爾衆庶,悉聽朕言。"望:本義是期待、期許,引申爲衡量、寬容。六臣註《文選》本望後有"於"字,五臣註《文選》本無"於"字。士君子:有

學問有道德的人。此指服膺儒家的文臣。該句是说,衆庶與士君子的使命擔當不同,不能用衆庶標準來寬容士君子,衆庶可以樂成而不慮始,士君子必須樂成又慮始。

[111] 數家之事:指劉歆所爭立的《逸禮》《古文尚書》《春秋左氏傳》三種古文經學。

[112] 先帝:漢成帝劉驁。先哀帝在位,故稱爲先帝。劉驁(前51—前7),西漢第十二位皇帝,元帝劉奭與皇后王政君所生嫡子,即位後荒於酒色、不理朝政,大權爲太后王氏一族所掌握,各地的叛亂頻繁爆發,爲王莽篡漢埋下禍根。親論:親自參與講論。

[113] 今上:當今皇帝,指漢哀帝。考視:考察省視。五臣註《文選》本視作"試"字。

[114] 其古文舊書:這些古文經都是用六國文字書寫的文籍,是相對於用漢代隸體書寫的今文經而言。其,指代《逸禮》《古文尚書》《春秋左氏傳》等古文經書。六臣註《文選》本其後有"爲"字。

[115] 徵驗:實物證據。徵,文獻可徵,語出《論語·八佾》:"夏禮吾能言之,杞不足徵也;殷禮吾能言之,宋不足徵也。文獻不足故也,足則吾能徵之矣。"

[116] 外内相應:古文經所載治道與現實政治之需求相呼應。内,指古文經文本所載治道;外,指當朝現實政治之需求。六臣註《文選》本外内作"内外",只是語序顛倒,於表意無影響。

[117] 苟:苟且。引申爲無關緊要、不切實用。禮失求之於野:禮義在朝堂流失了,乃向在野的人請教。史籍載稱語出孔子,然不見於《論語》。又《漢書·藝文志》:"仲尼有言:'禮失而求諸野。'方今去聖久遠,道術缺廢,無所更索,彼九家者,不猶愈於野乎?"野,指在野的人或事,與在朝相對而言。在朝爲典章華文,在野爲俚俗傳聞。

[118] 古文:古文經書。不猶愈於野乎:語出上引《漢書·藝文志》。此指古文經書比俚俗傳聞更優越。

[119] 博士:漢代學官制度所設職官,武帝時置《五經》博士,職責是教授、課試,或奉使、議政等。《書》有歐陽:今文《尚書》之家法,稱爲《書》歐陽氏學,在漢宣帝時立爲博士。《漢書·藝文志》:"秦燔書禁學,濟南伏生獨壁藏之。漢興亡失,求得二十九篇,以教齊魯之間。訖孝宣世,有歐陽、大小夏侯氏,立於學官。"該志著録的《歐陽經》三十卷、《歐陽章句》三十一卷、《歐陽説義》二篇,都是今文《尚書》歐陽氏學。李善註:"歐陽生,字和伯,千乘人也,事伏生。"

[120]《春秋》公羊:今文《春秋》之家法,稱爲《春秋公羊傳》。相傳爲戰國齊人公羊高所著,以微言大義解經並議論時政。當初只有口頭流傳,至漢初才寫成書,盛行於武帝、宣帝之間。《漢書·藝文志》著録的《公羊傳》十一卷、《公羊外傳》五十篇、《公羊章句》三十八篇、《公羊雜技》八十三篇、《公羊顔氏記》十一篇、《公羊董仲舒治獄》十六篇,都是今文《春秋公羊傳》學。

[121]《易》則施、孟:今文《易》之兩家法,稱爲《易》施、孟氏。李善注:"施讎,字長卿,沛人也,從田王孫受《易》;孟喜,字長卿,東海人也,從田王孫受《易》。"《漢書·藝文志》:"及秦燔

書,而《易》爲筮卜之事,傳者不絕。漢興,田何傳之。訖於宣、元,有施、孟、梁丘、京氏列於學官。"該志著錄的《易經》十二篇施、孟、梁丘三家,《章句》施、孟、梁丘氏各二篇,其中施、孟氏學都是今文《易》。

[122] 孝宣皇帝:宣帝劉詢。劉詢(前91—前49),原名病已,字次卿,武帝劉徹曾孫,戾太子劉據之孫,史皇孫劉進之子;他是西漢第十位皇帝,前74年至前49年在位,重視選賢任能,賢臣循吏輩出,減輕人民負擔,發展農業生產,雜用霸、王道,反對專任儒術。六臣註《文選》本無"宣"字。猶復:還又。廣立:寬泛地立爲官學。穀梁《春秋》:今文《春秋》之家法,稱爲《春秋穀梁傳》。傳説孔子弟子子夏所著,子夏將書口頭傳穀梁俶,穀梁俶將它記錄下來,而實際成書是在西漢;主張尊重君王權威,嚴格貴賤尊卑之別,君臣各有職分,各有行爲準則。《漢書·藝文志》著錄的《穀梁傳》十一卷、《穀梁外傳》二十篇、《穀梁章句》三十二篇,都是今文《春秋穀梁傳》學。穀梁俶,又名赤,字元始。梁丘《易》:今文《易》之家法,稱爲《易》梁氏學。參見校註[121]引《漢書·藝文志》。大小夏侯《尚書》:今文《尚書》之兩家法,稱爲《尚書》大小夏侯。參見校註[119]引《漢書·藝文志》。該志著錄的《經》二十九卷大小夏侯二家、《大小夏侯章句》各二十九卷、《大小夏侯解故》二十九篇,都是今文《尚書》大小夏侯氏學。

[123] 義:義旨,指思想觀點和政治主張。雖:儘管。

[124] 並置:共同立爲官學博士。

[125] 過:要求嚴格,條件苛刻。廢之:廢棄古文經書,即不建立古文經博士。六臣註《文選》本之後無"也"字。

[126] 過:犯下錯誤,承擔過失。立:建立古文經博士。

[127] 傳:古代傳記之類的書。顏師古註:"《論語》孔子弟子子貢之言。"下引《論語·子張》:"子貢曰:'文武之道,未墜於地,在人。賢者識其大者,不賢者識其小者,莫不有文武之道焉。'"

[128] 文武之道:文武一張一弛,乃治國之常道。此指治道。墜於地:掉落在地上。此指治道失落淪喪。

[129] 在人:治道完好還是失喪,關鍵在於所繫爲何人。此暗襲孔子語意,見《論語·衛靈公》:"子曰:'人能弘道,非道弘人。'"

[130] 志:認識。《論語·子張》原文爲"賢者識其大者",志、識可通用。大者:道之全體大用。小者:道之具體而微。

[131] 數家之言:《逸禮》《尚書》《左傳》等古文經書。兼包大小之義:既載明道之全體大用,又知曉道之具體而微。

[132] 偏絕:偏廢棄絕。此指廢棄古文經。

[133] 專已守殘:固執己見而抱殘守缺。顏師古註:"專執己所偏見,苟守殘缺之文也。"

[134] 黨同門:與出自同一家法者結黨。同門,同師受業者。指出自同一家法者,亦泛指今文經學者。

[135] 妒道真：排斥治道之真諦。妒，嫉妒，引申爲排斥，不認同接受。真，真理，真諦。

[136] 違明詔：違背皇帝英明的詔命。

[137] 陷於文吏之議：遭受罪罰。陷，落在，遭受。文吏，文職官吏，刀筆之吏。刀筆吏職主依法論罪，陷於其議也就是論罪。

[138] 二三君子：同校註[102]。不取：不值得那樣做，也就是不贊成。取，採取，引申爲採取行動做某事。

闡義：

從該文內容結構和行文意脈來看，《移書讓太常博士》可分爲五段。第一段，追述周室衰微、孔子歷聘以來，道衰難全以至道術滅裂的狀況；第二段，評述漢初以來今文經興起不全，以及諸家經説立於學官之狀況；第三段，推重孔壁等處所出三種古文經，批評今文學家排抑古文經之非；第四段，講述皇帝詔令議立古文經受阻，指斥太常諸博士不肯就試之罪；第五段，援據漢宣帝廣立今文經之故事，反復諷勸欲强立古文經於學官。此中要義，略有三點：

（一）隱含原道徵聖宗經思想

孔子有鑒於春秋晚期禮崩樂壞，乃刪修《詩》《書》正禮作樂，本意是保存文獻、修復周禮，當初並無原道、宗經的想法。及荀況闡發六藝的經義，經術與治道纔發生關聯。《荀子·儒效》曰："如是，則可謂聖人矣。此其道出乎一。曷謂一？曰：執神而固。曷謂神？曰：盡善挾[浹]治之謂神，萬物莫足以傾之之謂固，神、固之謂聖人。聖人也者，道之管也，天下之道管是矣，百王之道一是矣；故《詩》《書》禮、樂之歸是矣。《詩》言是，其志也；《書》言是，其事也；《禮》言是，其行也；《樂》言是，其和也；《春秋》言是，其微也。故《風》之所以爲不逐者，取是以節之也；《小雅》之所以爲'小雅'者，取是而文之也；《大雅》之所以爲'大雅'者，取是而光之也；《頌》之所以爲至者，取是而通之也。天下之道畢是矣。"《法言·吾子》："捨舟航而濟乎瀆者，末矣；捨五經而濟乎道者，末矣……好書而不要諸仲尼，書肆也；好説而不見諸仲尼，説鈴也。"是則揚雄在道體與經術之間，創造性地添注了孔子之中介；雖尚未尊稱孔子爲聖人，卻已建立道與經之關聯。此爲初步，由此初步，演進到《文心雕龍》之《原道》《徵聖》《宗經》，劉歆《移書讓太常博士》的續絶振衰之功最爲關鍵。

該文開篇敷論，即述道之衰絶：早在唐虞三代，聖帝明王相襲，其道甚爲著明；及周天子衰微，禮樂浸壞不正，其道虧缺不全；孔子憂道之不行，研習修整六藝，以紀帝王之道；孔子沒微言絕，弟子終大義乖，道已若存若亡；戰國征伐力政，孫、吳之術興，而孔氏之道抑；至秦焚書坑儒，設立挾書之法，道術由此滅絕。道既已衰絕如此，就須有所振續之。而振續的可行途徑，就是整理經之古文，發掘其有益治道者，將古文經立爲官學，用補今文經之不足，以適當下政治之用，進而修復孔子之道，實現聖帝明王之治。這續絕振衰思想的邏輯起點，就是在官學層面推重古文經，用古文經來補充校正今文經，使古今合璧得《五經》之全，以全經考見孔子所修明之道，依聖人來體認唐虞三代治道。這個述意已含宗經徵聖原道之思理，祇是在政教層面而尚未入文學論域。

（二）古文經與今文經之分立

西漢今古文經並非彼此截然分立，也不像清儒所說的那樣兩派對立。它們有共同的來源，都出自周代的六藝。六藝是晚周諸子百家論學共同的思想資源，只因孔子晚年全面刪修整理、編創研味其書，而使孔門擁有較完整的經書文本，以至漢代《五經》成爲儒家專利。故《五經》大都出自孔子，少數書篇未經孔子刪修者，則傳自戰國以遠，而終爲儒家所得。古文經既爲孔子手訂或傳自戰國以遠，今文經則純屬西漢儒學家的訓故章句。具體說，《五經》本文出自聖人孔子之手，是漢代今古文經共同的解說對象；《春秋左氏傳》出自稍晚於孔子的左丘明，《周禮》出自戰國學者對周公制禮之依託，這雖溢出於孔子，卻不離儒家範圍。

倘沒有秦朝焚書坑儒的破壞，這個經書次序本來是清整的；但因秦始皇行挾書律，而使情況變得很複雜。諸家所藏經書焚棄殆盡，冒死隱藏者則散在民間；雖咸陽庫府所藏尚稱完備，然不幸亦遭秦末戰火燒毀；而秦博士喪亂隱匿、憑記誦所傳經書，則須待漢初廢挾書律後方可講習傳授；至若孔府舊宅夾壁中所藏經書，更在漢初恭王壞壁前秘不示人。此狀況造成今古文經的來源不同，正是劉歆移書讓太常博士的起點；故云："陵夷至於暴秦，燔經書，殺儒士，設挾書之法，行是古之罪，道術由是遂滅。"而要挽救道術滅裂，就需興復《五經》。其興復次序，先是今文經，而後古文經，終期於全經。齊、魯、韓《詩》，歐陽、大小夏侯《尚書》，大、小戴《儀禮》，施、孟、梁丘、京氏《易》，嚴、顏《春秋》，均立於太常而置博士弟子，是爲今文經；毛《詩》、孔安國傳壁中《尚書》《逸禮》《周禮》《費氏易》和《左氏春秋》，未立於太常而行於民間，是爲古文經。劉歆移書讓太常博士的目的，就是爲了爭立古文經爲官學。

他該文寫作,有兩個目的:一是廣道術,利用先秦留下來的"古文舊書",彌補已立官學今文經之殘缺不全;二是正學風,主張回歸原典並以經書文本爲主,改變今文經章句之學的繁瑣附會。爲了排除太常博士的阻撓,劉歆指斥今文經學諸弊端:一是治學方法簡陋:"因陋就寡,分文析字,煩言碎辭,學者罷老且不能究其一藝。信口説而背傳記,是末師而非往古";二是治學效用不堪:"至於國家將有大事,若立辟雍、封禪、巡狩之儀,則幽冥而莫知其原";三是治學態度惡劣;"保殘守缺,挾恐見破之私意,而無從善服義之公心,或懷妒嫉[疾妒],不考情實,雷同相從,隨聲是非"。他以此先破後立,而欲强立古文經:首先强調古文經文獻可徵,不容置疑;再次强調古文經兼包大小,取義優長;最後强調立今文經有先例,寧多勿廢。這就突出了古文經書的優越性,强調立古文經於學官的必要性。

劉歆此番移書讓太常博士,雖未成功立古文經爲學官;但作爲今古文經學第一次交鋒,畢竟發出建立古文經之呼聲。循此先發之聲以至東漢末,今古文經學還有三次交鋒:一次是光武帝時,主要在陳元、范升之間辯難,爭立《左氏》博士,然未成;再一次是章帝時,主要在李育與賈逵之間進行,爭立《左傳》等經,仍未成,但皇帝下詔令儒生學習古文經;還一次是東漢末,主要在何休與鄭玄之間展開,古文經壓倒今文經,終獲勝。劉歆等人爭立古文經博士的目標,並不是想打倒今文經學以取代之,而是要證明古文經學價值,爭取官方對古文經的承認。

(三) 古文經學的政治適用性

通常所謂古文經學,亦可稱爲古文經義。古文經是民間所出的先秦文籍,而古文經學是對古文經的訓故;就像古文經是相對於更早出的今文經一樣,古文經學也是相對於已立博士的今文經學。前者的差異,是文獻上的;後者的差異,是義旨上的。從文獻上看,今古文經本所出時間先後不同、所見版本書寫不同、所處官府民間不同;從義旨上看,今古文經學所承師法家法不同、所呈章句訓故不同、所用地位功能不同。今文經在漢初廢挾書律時即出,並在景帝朝以後陸續立爲學官,其學注重章句闡釋及微言大義,用於緣飾吏治以服務皇權政治;古文經多出自民間而藏在秘府,後經劉歆校理並爭立博士未成,其學偏重文字訓故和歷史考辨,意在探原求真以補證修復全經。

據記載,西漢古文經所出,主要有如下幾宗:《漢書》卷三十《藝文志》"古文《尚書》者,出孔子壁中",卷五十三《景十三王傳》"從民得善書",卷《儒林傳》"世所傳《百兩篇》者,出東萊張霸";《後漢書》卷二十七《杜林傳》"林前於西州得漆書《古文尚書》一卷";《周禮註疏·序》引馬融説"(《周官》)出於山岩屋壁";《論衡·正説》"河内女子發老屋,得逸《易》《禮》《尚書》各一篇";鄭玄《書論》"民間得《泰誓》"。孔壁、從民、東萊、西州、山岩、老屋、民間,這些各種來源的古文經本均不在官學所掌範圍。諸經本發現後,大都收藏秘府,未及講習和流傳開來,直至劉歆校理纔面世。

另有《春秋左氏傳》,以古文舊書早已流行。《漢書》卷八十八《儒林傳》載:"漢興,北平侯張蒼及梁太傅賈誼、京兆尹張敞、太中大夫劉公子皆修《春秋左氏傳》。誼爲《左氏傳》訓故,授趙人貫公,爲河間獻王博士。子長卿爲蕩陰令,授清河張禹長子。禹與蕭望之同時爲御史,數爲望之言《左氏》,望之善之,上書數以稱説。後望之爲太子太傅,薦禹於宣帝,徵禹待詔,未及問,會疾死。授尹更始,更始傳子咸及翟方進、胡常。常授黎陽賈護季君,哀帝時待詔爲郎,授蒼梧陳欽子佚,以《左氏》授王莽,至將軍。而劉歆從尹咸及翟方進授。由是言《左氏》者本之賈護、劉歆。"在這個傳授系統中,劉歆佔有一席之地。至於王莽居攝時發掘的《周禮》,雖出自《移書讓太常博士》之後;但因劉歆親預其事,自當在他掌握之中。

故知,劉歆是最有資格爭立古文經的人,其移書讓太常博士實屬當仁不讓。不過,劉歆爭立古文經於學官的動機,衹是單純地"欲廣道術"而已,並未有意干預時政並預涉王莽新政,更非清今文學家所説的僞造古文經。劉歆"欲廣道術"所含治道理念與學術思想,與今文經學所修飾的皇權政治並無本質區別,都是要恢復古之至道,以實現儒家政治理想。

及劉歆獲親近,乃向哀帝建言,欲建立《左氏春秋》《毛詩》《逸禮》《古文尚書》於學官,哀帝予以支持並令劉歆與修習今文經的諸博士講論古文經義。劉歆當然感戴哀帝的支持,故稱:"今聖上德通神明,繼統揚業,亦閔文學[教]錯亂、學士若兹,雖昭其情;猶依違謙讓,樂與士君子同之。故下明詔,試《左氏》可立不?遣近臣奉指銜命,將以輔弱扶微,與二三君子比意同力,冀得廢遺。"並藉君威來壓制太常博士,故云:"若必專已守殘,黨同門,妒道真,違明詔,失聖意,以陷於文吏之議,甚爲二三君子不取也。"像這樣既爭取皇帝支持,又藉君威來壓倒反對者,其做法是合理而有力的,可望將古文經立於學官;但不料遭太常博士極力阻撓,竟使古文經學難以立爲官學。

漢哀帝之所以支持劉歆爭立古文經學,乃因他想藉此來實現自己的政治訴求。漢室自元、成二帝以來,政歸外戚致使皇權式微。哀帝即位之初就思有所改變,故願支持劉歆建立古文經學,企圖通過古文經來"廣道術",以打破今文經學對治道的壟斷,給今文經學系統添注新鮮語料和思想,從而建立符合自身利益的新官學體系。如早前哀帝欲上傅太后尊號並爲其生父立廟京師,即遭孔光、師丹等今文經學諸大臣引經據典之反對;龔勝也是堅守禮制的中堅派,主張"當如禮"以拂逆聖意。他們都是官學出身的大儒和大臣,競相據禮制來抵觸哀帝政治作爲。哀帝爲此很是傷心,竟"猗違者連歲";劉歆或是見機而動,乃建言立古文經學。朝中服習今文經學諸大臣,當然心知肚明哀帝的意圖;但又不敢公然抵觸皇帝,便只好反對劉歆的建言。所以當劉歆移讓書出,師丹等大臣即遭觸怒。師丹奏告劉歆,"改亂舊章,非毀先帝所立";哀帝爲之回護,"欲廣道術,亦何以爲非毀"。(以上參見《漢書》卷七十二《龔勝傳》、卷八十一《孔光傳》、卷三十六《劉歆傳》)這情形實已捲入朝廷政爭,超出劉歆爭立古文經初衷,成爲哀帝欲強主威、推行新政的工具,引發今文經博士官學系統的集體反對。

基於以上所述內容,該文意義有三方面:文學上,開創"移"這種公文體式,並隱含原道徵聖宗經思想;經學上,注重訓故實證以修補全經,救正今文經章句繁瑣之學;政治上,爭立古文經學於官學系統,動搖今文博士的壟斷地位。

辨疑:

(一)該文作者爲誰

其文錄於《漢書》卷三十六《劉歆傳》,故史家和選家依慣例定該文作者爲劉歆。但《漢書》卷八十八《儒林傳》又稱:"(房鳳)擢爲光禄大夫,遷五官中郎將。時,光禄勳王龔以外屬內卿,與奉車都尉劉歆共校書,三人皆侍中。歆白《左氏春秋》可立,哀帝納之,以問諸儒,皆不對。歆於是數見丞相孔光,爲言《左氏》以求助,光卒不肯。唯鳳、龔許歆,遂共移書責讓太常博士,語在《歆傳》。"由"遂共移書責讓太常博士"推斷,房鳳、王龔應該與劉歆爲共同作者。這也是光禄大夫"掌論議"之職責,而劉歆、房鳳當時正好爲光禄大夫。(《漢書》卷十九上《百官公卿表上》)只不過劉歆是主撰,房鳳、王龔爲從撰;故班固以一"遂"字來提示,並著錄該文於《劉歆傳》中。

據相關載述推斷,在作者劉歆、房鳳、王龔之外,應還有一位隱藏的主持者王莽。他們移書責讓太常博士時,均官屬光禄勳而一同校書。劉歆以大司馬王莽的舉薦,官奉車光禄大夫而獲貴幸,接替劉向領校秘府藏書,推重《左傳》等古文經;房鳳也是因大司馬票騎將軍王根的舉薦,以名經通達擢光禄大夫、遷五官中郎將;而光禄勳王龔,則以外屬内卿。光禄勳爲皇帝宿衛侍從,他們因受外戚王氏舉薦,而均官爲哀帝近侍,故顯然獲王莽護持。又《漢書》卷八十八《儒林傳》:"漢興,北平侯張蒼及梁大傅賈誼、京兆尹張敞、太中大夫劉公子皆修《春秋左氏傳》……授尹更始,更始傳子咸及翟方進、胡常。常授黎陽賈護季君,哀帝時待詔爲郎,授蒼梧陳欽子佚,以《左氏》授王莽,至將軍。而劉歆從尹咸及翟方進受。"是知,劉歆與王莽都傳《左氏》學,且以尹更始爲共同師承淵源,劉歆學承輩分與賈護同,應該是王莽的師叔祖輩。

當時王莽尚未掌控朝政,其居攝篡奪之心亦未萌;故太常博士只是不理會哀帝詔命,不肯與劉歆輩置對並將之放外任,而對背後主持者王莽,則未有針對性地做法。由此,劉歆"忤執政大臣,爲衆儒所訕,懼誅,求出補吏,爲河内太守"(《漢書》卷三十六《劉歆傳》);王龔亦出爲弘農太守,房鳳出爲九江太守(《漢書》卷八十八《房鳳傳》)。對此一結局,王莽或有所隱忍;但到平帝時,王莽就著手翻案。史載:"會哀帝崩,王莽持政,莽少與歆俱爲黄門郎,重之,白太后。太后留歆爲右曹太中大夫,遷中壘校尉、羲和、京兆尹,使治明堂辟雍,封紅休侯。典儒林史卜之官,考定律曆,著《三統曆譜》。"(《漢書》卷三十六《劉歆傳》)正是在王莽支持下,《左傳》等古文經傳終於在平帝元始年間立爲學官,得以跟今文經學分庭抗禮而終結今文經學獨尊局面。也正是因爲王莽是劉歆輩爭立《左傳》等古文經於學官的主持者,才爲後儒和清今文學家指斥劉歆偽造古文經助王莽篡漢留下話頭。

(二) 太常博士指誰

《漢書》卷三十六《劉歆傳》:"哀帝令歆與《五經》博士講論其義,諸博士或不肯置對,歆因移書太常博士,責讓之曰……"據此可知,受詔命講論的是《五經》博士,不肯置對的也是《五經》博士;而劉歆責讓的對象有所擴展,除了太常屬的《五經》博士,還應包括負責選試博士的太常屬官,以及《五經》博士出身的各級官員。

早在秦朝設有奉常之官,漢景帝中六年更名太常,職掌宗廟禮儀,兼掌選試博士。據《漢書》卷十九上《百官公卿表上》載:"太常屬官有太樂、太祝、太宰、太史、太卜、太醫六令丞,又均官、都水兩長丞,又諸廟寢園食宮令長丞,有雍太宰、太祝令丞,五時各一尉。又博士及諸陵縣皆屬焉……博士,秦官,掌通古今,秩比六百石,員多至數十人。武帝建元五年初置《五經》博士,宣帝黄龍元年稍增員十二人。"由此可知,太常屬官二十一位,加上諸博士十二人,這是一個有三十多人的官僚群體,而劉歆移書責讓的就是這個群體。劉歆、房鳳等以光祿大夫掌論議,同時又是秘府所藏古文經發現者,由他們代表光祿勳來移書太常,應該是很正當的政府公文行爲。況且太常負責選試博士,其辦法就是試今文經義,所選之偏在所難免,恰需古文經來補救;而獲選博士者入官,幾遍朝野各級官衙。故劉歆輩移書責讓太常博士,是既有針對性又有打擊面的。

  劉歆移書雖責讓的是太常博士,卻也觸怒了朝中衆多儒學官員。他們或緘默退守,以示不合作;或憤恨反擊,欲置之死地。《漢書》卷三十六《劉歆傳》:劉歆移讓書既出,"其言甚切,諸儒皆怨恨。是時,名儒光祿大夫龔勝以歆移書上疏深自罪責,願乞骸骨罷。及儒者師丹爲大司空,亦大怒,奏歆改亂舊章,非毀先帝所立。"龔勝爲光祿大夫,與劉歆實爲同官。他上疏自責,願乞骸骨罷,應是熟知今古文經學的利弊,乃用這種消極的方式來回應。師丹則位高權重爲大司空,代表當朝今文經學者意見。他可能對今古文經的利弊缺乏瞭解,故對劉歆爭立古文經表示強烈反對。還有當朝丞相孔光,也反對立古文經學。《漢書》卷八十八《房鳳傳》:"歆白《左氏春秋》可立,哀帝納之,以問諸儒,皆不對。歆於是數見丞相孔光,爲言《左氏》以求助,光卒不肯。"孔光是孔子的後代,孔府爲古文經淵藪,按說他應該尊重傳揚祖宅所出文籍,不至於如此排斥《左傳》等古文經。此態度蓋從政治利益著眼,故不能平允地接納古文經。由此可知,移書責讓的太常博士,祇是一個象徵性符號。它實際針對的人群更廣泛,除了抱殘守缺的太常博士,還有服習今文經學的諸儒,以及官學體系產生的官僚。

(三)《泰誓》所出

  該文所討論的《泰誓》,應是單篇古文《尚書》。在先秦百篇《尚書》中,原來確有《泰誓》篇目。然伏生今文《尚書》無《泰誓》,則《泰誓》屬新出古文《尚書》;此處所言"《泰誓》後得"云云,正是針對伏生今文《尚書》而言。前文言"《尚書》初出於屋壁,朽折散絶,今其書見在,時師傳讀而已",後文言"及魯恭王壞孔子宅……而得古文於壞壁之中……《書》十六篇";此兩處提到的發現古文《尚書》之事,應是同出於魯恭王所壞孔子舊宅夾壁。孔壁所出十六篇古文《尚書》題名,保存在馬融、鄭玄所註《書序》中,而被孔穎達《尚書正義》之《堯典》題下轉錄,其具體篇目猶明文可徵卻並無《泰誓》這一篇。故知古文經《泰誓》另有來源,不在孔壁所出古文《尚書》中。

  《文選》李善註:"《七略》曰:'孝武皇帝末,有人得《泰誓》書於壁中者,獻之,與博士使贊説之;因傳以教,今《泰誓》篇是也'";《文選》劉良註:"孝文末,人有得《泰誓》於壁中者,獻之,使博士會讀而傳之,今《泰誓》篇也。"此兩家註均未涉魯恭王壞孔宅事,且所記《泰誓》出現的時間不同;這也無意中暗示了,《泰誓》別有來源。《論衡·正説》:"河內女子發老屋,得逸《易》《禮》《尚書》各一篇",鄭玄《書論》有"民間得《泰誓》"語。由此可知,《泰誓》出自河內女子老屋,在漢武帝時獻上而藏在秘府,劉歆因校理秘府藏書,而得見其文並傳揚之。後因東漢大儒馬融等疑其僞,致使《泰誓》未能流傳下來。

今傳五十八篇《尚書》中,有同題爲《泰誓》者三篇,都是東晉梅賾所獻僞古文經,而非劉歆所見《泰誓》之舊。司馬遷《史記·周本紀》中著録有《泰誓》節文,《左氏春秋·襄公三十一年》引述《泰誓》佚文,這才是古文《泰誓》,祇可惜不能得其全篇。

上隋高祖革文華書輯釋

[隋]李諤[1]原撰　曹淵輯釋*

臣聞古先哲王之化民也[2]，必變其視聽[3]，防其嗜欲，塞其邪放之心[4]，示以淳和之路[5]。五教六行爲訓民之本[6]，《詩》《書》《禮》《易》爲道義之門[7]。故能家復孝慈[8]，人知禮讓，正俗調風，莫大於此[9]。其有上書獻賦[10]，制誄鐫銘[11]，皆以褒德序賢[12]，明勳證理[13]。苟非懲勸，義不徒然。降及後代，風教漸落[14]。魏之三祖[15]，更尚文詞，忽君人之大道[16]，好雕蟲之小藝[17]。下之從上，有同影響[18]，競騁文華[19]，遂成風俗。江左齊、梁[20]，其弊彌甚，貴賤賢愚[21]，唯務吟詠[22]。遂復遺理存異，尋虛逐微[23]，競一韻之奇，爭一字之巧[24]。連篇累牘，不出月露之形，積案盈箱，唯是風雲之狀[25]。世俗以此相高，朝廷據兹擢士[26]。祿利之路既開，愛尚之情愈篤[27]。於是閭裡童昏[28]，貴遊總丱[29]，未窺六甲[30]，先製五言[31]。至如羲皇、舜、禹之典[32]，伊、傅、周、孔之説[33]，不復關心，何嘗入耳[34]。以傲誕爲清虛[35]，以緣情爲勳績[36]，指儒素爲古拙[37]，用詞賦爲君子[38]。故文筆日繁，其政日亂[39]，良由棄大聖之軌模，構無用以爲用也[40]。損本逐末，流徧華壤[41]，遞相師祖，久而愈扇[42]。

及大隋受命[43]，聖道聿興[44]，屏黜輕浮，遏止華僞[45]。自非懷經抱質，志道依仁[46]，不得引預搢紳，參廁纓冕[47]。開皇四年[48]，普詔天下，公私文翰，並宜實錄[49]。其年九月，泗州刺史司馬幼之文表華豔，付所司治罪[50]。自是公卿大臣咸知正路[51]，莫不鑽仰墳集，棄絕華綺[52]，擇先王之令典，行大道於兹世[53]。如聞外州遠縣，仍蹈敝風[54]，選吏舉人，未遵典則[55]。至有宗黨稱孝，鄉曲歸仁[56]，學必典謨，交不苟合[57]，則擯落私門，不加收齒[58]；其學不稽古[59]，逐俗隨時[60]，作輕薄之篇章[61]，結朋黨而求譽[62]，則選充吏職，舉送天朝[63]。蓋由縣令、刺史未行風教[64]，猶挾私情，不存公道。臣既忝憲司，職當糾察[65]。若聞風

---

* 曹淵，文學博士，浙江農林大學講師，發表《"晚唐異味"發生論——以杜牧、李商隱、溫庭筠爲中心》。
基金項目：本文爲國家社會科學基金重大項目"中國古代文學制度研究"(17ZDA238)階段性成果。

即劾,恐掛網者多[66];請勒諸司,普加搜訪[67]。有如此者,具狀送臺[68]。

(以中華書局1973年版《隋書·李諤傳》爲底本,校以中華書局1974年版《北史·李諤傳》及中華書局1958年版《全上古秦漢三國六朝文·全隋文·李諤文》。《北史·李諤傳》本簡稱《北史》本,《全上古秦漢三國六朝文·全隋文·李諤文》本簡稱《全隋文》本。)

解題:

該文更通行的一個題名,是李諤《上書正文體》。這個篇名始見於嚴可均《全上古三代秦漢三國六朝文·全隋文》。該書卷二十收錄李諤文,即題爲《上書正文體》;然檢校嚴可均在該文末所註文獻來源,《隋書》、《北史》及《通典》三處所著錄均未註篇名;唯《文苑英華》著錄此篇,題爲《上隋高祖革文華書》。除此之外,其他收錄該文所題篇名,可大致列舉分析如下:

1. 明王志堅《四六法海》同《文苑英華》,題爲《上隋高祖革文華書》;2. 明馮琦《經濟類編》題爲《隋李諤上高祖革文華書》;3. 南宋李劉《四六標準》、明梅鼎祚《隋文紀》、清徐乾學《古文淵鑒》、清蔡世遠《古文雅正》皆題爲《論文體書》;4. 康熙、乾隆論及該文,亦名其爲《論文體書》。(見《圣祖仁皇帝御製文集》第三集卷三十四)及乾隆《御製詩集·五集》卷八十六錄《鏡清齋四詠》其四詩末註。)

嚴氏之前,歷代文籍收錄該文,都不以《上書正文體》爲題,像《文苑英華》《古文淵鑒》屬官修大書,應該能代表當時的實際情況。審讀該文,通篇無"正文體"之詞,至少說明作者尚無意識明確提出"正文體"思想。此外,除李諤此篇外,隋及隋前後上書,均未見有以"正文體"爲名或有"正文體"之語者。綜上所見,嚴氏所題《上書正文體》一名,可謂一空依傍,於古無據、於文無據、於時無據。這一篇名,極有可能是明清時隨著正文體思想的深入,爲後人所加改的。

上書,作爲一種文體,源出於"書"體文。《太平御覽·書記》:"三代政暇,文翰頗疏。春秋聘繁,書、令彌盛。"書作爲一种古老的文體,用途非常廣泛,本無特定對象;但到戰國時期,它逐漸演變出一個分支,即把上給君王的書,稱爲上書。《文心雕龍·章表》:"降及七國,未變古式,言事於主,皆稱上書。"秦始皇二十六年(前221),改上書爲奏,從此奏取代了上書,成爲臣子向皇帝言事的正式文體。然而,上書這一文體並沒有被完全取代,在某些場合仍被使用。究其原因,大致有二:一是"'奏'有使用級別的限制,低級官吏越職言事,士子平民有所陳述,仍用上書。"二是"'奏'請求皇帝裁斷、接受的意念較爲急切、強烈……當大臣祇提出建議時，也可以使用'上書'，供皇帝考慮、採擇，遂較爲緩和。該文（指李諤文）即屬此類。"（參見王銘《試析隋李諤〈上書正文體〉》，《常熟師專學報》2002年第3期）

其實，早在李諤上書之前，隋朝統治者爲抑制浮詞就已三令五申。開皇四年，隋文帝"普詔天下，公私文翰，並宜實錄"（《隋書》卷六十六），後又"詔禁文章浮詞"（《新唐書》卷一一二）。李諤上書，可謂是迎合了皇帝旨意。

本來南朝重文采，北朝尚質實；但隨著南北兩地的不斷交流，特別是北魏遷洛，孝文帝元宏推行漢化政策之後，南朝"重文華"的寫作風氣開始興起，至北朝後期，受蕭梁滅國後南朝文士入北的影響，東魏、北齊時期以文采爲勝的抒情性詩賦作品明顯增多；標榜個人的文才，看重"輕薄之篇章"，開始成爲社會風氣。《顏氏家訓·文章》："邢子才、魏收俱有重名，時俗準的，以爲師匠。"於此可見當時的風尚。又《北齊書》卷四十四《儒林傳·劉畫傳》："河清初，還冀州，舉秀才入京，考策不第。乃恨不學屬文，方復緝綴辭藻。"劉畫所恨當然是有切身體驗的，他就是體驗到了所謂的"文"在選拔人才上的重要性。這說明，當時的統治集團個人的興趣愛好及在一些重大的社會制度上也已尚"文"了。

隋文帝楊堅所代表的"關隴統治集團"尚質，他本人也是從前朝中經歷過來的，深知政治上爲文輕薄的害處；故立國後，"每念斫雕爲樸，發號施令，咸去浮華"。當然，要求公務文書去除浮華之辭，這還不是問題的關鍵；隋文帝的真正目的是改革弊政，其針對的是官場中崇尚浮詞所暴露出的不良的思想觀念、政治風氣、士林習氣，以及選拔人才不重實幹等弊端。

李諤的這篇上書，正是順承了皇帝的改革意圖，也配合了大一統的形勢。他寫作此文的動機很明確，就是要通過行政舉措來改變當前的浮華文風，移風易俗，使之回到風教傳統上來。皇權意志如此，官方態度如此；則此文承上層旨意，是遵命或希旨而作，具有明顯的令規屬性。

校注：

［1］李諤：字士恢，趙郡南和人，今河北南和縣人，初仕北齊，爲中書舍人；后入北周，任天官都上士。隋朝建立，歷任比部、考功二曹侍郎，封南和伯，遷治書侍御史，出爲通州刺史。《隋書·李諤傳》說他任職治書侍御史時，"務存大體，不尚嚴猛"，曾三次上書，提出的都是移風易俗，實施教化的建議。隋文帝對他頗爲看重，曾曰："朕昔爲大司馬，每求外職，李諤陳十二策，苦勸不許，朕遂決意在內。今此事業，諤之力也。"

[2] 哲王：明智的君王。《尚書·康誥》："往敷求於殷先哲王，用保乂民。"《毛詩正義·大雅》卷十六《下武》："下武維周，世有哲王。三后在天，王配於京。"註："哲，知也。"按知，通智，明智的意思。化民：教化人民。《北史》本民作"人"。

[3] 視聽：指見聞。《尚書正義》卷十七《蔡仲之命》："詳乃視聽，罔以側言改厥度，則予一人汝嘉。"又卷十一《泰誓中》："天視自我民視，天聽自我民聽。"

[4] 邪放：邪僻放蕩。賈誼《新書》卷六《容經》："古者年九歲入就小學，蹍小節焉，業小道焉。束髮就大學，蹍大節焉，業大道焉。是以邪放非闢，無因入之焉。"《北史》本欲作"慾"。

[5] 淳和：純正平和。《周書》卷二十三《蘇綽傳》："天地之性，唯人爲貴。明其有中和之心，仁恕之行，異于木石，不同禽獸，故貴之耳。然性無常守，隨化而遷。化於敦樸者，則質直；化於澆僞者，則浮薄。浮薄者，則衰弊之風；質直者，則淳和之俗。衰弊則禍亂交興，淳和則天下自治。治亂興亡，無不皆由所化也。"《全隋文》本作"日"。

[6] 五教是孟子所説的五種教育。《孟子·盡心上》："君子之所以教者五：有如時雨化之者，有成德者，有達財者，有答問者，有私淑艾者。此五者，君子之所以教也。"六行是西周教民的六項原則。《周禮·地官·大司徒》："六行：孝、友、睦、婣、任、恤。"《北史》本民作"人"。

[7]《詩》《書》《禮》《易》：即儒家典籍《詩經》《尚書》《禮記》《易經》。

[8] 復：復歸。孝慈：善事父母曰孝；上愛下曰慈。《禮記》卷二十二《禮運》："父慈，子孝，兄良，弟悌，夫義，婦德，長惠，幼順，君仁，臣忠，十者謂之人義。"

[9] 正俗調風：調和風俗使之歸正。《禮記》卷一《曲禮上第一》："道德仁義，非禮不成，教訓正俗，非禮不備。分爭辨訟，非禮不決。君臣上下，父子兄弟，非禮不定。宦學事師，非禮不親。"《全隋文》本於作"于"。

[10] 上書：指以書信的方式向君主進呈意見。《史記》卷六《秦始皇本紀》："大索，逐客。李斯上書説，乃止逐客令。"獻賦，指向君主進獻賦作。《史記》卷一百一十七《司馬相如列傳》："居久之，蜀人楊得意爲狗監，侍上。上讀《子虛賦》而善之，曰：'朕獨不得與此人同時哉！'得意曰：'臣邑人司馬相如自言爲此賦。'上驚，乃召問相如。相如曰：'有是。然此乃諸侯之事，未足觀也。請爲天子游獵賦，賦成奏之。'"

[11] 賦、誄和銘：皆文體名。

[12] 褒德序賢：褒獎提拔賢德之士。《漢書》卷六《武帝紀》："元朔元年冬十一月，詔曰："公卿大夫，所使總方略，壹統類，廣教化，美風俗也。夫本仁祖義，褒德祿賢，勸善刑暴，五帝、三王所由昌也。"《全隋文》本以作"目"。

[13] 明勳：彰顯功勳。證理：證明正理。

[14] 風教：指風俗教化。《毛詩正義》卷一《序》："風，風也，教也；風以動之，教以化之。"李善註《文選》卷第四十九干令昇《晉紀總論》："故延陵季子聽樂以知諸侯存亡之數，短長之期者。蓋民情風教，國家安危之本也。"

[15] 魏之三祖：指曹操、曹丕、曹睿。《三國志·魏志·明帝紀》："有司奏：武皇帝撥亂

反正,爲魏太祖,樂用武始之舞。文皇帝應天受命,爲魏高祖,樂用咸熙之舞。帝制作興治,爲魏烈祖,樂用章武之舞。三祖之廟,萬世不毀。"南朝·梁·劉勰《文心雕龍·樂府第七》:"至於魏之三祖,氣爽才麗,宰割辭調,音靡節平。"

[16] 文詞:指有文采的美詞。君人:爲人君主。君,名詞作動詞用。

[17] 揚雄《法言》卷二《吾子》:"或問:'吾子少而好賦。'曰:'然。童子雕蟲篆刻。'俄而曰:'壯夫不爲也。'"揚雄把作賦看作雕蟲之技,輕視文學創作,貶低其價值,李諤繼承了他的這一觀念。

[18] 有同影響:就像影子和回聲一樣很快順應。

[19] 競騁文華:指在辭藻上爭奇鬥艷。

[20] 江左齊、梁:即南北朝時期的齊、梁兩朝。江左,江東,古指江南地區。

[21] 其弊彌甚:指"競騁文華"的流弊更深更廣。貴賤賢愚:指社會上下各階層人。

[22] 唯務吟詠:都祇好在文詞上下功夫,或以文詞沾沾自喜,都通。《全隋文》本務作"矜"。

[23] 遂復遺理存異,尋虛逐微:指(整個社會)又正理喪失,異邪興存,都不幹實事大事,就祇在字詞上追逐那些空洞無用的形式美。

[24] 競一韻之奇,爭一字之巧:指在詩歌創作上對語言藝術的追求。李諤崇尚語言的質樸,反對文字上的爭奇鬥巧,於此可見。

[25] 以上數句,李諤批評齊梁以來的文學作品內容單薄,題材狹隘,祇在語言形式上爭奇鬥巧。

[26] 擢士:選拔人才。《全隋文》本以作"目"。

[27] 祿利之路既開,愛尚之情愈篤:指朝廷以文詞選拔人才后,整個社會對文詞的"尋虛逐微"就更加地篤誠了。

[28] 閭:古代以每二十五家爲一閭。《周禮》卷十《大司徒》:"令五家爲比,使之相保,五比爲閭,使之相受。"童昏:指年幼無知者。《詩經·鄭風·褰裳》"狂童之狂也且"毛傳:"狂行童昏所化也。"孔穎達疏:"童昏,謂年在幼童,昏闇無知。"《全隋文》本於作"于"。《北史》本裡作"里"。

[29] 貴遊:泛指王公貴族。《周禮·地官·師氏》:"師氏……居虎門之左,司王朝,掌國中失之事以教國子弟,凡國之貴遊子弟學焉。"鄭玄註:"貴游子弟,王公之子弟。遊,無官司者。"總丱:古時兒童束髮爲兩角,這裏泛指入學兒童。北齊顏之推《顏氏家訓·勉學》:"梁朝皇孫以下,總丱之年,必先入學,觀其志尚。"

[30] 六甲:古代用天干地支相配計算時日,其中起頭是"甲"的有六組,爲甲子、甲戌、甲申、甲午、甲辰、甲寅,故稱六甲。《漢書·食貨志上》:"八歲入小學,學六甲五方書計之事,始知室家長幼之節。"

[31] 五言:指五言詩。

[32] 羲皇：即伏羲氏，傳説中的帝王，始作八卦。《周易·繫辭下》："古者包犧氏之王天下也，仰則觀象於天，俯則觀法於地，觀鳥獸之文與地之宜，近取諸身，遠取諸物，於是始作八卦，以通神明之德，以類萬物之情。"按包犧氏，即伏羲氏。

[33] 伊、傅、周、孔：即伊尹、傅説、周公、孔子，都是儒家推崇的理想人物。伊尹，名摯，輔助商湯滅夏朝，是商朝初年著名政治家、思想家。傅説，殷商時期名臣。據説，武丁求賢臣輔助，夢見了聖人，醒來後根據夢中的記憶畫影圖形，派人尋找，最終在傅岩找到傅説，遂以爲相。傅説輔助武丁，成就了"武丁中興"的盛世。周公，姬姓，名旦，是周文王第四子，周武王弟，輔佐武王伐紂，執政期間，制禮作樂，建立了一整套的典章制度，是西周初期杰出的政治家、軍事家、思想家、教育家，被儒家奉爲先驅。孔子，春秋晚期魯國人，姓孔名丘，字仲尼；教育家、政治家，儒家學派創始人，被後世尊爲聖人，奉爲萬世師表。

[34] 關心：關注，留心。何嘗入耳：指聽聞不到。

[35] 傲誕：指狂傲怪誕，不拘禮法。清虚：清静空虚。《全隋文》本以作"曰"。

[36] 緣情：指齊梁以來詩歌創作以情爲本的審美風尚。陸機《文賦》："詩緣情而綺靡，賦體物而瀏亮。"勳績：功績。《全隋文》本以作"曰"。

[37] 儒素：指儒家倡導的道德品格，代指儒家眼中的君子。

[38] 詞賦：代指創作詞賦的文人。

[39] 文筆：泛指文章。六朝人以有韻之文爲文，以無韻之文爲筆。《文心雕龍·總術》："今之常言，有'文'有'筆'，以爲無韻者'筆'也，有韻者'文'也。"

[40] 大聖：儒家推崇的聖人。軌模：規範楷模。構無用以爲用：指把追求文詞的華美這種無用之事看作很有價值。

[41] 華壤：華夏大地。《北史》本損作"損"。

[42] 遞相師祖，久而愈扇：互相效仿，越演越烈。

[43] 大隋受命：指開皇元年(581)隋朝建立。

[44] 聖道聿興：指儒家思想開始興起。聿：助詞，無義。

[45] 華偽：浮華虚偽。《北史》本輕浮作"浮詞"。

[46] 懷經抱質，志道依仁：指懷抱儒家思想，以之爲自己言行的根本原則。

[47] 搢紳、纓冕：代指官員。搢紳：古時官吏插笏(一種上朝時用來記事的手板)於紳帶間，故以此代指當官者。《全隋文》本預作"領"，根據上下文意，引預不成詞，當以領爲正。《全隋文》本搢作"縉"。纓：帽帶子。漢許慎《説文解字》卷七："冕，大夫以上冠也"。《文選》卷四十沈約《奏彈王源》："臣謹按：南郡丞王源，忝藉世資，得參纓冕。"參廁：置身。《北史》本廁作"厠"。

[48] 開皇：隋文帝年號，從公元581年二月起，至公元600年十二月止。

[49] 公私文翰，並宜實録：(要求)無論是官方的，還是私人的一切文章，都應據實來寫，不得浮誇其辭。文翰：指文章。翰，長羽毛，代指筆。《全隋文》本並作"竝"。

[50] 泗州：古地名，遺址在今江蘇省盱眙縣境内。刺史，官職名，爲監察地方的官員，漢武帝前無專職人員。漢武帝分全國爲十三州，每州始專設刺史一名。《漢書武帝紀》："(元封五年)初置刺史部十三州。"司馬幼之：人名，生卒年不祥。文表：指表章之類公文。所司：有司，主管官員。古代社會設官分職，各有所司，故稱有司或所司。《北史》本治作"推"。

[51] 公卿：三公九卿的簡稱。《禮記》卷十一《王制第五》："王者之制禄爵，公侯伯子男，凡五等。"又"天子百里之内以共官，千里之内以爲卿"。正路：正道，此指在儒家思想指導下的道路。《北史》本路作"道"。

[52] 墳集：《全隋文》本集作"素"，當以素爲正。墳素，指儒家典籍。李善註《文選》卷十六潘安仁《閑居賦並序》："傲墳素之場圃，步先哲之高衢。"《左氏傳》楚靈王曰："左史倚相，能讀三墳、五典、八索、九丘。"賈逵曰："三墳，三皇之書。五典，五帝之典。八索，素王之法。九丘，亡國之戒。墳，大也，言三皇之大道。孔子作《春秋》，素王之文也。"華綺：指浮華綺麗的文風。

[53] 令典：好的典章制度。《春秋左傳正義》卷二十三《宣公十二年》："蔿敖爲宰，擇楚國之令典。"《釋詁》云："令，善也。"大道：即"先王"所垂範的正路。

[54] 外州遠縣，仍踵敝風：指一些邊遠地區仍然跟從浮艷空虛、不著實際的壞風氣。《北史》本敝作"弊"。

[55] 選吏舉人：選任舉薦官吏。典則：典章法則。

[56] 宗黨：宗族鄉黨。鄉曲：鄉野。曲，偏僻之處。《北史》本無"至有"。

[57] 典謨：指古聖賢留下的典籍。苟合：不依禮法的交合。

[58] 私門：指權貴之門。收齒：録用。

[59] 稽古：考察古代事蹟以辨明是非得失。《尚書·堯典》："曰若稽古，帝堯曰放勳。"孔傳："若，順；稽，考也。能順考古道而行之者，帝堯。"

[60] 逐俗隨時：指追逐世俗流行的"弊風"。

[61] 輕薄：輕浮，不莊重。篇章：詩篇，文章。

[62] 朋黨：同類之人勾結在一起形成的幫派。求譽：謀求名譽，沽名釣譽。

[63] 選充：選取補充。天朝：對朝廷的尊稱。

[64] 風教，風俗教化，儒家治理社會的一種自上而下的感化方式。《詩經大序》："風，風也，教也；風以動之，教以化之。"

[65] 忝：辱，謙辭。憲司：御史的別稱。

[66] 掛網：觸犯法網。

[67] 請勒諸司，普加搜訪：請求勒令各級地方官員，進行普查。《北史》本諸作"有"。

[68] 具狀送臺：寫明情況上報。臺：指御史臺。

闡義：

該文從内容上可分爲兩個部分。前一部分有兩個層次，一是闡述歷代以來以儒治國的根本方略與文辭尚質、歸本儒素的風教傳統；二是指出，自魏晉南北朝以來，由於統治者的崇尚文詞，"好雕蟲之小藝"，致使風俗日壞，人情虚浮。降及江左齊梁時期，更是變本加厲，社會各階層都"唯務吟詠"，"以此相高"，文詞的優美甚至上升爲朝廷選拔人才的最高標準。與之相應的，是"大聖之軌模"被徹底擯棄，儒家治國理政的思想遭到漠視。後一部分講述隋朝初建，隋文帝即高舉儒家思想的旗幟，對此弊政採取系列舉措進行改革，成效明顯。但一些邊遠地區仍殘存弊風，在選拔人才上仍以文詞爲上。因責成相關部門對未行風教的地方官員進行查處治罪。其主要意旨，大約有三點：

（一）崇儒復古、正本行道的思想

李諤儒家思想觀念濃厚，他認爲自古以來教化百姓的指導方針是改變人民的視聽興趣，防止他們的不良嗜欲，杜塞他們的邪放之心，而要達到這一切，就應"示以淳和之路"，以"五教六行"作爲教化的根本原則，以儒家的經典著作《詩》《書》《禮》《易》爲必由之徑。如此就能實現理想的社會情形："家復孝慈，人知禮讓。"而在這種風教下寫出的文章也以儒家思想爲本，重教化，有實在的内容。與之形成對立的，是魏晉以來的錯誤做法，自魏之三祖不以教化爲本，更尚文詞以來，導致後世"文筆日繁，其政日亂"。概括地説：1. 李諤以爲儒家思想是治國理政的根本，文詞應該以儒家思想爲旨歸，否則就是"尋虚逐微"，走入歧途。2. 李諤似把文詞看作是風教失落造成的結果。在他眼裏，若風教能很好地起到正俗調風的作用的話，文章是不會去"尋虚逐微"的。3. 李諤將風教與文章之間的乖離，將文詞的氾濫，歸咎於帝王的"棄大聖之規模"，即背棄了儒家的政教思想。所謂"下之從上，有同影響，競騁文華，遂成風俗"。

（二）尚質尚用、擯棄浮華的觀念

李諤的文學觀較爲狹隘。首先，他過分地強化文學的政治教化功能，將"正俗調風"視爲文學的根本目的，認爲文學的價值和意義體現在對道德人心的教化與"懲勸"上。爲此目的，他主張文學應該以儒家思想爲核心内容，心無旁騖地執行教化的功能。然而，文學並不僅有政治教化的功能，也并不具有去從事這種教化的優先傾嚮。文學還有審美的愉悦功能等，甚至説更傾嚮於審美愉悦性。

而這種審美傾嚮是天然地與人的"嗜欲""邪放之心"有聯繫的。爲此,他又認爲文學不能任其自流,而應該對之加以控制。從這裏看,李諤在文與質的關係理解上,傾嚮於把文與質對立起來,看法較爲狹隘、極端。其次,他認爲文學須以儒家倫理思想爲根本內容,凡"以褒德序賢,明勛證理"爲主旨的文章就是好的,否則就無意義。在他看來,文學具有兩面性,一方面是它可以如"古先哲王"所垂範的那樣起到一個教化社會的積極作用。這是正面。另一方面是它也可以起到一個禍亂社會的消極作用,如"魏之三祖更尚文詞"以來的歷史教訓。這是反面。由於李諤把文學與社會的治亂直接聯繫起來,把文學的政治教化功能與儒家描述的理想社會完美結合,而把文學的審美追求視爲魏晉以來社會動亂的根由,於是文學的這兩面性被尖銳地對立起來了。文學的政治教化功能與審美功能被尖銳地對立起來了。這必然地導致他得出這樣的結論,即凡是以儒家倫理思想爲內容的文學就是好的,而不必看它有沒有審美性;凡是不以儒家倫理思想爲內容的文學就是"尋虛逐微"之作,沒有意義。

(三)消極地看待文學的審美功能

李諤對文學的審美功能並非簡單的否定,他是對文學的審美愉悅性有強烈的警惕性,將之看作是風教鬆動後的失控狀態,因而認爲文學的這種審美功能對於"正俗調風"的實用目的有害無益,因而力主予以打擊消除。從他的治民思想看,他信奉"故先哲王"的"化民"之術,對於統治下的民眾的教化原則是"變其視聽,防其嗜欲,塞其邪放之心",就是說要改變他們不好的生活環境,提防他們追求享受的慾望,堵塞他們邪僻放蕩的心理傾向。由此出發,他對文學的審美功能不僅沒有好感,而且具有政治上的警惕性,將之看作蠱惑人心與禍亂社會的根由。

前賢對李諤的這篇上書評議頗多,多從純文學角度考,持批評的態度。如郭紹虞認爲"其論調重儒教而輕文藝,尚實用而賤虛飾"(《中國文學批評史》上卷,百花文藝出版社1998年版,第156頁)。又王運熙、顧易生認爲李諤是在"整個地否定文學創作",因而其文學觀顯得"偏激狹隘"(《中國文學批評通史》第三册,上海古籍出版社1993年版,第15頁)。也有論者從當時社會風氣的角度,肯定其糾正齊梁文風的歷史作用;或從隋朝統一的角度來看待,評估其總結歷史教訓的意義;或从南、北文學交融的角度,積極評價其文學思想史意義。

就李諤此文所反映出的文學觀念來看,不可否認,確實具有一定的狹隘性與偏激性,這主要即表現在對文學審美功能的漠視與否定上。但這祇是問題的一個方面。從文學歷史的發展來看,李諤身處隋初,正在南北文學合流的關鍵點上,他提出尚質尚用的文學觀,並進行行政干預,對於齊梁以來越演越烈的形式主義文風確實起到了一定的抑制作用,雖然不免從一個極端走向另一個極端,但畢竟把相對於文的"質"明確地提了出來,爲唐代文質彬彬説作了必要的思想準備。唐初所撰《隋書·文學傳序》:"然彼此好尚,互有異同。江左宫商發越,貴於清綺;河朔詞義貞剛,重乎氣質。氣質則理勝其詞,清綺則文過其意。理深者便於時用,文華者宜於詠歌。此其南北詞人得失之大較也。若能掇彼清音,簡茲累句,各去所短,合其兩長,則文質斌斌,盡善盡美矣。"這種合論南北文學各取所長的文學態度自然要比李諤全面深刻得多,但李諤在齊梁文風呈一邊倒的態勢之下,標榜北朝所擅的"質",看似在拖後腿,其實起到了爲文學日後兩條腿走路(文質彬彬)埋下了伏筆。

早在西魏時,針對"晉氏以來文章競爲浮華"的問題,蘇綽受命作大誥,"宣示羣臣戒以政事,仍命自今文章皆依此體",就已從病句對文體作出了明確的規範,但所針對的對象局限於高級官員,其影響及效果都很有限。李諤上書,涉及面廣,對魏晉以來的文學發展基本上是持一種否定的態度,對文學的審美性能力主消除,並要求通過行政舉措予以解決,這其中顯示出對文學審美功能的一種警惕性。隋以前,自魏之三祖以來,特別是到了六朝時期,確有不少帝王愛好文學,從事欣賞和創作,不幸的卻是,他們的命運都不太好,甚至落得身敗國亡。隋朝建立,李諤等人總結前朝之鑒,遂把帝王的這一文學愛好與亡國的原因連在了一起,在之前女色亡國論調下,又添加一條文學亡國的教訓。

辨疑

(一)關於此文寫作時間

曹道衡在《李諤卒年及請正文體時間之推測》一文中據《隋書》提供的一些綫索推測當寫於開皇六年(586)至開皇八年(588)之間。胡政《李諤〈上書正文體〉的再認識》又補充了兩點:一是據《隋書·音樂志中》所載:因牛弘等人正樂不力,楊堅"大怒曰:'我受天命七年,樂府猶歌前代功德邪?'"因"命治書侍御史李諤,引弘等下,將罪之",考定李諤開皇七年時任治書侍御史。二是據李諤上書中言"江左齊梁,其弊彌甚……損本逐末,流遍華壤",其中没有涉及到陳朝,及"華壤"一詞"不具有統一的意味",以爲其"作文時陳尚未滅亡"。(見胡政〈上書正文體〉的再認識》,《江蘇師範大學學報》(哲學社會科學版)2017 年第 6 期,第 34 頁)該文是"北朝最末時期的一篇文學批評文獻"。

李諤此文針對浮華文風,提出江左齊梁,是意在樹立典型,從這個意義上看,不必提及陳朝。但當時南北對峙已久,若其時已經實現了國家統一,李諤的上書又針對的是風教這樣的國家大事,或許應該更有些大一統的姿態。綜合考慮,此文當作於開皇九年隋朝統一全國的前夕。

（二）關於李諤的文學觀

李諤對魏晉南北朝文學的發展持一種否定的態度,認爲整體上是在"捨本逐末"。他所謂的"本"指的是儒家的政治教化,所謂的"末"指的是文學的審美價值。在他眼裏,爲文要從政教的立場下筆,而不能"遺理存異,尋虛逐微,競一韻之奇,爭一字之巧"。可見,他並不是簡單地否定文學的審美價值,他反對的是江左齊梁以來的綺靡文風,反對的是"唯務吟詠"風氣。公允地説,李諤的文學觀,其實已有文質彬彬的因素在内。他説"古先哲王之化民也,必變其視聽,防其嗜欲,塞其邪放之心,示以淳和之路",所謂"淳和之路",從爲文的角度看,正是文質彬彬的理想狀態。怎樣才能達到這樣的理想狀態呢？李諤的回答是,讓文學棄末歸本：棄末,就是放棄魏晉以來形成的浮艷文風；歸本,就是歸到古先哲王的風教傳統上來。

請正文體疏輯釋

[明]沈鯉[1]原撰　仲曉婷輯釋*

　　題爲士風隨文體一壞，懇乞聖明嚴禁約以正人心事[2]：儀制清吏司案呈[3]，照得近年以來[4]，科場文字漸趨奇詭[5]，而坊間所刻及各處士子之所肄習者[6]，更益怪異不經[7]，致誤初學[8]，轉相視効[9]，及今不爲嚴禁[10]，恐益灌漬人心，浸尋世道[11]，其害甚於洪水，甚於異端[12]。蓋人惟一心[13]，方其科舉之時，既可用之以詭遇獲禽[14]，迨其機括已熟[15]，服役在官，苟可得志，何所不爲？是其所壞者不止文體一節[16]，而亦於世道人心大有關係[17]。相應題請申飭以遏狂瀾等因[18]。案是到部[19]，臣等看得[20]，言者心之聲[21]，而文者言之華也[22]。其心坦夷者[23]，其文必平正曲實[24]；其心光明者，其文必通達爽暢[25]；其不然者反是[26]。是文章之有驗于性術也如此[27]。唐初尚靡麗[28]，而士趨浮薄[29]；宋初尚鉤棘[30]，而人習險譎[31]。是文章之有關于世教也又如此[32]。

　　洪武二年詔頒取士條格[33]，五經義限五百字以上[34]，四書義限三百字以上[35]，論亦如之[36]。策限一千字以上，惟務直述，不尚文藻[37]。仁宗朝俞廷輔奏準[38]，科目取士，務求文辭典雅、議論切實者進之。憲宗諭詹事黎淳曰[39]："出題刊文[40]，務依經按傳[41]，文理純正者爲式[42]。"故今鄉會試進呈錄文，必曰中式[24]，則典雅切實、文理純正者，祖宗之式也[24]。

　　今士之爲文[45]，式乎？不式乎[46]？自臣等初習舉業，見有用六經語者[47]，其後以六經爲濫套而引用《左傳》《國語》矣[48]，又數年以《左》《國》爲常談而引用《史記》《漢書》矣[49]，《史》《漢》窮而用六子，六子窮而用百家[50]，甚至取佛經道藏[60]，摘其句法口語而用之[61]。鑿朴散淳[62]，離經叛道[63]，文章之流敝[64]，至是極矣。乃文體則恥循矩矱[65]，喜創新格，以清虛不實講爲妙[66]，以艱澀不可讀爲工[67]，用眼底不常見之字謂爲博聞[68]，道人間不必有之言謂爲玄解[69]。苟奇

---

* 仲曉婷，浙江農林大學講師，上海大學博士研究生，發表《徐師曾生卒年考》。
　基金項目：本文爲國家社會科學基金重大項目"中國古代文學制度研究"（17ZDA238）階段性成果。

矣,理不必通[70];苟新矣,題不必合[71]。斷聖賢語脈以就已之鋪敘[72],出自己意見以亂道之經常[73],及一一細與解明,則語語都無深識[74]。白日青天之下[75],爲杳冥魍魎之談[76],此世間一怪異事也[77]。

夫出險僻奇怪之言[78],而謂其爲正大光明之士[79];作玄虛浮蔓之語[80],而謂其爲典雅篤實之人也[81],可乎？如謂人自人而言自言也[82],則以文取士者[83],獨以其文而已乎[84]？抑孟子之所謂"生於其心,害於其政"者[85],豈無稽之言乎[86]？臣等不以文爲重[87],而爲世道人心計[88],心竊憂之[89]。

嘗謂古今書籍有益於身心治道[90],如《四書五經性理》[91]、司馬光《通鑑》、真德秀《大學衍義》、丘濬《衍義補》、《大明律》《會典》《文獻通攷》諸書[92],已經頒行學宮及著在令甲[93],皆諸生所宜講誦。其間寒素之士不能徧讀者[94],臣等不能強[95];博雅之士涉獵羣書者[96],臣等不敢禁[97]。但使官師所訓迪[98],提學所課試[99],鄉會試所舉進者[100],非是不得旁及焉[101]。

仍乞容臣等會同翰林院掌印官[102],將弘治、正德及嘉靖初年一二三場中式文字[103],取其純正典雅者[104],或百餘篇,或十數篇,刊布學宮,以爲準則,使官師所訓迪,提學所課試,鄉會試所舉進者,非是不得濫取焉[105]。

除鄉會試已經臣等題奉欽依[106],遇場屋揭曉後,各該提調官即將中式硃卷盡數解部[107],逐一參閱[108],有犯前項禁約者[109],隨即指名參閱外[110],其各省直提學官[111],各持一方文衡[112],手所高下[113],人皆嚮風[114],轉移士習[115],尤爲緊切[116]。如使膠庠之所作養者[117],皆務爲險僻奇怪之文[118],而開科取士之時[119],欲合乎平正通達之式,臣等竊知其無是理也[120]。

乃往時止于科舉年分稍一申飭[121],其各省直小考[122],則任其變亂程式[123],置之不問,是謂濁以源而求其流之清也[124],不可得已。合無恭候命下[125],容臣等咨都察院[126],行兩直隸提學御史及各省巡按御史[127],轉行各該提學憲臣[128],務仰體朝廷德意[129],相率以正文體[130]、端士習[131]、轉移世道爲己任[132],而不以厭常喜新[133]、標奇攬異[134]、取快於口耳聲名爲諸士倡始。平時訓諭師生,惟將前項經書史籍隨其所習,考核講究,務令貫通。至于臨場校閱,品題高下,則一以見今頒行文體爲式[135]。如復有前項險僻奇怪[136]、決裂繩尺[137],及于經義之中引用莊、列、釋、老等書句語者[138],即使文采可觀[139],亦不得甄錄[140],且摘其甚者[141],痛加懲抑[24],以示法程[24]。仍將考過所屬府州縣衛運司儒學生員[144],原取優卷前五名或三名以上者[145],歲終解部[146],科舉年場屋畢解部[147],臣等逐一考驗,不許另有謄改[148]。如有故違明旨、沿襲前弊、壞亂文體者[149]，定將提學官分別卷數多寡題請罰治，本生行提學道黜退除名[150]。仍乞勅下吏部，今後考課[151]，提調學校官員，一視其能正文體與否，以爲殿最[152]。其解部考卷[153]，容臣等閱畢[154]，咨送吏部，一體考驗施行。伏乞聖裁等因。萬曆十五年二月初六日，本部尚書兼翰林院學士沈鯉等具題[155]。

初九日奉聖旨[156]："是。近來文體輕浮險怪[157]，大壞士習[158]，依擬著各該提學官痛革前弊[159]，仍將考取優卷送部稽查[160]。如有故違的，你部裏摘出，開送內閣，從重參治[161]。科場後參閱硃墨卷，節年題有定例[162]，今後也要著實舉行[163]，毋事空言[164]。欽此[165]。"（以中華書局 1985 年版明王世貞《弇山堂別集》卷八四《科舉四》爲底本，校以上海古籍出版社 2003 年版影印文淵閣《四庫全書》所收《禮部志稿》本及《御選明臣奏議》本。《禮部志稿》本以下簡稱《禮志》本，《御選明臣奏議》本以下簡稱《奏議》本）

解題：

萬曆十五年（1587），禮部尚書沈鯉奏上此疏，稱"題爲士風隨文體一壞，懇乞聖明嚴禁約以正人心事"。該文題名多種，《禮部志稿·奏疏·學政疏》卷四九收錄該文，加註標題爲《題乞正文體疏》；《御選明臣奏議》卷三十亦著錄該文，題爲《請正文體疏》。至沈鯉文集《亦玉堂稿》卷一編錄此文，題爲《正文體疏》，然所錄不全，校之他本，篇幅約存三分之二。四庫館臣《亦玉堂稿提要》稱："此本乃康熙庚午劉榛裒輯殘闕所重刻，集中有文無詩，蓋已非原稿之舊矣。"

文體作爲文學自身的規約，歷來備受作家和批評家重視。先秦時期已有文體學萌芽，《尚書·畢命》云："政貴有恆，辭尚體要，不惟貴異。"及至魏晉南北朝，文體論興盛，且其理論形態堪稱完備。《文心雕龍》"體大而慮周"（《文史通義·詩話》），其"體大"的一個重要表徵，就是用二十篇專門文章論文體，所論各體極爲周詳善備。該書《附會》篇言："夫才童學文，宜正體制，必以情志爲神明，事義爲骨髓，辭采爲肌膚，宮商爲聲氣。"宋元以後，辨體之風漸起，如倪思《經鉏堂雜志》所謂"文章以體制爲先"，體制上升爲文論首要命題已成共識，以至明代辨體之風大盛，以吳訥《文章辨體》、徐師曾《文體明辨》等爲代表，辨體的意識空前高漲，甚至宣稱"文章必先體裁，而後可論工拙"（《文體明辨序說》）。

沈鯉此疏"正文體"有特定意指，而別於一般文論家所論文體。他是從政教的層面，專門針對以時文爲代表的科舉領域文體日衰、文風奇詭的問題而提出。因此，這裏的"文體"，主要是就科舉作文的規範而言，著意在一"正"字，包括格式、思想、内容、風格等各個方面。它要求舉子在應試作文時，以守經遵註爲規制，代聖賢立言；並以正德前後文風爲典範，目標是歸於純正典雅。

從政教層面對文體提出要求，早在六朝時期已有論例。西魏時，針對"晉氏以來文章競爲浮華"的問題，蘇綽受命作大誥，"宣示羣臣戒以政事，仍命自今文章皆依此體"。隋開皇年間，李諤亦因"當時屬文，體尚輕薄"而專門上書。此類文字後爲宋沈樞收入《通鑒總類‧文章門》，這說明矯正文體之論説已引起宋人注意，其政教意義和文學價值不容忽視。不過至此時期，雖有官方對浮華文風，特別是公牘文風提出整治，但並不針對某一種文體，"正文體"命題尚未正式確立。

"正文體"具有專門意指，並針對特定文體，且作爲官方要求納入行政運作，這是中晚明纔出現的命題。大約從嘉靖朝始，正文體問題引起官方普遍關注，屢屢通過臣屬上書的形式進入朝政討論的視野。嘉靖五年（1526），兵部左侍郎兼學士張璁條陳慎科目三事，第一條便是"正文體"，"請令主司校文，務取平實爾雅，有裨實用"（《明世祖實錄》卷八十）。這可能是最早的官方"正文體"記載。嘉靖十一年（1532），時任禮部尚書夏言進呈《正文體重程式簡考官以收真才疏》，是現存關於正文體較早、較完整的奏疏。及至沈鯉萬曆十五年（1587）上該疏，離夏言上疏已五十餘年。在此期間，正文體問題雖經多位皇帝明旨嚴加申飭，有司亦多措並舉來著力整治，卻始終積弊難返，不僅屢正少功，甚至還有愈演愈烈之勢。

與嘉靖時期的正文體相比，沈鯉請正文體有一特殊的社會思想背景，即陽明心學對晚明世道人心的巨大影響。這種影響在《請正文體疏》中就有明顯表示，所謂："蓋人惟一心，方其科舉之時，既可用之以詭遇獲禽，逮其機括已熟，服役在官，苟可得志，何所不爲？是其所壞者不止文體一節，而亦於世道人心大有關係……臣等不以文爲重，而爲世道人心計，心竊憂之。"隆慶至萬曆的這個時期，正是陽明心學廣爲流播的階段。儘管陽明心學在官學層面一直有爭議，以至守仁卒後"停世襲，恤典俱不行"，但從隆慶初開始，情況已發生變化。比如"廷臣多頌其功，詔贈新建侯，謚文成"；隆慶二年"予世襲伯爵"；萬曆十二年"從祀孔廟"（《明史》卷一九五《王守仁傳》）。正因爲獲得了官方解禁和認可，陽明心學流播的阻礙清除，便在萬曆朝以滌蕩之勢對世道人心發起猛烈衝擊，撼動著程朱理學體系的思想根基，加速了晚明人性解放思潮的到來。在這樣的社會思想背景下，正文體積弊難返也就可想而知了。

故至萬曆二十四年(1596),禮部尚書范謙再上《責成正文體疏》時,科舉文已是"離經叛道,左袒於清虛,竊諸子家爲談柄矣。又或外正題而略無發明,影時事而恣爲誕妄……士習之弊,風教之涇,從來未有若此之甚者"。對此,連萬曆皇帝也諭示:"是近來文體險怪,屢經明旨申飭,全無改正。"(《禮部志稿》卷四十九)及三十七年(1609)皇帝甚至恨道:"科場文體屢經禁約,通不遵行,士風薄惡、法紀凌遲,一致於此,深可痛恨。"(《明神宗實錄》卷四五六)三十九年(1611)皇帝再次強調:"科場文體詭怪日甚,屢禁不遵。科舉在即,邇部裏還詳議申飭,務法在必行,以挽獎習。"(《明神宗實錄》卷四八八)此後,正文體問題一直伴隨科舉應試,直至明亡都未能得到根本解決。

從文學制度的觀念看,因其濃厚的官方背景和官學色彩,正文體問題實爲一個獨特的研究領域。沈鯉以禮部尚書的身份,通過公牘文體"疏"的形式,將這一問題進御陛前,建言國事;當其建言獲批後,又轉化爲實際的政策法令,在科舉、教育、思想、文學等相關領域頒佈施行,這就在政制與文學之間建立了深切有力的關聯。

校註:

[1] 沈鯉(1531—1615),字仲化,歸德(今河南商丘)人。嘉靖四十四年(1565)進士,改庶吉士,授檢討。神宗即位後,歷任編修、左贊善、侍講學士、禮部右侍郎、吏部左侍郎;萬曆十二年(1584)拜禮部尚書;三十二年(1604)加太子太保。卒贈太師,諡文端。有《亦玉堂稿》《文雅社約》。《明史》卷二一七有傳。

[2]《禮志》本此句前有"萬曆十五年禮部尚書沈鯉";《奏議》本此句無。

[3] 儀制清吏司:官署名,禮部下設儀制、祠祭、主客、精膳四清吏司,《明史·職官志》載:"儀制分掌諸禮文、宗封、貢舉、學校之事。"《奏議》本儀制前有"臣準"二字;《禮志》本無"清吏"二字。案呈:呈堂稿的首稱用語,各部文書例由各司司員起草,當面嚮部長官(稱堂官)宣讀並解釋,供審定,稱爲説堂,此稿稱"呈堂稿"。

[4] 照得:查察而得,古代公文用語。

[5] 科場:科舉考試的場所,借指科舉考試。《禮志》本場作"塲"。奇詭:奇怪、詭異,這裏是對背離依經按傳、純正典雅要求的指稱。《禮志》《奏議》本奇皆作"奇"。

[6] 坊間:街頭巷尾間,民間,這裏指民間書坊。肄習:學習、練習。《禮志》本習作"集",肄集不成詞,當爲誤;《奏議》本習作"業",肄業意同肄習。

[7] 更益怪異不經:指民間書坊所刻科舉文集及士子日常習作中,爲文奇怪、詭異的問題比前所論科場文字更加嚴重。《禮志》本怪作"恠"。《明文海》卷一〇五所收李濂《紙説》形容

當時情況:"比歲以來,書坊非舉業不刊,市肆非舉業不售,士子非舉業不覽。"因需求巨大,各類以獲利爲目的與時文相關的書籍大量刊刻,良莠不齊。沈鯉上疏同年,"禮部覆南京刑科給事中徐桓奏……欲將坊間時文板刻悉行燒毀以救時弊……其時義有子書、佛書、險僻怪異,悉令棄毀"(《明神宗實錄》卷一八七)。

[8] 致誤初學:以致誤導剛開始學習舉業、對文體要求尚未熟練掌握之人。《禮志》本誤作"悮"。

[9] 視効:效法、仿效。《禮志》《奏議》本効皆作"效"。

[10] 及今不爲嚴禁:到現在不做嚴格禁止。及,到,至;爲,動詞,做。《奏議》本爲作"及"。

[11] 浸尋:同"浸潯",漸漸,逐漸。

[12] 其害甚於洪水,甚於異端:它的害處比自然界的洪水更厲害,比思想界的其他學説、派別更严重。異端,正統者稱異己思想、理論爲異端。《論語・爲政》:"攻乎異端,斯害也已。"朱熹集註:"異端,非聖人之道,而别爲一端,如楊墨是也。"《禮志》本無此句;《奏議》本作"其爲患害,甚於異端"。

[13] 蓋人惟一心:人只有一顆心,這裏指人的行動全憑内在意念的指引。蓋,句首發語詞;惟,只有;心,心臟,古人把心看作思想的器官,故可引申爲心思、意念。元胡震《周易衍義》卷七:"人惟一心,不可不重用之也。"《禮志》本蓋作"盖"。

[14] 詭遇獲禽:違背禮法射獵禽獸,比喻不以正道獲取名利。《孟子・滕文公下》:"吾爲之範我馳驅,終日不獲一;爲之詭遇,一朝而獲十。"趙岐註:"横而射之,曰詭遇,非禮之射,則能獲十。"宋陳普作《孟子・詭遇獲禽》詩:"詭遇背馳先自失,丘陵之獲亦何爲。彼哉捨己狥於物,所得安能值所遺。"明蔡清《四書蒙引》卷十一引朱子語:"詭遇獲禽,與行險僥倖不同。詭遇是做人不當做底,行險是做人不敢做底。"《奏議》本遇作"異",應以遇爲正。

[15] 機括:一作"機栝",弩上發矢的機件,比喻治事的權柄或事物的關鍵。《莊子・齊物論》:"其發若機栝,其司是非之謂也。"成玄英疏:"機,弩牙也。栝,箭栝也。"

[16] 是其所壞者不止文體一節:這樣看來,它所破壞的不僅僅是科舉文的體類要求這單個事項。是,指示代詞,這個,這樣;這裏爲這樣看來之意;其,代詞,代前所述"近年以來,科場文字漸趨奇詭,而坊間所刻及各處士子之所肄習者,更益怪異不經,致誤初學,轉相視効";文體,指科舉文的體類要求;節,事項。《禮志》《奏議》本壞皆作"壊"。

[17] 而亦於世道人心大有關係:並且對於社會道德風尚和人的思想情感也很有關聯影響。而,連詞,表相承關係;于,介詞,引出對象;世道,社會道德風尚;人心,人的思想情感;大,形容詞作動詞"有"的狀語,意即大大地。《禮志》本于作"於",可通用。

[18] 題請:奏請。申飭:告誡,整飭。等因:古代公文用語,常用於公文正文結束之處。

[19] 案呈:同校註[3],《奏議》本無此二字。到部:指遞交到禮部。

[20] 看:觀察並加以判斷。《禮志》本看作"昏"。

[21] 言者心之聲：古代文論的重要範疇之一。《毛詩序》："詩者，志之所之。在心爲志，發言爲詩。情動於中而形於言。"《法言·問神》："言，心聲也；書，心畫也。聲、畫形，君子小人見矣。"《文心雕龍·明詩》："是以在心爲志，發言爲詩，舒文載實，其在兹乎？"錢鍾書《談藝録》："'心畫心聲'，本爲成事之説，實少先見之明。然所言之物，可以飾僞：巨奸爲憂國語，熱中人作冰雪文，是也。其言之格調，則往往流露本相：狷急人之作風，不能盡變爲澄澹，豪邁人之筆性，不能盡變爲謹嚴。文如其人，在此不在彼也。"

[22] 文者言之華：文章是語言的精華。此句承接上文，連類而及，通過言這一中間事物，揭示出文與心二者有密切的關聯。

[23] 坦夷：坦率平易。

[24] 平正典實：平實、純正、典雅、切實。《禮志》《奏議》本曲皆作"典"，應以典爲正。明代正文體倡導的即是純正典雅文風，後文亦有"典雅切實、文理純正者，祖宗之式也"。

[25] 通達爽暢：通曉、洞達、爽直、流暢。

[26] 其不然者反是：他的心不這樣的，他的文章也就與平正典實、通達爽暢相反。其、然、是，皆爲指示代詞，分别指代前二句所論之心，所言之坦夷、光明，所評之平正典實、通達爽暢。《禮志》本無"其"字。

[27] 性術：性情的表現。《禮記·樂記》："樂必發於聲音，形於動静，人之道也。聲音動静，性術之變，盡於此矣。"《禮志》本于作"於"；《奏議》本驗作"驗"，無"如此"二字。

[28] 靡麗：指文采富麗。初唐文風仍沿六朝以來綺靡之風，爲文華彩富麗。

[29] 浮薄：輕薄，不樸實。

[30] 鉤棘：本義指兵器，亦作句戟、鉤戟。《史記·秦始皇本紀》："鉏櫌棘矜，非銛於句戟長鎩也。"後指文字艱澀，不流暢，爲文鉤章棘句。

[31] 險譎：陰險狡詐。

[32] 世教：指當世的正統思想、正統禮教。語出《漢書·叙傳上》："既繫攣於世教矣，何用大道爲自眩曜？"《禮志》本于作"於"；《奏議》無"又如此"三字。

[33] 洪武二年詔頒取士條格："二年"當爲"三年"之誤。《明史·選舉志二》明確是"洪武三年頒詔"；《弇山堂别集·科試考一》有《初設科舉條格詔》，言頒詔日期爲"洪武三年五月初一日"，"自洪武三年八月爲始特設科舉以取懷材抱德之士"。條格中對鄉會試文字程式作出規定："第一場試五經義，各試本經一道，不拘舊格，惟務經旨通暢，限五百字以上……四書義一道，限三百字以上。第二場試禮樂論，限三百字以上，詔誥表箋。第三場試經史時務策一道，惟務直述，不尚文藻，限一千字以上。第三場畢後十日面試，騎觀其馳驟便捷，射觀其中數，書觀其筆畫端楷，律觀其講解詳審。殿試時務策一道，惟務直述，限一千字以上。"後文對各項考試的要求，皆與條格規定相合。洪武，明代開國帝王朱元璋使用的年號，自1368年至1398年，前後使用四十一年。明朝年號制定通常由翰林儒臣預先擬定幾個備選方案供君王選擇，唯"洪武"爲朱元璋本人親自創制，藴含洪大武功之意。

[34] 五經：儒家經典著作《詩》《書》《禮》《易》《春秋》的合稱。五經之名始於漢武帝時設五經博士。其中，《禮》指三禮，《儀禮》《周禮》《禮記》；《春秋》由於文字過於簡略，通常與解釋《春秋》的《左傳》《公羊傳》《穀梁傳》並行。

[35] 四書：儒家經典著作《論語》《孟子》《大學》《中庸》的合稱。因分別出於儒家早期四位代表性人物孔子、孟子、曾參、子思，又稱"四子書"，簡稱"四書"。《大學》《中庸》本爲《禮記》中的篇章，南宋朱熹將兩文從《禮記》中析出，與《論語》《孟子》合編爲四書，並親爲作註。《大學》《中庸》的注釋稱爲"章句"，《論語》《孟子》的注釋因引用前儒説法較多，故稱"集註"。隨著程朱理學被官方認可，朱註四書日益盛行。元皇慶二年議行科舉，"專立德行明經科。明經内四書五經，以程子、朱晦庵註解爲主"（《通制條格》卷五《學令》），正式將朱註四書作爲出題範圍。明清時仍元制，以四書五經爲科舉考試内容，對社會思想產生深刻而持久的影響。

[36] 論：指第二場所試之禮樂論。如之：像四書義一樣，限三百字以上。之，代詞，代前面所言之四書義。

[37] 惟務直述，不尚文藻：祇致力於明朗直接地論述，不崇尚華文藻飾。惟，祇；務，致力。《禮志》本無"惟"字。

[38] 仁宗：朱高熾（1378—1425），明朝第四位皇帝，明成祖朱棣與徐皇后長子，肥胖體弱。當1424年至1425年，年號洪熙。此後長子朱瞻基繼位，是爲宣宗。父子二人皆採取寬鬆治國、息兵養民等一系列政策，國家出現繁榮的景象，後世稱之爲"仁宣之治"。俞廷輔：時任鄭府長史司審理所審理正。奏準：奏報獲准。句謂洪熙九年四月庚戌俞廷輔建言科舉一事："伏讀制敕有曰：'爲國以得賢爲重，事君以進賢爲忠。'臣竊以爲，進賢之路莫重於科舉。近年賓興之士，率記誦虛文爲出身之階，求其實才，十無二三。蓋有年纔二十者雖稱聰敏，然未嘗究心修己治人之道，一旦僥倖掛名科目而使之臨政，往往束手無爲，職事廢墮，民受其弊。自今各處鄉試，乞令有司先行審訪，務得通今博古、行止端重、年過二十五者，許令入試。比試，則務選其文詞典雅、議論切實者道之。會試尤加慎選，庶幾士務實學而國家得賢才之用。"上諭禮部臣曰："所言當理，其即行之。"（《明仁宗實錄》卷九下）

[39] 憲宗：朱見深（1447—1487），明朝第八位皇帝，明英宗朱祁鎮長子，母孝肅皇后周氏。正統十四年（1449）第一次立爲太子，景泰三年（1452）廢爲沂王，天順元年（1457）英宗奪門之變後再立爲太子。當1464年至1487年，年號成化。爲政寬仁，即位不久就恢復了代宗朱祁鈺的皇帝尊號，平反于謙冤案。黎淳（1423—1492）：湖廣華容（今湖南華容縣）人，字太樸，號樸菴，天順元年（1457）進士第一，授翰林院修撰，纍官至南京禮部尚書，謚文僖，有《龍峰集》《國朝試錄》《黎文僖集》，《明史·高瑤傳》附傳。句謂成化十三年十二月辛亥，時任詹事府少詹事兼翰林侍讀黎淳奏科場出題作文不遵洪武定式，有司任情行事，憲宗諭旨："科舉重事，各處出題刊文等事，何爲違式差謬！該部會官查究明白以聞……考試等官務取學行老成之士，不許徇私濫舉及越數多取。出題校文並刊錄文字必須依經按傳，文理純正，不許監臨等官干預。"（《明憲宗實錄》卷一七三）

［40］出題刊文：指科舉考試的命題及錄取文章的選刊。

［41］依經按傳：經，經書。傳，解釋經書的注釋文字。依經按傳，指依照經傳的本來意義去闡釋，不做個人發揮。依經按傳是明代科舉作文的重要標準。所依之經、所按之傳即洪武三年取士條格所規定的"四書主《朱子集註》，《易》主程傳《朱子本義》，《書》主蔡氏傳及古註疏，《詩》主《朱子集傳》，《春秋》主左氏、公羊、穀梁三傳及胡安國、張洽傳，《禮記》主古註疏"（《明史·選舉志》）。

［42］文理純正：指文章思理純粹，符合科舉作文標準。

［43］鄉會試進呈錄文：指鄉試、會試考錄之後解送禮部、進呈御覽的文字。鄉試，省級層面的科舉考試，三年大比，逢子、午、卯、酉年為正科，遇慶典加科為恩科，考期一般在八月，又稱秋闈；中式者稱舉人，第一名稱解元。會試，全國層面的科舉考試，鄉試次年在京舉行，考期一般在二月，又稱春闈；若鄉試有恩科，次年也舉行會試，稱會試恩科；中式者稱進士，第一名稱會元。《禮志》本無"文"字。

［44］中式：符合標準，意指科舉考試被錄取。中，讀去聲，符合，適合。式，法式，標準。

［45］《禮志》《奏議》本士後有"子"字。

［46］此句《奏議》本作"何式乎"。

［47］六經：指經孔子整理傳授的六部典籍，即《詩》《書》《禮》《樂》《易》《春秋》，其中《樂》已失傳。"六經"之說，始見於《莊子·天運》："孔子謂老聃曰：'丘治《詩》《書》《禮》《樂》《易》《春秋》，自以為久矣。'"《漢書·藝文志》言，儒家"遊文於六經之中"。

［48］《左傳》：《春秋左氏傳》的簡稱，又名《左氏春秋》，相傳是春秋末年魯國左丘明為解釋《春秋》而作，與《公羊傳》《穀梁傳》合稱春秋三傳，為明代科舉指定書目之一。傳，注釋或解釋經義的文字。《國語》：我國最早的國別體史書，凡二十一卷，分周、魯、齊、晉、鄭、楚、吳、越八國，記錄上起周穆王十二年（前990）西征犬戎，下至智伯被滅（前453）五百多年間的歷史事件，相傳作者為左丘明，《史記·太史公自序》所謂"左丘失明，厥有《國語》"。《國語》不在明科舉指定書目。《奏議》本無"以六經為濫套而"七字。

［49］《史記》：我國第一部紀傳體通史，包括十二本紀、三十世家、七十列傳、十表、八書，記載了上起上古傳說中的黃帝時代，下至漢武帝太初四年三千多年間的歷史，作者司馬遷。《史記》對後世史學和文學的發展產生了深遠影響，其首創的紀傳體為歷代正史所傳承。魯迅讚其為"史家之絕唱，無韻之《離騷》"。《漢書》：又稱《前漢書》，我國第一部紀傳體斷代史，包括十二紀、八表、十志、七十傳，記載了上起漢高祖元年（前206），下至新朝王莽地皇四年（23）共二百三十年間的歷史，作者班固。《奏議》本無"以《左》《國》為常談"六字。

［50］六子：作為專有名詞，多指以乾為父、坤為母的震、巽、坎、離、艮、兌六子；此處當指諸子中蔚為大觀之六者，蓋《史記·太史公自序》中論六家要旨之陰陽、儒、墨、名、法、道六家。《奏議》本兩處六皆作"諸"。《明史》卷六十九記載當時情況為"《史記》窮而用六子，六子窮而用百家"，皆作"六"。百家：先秦時期各種學術流派的總稱。《漢書·藝文志》記載有名者一

百八十九家,《隋書·經籍志》《四庫全書總目》言諸子百家實有上千家。其流傳最廣者有"十家九流"之說:十家,即法、道、墨、儒、陰陽、名、雜、農、小說、縱橫家;西漢劉歆《七略·諸子略》中將小說家去掉,稱九流。這一時期思想活躍,群星閃耀,出現了百家爭鳴的空前盛況,在中國思想發展史上佔有重要地位。特別是儒、道兩大哲學體系均在此期間形成,對後世中國社會產生深遠影響。

[60] 佛經道藏:佛家和道家的經典著作。經,經典;藏,宗教經典的總稱。這裏是明代三教合流之風在科舉文中的體現。明初肇合流之始,《明太祖文集》卷十:"於斯三教,除仲尼之道,祖堯舜,率三王,刪詩制典,萬世永賴。其佛仙之幽靈,暗助王綱,益世無窮。"至中晚明時三教合流已蔚爲風氣,遍佈社會各階層,王陽明、袁宗道、李贄等皆爲其突出代表。民間多有孔子、釋迦、老子並祀一堂、儒釋道合爲一圖的情況,甚至在畫作中出現穿戴道冠、儒履、釋袈裟的傅大士形象。

[61] 句法:句子各個組成部分和它們的排列章法。《滄浪詩話》:"詩之品有九……其用工有三:曰起結,曰句法,曰字眼。"口語:口頭語言,這裏指通俗化的語言。佛、道典籍中多有傳法佈道的小故事,語言往往通俗淺顯,與儒家經義醇正典雅的語言風格迥異。

[62] 鑿樸散淳:指破壞質樸的文風。鑿,挖鑿;樸,質樸;散,由聚集而分離;醇,淳樸、質樸。

[63] 離經叛道:不遵循經書所說的道理,背離儒家的道統。

[64] 流敝:相沿下來的弊端。敝,通"弊"。《禮志》《奏議》本敝皆作"獘"。

[65] 乃:語氣詞。《尚書·大禹謨》:"乃武乃文。"《奏議》本乃作"其"。文體:文章體式,包括體裁格式和語言風格。恥:意動用法,以……爲恥。矩鑊:法度,規則。矩,畫直角或方形的工具,引申爲法度;鑊,古代的一種大鍋。句謂文章體式以遵循法度規範爲恥辱。《奏議》本則作"尤"。

[66] 清虛:清淨虛無。實,與虛相對,堅實,充實。句謂當時科舉文風背離平正典實的要求,走上清虛不實的歧路。

[67] 艱澀:指文辭艱深、不流暢,語義難解。《禮志》本澀作"澁"。

[68] 眼底不常見之字:指前所言艱澀難讀的文辭。《禮志》本無"謂爲博聞"四字。

[69] 人間不必有之言:指前所言清虛不實的語言。玄解:深奧玄妙的道理或事理。《文心雕龍·神思》:"積學以儲寶,酌理以富才,研閱以窮照,馴致以懌辭。然後使玄解之宰,尋聲律而定墨;獨照之匠,闚意象而運斤。"《禮志》本無"謂爲玄解"四字。《奏議》本玄解作"別解"。

[70] 苟:連詞,如果,假設。奇:與正相對,指不尋常,出人意料。《孫子·勢》:"三軍之衆,可使必受敵而無敗者,奇正是也。"《文心雕龍·定勢》:"然淵乎文者,並總羣勢,奇正雖反,必兼解以俱通。"理不必通,文理不一定通順。《禮志》《奏議》本奇皆作"竒"。

[71] 新:新奇。題不必合:此句賓語前置,即不必合題。此句與上句形成互文關係,意即如果能夠語出驚人,文理也好、文題也罷,都可以不管。

[72]斷聖賢語脈以就己之鋪敘：截斷體現聖賢思想的關鍵性語句來遷就自己的表述。聖賢，聖人與賢人。在儒家的王道信仰中，有聖人、賢人、君子、士人、庸人之分，聖人通常指被認爲實踐了儒學生命價值觀的具有歷史性貢獻的卓越人物，往往通過史書認同或官方祭祀的形式予以確認。語脈，體現文章思想脈絡的關鍵性語句，《奏議》本脈作"脉"。鋪敘，表述，陳述。《禮志》本無"之"字。《禮志》《奏議》本敘皆作"叙"。

[73]出自己意見以亂道之經常：用自己的理解來淆亂聖賢之道本來的義理。道之經常，這裏指對聖賢之道平常性的理解，也即爲大家所共同認可的、聖賢語脈本來的義理。

[74]及一一細與解明，則語語都無深識：等到逐一詳細解釋清楚，又發現每一語句都沒有深刻獨到的見識。《禮志》《奏議》本皆無此二句。

[75]白日青天：白日和青天，代指大白天，後面往往以鬼怪之談、荒謬之語相接。

[76]杳冥：高遠莫測貌。魍魎：古代傳說中的山川精怪。《論語·述而》所謂"子不語怪、力、亂、神"。

[77]《禮志》本怪作"恠"。

[78]險僻奇怪之言：不合於科舉文體要求的語言，即前段所述科舉作文的種種違式之語。《禮志》《奏議》本奇怪皆作"奇恠"。

[79]正大光明之士：襟懷坦白、言行正派的士子。正大光明，語出朱熹《答吕伯恭書》："大抵聖賢之心，正大光明，洞然四達。"

[80]玄虛浮蔓之語：玄奧不實、虛浮枝蔓的語言。

[81]典雅篤實之人：富於學養、莊重不俗、忠誠厚道、樸實可信的人。篤實，語出《易·大畜》："大畜剛健，篤實輝光，日新其德。"

[82]人自人而言自言：人是人、言是言，即將人和言割裂開來看待。自，作動詞，是。《奏議》本無"也"字。

[83]以文取士：通過文章來選取人才，借指科舉制度。

[84]獨以其文而已：僅僅因爲那些文章好罷了，與人沒有關係。獨，僅僅。其，指示代詞，那，那些。文，文章。而已，罷了。

[85]抑孟子之所謂"生于其心，害于其政"者：抑或就是孟子所說的"生成於他的內心，禍害顯於他的政令"的那些言辭麼？孟子（約前372—前289），名軻，字子輿，戰國時期鄒國（今山東濟寧鄒城）人，儒家代表人物之一，地位僅次於孔子，有"亞聖"之稱。主張性善論，宣揚仁政學說，最早提出民貴君輕思想。記錄其言行觀點的《孟子》一書，由孟子及其弟子共同編寫而成，爲四書之一。"生於其心、害於其政"者，即詖、淫、邪、遁四害辭。《孟子·公孫醜上》："詖辭知其所蔽，淫辭知其所陷，邪辭知其所離，遁辭知其所窮。生於其心，害於其政；發於其政，害於其事。"

[86]無稽之言：沒有根據的說法。《尚書·大禹謨》："無稽之言勿聽。"《奏議》本豈後有"爲"字。

[87] 以文爲重：把文章當作最緊要的。以……爲……，古漢語常用句式，意爲把……當作……

[88] 爲世道人心計：從社會風氣和人們思想的角度考慮。世道人心，社會的風氣，人們的思想。計，考慮。

[89] 心竊憂之：內心私下裏爲此擔憂。竊，謙辭，私自，私下。憂，爲動用法，爲……而擔憂。之，代詞，代世道人心。

[90] 身心：個人的身體、精神。治道：國家的治理方針、政策措施。《禮記·樂記》："是故審聲以知音，審音以知樂，審樂以知政，而治道備矣。"《奏議》本於作"于"。

[91]《四書五經性理》：即《四書大全》《五經大全》《性理大全》之合稱，明成祖永樂年間敕修的理學典籍。永樂七年，先是敕修《四書大全》《五經大全》。永樂十二年十一月"甲寅，上諭行在翰林院學士胡廣、侍講楊榮、金幼孜曰：'五經、四書皆聖賢精義要道，其傳註之外，諸儒議論有發明餘蘊者，爾等採其切當之言，增附於下。其周、程、張、朱諸君子性理之言，如《太極通書》《西銘》《正蒙》之類，皆六經之羽翼，然各自爲書，未有統會。爾等亦別類聚成編，二書務極精備，庶幾以垂後世。'"（《明太宗實錄》卷一五八）於是又有《性理大全》的編修。永樂十三年書成，成祖親爲制序。永樂十五年三月乙未，"頒《五經四書性理大全書》於六部，並與兩京國子監及天下郡縣學。"（《明太宗實錄》卷一八六）由於該書的官方性質及與科舉考試的緊密關係，它在明代士人讀書治學中佔有相當重要的地位，不僅爲學校、科舉考試設立了標準答案，而且也確立了治國的統治思想。

[92]《禮志》《奏議》本德皆作"德"，丘皆作"邱"。

[93] 學宮：古代地方政府設立的學校；亦指各府縣孔廟，爲儒學教官的衙署所在。令甲：法令的第一篇，後用爲法令的通稱。

[94] 寒素之士：門第寒微、地位低下、清苦簡樸的讀書人。寒素，既指門第地位低微，又指經濟條件清寒。士，這裏指讀書人。徧讀：普遍閱讀學習，徧通遍。《禮志》本徧作"偏"。

[95] 強：勉強，讀上聲。《奏議》本強作"彊"。

[96] 博雅之士：學識淵博、舉止雅正的讀書人。涉獵羣書：指廣泛地接觸、閱讀各類書籍。《奏議》本無"者"字。

[97] 不敢禁：沒有膽量禁止。句謂廣泛涉獵包括佛老在內的各類書籍是讀書人根據各自條件自己決定的事情，無須多加禁約。

[98] 訓迪：訓導、啓迪。

[99] 課試：考核，這裏指對儒學生員的日常考核、測試。宋·王應麟《玉海·選舉》："《魏志》文帝黃初五年夏四月，立太學，制五經課試之法。"五經課試法規定了太學生的學習內容，確立了定期考試制度以及相應的仕進安排，開創性地從制度層面把學校教育與文官選拔考試結合起來，此後歷代多有因仍。清·鄭觀應《盛世危言·考試上》："按月出題課試，所出之題務須有裨時務，如鐵路、輪船之事。"

[100]鄉會試所舉進者：通過鄉試和會試，考取舉人和進士的人。

[101]非是不得旁及焉：如果不是《四書五經性理》等指定的考試書目，其他是不能連帶涉及的。是：代詞，代前所指定的《四書五經性理》等考試書目，而不包括博雅之士涉獵的其他書籍。旁及：連帶涉及。

[102]翰林院掌印官：翰林院執掌官印的官員，即翰林學士。《明史·職官志》："翰林院。學士一人，正五品，侍讀學士、侍講學士各二人，並從五品……自成化時，周洪謨以後，禮部尚書、侍郎必由翰林，吏部兩侍郎必有一由於翰林。其由翰林者，尚書則兼學士，六部皆然，侍郎則兼侍讀、侍講學士。"

[103]弘治：明孝宗朱佑樘年號，當1488年至1505年。正德：明武宗朱厚照年號，當1506年至1521年。《禮志》本德作"德"。嘉靖初年一二三場：即嘉靖二年、五年、八年會試，此外嘉靖元年有恩科會試。《禮志》本場作"塲"。四庫館臣在評價明代八股文時，認爲"有明二百餘年，自洪、永以迄化、治，風氣初開，文多簡樸。逮於正、嘉，號爲極盛。"(《四庫全書總目》卷一九〇《欽定四書文提要》)

[104]純正典雅：又作醇正典雅，明代科舉正文體的官方風格崇尚。至清代轉向清真雅正。

[105]《奏議》本無"使官師所訓迪，提學所課試，鄉會試所舉進者"句，濫作"錄"。

[106]題奉欽依：古代公文用語，意爲根據皇帝的批准。

[107]提調官：維護地方儒學教學和生活秩序及興建社學的官員，一般由地方守令充任。硃卷：明清兩代，爲防考官徇私舞弊，鄉試及會試中，應試人的原卷須彌封糊名，由謄錄人用硃筆謄寫，送考官批閱，稱爲硃卷，所謂"考試者用墨，謂之墨卷；謄錄用硃，謂之硃卷"(《明史》卷七十《選舉志》)。解部：解送到禮部。《禮志》本場作"塲"。

[108]《禮志》本參作"叅"。《奏議》本"題奉欽依，遇場屋揭曉後，各該提調官即將中式硃卷盡數解部，逐一參閱"，作"題定"二字。

[109]前項禁約：即前面第三段所述士子爲文不遵祖式，雜用旁書，文體恥循矩鑊，喜創新格等種種違式現象。《奏議》本前項禁約作"前禁"二字。

[110]《禮志》本參閱作"糸處"，《奏議》本參閱作"参處"。據上下文意，應以"参處"爲正，取義更優。

[111]提學官：正統元年(1436)英宗頒布《敕諭》十五條，明代提學制度正式創立。提學官負有"一體提調"衛所學校的責任，"生員入學，初由巡按御史，布、按兩司及府州縣官。正統元年始設置提學官，專使提督學政……督、撫、巡按及布、按二司，亦不許侵提學職事也。"(《明史》卷四五《選舉一》)《奏議》本各省直作"直省"二字。

[112]持一方文衡：掌管地方文章取士的標準，這裏指提學官作爲各地鄉試的主考官所執掌的權力和影響力。

[113]手所高下：出手所選文章合乎標準程度的高低。《奏議》本手所作"品題"二字。

[114] 嚮風：嚮，對著，朝著。風，指風尚。

[115] 轉移士習：指轉化讀書人科舉作文違背程式的種種習氣。

[116] 緊切：緊要、迫切。

[117] 膠庠：周代學校名。《禮記·王制》："周人養國老於東膠，養庶老於虞庠。"後世以膠庠爲學校的通稱。

[118] 險僻奇怪：生僻異常。險僻，生僻。奇怪，異於平常，難以理解，即背離依經按傳、純正典雅要求。《奏議》本奇作"竒"。

[119]《奏議》本開科取士之時作"鄉會之場"四字。

[120]《奏議》本無"等竊""其"三字。《禮志》本"如使膠庠之所作養者……臣等竊知無是理也"句無。

[121] 科舉年份：根據上下文意，這裏指會試之年，即丑、辰、未、戌年。《禮志》本于作"於"。

[122]《奏議》本省直作"直省"。

[123] 變亂程式：改變、淆亂科舉作文的規定格式。

[124] 濁以源而求其流之清：使水源頭渾濁卻希求它的水流清澈。濁，使動用法，使渾濁。而，表轉折的連接詞。《禮志》《奏議》本以皆作"其"，應以其爲正。

[125] 合無：何不。

[126] 咨：古代同級官署或同級官階之間的商議或行文稱"咨"。

[127] 行：向下簽發公文或命令稱"行"。兩直隸：明代政治區劃在十三佈政使司的基礎上，又設南北兩直隸，是明朝分別處於南北方、直隸中央六部的府和直隸州的區域總稱。南直隸簡稱南直，相當於今之江蘇、安徽、上海三地區，於南京城郊置應天府。北直隸簡稱北直，相當於今之北京、天津、河北大部和河南、山東的小部分地區，於北京城郊置順天府。《奏議》本隸作"隸"，御作"衘"。

[128]《禮志》本自"都察院，行兩直隸提學御史及各省巡按御史，轉"及"憲臣"皆無。

[129] 務仰體朝廷德意：務必向上體悟朝廷佈施恩德的心意。《周禮·秋官·掌交》："道王之德意志慮，使咸知王之好惡。"《禮志》本無"務"字。《禮志》《奏議》本德皆作"德"。

[130] 正文體：釐正科舉作文的體式規範。正，從一從止（《説文解字繫傳·通釋》），形容詞作使動用法，亦作釐正、端正之意。

[131] 端士習：端正讀書人的思想、習氣。

[132] 轉移世道：轉化社會風氣。世道，社會風氣。《奏議》本移後有"乎"字，無"爲己任"三字。

[133] 厭常喜新：厭棄常解，喜創新格。《奏議》本以作"得"。

[134] 標奇攬異：意同標新立異，提出新奇的見解，表示與衆不同。《禮志》《奏議》本奇皆作"竒"。

［135］《禮志》本"至于臨場校閱"作"至於臨場校閱"。《奏議》本"取快於口耳聲名爲諸士倡始……則一以今頒行文體爲式"句無。

［136］險僻奇怪：同校註［118］。《禮志》《奏議》本奇怪皆作"奇恠"。

［137］決裂繩尺：敗壞法度。決裂，毀壞、敗壞。繩尺，工匠用以較曲直、量長短的工具，比喻法度、規矩。

［138］莊：莊子，名周，字子休，宋國蒙人，戰國中期道家主要代表人物之一，與老子並稱"老莊"。最早提出"内聖外王"思想，對儒家有較大影響。善於運用寓言、卮言、重言，將微妙難言的哲理講得引人入勝，代表作《莊子》。唐玄宗天寶初年被封爲南華真人，《莊子》亦稱《南華真經》。列：列子（約前450—前375），名禦寇，鄭國圃田人，戰國前期道家代表人物之一，後被尊爲冲虛道人。主張循名責實，無爲而治，代表作《列子》。釋：佛教，這裏指佛教的重要人物及經典作品。老：老子，姓李名耳，字聃，楚國苦縣人，春秋末期道家學派創世人，在道教中被尊爲道教始祖，稱爲"太上老君"。其思想核心是樸素的辯證法，主張道法自然，無爲而治，代表作《道德經》，又稱《老子》，是全球文字出版發行量最大的著作之一。唐高宗乾封元年（666）封老子爲太上玄元皇帝，宋真宗祥符六年（1013）加號太上老君混元上德皇帝。《奏議》本無"等""句"二字。

［139］文采可觀：文章語言優美，值得一看。

［140］《奏議》本無"不得甄錄"四字。

［141］且摘其甚者：並且選取其中問題嚴重的。《奏議》本無"且"字。

［142］懲抑：懲戒、抑制。

［143］法程：法則，程式。《吕氏春秋·慎行》："凡亂人之動也，其始相助，後必相惡。爲義者則不然，始而相與，久而相信，卒而相親，後世以爲法程。"

［144］府州縣衛運司儒學生員：明代是中國封建社會地方官學興盛的時代，既在全國各府州縣設立府州縣學，又在防區衛所設立衛學、鄉村設立鄉學，還在各地方行政機構所在地設置都司儒學、宣慰司儒學等有司儒學。其中府州縣學生員最多。《禮志》本無"府州縣衛運司儒學"八字。

［145］原取優卷前五名或三名以上者：原本規定擇取前五名或前三名及更多優秀的考卷。

［146］《禮志》本歲作"崴"。

［147］《禮志》本場作"塲"。

［148］謄改：謄寫改動。

［149］《禮志》本旨作"旨"，弊作"獘"，壞作"壞"。

［150］本生：考生個人，自身。除名：勾除姓名，指取消生員資格。

［151］考課：古代官吏考核制度的一種，也稱考績，是對在職官吏官聲政績和功過的定期考核，並以此作爲官吏升遷賞罰的依據。

[152] 殿最：官吏考課中，下等爲"殿"，上等爲"最"。《奏議》本"考過所屬府州縣衛運司儒學生員……以爲殿最"句無。

[153]《奏議》本無"其"字。

[154]《奏議》本閱畢作"逐一驗閱"四字。

[155] "一體考驗施行……本部尚書兼翰林院學士沈鯉等具題"，《禮志》本作"一體考驗施行等因"，《奏議》本作"以爲提調學政官殿最。伏乞聖裁"。

[156]《禮志》本初九日作"題"，旨作"吉"。

[157]《禮志》本怪作"恠"。

[158] 大壞士習：大大地敗壞了讀書人的習氣。《禮志》本壞作"壤"。

[159]《禮志》本著作"着"，弊作"獘"。

[160] 稽查：考證、盤查。指據原始憑證進行比對確認，看是否一致，或存在違犯禁約之處。

[161]《禮志》本從重參治作"重条治"。

[162] 科場後參閱硃墨卷，節年題有定例：明代有科舉考試結束後解送硃墨卷到禮部以備稽查的制度規定。申時行《大明會典》（萬曆刻本）卷七十七："隆慶元年奏准，揭曉之日，提調官即將中式舉人朱墨卷發出提學道，查驗墨卷字跡。與先前考取科舉原卷，如果出自一手，即今本生，於朱墨二卷上親供腳色，提學官用印鈐封。兩京送京府，各省送布政司，差人星馳解部。如試錄先到而解卷到遲者，將提調官參究治罪。若驗係謄過文卷而提調官輒爲印鈐者，一併參治。其各生赴部，止用文書，不必再錄原卷。"硃墨卷，同校註[107]。《禮志》本場作"塲"，參作"条"，無"墨"字。

[163]《禮志》本著作"着"。

[164] 毋事空言：不要做空泛的言論，意即光說不做。事，從事，做。

[165] 欽此：象徵皇帝到此親自頒布詔書，舊時專用於引述皇帝諭旨之後，表示諭旨結束。《奏議》本"初九日奉聖旨……欽此"作"疏入，帝從之"。

闡義：

從内容結構和行文意脈來看，《請正文體疏》可分爲八段。第一段，轉述儀制清吏司案呈所述正文體問題，表明自己的基本看法；第二段，引述前朝相關令規及諭旨，強調科舉文有式可遵；第三段，梳理士子違式的現象演進過程，對此作出嚴厲批評；第四段，提出解決問題的對策之一：士子教習，嚴限書籍；第五段，提出解決問題的對策之二：優選範文，以爲準則；第六段，提出解決問題的對策之三：嚴格覆閱，有違必懲；第七段，提出解決問題的對策之四：咨行正風，吏禮聯手；第八段，皇帝對此疏的批示：依擬准行，痛革前弊。此中要義，集中體現在一

"正"字上。細而論之，略有三點：

（一）文學上，突出了端正文風的遵體意識，强化了對八股文的寫作規範

明代是繼魏晉南北朝後我國古代文體學發展的又一高峰。"文章以體制爲先"幾乎成爲這一時代的共識，而"辨體"則可謂是明代文學批評的中心議題。這種注重辨體，强調詩文體制規範及其源流正變的意識空前高漲，在以吴訥《文章辨體》、徐師曾《文體明辨》等爲代表的總集編纂中體現最爲突出。此外，有明一代的大量詩話，如李東陽《麓堂詩話》、王世貞《藝苑卮言》、胡震亨《唐音癸籤》、許學夷《詩源辨體》等著作中也蘊含了豐富的文體學思想。而這種嚴於辨體的本質，正是要從衆多文體學審美的多樣化中突出各體的個性。因此，對文學創作來説，文體問題不是小事，是否"得體"至關重要。對以文選士的科舉文創作來説，是否"得體"，也即是否"中式"，就更是關鍵性問題。正是在這種嚴於辨體的時代關注中，沈鯉呈上了這篇奏疏。

沈鯉上疏，在對"科場文字漸趨奇詭"的問題表明自己的認識——"文章之有驗于性術""文章之有關于世教"之後，便立即搬引洪武三年所頒取士條格的規定，以及仁宗、憲宗就此類問題的諭旨，以此説明爲何鄉會試進呈録文叫做"中式"，强調"典雅切實、文理純正者，祖宗之式也"，樹立了科舉文之"正體"，爲後面立説定調、張目。

今天我們講一種文體，往往會先從該文體的定義著手，快速把握它的體貌特征。可是幾乎所有文體都不是先有"體"之名再去進行創作的，而是有一個隨創作的發展逐漸形成的過程，明代科舉文也不例外，其典型文體——八股文更是如此。雖然八股文有别於一般文體，它是應制而生，在創作之初就有科舉制度的約束和規範，但依然必須在創作中定型、得名、成體。

關於什麼是八股文，歷來並没有確切的説法。吴承學認爲："'八股文'其實是一個約定俗成的名稱，本身也不是一個非常科學的名詞——它遠遠不是這類文體最爲恰當的總結，經義、四書文的名稱顯然要準確得多。不但官方文件對八股文的確切含義無明確的限定，古代的八股研究專家如艾南英、吕留良、俞長城、方苞等人對於八股的結構格式也没有專門論及……大致而言，八股文的基本結構是由破題、承題、起講、入題、起股、中股、後股、束股、大結等幾部分組成的，此外還有一些補充性的結構如入題、出題……事實上，八股文的結構變化相當複雜，真正恰好是'八股'的八股文並不具有普遍性。"（《中國古代文體形態研究（第

三版)》,北京大學出版社 2013 年版)不過,雖然八股文的結構没有確切而統一的限定,但其内容上要求守經遵註,"專取四子書及《易》《詩》《書》《春秋》《禮記》五經命題取士",語氣上"代古人語氣爲之",格式上"體用排偶"(《明史》卷七十《選舉二》),這是有明確要求的。隨著體式、内容等的定型,八股文的文體風格也日趨形成,純正典雅成爲官方規範。因此,隨著明代科舉制度的實施和成熟,以八股文爲典型樣式的科舉文的文體規範也在逐步形成和確立中。雖然"定體則無",但是"大體須有"(王若虛《文辨》)。

一般認爲,自明初至成化、弘治年間,是八股文文體的形成階段。洪武三年定科舉考試科目、十七年定科舉定式,都未規定八股程式。洪武二十四年定文字格式,也僅規定:"凡作四書經義,破承之下,便入大講,不許重寫官題。"(《明會典》卷七十七)顧炎武《日知録·試文格式》言:"經義之文,流俗謂之八股,蓋始於成化以後。"戴明世也説:"成化以後始有八股之號。"(《戴明世集》卷四《丁丑房書序》,王樹民編校本,中華書局 1986 年版)此後,成、弘年間的王鏊、錢福,被視爲八股文文體臻於成熟的標誌性人物。但究竟什麽是八股文,它的體類規範是什麽,官方一直未有定論。有鑒於此,沈鯉搬引洪武三年取士條格的規定以及仁宗、憲宗就此類問題的諭旨,以先王祖訓爲説,雖然從爲學的要求來看,還顯得很不系統周密,但是從爲政的角度來講,卻是當時政治體系下對此問題最具權威性的説明,實起到正本清源的作用,對八股文文體有明確的導向性與强力的規範性。

(二) 思想上,彰顯了崇儒守經的官學意識,加强了對士子思想的約束力

明代自開國之初就明確了以儒治國的方針和崇儒守經的帝國意識形態。最先作爲帝國意識形態代言的是程朱理學,所謂"明初諸儒,皆朱子門人之支流餘裔,師承有自,矩矱秩然"(《明史·儒林傳》)。這種意識形態要求體現於科舉制度中,就是對考試内容和範圍的規定,"專取四子書及《易》《詩》《書》《春秋》《禮記》五經命題取士……四書主《朱子集註》,《易》主程傳《朱子本義》,《書》主蔡氏傳及古註疏,《詩》主《朱子集傳》,《春秋》主左氏、公羊、穀梁三傳及胡安國、張洽傳,《禮記》主古註疏"(《明史·選舉志》)。永樂七年,成祖敕修《四書大全》《五經大全》,十二年又命"其周、程、張、朱諸君子性理之言,如《太極通書》《西銘》《正蒙》之類,皆六經之羽翼,然各自爲書,未有統會,爾等亦別類聚成編"(《明太宗實録》卷一五八)。永樂十三年書成,成祖親爲制序。十五年三月乙未,"頒《五經四

書性理大全書》於六部,並與兩京國子監及天下郡縣學"(《明太宗實錄》卷一八六)。《四書五經性理大全》的頒佈,不僅爲學校、科舉考試設立了標準答案,更標誌著官方對以程朱理學爲經義考試思想標準的確立。

正德以後,特別是嘉靖、隆慶年間,陽明心學的興盛對程朱理學發起猛烈衝擊,引發明代科舉文出現深刻變化。"嘉靖中姚江之書雖盛行於世,而士子舉業尚謹守程、朱,無敢以禪竄聖者。自興化、華亭兩執政尊王氏學,於是隆慶戊辰《論語》程義首開宗門。此後浸淫無所底止,科試文字大半剽竊王氏門人之言,陰詆程朱"(顧炎武《日知錄》卷十八"舉業"條引艾南英語)。陽明心學在科舉考試中的地位甚至一度超越程朱理學。但是,不管代表道統的是程朱理學還是陽明心學,這一道統的分化並未從根本上改變有明一代崇儒守經的帝國意識形態,不過是"代言人"的變化而已。

作爲管攝整個封建帝國文教儀禮的最高長官,沈鯉在上疏中,於破與立之間,旗幟鮮明地代表帝國立場,表明崇儒守經的意識形態要求。一方面,他對年來士子自六經、《左》《國》《史》《漢》、六子、百家,甚至"取佛經道藏,摘其句法口語而用之"這種每況愈下的習讀作文現象大爲不滿,認爲是"鑿朴散淳,離經叛道";他對"乃文體則恥循矩矱,喜創新格""出險僻奇怪之言""作玄虛浮蔓之語"的現象深以爲慮,表示"臣等不以文爲重,而爲世道人心計,心竊憂之"。另一方面,針對正文體問題,他提出的第一條對策就是要在生員教習和考選取士中嚴格限定閱讀範圍,"《四書五經性理》、司馬光《通鑑》、真德秀《大學衍義》、丘濬《衍義補》、《大明律》《會典》《文獻通考》諸書",皆爲"有益於身心治道"的古今書籍,"皆諸生所宜講誦","官師所訓迪,提學所課試,鄉會試所舉進者,非是不得旁及焉",鮮明地體現了對帝國意識形態的維護。

所謂文風日益奇詭險怪,本是與中晚明士風時風的變化緊密關聯的。沈鯉上疏的萬曆時期,正處在人心思變的時代轉捩點。從武宗"失德"開始,這種自上而作的行爲失範對社會倫理道德的約束力產生嚴峻挑戰,士人思想的穩定性已開始動搖。正、嘉之際,"士大夫刓方爲圓,貶其素履,羔羊素絲之節寖以微矣"(《明史》卷二〇一),而陽明心學之興起,打開了"致良知"的天窗。到隆、萬期間,以陽明從祀孔廟,心學便日益盛行,"人心"在自省中逐漸復甦,撼動著程朱理學體系的思想根基,時代的大幕開始閃耀點點星光。此後李贄等"異端"橫空出世,張揚個性、表現自我成爲時代士人中非常普遍的精神取嚮。

沈鯉作爲這一時代中人,無可避免受到時代思潮的影響。特別是陽明從祀孔廟的萬曆十二年,正是他就任禮部尚書之年。《請正文體疏》中,針對"科場文字漸趨奇詭""坊間所刻及各處士子之所肄業者,更益怪異不經"的詭怪現象,沈鯉雖未明言原因,但字裏行間可見陽明心學之於世道人心的巨大影響。他以心學的思維方法分析"言、文、心"三者之關係,從"世道人心"的角度推導出"文章之有關於世教"的觀點,並發出"其所壞者不止文體一節""爲世道人心計,心竊憂之"的警語。從中可以看到,一方面有鑒於陽明心學受到官方認可,沈鯉無一語論及心學是非;一方面作爲管攝整個帝國文教儀禮的最高官員,他無法不作"世道人心"之憂。至於是因文體壞了世道人心,還是因世道人心壞了文體,這也許已是不能言、不可辯之話題。就其"題爲士風隨文體一壞,懇乞聖明嚴禁約以正人心事"可見,沈鯉此疏隱約間已有對心學的警惕,其著眼點雖在正文體,而落腳點卻在正人心,要強化對士子的思想規範,以防範和化解意識形態領域風險。

(三)政治上,體現了選才與育才緊密結合,嚴格了科舉入仕的制度管控

科舉制度作爲一項以考試爲手段的人才選拔制度,自隋唐確立,到明代達到鼎盛。洪武三年,太祖即有"使中外文臣皆由科舉而選,非科舉者毋得與官"的想法(《明太祖實錄》卷五十二)。永樂二年,成祖亦指出"科舉是國家取人材第一路"(《明太宗實錄》卷二十八)。讀書人在明代,要謀得官職、求取功名,參加科舉考試幾乎是唯一通道。

在科舉制度達到鼎盛的同時,明代也是官辦學校教育發展的全盛期。除了設立國子監和府州縣儒學,明朝還在防區衛所設立衛學、鄉村設立鄉學,在各地方行政機構所在地設置都司儒學、宣慰司儒學等有司儒學,形成空前巨大的官辦學校體系。這一方面體現了統治者對興學崇教的高度重視,另一方面也是官方教育適應和滿足因科舉制度而催生的民衆教育需求。以人才選拔爲核心的科舉制度與以人才培養爲目的的官辦學校,在制度上前所未有地緊密融爲一體:從機構設置與職能劃分上,它們同屬於禮部事務;從肩負使命上,強化帝國意志,規範士子思想,爲帝國提供符合需要的人才,是他們共同的任務;更重要的是,從二者實際關聯上,明代形成了科舉必由學校的格局,所謂"非是途也,雖孔、孟無由而進"(清李調元《制義科瑣記》卷三《艾千子自敘》)。這種科舉與官辦學校教育的緊密有機結合,也成了明代科舉發展達到鼎盛的重要表現之一。官辦教育體系成爲科舉制度廣泛而堅實的基礎與補充,而科舉制度又成爲學校教育明確的軸心和導向。

在這個科舉制度鼎盛的時代，舉子們並不能一考定終身。他們從發願科舉，到謀得官職，需要通過比以往朝代更多的考試，經歷層層篩選。正統九年規定，"各處應試生儒人等，從提學官考送"（《明會典》卷七十七《鄉試事例》），鄉試前的資格試由此而生。此後鄉試、會試、殿試要層層考得，庶吉士資格要考選取得，散館授官還要經過考試纔能授得，郭培貴《中國科舉制度通史·明代卷》將其概括爲"科考、鄉試、會試、殿試、庶吉士考試"五級考試體系。正是通過層級如此衆多的考試，將學校、科舉、任官等制度有機串聯起來，形成明代以學校教育爲起點，以科舉考試爲關鍵，以官吏考選爲延續的鏈式選舉制度體系。

　　《請正文體疏》中，科舉、教育，包括官吏考選都是緊密聯繫的。《四書五經性理》等"有益於身心治道"的古今書籍"皆諸生所宜誦讀"，"官師所訓迪，提學所課試，鄉會試所舉進"多次一體並舉。而要有效解決正文體問題，就必須抓實學校教育和科舉考試這兩個關鍵環節，這是一項系統工程，沈鯉爲此設計了一套非常符合政治體制運作的立體網狀解決路徑。在正文體問題上，禮部自然是發揮主體作用，以學校教育源頭整治和科舉考試嚴格甄錄爲主要抓手，包括指定教材、優選範文、嚴格閱卷等具體舉措；吏部作爲重要參與者，主要是發揮考課的指揮棒作用，抓牢學校官員這一關鍵少數，"一視其能正文體與否，以爲殿最"；翰林院乃文學之士聚集之所，選文評優最具話語權；此外，還要"咨都察院，行兩直隸提學御史及各省巡按御史，轉行各該提學憲臣"，在最大範圍內，使"正文體、端士習、轉移世道"的"朝廷德意"下達各地，以爲推行，違者嚴懲。此後的萬曆中後期，禮部又出台了"禮部覆禁文體詭異""禮部條陳取士十五條""禮部上學政條約""禮部題申飭會場事宜"等條款令約（《明神宗實錄》卷三〇四、三七三、四八九、五四〇），對包括正文體在內的科場事宜進一步申飭、規範和改進。不過就正文體問題來說，雖然在實際執行上打有折扣，但官方的解決舉措基本上不出沈鯉的這一思路。正文體將學校、科舉、任官等各方面制度串聯起來，將禮部、吏部、翰林院、都察院等有司聯結起來，成爲觀照整個帝國選舉制度體系的窗口。

辨疑：

關於正文體成說的時間

　　文學與政治歷來關係緊密。《尚書·畢命》所謂"政貴有恒，辭尚體要，不惟貴異"，將施政策略與文章體要並舉，強調二者皆不以標新立異爲貴。前面解題已述，從政教層面對文體提出要求，六朝始已有論例，但當時並未針對某一具體文體,"正文體"也未成專門之説。"正文體"既是針對以八股文爲載體的科舉文而言,至少須待這一文體成熟定型,也即成化之後,才會有"正"的問題。

據載,成化年間已有正文體動議,丘濬爲之先導:"時經生文尚險怪,濬主南畿鄉試,分考會試皆痛抑之。及是,課國學生尤諄切告誡,返文體於正。"(《明史·丘濬傳》卷一八一)他雖未高標"正文體",然畢竟提出返正之要求。

正德三年,南京國子監祭酒蔡清卒,《明武宗實録》論其"在江西務端士習、正文體"(卷五十),這是《明實録》中最早出現的"正文體"專門表述。然按明代體制,嗣君登極後,即欽定監修、正副總裁及纂修諸臣編輯先朝《實録》,《明武宗實録》即爲嘉靖時修定。那麽,相關文字記録,特别是涉及評價性的話語,既可能代表正德時人的觀點,也有可能體現嘉靖時人的標準。因此,《明武宗實録》中雖出現了"正文體"之語,但還不能據此確指其成説於正德。正如四庫館臣在《後周文紀提要》中,從清人視角,讚賞"宇文泰爲丞相時,干戈擾攘之中,實獨能尊崇儒術、釐正文體",即與此情況相類。

正德末年,"士大夫學爲文章,日趨卑陋,往往剽剟摹擬《左傳》《國語》《戰國策》等書,蹈襲衰世、亂世之文,爭相崇尚以自矜衒"(《南宫奏稿》卷一《正文體重程式簡考官以收真才疏》)。士子爲文"日趨卑陋",大有相習成風之勢,正文體已成爲不容忽視的科舉文弊。

正文體最晚成説於嘉靖初期。嘉靖元年十月,禮科給事中章僑上疏論學,嘉靖帝曰:"祖宗表彰六經,頒賜敕諭,正欲崇正學、迪正道、端士習、與真才,以成正大光明之業。百餘年間,人材渾厚,文體純雅。近年士習多詭異,文體務艱險,所傷治化匪細。自今教人取士,一依程朱之言,不許妄爲叛經背道之書,私自傳刻,紊亂正學。"(《明世宗寶訓》卷五)雖簡短百餘言,卻傳遞出濃厚的"正"的意識和鮮明的"文體"意識。如果説成化年間丘濬告誡國學生"返文體於正"還有可能是出於個人崇尚,那麽嘉靖帝的這番言論足以代表官方意志,祇是没有以"正文體"專門名詞的形式表達。

嘉靖五年,張璁條陳慎科目三事,第一便是"正文體"(《明世宗實録》卷八十),這是可考最早的"正文體"成説記載。此後,終嘉靖一朝,正文體屢屢通過臣屬上書的形式進入朝政討論的視野。如嘉靖十一年、十二年禮部尚書夏言,嘉靖十七年禮部尚書嚴嵩,均先後上陳正文體的奏本;嘉靖九年都給事中王汝梅、御史趙兊,嘉靖四十四年禮部大臣等,都有關於科舉文要崇雅黜浮、釐正文體、以正士習的上書。正文體已然成爲朝野關注、亟待釐正的嚴肅命題。

今傳隋李諤《上書正文體》一文,有人據以認爲正文體成説於隋。然當時科舉文體尚未産生,那裏談得上"正文體"之事？在清嚴可均《全上古三代秦漢三國六朝文·全隋文》爲之定名前,《隋史》《文苑英華》等文籍收録該文均不用此篇名。這極有可能是隨著正文體意識的加强,明清時人援後例前而名之。

綜合以上,我們認爲,正文體命題是八股文體流行的産物,它在成化年間已現端倪,至嘉靖年間日漸凸顯出來。其最晚成説時間,可定在嘉靖初年。

文摘與書概

文學制度層位論
——兼述"制度與文學"命題的設立及缺陷

(饒龍隼著,刊於《文史哲》2019年第1期,
第67—74頁)

　　歷經三十多年的學術積纍,文學制度研究已自成格局,達到一定的廣度深度,取得引人矚目的成績。但也存在問題,這主要表現爲:學理探索不夠清通,學術定位不甚明確;文學制度的層位理論尚未確立,未能將諸層位聯通爲有機整體;個案的分段的研討居多,而總體的通代的研判不足。要做穩健的文學制度研究,就需適宜到位的理論方法:首先必須尊重文學自身規定性,其次要確立文學制度層位理論,使外中內三層位既有分別,又成爲聯通互動之有機體。理想的文學制度研究須照應三層位,並最終要落實在文學的內在規制上:既拓充於外層文學制度,又據實於中層文學制度,終歸趣於內層文學制度,臻至文學制度整體研究。具體説,未來的中國文學制度研究,應處置五組對立統一關係:(一)受動與自生,(二)邊界與自足,(三)作用與自性,(四)回應與自適,(五)變異與自化。兹標舉中國本土固有的文學制度觀念,以與藝術哲學和審美心理觀念相調劑,其識度之典據源自《周易·節》,就是要遵循"節以制度"原則。此一人類行事原則,落實到文學活動上,就是要以文學制度爲節,即遵從文學自身規定性。

(劉培摘編)

"制度與文學"研究的成就、困境及出路

(吴夏平著,刊於《北京大學學報》2017年第5期,第124—133頁)

近四十年來,中國古代制度與文學之關係的研究,已取得令人矚目的成績,形成具有特色的研究範式,一定程度上改變了當代學術格局,推進了古典文學研究的現代化。綜觀已有研究成果,"制度與文學"的研究主要取得以下學術成就。一是改變古典文學研究格局,成爲現代學術史中不可或缺的一環。二是構建新的文史理論,具有重要的方法論意義。三是解決了文學史研究中的相關問題,一些重要問題得到進一步深入認識。總的來看,"制度與文學"研究的學術淵源,既有西方文學社會學的一面,又有中國學術自身傳統的一面。其研究格局的形成,實際上是八十年代以來中西文化碰撞與交融的結果。經過近四十年的發展,"制度與文學"的研究取得了較大成就,但也産生了不少問題,歸納起來,一是對"與"的義涵認識不夠清晰,二是"制度與文學"研究較好地解決了文學發生發展的外部問題,但對文學内部的審美研究卻很難發揮作用,三是制度與文學之關係的論述過於簡單化,四是知識性的缺陷和錯誤。如何解決"制度與文學"研究中出現的各種問題,怎樣突破困境,筆者有以下思考:首先,反思中體西用問題。其次,從制度的起源和特質來理解制度與文學的關係。最後,盡可能避免知識性錯誤。

(吴夏平摘編)

論宋代行記的新特點

(李德輝著,刊於《文學遺產》2016年第4期,
第103—116頁)

　　行記是宋代文學中較有成就、特色的一個門類,是宋代文學貼近現實的一大表徵,標誌著宋代紀實文學的新發展。由唐到宋,行記並不是長期冷落,全無精品,而是漸受重視,文體日成,寫法多變,精品漸多,作家積極投入,述作紛紛,蔚成風氣,表現出一定程度的文體自覺。不僅如此,文體特徵也不同於前,文字更平實,編次更詳密,主綫更分明,條理更清晰,思想性更強,文采更美。而且,即使是在文體形式穩定,著述種類齊全之後,也不乏寫法上的改變。經由宋人努力,成功地將行記這種長期處在地誌、日記、傳記之間的著述之體,轉變爲紀實抒情的文學體裁,爲廣大士人所沿用,不但提升了行記的文學品位,而且引領、規範了此後的元明清近現代行記的寫作,其功甚偉。我國古行記自西漢以下歷朝都有,但是明清以前,仍以宋人所作最有成就,最富文學意義。基於這一事實,可從創作風氣、寫法演進、文體特徵幾方面探討宋人行記的新特點,以彰顯宋人行記的新發展與新成就。宋代文學研究,散文一直是弱項和冷門,而行記研究又是這一冷門中的冷門,個案研究時有突破,但整體把握仍然不夠。一門成熟學科,既要有可靠的細部論述,也要有精當的宏觀敘事。研究進行到一定程度,就需要做融會貫通的研究,追求對規律的把握,尋求一種通識。

(李德輝摘編)

中國文學史之成立

(陳廣宏著,上海古籍出版社 2017 年第 1 版)

歷史編纂是當代史學的熱點話題之一。根據彼得·伯克(Peter Burke)的看法,法國第四代年鑒學派即存在"反思轉向"和"歷史編纂學轉向",新史家對歷史知識生產過程的興趣與日俱增。作爲文學批評與歷史學的交叉學科,文學史學亦屬於這一史學潮流的重要構成。20 世紀 60 年代末以來,拉爾夫·科恩(Ralph Cohen)於弗吉尼亞大學創辦《新文學史》,哈佛大學大衛·帕金斯(David Perkins)出版《文學史理論問題》《文學史是否可能》等著作,引導英語文學界對實證主義文學史展開反思和批判。自 1990 年以來,中國陳國球、陳平原、戴燕、董乃斌以及日本川合康三等學者先後出版關於中國文學史學的論著,均可視爲對於世界學術潮流的積極回應。

陳廣宏所撰《中國文學史之成立》是一部研究中國文學史學現代轉型的學術史著作,著眼於 18 世紀末至 20 世紀中葉東亞三國文學史知識生產與傳播的宏觀格局,由書籍編纂和文本考據等微觀題目入手,描摹中國文學學術的發展和演化。全書計約四十五萬字,在目前已出版的同類著作中頗具分量。主體部分爲《明治日本:新舊漢學之間》《清末民初:新知的移植與調適》《胡適之後:文學史建構的多維拓進》三編,突顯了學術史的分期。每編之下各設三章,每章以一位或一組文學史家的著述爲中心,詮釋學術史上的典型個案。卷首《序章》介紹歐洲文學史學的發生過程、學理依據,考察日本學界"Literature"和"文學"之間對譯的實現過程,並勾稽中國古典文學學術中與現代文學史學科相近的質素。卷末有《中國文學史著作編年簡表》和《附錄》四篇。《簡表》綜合陳玉堂、川合康三等四家文學史書目,編年陳列"中國文學史"著作,並附有學者小傳和著作簡介。附錄之一、之二是《章培恒先生的中國文學研究》和《關於中世文學開端的一點想法》,與作者的師承密切相關。附錄之三、之四扼要地論述韓國近現代"漢學"及"中國學"的發展歷程,是作者關於東亞中國文學學術整體觀的邏輯延伸。

從技術的角度來看，此書有兩項重要突破。第一，在時間和空間上拓展了學術史的敘述框架，構建既貫通古典與現代，又包含歐美、日韓、中國的宏大格局。以往學界在探討中國文學史編纂相關問題時，主要以《奏定》《欽定》京師大學堂章程和這一制度背景下的林傳甲《中國文學史》爲時間上的起點；本書則首次對傳統文學批評史料中與現代"文學史"概念相關的資源做了地毯式排查，並著力探討明治日本漢學，涉及末松謙澄、齋藤木、藤田豐八、狩野直喜等重要個案，使得學術史演進的邏輯鏈條更爲完整。此外，《序章》專設一節《國別文學史在歐洲的生成》，且於第一編第二章詳細論析泰納的實證主義學説，爲漢語學界對歐美文學史學發展歷程的認知拼圖填補上了重要的一塊。

第二，拓展了學術史的史料範圍，綜合運用多語種文獻，以及近代報刊雜誌、大學教材、日記筆劄等一手史料。如《序章》第四節《日本中介與"返還性借入"》探討 18 世紀中葉東亞的文學概念，一方面涉及《職方外紀》《西學凡》《六合叢談》中漢、英對譯的辭例，同時兼顧江户時期蘭學在吸納西方文化過程中進行的英、和對譯，在多種語言傳統的比較中針對"文學"詞彙展開精密的語義學研究。在還原特定時代的學術語境時，亦展現過硬的史料功底。如第二編第一章探討清末官學體制架構時，使用吳汝綸、羅振玉訪日時的日記和筆談，第三編第一章探討 20 世紀 20 年代以後國内學術風氣的轉移時，採用了大量報刊資料。尤其值得注意的是，東京專門學校講師齋藤木的文學史講義，是作者在早稻田大學圖書館貴重書庫的重大發現，作者並對齋藤氏的學術背景和教材文本進行了詳實的考證，此個案不僅豐富了中國文學學術史圖景，同時也引起日本學界高度重視。

此書在方法論上的創新意識，主要有三個方面。第一，以全球史的視野超越文學學術的國、族屬性。作爲一種現代性的智識工作，國別文學史在全球範圍内的空間展開，與現代民族國家關於理解自身文化遺產並建構族群認同的現實需求相呼應。以往學術史著作大多將明治日本漢學與同時代歐西各國的漢學等量齊觀，研究日本漢學時也僅止步於背景式的掃描。陳著對此抱有更爲審慎的態度："日本在歷史上同屬漢文字圈，故由追溯東亞文明之源出發，從而被賦予一種既爲自我又是他者的特殊身份立場。"由此看來，以義理、考據、詞章爲主要内容的古典學術不僅是漢民族的文化遺產，也是東亞各民族在進入現代之前長期共用的知識資源。在此觀念燭照下，東亞學術圈相比以往呈現出更爲複雜和多元的歷史面嚮。

第二，借鑒知識考古學和知識社會史的方法。福柯（Foucault）、布迪厄

(Bourdieu)的哲學與社會科學理論是反思性史學的重要源頭，他們都認爲知識與認知者的現實經驗密切相關。陳著同樣格外重視知識話語和知識生產者所處歷史語境之間的關係，例如研究胡適以後文學史模式的拓進，尤其注意考察"各區域共享的現代學術社會"的生成過程，包括大學學科體制的更新、社會文學團體的研究和翻譯實踐以及留學生對海外新知的攝取和傳播等。

第三，融會古典校勘學和新歷史主義。90年代，文學研究界就已經引入海登·懷特（Hayden White）的"元史學"（Meta-History）理論來探討文學史家的寫作策略。此書亦存在類似的研究，但是作者的撰述實踐更具有古典校勘學的特徵，即在若幹具有遞變關係的文本之間進行細緻的考校，以觀察文本的傳衍和變異，並將這種變異與作者意圖、時代思潮結合起來。例如考校《奏定章程》"文學研究法"四十一條綱目、姚永樸《文學研究法》、林傳甲《中國文學史》三種文本，辨證黃人《中國文學史》與太田善男《文學概論》之間的源流關係等。這種研究方法與以核定文本事實爲目標的古典校勘學又不盡相同，更像是一種"不立一真，唯窮流變"的現象學還原。

（徐隆垚摘編）

中古姓氏佚書輯校

(李德輝著,鳳凰出版社2019年3月第1版)

《中古姓氏佚書輯校》,湖南科技大學人文學院李德輝教授編著,約四十萬字,此書將自東漢到明清文獻中有佚文可輯的四十多種姓氏佚書彙爲一編,供讀者參考。漢魏兩晉南北朝隋唐時期,世家大族在政治、文化上有很高的地位、很大的影響,誇耀門第,區分郡望是當時非常濃厚的社會風氣。編撰姓氏書,更是漢唐兩宋士大夫時代性的選擇。雖然到了宋代,已經不太講姓氏郡望,風氣轉衰,但宋人對於姓氏書的研究興趣却空前濃厚,因此即使是宋代,仍然編撰有不少專門的姓氏書。除專門之書外,十多種類書中都設有姓氏門,數十種野史、筆記、雜考、文集裏也有姓氏書的佚文及相關考證和引述。直到清代,類似著述仍不時可見。南宋初,鄭樵編《通志》,其中《藝文略四》譜系類,下設帝系、皇族、總譜、韻譜、郡譜、家譜等六個小類,共輯出姓氏書一百七十部,二千四百一十一卷,其中帝系十九部、七十二卷。皇族戚里二十部、百五十三卷。總譜四十三部、一千七十四卷。韻譜八部、五十八卷。郡譜十二部、八百四十九卷。家譜六十八部、二百五卷。搜羅幾無遺漏。撰述雖繁,但後來絕大多數都失傳了,現在能看到的同類著作,只有唐人林寶的《元和姓纂》、宋人鄧名世的《古今姓氏書辨證》和章定的《名賢氏族言行類稿》。三書多記周秦漢唐兩宋人物,敘其姓氏起源、郡望、世系、姓名、官職、封爵。各姓人物去除重複,多達五萬餘。除此三書外,均爲亡書佚書,至今未有全輯全校本。遍查古籍,有佚文可輯錄的尚有四十餘種,只要對其精心搜輯,嚴格考辨,科學編排,編撰出來的書就將對世人有用。若以傳世文獻爲基礎,利用現有石刻史料、域外漢籍,將這些佚書作爲一個有獨特價值的學術整體對待,互相參校,深入考訂,做深入系統的整理,就能爲先秦到唐宋的文史研究提供内容豐富、記載可靠的研究資料,學術價值較高。岑仲勉先生云:"姓氏之不知,民族烏乎立? 先進之國,類皆置重譜牒,凡以嚴内外之防,明種族之別也。"(《元和姓纂四校記自序》)清人孫星衍亦曰:"姓氏與郡望相屬,乃知宗派所出……數典而忘其祖,非族而神不歆。"(《校補元和姓纂輯本序》)可見古人姓氏書之作,確有深意。而上古、中古文史研究,均以人物研究爲重點。除了少數人爲名人,正史上有記載外,其餘多數不知名者,舊史多無記載,要考索他們的生平和學術,非借助姓氏書不可,姓氏書的重要性,於此可見一斑。此類書雖然看似無關緊要,實則關係到民族史、家族史、區域文化史,即使於文學史亦不無關係。

  基於以上的考慮,我們策劃了這本書。全書的研究目標是對元以前的姓氏佚書佚文做一次全面的輯錄考辨。具體做法爲先搜集佚文,然後通過各種校勘方法,改正所輯文字的訛、脱、衍、倒,使得整理出來的姓氏書更爲完整少誤,方便使用。爲此,將強調校勘和辨僞,凡誤標書名的他書文字,均指出其真正出處,還其舊貌。前人校勘弄錯了的問題,亦儘量指正。經過這樣整理的姓氏書,相信將更爲科學。本書十分重視校勘考證,相關佚文互相對照,互相發明,以便揭發和糾正引文中存在的問題。這些工作,補前人所未及,提高了姓氏佚書的學術價值,使其能夠更好地爲今人所用。

(李德輝摘編)

唐代文館文士朝野遷轉與文學互動

(吳夏平著,中國社會科學出版社2017年版)

唐代文士或在朝或在野,朝野文士之間的關係如何,其文學創作是如何互動的,文學作品的雅俗與文士朝野分列有無聯繫,有必要重新思考和研究。本書選取具有代表性的文館文士作爲切入點,力求解決文士朝野遷轉與唐代文學演進的關聯性問題。

全書共六章,約三十八萬字,除導論外,主要研究了五個方面問題:一是文館制度沿革及其成因,二是各文館之間的相互關係,三是文士朝野遷轉途徑,四是文士任職期間的創作,五是文士朝野遷轉產生的文學影響。具體來看,有以下內容:

其一,學官朝野遷轉與文學。學官地方流動方式主要有升遷、貶官、入幕、臨時差遣四種。流動對象主要是品階較高的國子祭酒、國子司業、國子博士等,而官階較低的太學和四門學則少見。學官地方流動對區域治理產生積極作用,主要表現爲地方善政。以"安史之亂"爲界,學官社會角色發生較爲明顯的變化。前期擔任學官者多爲經學家,中唐之後則多爲進士出身的寒士。學官社會角色變遷與文學之關聯,主要表現在四個方面。第一,當學官主要以經學家的身份出現時,經典疏釋中的批評理論多於創作理論,重在用《詩》而輕視創作。第二,科考重策論而朝廷重經術,在一定程度上抑制了文學的想象空間。學官與文士的創作有"學者之文"與"文人之文"之別。第三,當學官主要是以文學家身份出現時,學生無疑能獲得創作方法和創作技巧的指導,但這種教與學的雙邊活動與官學教育的本義相去甚遠,因而也成爲官學教育趨向沒落的標誌。第四,僅就學官與詩歌而言,學官與唐代其他的官職一樣,在較爲明顯的自我角色意識之下,將與本職活動相關的各種活動納入到詩歌創作領域,比如日常生活、社會交往、學生情狀等等都成爲詩歌寫作的題材。韓愈貶謫潮州,是學官地方流動的典型案例。韓愈學官角色通過貶潮對區域文學產生影響,一是以興學爲基礎推進潮州和袁州的文學教育,二是以宣揚禮樂文化爲媒介形成區域文學中心,三是以地域文化雙向互動傳播爲介質擴大區域文學影響。

其二,史官朝野遷轉與文學。唐代史官屬於兼職,以他官兼任,本官主要用於寄俸禄和遷品階。史官諫諍意識來源於史學傳統,以輿論監督的形態存在。傳奇作品中的歷史意識和"春秋筆法",是泛諫諍意識在文學創作上的典型體現。史官向地方流動主要有正常遷轉、貶謫、入幕、出爲諸使、充任使者等方式。史官流動對文學產生影響,主要表現爲通過培養史學人才影響史傳寫作,促進區域文學中心的形成,改變詩歌寫作風格。柳宗元"永州八記",標誌著中國古代山水散文的創作進入全盛時期。究其成因,以地記爲代表的地理學著作是其直接源頭,唐代重史以及中唐以來士人歷史意識的興起,是其產生的重要文化生態。

其三,秘書郎官朝野遷轉與文學。秘書省是唐代的國家圖書館,下轄著作局。地方官吏遷入爲秘書監、少監者,以刺史和使府府主爲多。秘書監和少監離開京城到地方任職,以州刺史和方鎮諸使爲主。著作郎地方流動的途徑主要是貶謫。著作佐郎則較少轉任地方官。貞觀三年,唐太宗將原本屬於著作局的修史職能轉移至新創設的史館。此舉對碑誌文產生的影響主要有兩方面:一是郎官選任重史才,使碑誌文的史傳性質獲得制度上的保障;二是官方力量介入碑誌撰作,使其總體發展形態呈現爲駢散交替特徵。

其四,學士朝野遷轉與文學。"三館"學士,是指弘文、崇文、集賢學士。中宗神龍和睿宗景雲年間,弘文、崇文二館學士遭受貶逐多有離散,這就使得學士文學角色發生轉換。貶謫離京使他們從"俳優"角色中解脱出來,進而使詩歌創作從集體化轉向個體化,個性色彩強烈,內容更加豐富,詩藝得以提升。張説和張九齡領導集賢院進行了多次大規模的文學活動,如集體創作、人才匯聚、詩文評騭、文藝書籍修撰等,在一定程度上推動詩歌律化的進程。學士地方流動產生的文學影響,有兩個很有價值的個案。例如,張九齡荆州之貶的文學影響,不僅表現爲個人詩歌作品的轉型,也體現爲盛唐後期詩歌創作的走向變化。崔國輔貶謫竟陵,在一定程度上促使"崔國輔體"進一步成熟。

其五,校書郎、正字朝野遷轉與文學。校書郎和正字分屬於各文館,有不同類型。從校書郎和正字的流動地方路徑主要有遷任縣職、入幕、臨時差遣、中途覲省或秩滿還鄉。校書和正字任職期間的創作主要有詩歌、傳奇和筆記小説。校書郎的送別詩具有多方面的價值,一是反映了集體創作下的詩歌競賽心態,二是"送人之官,言及風土"的詩歌傳播地域風情,三是記錄了校書郎和正字的真實生活情狀。

　　本書附錄《唐代學官遷轉表》《唐代史館史官遷轉表》《唐代秘書監、少監遷轉表》《唐代著作郎、佐郎遷轉表》《唐代校書郎、正字遷出表》五種表格，是在對二千五百餘人次文館文士任職遷轉考證基礎上完成的，不僅對唐代文學研究具有重要價值，而且在史學、教育學等相關研究領域也有較重要的參考價值。

（吳夏平摘編）

元末明初大轉變時期東南文壇格局及文學走嚮研究

（饒龍隼著，國家圖書館出版社 2017 年版）

全書約五十九萬字，由東南文壇格局和明初文學走嚮上下編構成，並將西昌雅正文學通往館閣的歷程分三段式描述。再加上導論，全書的篇章結構就包含三部分八章，即：導論，文化重心偏轉——主要描述晚唐五代以來國家文化重心偏轉東南的進程；上編，東南文壇格局——包含引言、第一章至第四章和結語，其中四章分別研討金華文學群落、吳中文學群落、嶺南文學群落和閩中文學群落；下編，明初文學走嚮——包含引言、第五章至第八章和結語，其中四章分別研討西昌故家的文化基質、江右儒學別派之弘傳、西昌文學的雅正特質、西昌雅正文學之生長。

本書主要內容爲：（1）全面深細地發掘元末明初浙中、江右、吳中、淮西、嶺南、閩中等地文人群落的文學資料和文物遺存，建立較完備的專題研究資料庫，並編撰一系列著述考（已發表《建文遜國志士著述考索》），使三四流甚至末流作家得到應有關注，使長期沉埋的文獻與文物重現吉光片羽。（2）隨著研究的不斷推進，同步編撰《元末明初大轉變時期東南文人編年輯證述略》，爲本題研討提供翔實精確的時間坐標和史實依據。（3）通檢各種相關史籍，特別是充分利用方志、族譜、家譜、碑傳等史料，追尋元末明初東南各地文人群落與晚唐五代以來族群遷徙聚居的歷史文化因緣。（4）探討東南各地文人集群的經濟生活、社會組織、婚姻禮俗、師友關係、人才培養、學術傳承、文化基質等層面，並比較評價各地域文學群落的文化氣質之特性與優劣。（5）精細描述元末浙中、江右、吳中、淮西、嶺南、閩中等地文人群落的文學活動，包括當地文學社團的組織、詩酒交遊唱和等活動、與元朝異族政權的關係、與當地割據政權的關係、與外地文人群落的交流、對前代文學資源的汲取、對當地文學傳統的弘揚等層面，並評估各地文人群落的文學實績與文學思想史意義。（6）精細描述入明後浙中、江右、吳中、淮西、嶺南、閩中等地文人群體歸附明廷的歷史情實,包括他們在新政權的不同境遇、各地域文人群體之間的衝突、媾合與消長,並驗證各地文人群體的文化氣質對皇權的適應性。(7)探究浙中、吳中、淮西、嶺南、閩中等地文人群體被打擊排抑,而江右文人群體獨具後勁、穩健發展的社會政治與歷史文化原因,包括皇權極端專制之猜忌打壓、君臣以文學侍御相宣導、各地文人群體相互爭鬥殘害、各地儒學對皇權意志之適用,等等。(8)進一步以浙東儒學和江右儒學為標本,比較兩地儒學精神與明初尊崇程朱理學的關係。指出明初尊崇程朱理學只是官樣文章,其深層是不同地域儒學,尤其是江右儒學和浙東儒學之媾和消長。(9)在上述各項研究基礎上,總體構建元末明初大轉變時期東南文壇格局,描述其滋生、發展、互動、消長的演變歷程。(10)在元末明初東南文壇格局演變歷程的宏闊背景下,研討明代文學的發端以及明初文學的走嚮等問題。指出當浙中、吳中、淮西、閩中、嶺南等地文學被掩抑之後,江右文學雖也不絕如縷,卻能最後一枝獨秀。以劉崧為代表的江右文學,其雅正文風契合了盛國氣象的需要,因而得到開國君臣的褒揚;又因楊士奇以文學侍御、君臣相契宣導,終使雅正文學突破江右域界。(11)在地域文學與廟堂文學互動的歷史情境中,描述元末明初雅正文學的生長進程,弄清每段的時間跨度、區域範圍、人群構成、政治環境、文化內涵和文學意義,揭示地域文學與廟堂文學的互動規律,並重新評價明初盛行的館閣文學。

　　本書基本觀點有:(1)元末明初東南文人呈地域群落分佈,這是大轉變時期東南文壇的基本格局。(2)東南各地文人群落與晚唐五代以來族群遷徙聚居有深刻的歷史文化因緣,如金華文人集團之於南宋遺民群體、江右(西昌)文人群落之於南唐來遷的金陵故家等。(3)入明後,東南文人亦以地域群體形態歸附明廷,這是明初文壇的歷史實況,也是朱元璋推行文治的前提。(4)明初來附明廷的各地文人群體,除了遭受來自專制皇權的猜忌打壓,還經受文人群體之間的爭鬥殘害。正是這兩種力量導致浙中、吳中、淮西、嶺南、閩中等地域文學消歇,而江右文學不絕如縷、獨具後勁。(5)明初尊崇程朱理學只是官樣文章,其深層是不同地域儒學,尤其是江右儒學和浙東儒學之媾和消長。宋濂和方孝孺所代表的浙東儒學雖為程朱理學正傳,其職志是教導皇帝開創聖明,這不符合極端專制的皇權意志之需要;而江右儒學為程朱理學旁裔,由劉靖之、劉清之兄弟開創,而為劉崧、楊士奇所弘揚,其清修為學而不涉帝王術、仁孝純厚而不汲汲用世、居官廉慎而不忠直鳴世的精神迎合了極端專制的皇權意志之需要。因而,江右儒學獨擅道德優勢、政治運會和文學後勁。(6)江右雅正文風契合了盛國氣象的需要,終至突破地域界限,擴展壯大爲館閣文學,引領著明初文學的走嚮,從而確立了新的文學風範。(7)元末明初雅正文學的生長進程有三個階段:西昌雅正文學──→江右雅正文學──→館閣雅正文學。(8)中國文學延續與生長往往要接引地域文學的生機與動力,而不一定始終局限於中央廟堂。

  本書寫作有明確的問題意識,並通過辨疑責難來創新論題:(1)明初文學的發端、館閣文學評價等問題嚮來複雜難究,本書對之作出了正本清源的研討;(2)有關元末明初文學的研究嚮來薄弱,本書對之有深廣的開掘和彌補;(3)元明易代轉型時期的文學特徵極難把握,本書從文化、群落和地緣著手,找到了堅實而有效的支點;(4)對於地域文學群落的研究容易"只見樹木不見森林",往往抓住大家名家而遺落其他,本書創立"層級構造"理論,將三四流和底層作家一並納入討論,極大拓充了考察視野和研究範圍。其理論創新價值,主要表徵爲三點:(1)提供宋南渡國家文化重心偏轉並遺落東南的宏闊背景,因以闡明元明易代的文化選擇與文學通變之路;(2)構建切實有效的中國古代地域文學群落的層級理論,以展現各地域文人個體、圈屬、群落及其泛化過程,立體描述地域文學的層級構造,創設並提出一系列概念、命題,如文壇格局、文學走嚮、層級構造、文人圈屬、次文學群落、泛文學群落等;(3)引入中國本土固有的文學制度觀念,以建立地方文學與廟堂文學的互動關聯,將各方地域文學納入主流文學構造,從整體描述元末明初文學發展進程。

  本書大幅度拓展取材範圍,通過對自然形態的文獻之梳理,來描述元末明初文學的本來面貌性狀,從而揭示原生態的地域文學生長機能;這就將社會元氣接通到社群底層,而不是將之懸置在中央廟堂之上。又緊扣元末明初南北文化隔裂和東南文人呈地域群落分佈兩大表徵,通過各地域文學互動消長來描述元末明初東南文壇格局及文學走嚮;其所論地域文學不再是孤立地"劃地而治",而是納入各地文學互動消長的主流文學構造,從而創通了地域文學與主流文學研究,進而臻至特定時空中的文學整體描述。本書中還特別設置使用了二十多幅圖表,既將零散複雜的資訊資料弄得條理清晰,又將某些隱含深微的理論觀點直觀呈現。

  作者從中華原典和傳統文論中,修復近世被遺忘的文學制度觀念,並引入本書的研究過程之中,以與外來的藝術哲學和審美心理觀念相調劑,將形上和唯美之類危微因素落實到文學自身規定性上;這就在中國本土固有的文學制度層面,建立了地方文學與廟堂文學的互動關聯。通過整體把握、動態描述和焦點透視，在長時段大範圍中將地方文學納入主流文學構造，創建並還原各地域文學群落的層級構造；因使地域文學研究不再囿于特定時空，而能連通館閣文學並納入主流文學進程。重估明初館閣文學的社會價值與歷史地位，描述元末明初雅正文學生長的三段式進程；因以揭示主流文學接引地域文學生機活力、而不始終局限於中央廟堂的發展規律。迄今流行了百餘年的中國文學史學術範式，幾乎都是作家加作品外加文學原理之拼盤，而缺少基於文學本來面目和文獻自然形態的描述；本書力圖對此研究範式有所更正突破，拓展取材範圍並依循文獻自然形態，將各地域底層和末流作家納入研討範圍。

（田明娟摘編）

徵稿啓事

《文學制度》是上海大學中國古代文學制度研究中心創辦的學術集刊，致力於推動促進中國文學制度學術領域的研究，吸引國内外相關門類的學者來協同開展工作，主要發表有關中國文學制度研究方面的論文，所發論文以基礎性、前沿性、創新性、實驗性爲旨趣。集刊設五個板塊，即理論與觀念、制度與文學、創新與實驗、令規與輯釋、文摘與書概。現第一輯已面世，以後確保每年推出一輯，逐年連續編輯，一般在上半年出版。

兹向海内外同行學者徵稿，特别歡迎文獻厚實、學理清通、行文雅馴並有原創性、前沿性、實驗性的學術論文投稿。文稿一經採用，即付稿酬，並贈樣刊。來稿以 30 000 字至 10 000 字爲宜，格式同《文學遺産》雜誌要求。

來稿請寄：上海市寶山區南陳路 333 號上海大學東區 5 號樓文學院 413 室中國古代文學制度研究中心《文學制度》集刊編輯部；郵編：200444；電子郵箱：18021052265@126.com。